汉语言文学新文科一流专业博雅书系

鲁迅导读

思想与文学

王本朝 著

重庆大学出版社

图书在版编目(CIP)数据

鲁迅导读：思想与文学 / 王本朝著 . --重庆：重重庆大学出版社，2024.8.--（汉语言文学新文科一流专业博雅书系）.-- ISBN 978-7-5689-4625-4

Ⅰ. I210.97

中国国家版本馆 CIP 数据核字第 2024UB6440 号

鲁迅导读：思想与文学

LUXUN DAODU：SIXIANG YU WENXUE

王本朝　著

责任编辑:张慧梓　　版式设计:张慧梓
责任校对:关德强　　责任印制:张　策

*

重庆大学出版社出版发行
出版人:陈晓阳
社址:重庆市沙坪坝区大学城西路 21 号
邮编:401331
电话:(023)88617190　　88617185(中小学)
传真:(023)88617186　　88617166
网址:http://www.cqup.com.cn
邮箱:fxk@cqup.com.cn(营销中心)
全国新华书店经销
重庆升光电力印务有限公司印刷

*

开本:720mm×960mm　1/16　印张:24　字数:304 千
2024 年 8 月第 1 版　2024 年 8 月第 1 次印刷
ISBN 978-7-5689-4625-4　定价:68.00 元

|目录|

目录

个·人·事·件

一、家道中落

1881年9月25日，即清光绪七年辛巳八月初三，鲁迅出生在浙江省绍兴府会稽县（今绍兴市）东昌坊口新台门周家。鲁迅，姓周，本名樟寿，字豫才，1898年在南京求学时改名树人，1918年发表小说《狂人日记》时使用笔名"鲁迅"。关于鲁迅的名字，还有一段小故事。在鲁迅出生时，家里人写信向祖父报喜，请他给长孙取名。周作人在《鲁迅的青年时代》中说："那时介孚公在北京当'京官'，在接到家信的那一日，适值有什么客人来访，便拿那人的姓来做名字，大概取个吉利的兆头，因为那些来客反正是什么官员，即使是穷翰林也罢，总是有功名的。不知道那天的客人是'张'什么，总之鲁迅的小名定为阿张，随后再找同音异义的字取作'书名'，乃是樟寿二字，号曰'豫山'，取义于豫章。后来鲁迅上书房去，同学取笑他，叫他作'雨伞'，他听了不喜欢，请祖父改定，介孚公乃将山字去掉，改为'豫才'，有人加上木旁写作'豫材'，其实是不对的。"[1]鲁迅的名字由他祖父不经意制订，图个吉利，却被多次修改，似乎含点儿隐喻。鲁迅的命运与其祖父有关，出身小康，却遭祸事，命运突转，全靠鲁迅自己掌控，常常也无路可走。

周家是绍兴城一门望族，人丁兴旺，书香门第。祖父周福清（介孚）系翰林出身，曾在江西做过一任知县，后到北京，做内阁中书京官。有这样的背景，周家也"不愁生计"。后来，鲁迅在自传中

---

[1] 周作人：《鲁迅的青年时代》，鲁迅博物馆、鲁迅研究室、《鲁迅研究月刊》选编《鲁迅回忆录（专著）》（中册），北京出版社，1999年，第785页。

说："在我幼小时候，家里还有四五十亩水田，并不很愁生计。"[1]
可以说，鲁迅早年是幸福的。他家有四五十亩水田，维持日常生计算是绰绰有余了。周家崇尚读书，祖父周福清也十分关心儿孙们的读书上进。鲁迅父亲周伯宜，虽在科举路上名落孙山，但也是"读书的"[2]人，仍期望鲁迅用心读书，以完成自己未竟之业。鲁迅祖母对孙儿们非常和蔼、慈祥，还是一个讲故事的好手。"那是一个我的幼时的夏夜，我躺在一株大桂树下的小饭桌上乘凉，祖母摇着芭蕉扇坐在桌旁，给我猜谜，讲故事。"[3]这是多么美好的记忆！不无想象的孩提时代，后来的鲁迅只好在梦里咀嚼了。

正是在这样的氛围之中，鲁迅开始了读书生涯，从阅读中认识历史和现实。1887年，鲁迅6岁，进私塾发蒙，随叔祖周雨田诵《鉴略》。它不同于《千字文》《百家姓》，可知从古至今的历史大概。12岁那年，进了三味书屋，老师寿镜吾，质朴、博学。几年间，读完"四书"、"五经"、十三经，还抄写家藏《康熙字典》中的古文奇字和《唐诗叩弹集》中的百花诗。除正统的经史子集，还读了不少小说和野史杂集。如《镜花缘》《儒林外史》《聊斋志异》等小说，《曲洧旧闻》《明季稗史汇编》《玉之堂谈荟》等野史杂说。寿镜吾的儿子后来回忆说，鲁迅"往往置正课不理，其抽屉中小说杂书古典文学，无所不有"[4]。鲁迅家里也有两大箱书，有《十三经注疏》、

---

[1] 鲁迅：《俄文译本〈阿Q正传〉序及著者自叙传略》，《鲁迅全集》第7卷，人民文学出版社，2005年，第85页。

[2] 鲁迅：《俄文译本〈阿Q正传〉序及著者自叙传略》，《鲁迅全集》第7卷，人民文学出版社，2005年，第85页。

[3] 鲁迅：《狗·猫·鼠》，《鲁迅全集》第2卷，人民文学出版社，2005年，第242页。

[4] 寿洙邻：《我也谈谈鲁迅的故事》，鲁迅研究室主编《鲁迅研究资料》第3辑，文物出版社，1979年，第225页。

"前四史"、《王阳明全集》、章学诚《文史通义》《古文析义》《中晚唐诗叩弹集》，还有用于科举的《经策统纂》，也有小说，如《聊斋志异》《夜谈随笔》《三国演义》《绿野仙踪》《天雨花》《义妖传》等。这些正统读物奠定了鲁迅的传统知识。鲁迅的系统阅读，让他有了渊博的文史知识，日后著述作文，遇见那些不通半通者，就有了不少先天性优势。特别是野史杂说让鲁迅有了非正统的越轨思想，"野史和杂说自然也免不了有讹传，挟恩怨，但看往事却可以较分明，因为它究竟不像正史那样地装腔作势"[1]。优裕的童年生活，让鲁迅有了几分野性和顽皮，人之天性不受压抑，生长不少想象和幻想。可以说，童年和少年时代的鲁迅是快乐的，可算"幸运儿"，"有福的人！"[2]

读书明智，经事上心。1893年秋，祖父周介孚因科场案而入狱。鲁迅说："到我十三岁时，我家忽而遭了一场很大的变故，几乎什么也没有了。"[3]祖父被判了"斩监候"重刑，关在杭州府狱里，从此，周家的社会地位和经济状况陡然败落。"几乎什么也没有了"，给鲁迅以创痛。不仅是经济条件和物质生活的衰落，更有不少冷遇，刺痛着他悲苦而敏感的心。后来，他还多次说起："有谁从小康人家而坠入困顿的么，我以为在这途路中，大概可以看见世人的真面目。"[4]祖父下狱之后，鲁迅在大舅父家里寄住了一段时间。这也让

---

[1] 鲁迅：《这个和那个》，《鲁迅全集》第3卷，人民文学出版社，2005年，第148页。

[2] 王晓明：《无法直面的人生：鲁迅传》，生活·读书·新知三联书店，2021年，第7页。

[3] 鲁迅：《鲁迅自传》，《鲁迅全集》第8卷，人民文学出版社，2005年，第342页。

[4] 鲁迅：《〈呐喊〉自序》，《鲁迅全集》第1卷，人民文学出版社，2005年，第437页。

他记忆深刻，自称"乞食者"[1]，可见鲁迅非同一般的敏感。人在受歧视或危难时，对人对事常常敏感而多疑。

在祖父案发时，鲁迅父亲也受案件牵连，因拒捕审讯，被革去秀才身份，精神受了刺激，次年竟一病不起，苦撑三年时间，于1996年10月去世。鲁迅的家境每况愈下，狱中祖父和病中父亲都需要钱，只好卖田卖地，又进当铺，于是，少年鲁迅有了这样的印象，从高过自己的柜台那边接过抵押来的钱，然后匆匆到药铺抓药，在"侮辱"里奔走于当铺与药铺之间。他说："我有四年多，曾经常常，——几乎是每天，出入于质铺和药店里，年纪可是忘却了，总之是药店的柜台正和我一样高，质铺的是比我高一倍，我从一倍高的柜台外送上衣服或首饰去，在侮蔑里接了钱，再到一样高的柜台上给我久病的父亲去买药。"[2]当铺生活的困顿和看客的冷漠，都死死地印在鲁迅心里，成为他对生活艰难和人性悲凉的记忆。所谓"铭刻心骨"，也就不过如此的了。

屋漏偏逢雨。1897年，新老台门分家，作为长房长孙的鲁迅，感觉不公平，拒绝签字，被叔祖辈的周雨田声色俱厉呵斥，这对鲁迅的刺激也很深。小说《孤独者》写魏连殳说"我父亲去世之后，因为夺我房子，要我在笔据上画花押"，就是对此事的记忆。后来，许广平有一次给鲁迅写信，抱怨亲戚的纠缠，鲁迅回信说："尝尝也好，因为更可以知道所谓亲戚本家是怎么一回事，知道世事可以更加真切了。倘永是在同一境遇，不忽而穷忽而又有点收入，看世事

---

[1] 鲁迅：《鲁迅自传》，《鲁迅全集》第8卷，人民文学出版社，2005年，第342页。

[2] 鲁迅：《〈呐喊〉自序》，《鲁迅全集》第1卷，人民文学出版社，2005年，第437页。

就不能有这么多变化。"[1] 曾有学生问鲁迅为什么对社会这么仇恨，鲁迅回答道："我小的时候，因为家境好，人们看我像王子一样；但是，一当我家庭发生变故后，人们就把我看成叫花子都不如了。我感到这不是一个人住的社会，从那时起，我就恨这个社会。"[2] "乞食者""叫花子"这些称呼，显然让鲁迅感受了一个家族由盛到衰之后的世态炎凉，父亲的蹉跎和病逝，也刺激了鲁迅的情感心理，影响到他的人生选择和价值取向。

鲁迅年少时也常随母亲去外婆家小住，结识了乡下朋友，熟悉了乡村生活，如钓虾、放牛、看戏、摘罗汉豆、挖蚯蚓，这也成为鲁迅童年生活的美好记忆。与此同时，他也了解到"和花鸟并不一样"的农村农民的不幸，他们"毕生受着压迫，很多苦痛"[3]。

小时候的鲁迅还喜欢绘画，买了不少画谱，买不到的，还借来影写。在三味书屋，每当先生读书入神的时候，他也偷偷画画，将小说绣像一个个描下来。在舅父家，他从表兄处借来《荡寇志》绣像，也一张张地加以影描，还订成一大本。鲁迅影描了不少画谱，它们"并不是书家画师的墨宝，乃是普通的一册一册的线装书与画谱"[4]。鲁迅后来爱好美术也与此不无关系，艺术的种子从此就种下了。

---

[1] 鲁迅：《鲁迅景宋通信集：〈两地书〉的原信》，湖南人民出版社，1984年，第187页。

[2] 林楚君：《鲁迅热切关怀文艺青年——记鲁迅与"南中国文学会"》，薛绥之主编《鲁迅生平史料汇编》第四辑，天津人民出版社，1983年，第359页。

[3] 鲁迅：《英译本〈短篇小说选集〉自序》，《鲁迅全集》第7卷，人民文学出版社，2005年，第411页。

[4] 周作人：《关于鲁迅》，钟叔和主编《周作人文类编八十心情》第10卷，湖南文艺出版社，1998年，第110页。

1898年5月，鲁迅决定外出求学。父亲去世，家中日子更加困难，"渐至于连极少的学费也无法可想"，只能"寻无需学费的学校去"[1]。于是，他去了南京的江南水师学堂。他后来回忆说："我要到N进K学堂去了，仿佛是想走异路，逃异地，去寻求别样的人们。我的母亲没有法，办了八元的川资，说是由我的自便；然而伊哭了，这正是情理中的事，因为那时读书应试是正路，所谓学洋务，社会上便以为是一种走投无路的人，只得将灵魂卖给鬼子，要加倍的奚落而且排斥的，而况伊又看不见自己的儿子了。然而我也顾不得这些事，终于到N去进了K学堂了。"[2]离开亲人，选择到"异地"，走"异路"，即使受"奚落"，被"排斥"，鲁迅已顾不上那么多的世俗之见了，生活和求学"没有法"，已是"走投无路"了，谈何人生之正道，人格之尊严以及生活之亲情！

在南京，鲁迅开始接触大量的维新思想。然而，新式学堂并不令人满意，虽是新式学堂，却弥漫着落后、保守、陈旧和压抑的氛围，鲁迅感觉到"乌烟瘴气"："总觉得不大合适，可是无法形容出这不合适来。现在是发见了大致相近的字眼了，'乌烟瘴气'，庶几乎其可也。只得走开。"[3]他只在江南水师学堂机关科读了一学期，就转学到了江南陆师学堂附设的矿务铁路学堂学习开矿。在这里，他有了更多机会接触新思想和新学说，特别是被赫胥黎的《天演论》所吸引，"看新书的风气便流行起来，我也知道了中国有一部书叫《天演论》。星期日跑到城南去买了来，白纸石印的一厚本，价五百

---

[1] 鲁迅：《鲁迅自传》，《鲁迅全集》第8卷，人民文学出版社，2005年，第342页。

[2] 鲁迅：《〈呐喊〉自序》，《鲁迅全集》第1卷，人民文学出版社，2005年，第437-438页。

[3] 鲁迅：《琐记》，《鲁迅全集》第2卷，人民文学出版社，2005年，第305页。

文正。翻开一看，是写得很好的字，开首便道：'赫胥黎独处一室之中，在英伦之南，背山而面野，槛外诸境，历历如在机下。乃悬想二千年前，当罗马大将恺彻未到时，此间有何景物？计惟有天造草昧……'哦！原来世界上竟还有一个赫胥黎坐在书房里那么想，而且想得那么新鲜？一口气读下去，'物竞''天择'也出来了，苏格拉第，柏拉图也出来了，斯多噶也出来了"[1]。鲁迅相信了进化论，后来在日本期间，他还专门撰写《人之历史》，系统阐述进化论思想。进化论由生物学说转变成为一种哲学和宗教，既证明了自由意志的先天合理性，又赋予人类一种乐观主义信念。

四年南京学习经历，鲁迅接触了不少科学知识，阅读到《时务报》《苏报》《游戏报》等报刊，开阔了思维眼界，还阅读了30多种林纾所译小说。由学校安排的生产实习，鲁迅对社会和国家前途也有了最直接的感受和思考。他曾回忆起在龙山煤矿实习的见闻，"到第三年我们下矿洞去看的时候，情形实在颇凄凉，抽水机当然还在转动，矿洞里积水却有半尺深，上面也点滴而下，几个矿工便在这里面鬼一般工作着"[2]。1902年，鲁迅从矿路学堂毕业，被派往日本官费留学，于是，他开始了异国求学之旅。

---

[1]鲁迅：《琐记》，《鲁迅全集》第2卷，人民文学出版社，2005年，第305-306页。

[2]鲁迅：《琐记》，《鲁迅全集》第2卷，人民文学出版社，2005年，第307页。

二、留学扶桑

从异地到异域，别求新声于异邦，往大的方面是探求救国救民之道，往小的方面是去看看别样的人们。空间改变生活，视域创造人生。鲁迅的水师学堂同学胡韵仙作诗为他送行："英雄大志总难俦，夸向东瀛作远游。极目中原深暮色，回天责任在君流。"[1] "英雄大志"说不上，"中原暮色""作远游"倒是真，是否能回天，可不由鲁迅，如是个人愿望尚可一说。

1902年3月24日，鲁迅启程到日本，4月4日到东京，后进入弘文学院学习日语。课余时间逛书店，买书，读书。1903年春天，鲁迅剪掉辫子，拍照寄给家人，还将题诗"我以我血荐轩辕"相片送给好友许寿裳，并与他讨论中国国民性问题：怎样才是理想的人性？中国民族最缺乏的是什么？它的病根何在？对第二个问题的结论是，最缺乏诚和爱[2]。在日本的鲁迅，主要还是读书和思考，游玩与他无关，有点苦行僧的味道。后来，许寿裳回忆："他平生极少游览，留东七年，我记得只有两次和他一同观赏上野的樱花，还是为了到南江堂买书之便。其余便是同访神田一带的旧书铺，同登银座丸善书店的书楼。他读书的趣味很浓厚，决不像多数人专看教科书；购书的方面也很广，每从书店归来，钱袋空空，相对苦笑，说一声

[1] 周作人：《鲁迅的故家》，鲁迅博物馆、鲁迅研究室、《鲁迅研究月刊》选编《鲁迅回忆录（专著）》中册，北京出版社，1999年，第1020页。

[2] 许寿裳：《我所认识的鲁迅》，鲁迅博物馆、鲁迅研究室、《鲁迅研究月刊》选编《鲁迅回忆录（专著）》上册，北京出版社，1999年，第487页。

'又穷落了！'"[1] 1903年2月，浙江籍留学生创刊《浙江潮》，鲁迅即在该刊上发表了改译小说《斯巴达之魂》和《中国地质略论》等文。他还翻译了法国小说家儒勒·凡尔纳的科幻小说《月界旅行》和《地底旅行》等。

1904年4月30日，从弘文学院毕业后，按规定，应升入东京帝国大学学习采矿冶金专业，但鲁迅厌恶东京留学生们的游手好闲，想"到别的地方去看看，如何呢？我就往仙台的医学专门学校去"[2]，成为该校第一个中国留学生。鲁迅之所以选择学医，他自己的解释是："知道了日本维新是大半发端于西方医学的事实。因为这些幼稚的知识，后来便使我的学籍列在日本一个乡间的医学专门学校里了。我的梦很美满，预备卒业回来，救治像我父亲似的被误的病人的疾苦，战争时候便去当军医，一面又促进了国人对于维新的信仰。"[3]近代医学曾助力于日本维新运动，并可"救治像我父亲似的被误的病人"，鲁迅选择职业，于己于国，有着多重理由。然而，鲁迅在仙台医专的学习生活并不如最初想象。第一学年考试成绩公布之后，鲁迅成绩好，却受到日本学生的嫉妒和污蔑。这刺痛了鲁迅的心，"中国是弱国，所以中国人当然是低能儿，分数在六十分以上，便不是自己的能力了：也无怪他们疑惑"[4]。在异国遭受的冷眼冷语，

---

[1] 许寿裳：《我所认识的鲁迅》，鲁迅博物馆、鲁迅研究室、《鲁迅研究月刊》选编《鲁迅回忆录（专著）》上册，北京出版社，1999年，第489页。

[2] 鲁迅：《藤野先生》，《鲁迅全集》第2卷，人民文学出版社，2005年，第313页。

[3] 鲁迅：《〈呐喊〉自序》，《鲁迅全集》第1卷，人民文学出版社，2005年，第438页。

[4] 鲁迅：《藤野先生》，《鲁迅全集》第2卷，人民文学出版社，2005年，第317页。

再让记忆沉渣泛起，好在骨科教师藤野严九郎生性善良，给鲁迅添了不少温暖。鲁迅在藤野先生的解剖学课上，解剖二十几具尸体，还做了详细笔记，培养了严谨的科学精神和治学态度，对人之生命也有了更为真切的认识。1926年，鲁迅将对藤野的深厚感情，写成《藤野先生》一文，作为永久纪念。后来，出版日文版《鲁迅选集》，鲁迅还特别叮嘱日方书店译出该文并收入。

不喜游山玩水的鲁迅，少与人交往，也不多说话，总是独来独往，课余时间，发奋读书，广泛阅读各类著作，读到了不少弱小民族的小说，"尤其是俄国，波兰和巴尔干诸小国，才明白了世界上也有这许多和我们的劳苦大众同一运命的人"[1]。文学现实让鲁迅产生了强烈的共鸣，深切地感受到文艺的精神和情感力量。于是，他决定弃医从文，关键理由是发生了"幻灯片事件"。在仙台医专的第二年，学校开设细菌学课程。当时教授细菌学采用幻灯片，课间也放映一些风景或时事影片。当时在中国领土上发生的日俄战争刚刚结束不久，所放映的影片里也有不少这方面的内容。幻灯片画面上出现了中国人被杀和看被杀，神情麻木，看幻灯片的日本学生则欢呼雀跃。有一次，幻灯片上忽然出现了许多中国人，"一个绑在中间，许多站在左右，一样是强壮的体格，而显出麻木的神情。据解说，则绑着的是替俄国做了军事上的侦探，正要被日军砍下头颅来示众，而围着的便是来赏鉴这示众的盛举的人们"[2]。这种场景立即引起鲁迅的不适，唤起了鲁迅的记忆，特别是与许寿裳讨论的三个问题。他认识到："医学并非一件紧要事，凡是愚弱的国民，即使

[1] 鲁迅：《英译本〈短篇小说选集〉自序》，《鲁迅全集》第7卷，人民文学出版社，2005年，第411页。

[2] 鲁迅：《〈呐喊〉自序》，《鲁迅全集》第1卷，人民文学出版社，2005年，第438页。

体格如何健全，如何茁壮，也只能做毫无意义的示众的材料和看客，病死多少是不必以为不幸的。所以我们的第一要著，是在改变他们的精神，而善于改变精神的是，我那时以为当然要推文艺，于是想提倡文艺运动了。"[1] 于是，鲁迅决定从事文学。鲁迅因病学医，现又因病弃医，由父亲的病到幻灯片事件再到弃医从文，所弃之"医"与所医之"病"，具有双重涵义。"医"和"病"既指生理和身体，又指精神和思想，由"父亲的病"上升到民族的病，有着从具体到隐喻的意义转换。

1906年3月，鲁迅一个人悄悄地离开了仙台，没让一个同学和老师知道。回到东京，他将退学事告知了许寿裳，问起原因，鲁迅踌躇地回答："我决计要学文艺了。中国的呆子，坏呆子，岂是医学所能治疗的么？"[2] 从此，鲁迅走上了以文艺为事业之路，利用文艺来启蒙，唤醒人民，改变人的思想，实现改造社会的目的。回到东京的鲁迅，学籍列入东京独逸学会所设的德语学校，学习德语，课余搜集、翻译外国文学，同时阅读了大量的德语作家作品，包括尼采著作。这一年的夏天，在母亲的安排下，鲁迅回国与朱安女士结婚。这桩婚事全由鲁迅母亲包办，男女双方没有感情，朱安被鲁迅称作"母亲给我的一件礼物，我只能好好地供养它，爱情是我所不知道的"[3]。尽管如此，鲁迅对这桩无情的婚姻也自担责任。在他看来，

---

[1] 鲁迅：《〈呐喊〉自序》，《鲁迅全集》第1卷，人民文学出版社，2005年，第439页。

[2] 许寿裳：《我所认识的鲁迅》，鲁迅博物馆、鲁迅研究室、《鲁迅研究月刊》选编《鲁迅回忆录（专著）》上册，北京出版社，1999年，第443页。

[3] 许寿裳：《亡友鲁迅印象记》，鲁迅博物馆、鲁迅研究室、《鲁迅研究月刊》选编《鲁迅回忆录（专著）》上册，北京出版社，1999年，第260页。

"女性一方面也没有罪"，已经"做了旧习惯的牺牲"，那么，"我们既然自觉着人类的道德，良心上不肯犯他们少的老的的罪，又不能责备异性，也只好陪着做一世牺牲，完结了四千年的旧账"[1]。牺牲自己，虽成全不了双方，却可完结旧账。这是多么悲哀而无奈的选择。有人说，正是没有爱情的婚姻，才"造就出了一位不世出的思想家和作家"[2]，这也未免太残酷了，如果鲁迅在世，宁愿不当作家也不愿做这样的事。婚后不久，他即与二弟周作人离开故乡，到日本东京。1907年夏，他还与许寿裳、周作人一起筹办《新生》杂志，后来流产。

1907年，《河南》杂志在东京创刊，鲁迅发表了《人之历史》《摩罗诗力说》《科学史教篇》《文化偏至论》《破恶声论》等文，把"本来想要在《新生》上说的话"，"在《河南》上发表出来了"[3]。这几篇文章，属于编译之作，文章所据，皆有材料和思想来源。鲁迅主要从中西文明互鉴角度，考察西方思想、文化和科学理念，建立了他的立人思想，即"掊物质而张灵明，任个人而排众数"[4]，"立意在反抗，指归在动作"[5]，高扬人的自觉、自立，呼唤"精神

———————

[1] 鲁迅：《随感录·四十》，《鲁迅全集》第1卷，人民文学出版社，2005年，第338页。

[2] 朱正：《鲁迅传》，人民文学出版社，2018年，第59页。

[3] 周作人：《鲁迅的青年时代》，鲁迅博物馆、鲁迅研究室、《鲁迅研究月刊》选编《鲁迅回忆录（专著）》中册，北京出版社，1999年，第816页。

[4] 鲁迅：《文化偏至论》，《鲁迅全集》第1卷，人民文学出版社，2005年，第47页。

[5] 鲁迅：《摩罗诗力说》，《鲁迅全集》第1卷，人民文学出版社，2005年，第68页。

界之战士"[1]。

1907—1908年，鲁迅和周作人还着手编译出版《域外小说集》，意在介绍"异域文术新宗"[2]，他说："我们在日本留学的时候，有一种茫漠的希望：以为文艺是可以转移性情，改造社会的。因为这意见，便自然而然的想到介绍外国新文学这一件事。"[3] 前后编印两册，收16篇小说，鲁迅译出3篇，并写《序言》和《略例》。译作虽无预期销路，第一册印1000，在东京只卖出21本，第二册印500，在东京卖出20本，在上海卖出20本，但开启了翻译家鲁迅的文学生涯。更为重要的，它们成为鲁迅文学创作的异域资源，鲁迅日后的创作就仰仗着这百来篇外国文学作品，属于主动"拿来"的新文艺。许寿裳认为："鲁迅编译《域外小说集》二册，实在是中国介绍和翻译欧洲文艺的第一人。"[4] 鲁迅曾说，没有拿来的，不能自成为新文艺。没有异域文学的翻译，哪有文学家和思想家鲁迅的出现。

1908年，鲁迅和朱希祖、钱玄同等随章太炎先生学习《说文解字》。听章先生讲课，"并非因为他是学者，却为了他是有学问的革命家，所以直到现在，先生的音容笑貌，还在目前，而所讲的《说文解字》，却一句也不记得了"，鲁迅"以为先生的业绩，留在革命

---

[1] 鲁迅：《摩罗诗力说》，《鲁迅全集》第1卷，人民文学出版社，2005年，第87页。

[2] 鲁迅《〈域外小说集〉序言》，《译文序跋集·〈域外小说集〉序》，《鲁迅全集》第10卷，人民文学出版社，2005年，第168页。

[3] 鲁迅：《域外小说集序》，《鲁迅全集》第10卷，人民文学出版社，2005年，第176页。

[4] 许寿裳：《亡友鲁迅印象记》，鲁迅博物馆、鲁迅研究室、《鲁迅研究月刊》选编《鲁迅回忆录（专著）》上册，北京出版社，1999年，第228页。

史上的，实在比在学术史上还要大"[1]。由此，曹聚仁也认为，鲁迅从章太炎问学，主要是"为了向往章氏的革命人格"[2]。实际上，鲁迅从小就对古文奇字有着浓厚兴趣，他随章太炎学习《说文解字》，不过是锦上添花的事情。还是他的弟弟周作人说了真话，鲁迅跟从章太炎学习《说文》，时间虽只有半年多，"可是这对于鲁迅却有很大的影响。鲁迅对于国学本来是有根柢的，他爱楚辞和温李的诗，六朝的文，现在加上文字学的知识，从根本上认识了汉文，使他眼界大开，其用处与发见了外国文学相似，至于促进爱重祖国文化的力量，那又是别一种作用了"[3]。1926年，鲁迅在厦门大学编写了讲义《汉文学史纲要》，第一篇《自文字至文章》就大量援引《说文解字》，对汉字起源和六书理论多有自己的看法。他在给许广平和曹聚仁的信里，也说到想撰写《中国字体变迁史》的打算[4]。在致章廷谦的信中称"我于文字亦颇有发明"[5]。可见，鲁迅所说章太炎所讲的《说文解字》，"一句也不记得了"并非是真话。鲁迅受到章太炎的影响不小，除精神人格外，还在语言文字、魏晋文章上都有遗存。

————————

[1]鲁迅：《关于太炎先生二三事》，《鲁迅全集》第6卷，人民文学出版社，2005年，第565-566页。

[2]曹聚仁：《鲁迅评传》，生活·读书·新知三联书店，2011年，第32页。

[3]周作人：《鲁迅的青年时代》，鲁迅博物馆、鲁迅研究室、《鲁迅研究月刊》选编《鲁迅回忆录（专著）》中册，北京出版社，1999年，第815页。

[4]鲁迅：《290521致许广平》，《鲁迅全集》第12卷，人民文学出版社，2005年，第168页；《330618致曹聚仁》，《鲁迅全集》第12卷，人民文学出版社，2005年，第404页。

[5]鲁迅：《270817致章廷谦》《鲁迅全集》第12卷，人民文学出版社，2005年，第64页。

鲁迅在日本留学7年，直接接触到异域社会生活，接受了西方思想的影响，并由日本这个桥梁和窗口，更广泛地认识了西方思想、学说以及文学艺术。于是，鲁迅便有了不一样的社会人生，有了更为阔大的思想和眼光，积累了丰富的文学翻译、文学活动经验。它是鲁迅思想和文学的一面镜子，也是鲁迅人生历程中的灯光，其意义不可小视。

三、沉默中呐喊

1909年8月，鲁迅回到国内。他自己说："我底母亲和几个别的人很希望我有经济上的帮助，我便回到中国来。"[1] 为了家人生计而回国，从此，他为琐碎的生活而奔忙，被家庭伦理和情感所缠绕。鲁迅先到上海，装上假辫子，多不方便，就不再装，却被冷笑和恶骂。他在杭州的浙江两级师范学堂担任生物学和化学教员，采集植物标本。一年后辞职到绍兴府中学堂任监学，兼博物、生理学教员。课余钞书，辑录古籍。1911年10月，辛亥革命爆发，11月5日，杭州新军起义，宣告杭州光复。消息传到绍兴，全城欢腾，鲁迅也为之欣喜若狂，到街上游行、讲演、张贴标语。几天后，鲁迅朋友、光复会的王金发带兵进驻绍兴，成立绍兴军政府，王任军政府都督，鲁迅也欣然同意出任山会初级师范学堂的监督（校长），他的朋友范爱农任监学。但是，鲁迅的热情和希望很快就转为巨大的失望。革命只不过是平静生活里扬起的一场"风波"，风波之后风平浪静。1911年冬，鲁迅创作文言小说《怀旧》，以一个儿童视角描写辛亥革命在乡间引起的各阶层反应，勾勒出革命浪潮中的世态图。革命尚未结束，鲁迅就开始了"怀旧"，它已成为鲁迅个人的"历史"，历史的悲哀溢于言表。后来，反思辛亥革命也成了鲁迅小说的基本主题，《药》《阿Q正传》《风波》和《怀旧》都是一脉相承。

1911年12月，中华民国临时政府成立。1912年2月，鲁迅应时任

---

[1] 鲁迅：《俄文译本〈阿Q正传〉序及著者自叙传略》，《鲁迅全集》第7卷，人民文学出版社，2005年，第85页。

教育总长的蔡元培邀请，辞别故乡和家人，到南京教育部任部员。5月5日，随临时政府迁往北京，从此，鲁迅在北京生活了14年零3个月，担任教育部佥事、社会教育司第一科科长，主管图书馆、博物馆、美术馆等事务。鲁迅做事认真、负责，撰写了《拟播布美术意见书》，筹建京师图书馆和历史博物馆。

在北京，鲁迅先住在绍兴会馆的补树书屋，不问世事，只在勤苦做事。业余时间，辑录古籍，研究佛学、金石和汉画。与古籍相伴，与旧物相随，新人物躲进了旧世界。鲁迅曾描述出这样的情景，据传这绍兴会馆院子里的槐树上缢死过一个女人，来客很少。夏夜，蚊子多了，便摇着蒲扇坐在槐树下，从密叶缝里看那一点一点的青天，槐蚕每每落在头颈上，冰凉、冰冷。鲁迅一个人，静静地，默默地生活。周作人曾说鲁迅："做事全不为名誉，只是由于自己的爱好。这是求学问弄艺术的最高的态度，认得鲁迅的人平常所不大能够知道的。"[1] 在这世界上，真正懂鲁迅的，周作人应算一个。

当时的社会环境日益恶化，孙中山"二次革命"失败，袁世凯窃国称帝，风雨如磐，"北京城里，连饭店客栈中，都满布了侦探；还有'军政执法处'，只见受了嫌疑而被捕的青年送进去，却从不见他们活着走出来"。[2] 鲁迅在"见过辛亥革命，见过二次革命，见过袁世凯称帝，张勋复辟，看来看去，就看得怀疑起来，于是失望，颓唐得很了"。[3] 他的抄录古碑、整理旧籍，既出自个人兴趣，也不无躲祸之策。从1909年到1918年3月，整整10年，鲁迅陷入沉默。他

---

[1] 周作人：《关于鲁迅》，钟叔和主编《周作人文类编八十心情》，湖南文艺出版社，1998年，第114页。

[2] 鲁迅：《〈杀错了人〉异议》，《鲁迅全集》第5卷，人民文学出版社，2005年，第100页。

[3] 鲁迅：《〈自选集〉自序》，《鲁迅全集》第4卷，人民文学出版社，2005年，第468页

没有文学创作，也没有文学译介，主要同古书、佛经、拓本在一起，连友人也很少往来，就是在教育部，也枯坐终日，百无聊赖。他的日记常常记着的是"无事"。虽说无事，却多了心事。后来，当他写作的时候，流露笔端的显然有这时的思想沉淀、情感积蓄和生活氛围。鲁迅窖藏了一坛老酒呢。

历史出现了转机。1915年，陈独秀在上海创办了《青年杂志》，从第2卷起改名《新青年》。随后，1916年秋，蔡元培游历欧洲归国后，出任了北京大学校长一职。蔡元培以"思想自由，兼容并包"作为大学精神，延请新旧两派人物到大学任教讲学，形成了一个相对开放的文化场域。陈独秀也被聘为北京大学文科学长。《新青年》杂志随之迁至北京。胡适、钱玄同、李大钊、刘半农、周作人、沈尹默等相继到了北京大学，旧学人物辜鸿铭、刘师培、黄侃等也执掌讲坛。新旧杂存，新思想和新文化依靠这一"校"（北京大学）和一"刊"（《新青年》），产生了思想共振效应，由北京大学再扩散到社会，影响如虎添翼，其声势不断壮大起来。

1917年1月，胡适在《新青年》第2卷第5号发表《文学改良刍议》。2月，陈独秀又发表《文学革命论》，正式提出"文学革命"口号，为五四新文学革命拉开了大幕。当五四新文化运动发生的时候，鲁迅正在"槐树"下"钞古碑"，消磨"生命"的热情，体验着一份寂静而孤清的生活。1917年8月9日晚，老朋友钱玄同来了，"将手提的大皮夹放在破桌上，脱下长衫，对面坐下了，因为怕狗，似乎心房还在怦怦的跳动"。于是，在他们之间就发生了这样一场对话：

"你钞了这些有什么用？"

"没有什么用。"

"那么，你钞他是什么意思呢？"

"没有什么意思。"

"我想，你可以做点文章……"

一问一答，简洁明了，却意味深长。钱玄同质疑鲁迅"钞古碑"的意义，劝他"可以做点文章"。鲁迅也猜透了他的心思，"懂得他的意思了"，"他们正办《新青年》"，并且正面临着自己曾经有过的处境："没有人来赞同，并且也还没有人来反对。"根据周作人的回忆，在钱玄同来之前，鲁迅早就知晓《新青年》，只是"并不怎么看得它起"，对它的态度"很冷淡的"[1]。鲁迅后来也回忆起当时心情："我那时对于'文学革命'，其实并没有怎样的热情。"[2]钱玄同是鲁迅、周作人兄弟一同在东京听章太炎讲学的老朋友，作为《新青年》同仁，他一直热心敦促周氏兄弟为《新青年》杂志写稿，周作人寄去了文章，鲁迅却迟迟不动笔。鲁迅在经历不少挫折之后，对事对物总是迟疑、观望，对刚刚出现的新事物更是这样。钱玄同的到来，被鲁迅认为《新青年》有了自己一样的"寂寞"，这唤起了鲁迅的记忆，于是发出这样的疑问：

假如一间铁屋子，是绝无窗户而万难破毁的，里面有许多熟睡的人们，不久都要闷死了，然而是从昏睡入死灭，并不感到就死的悲哀。现在你大嚷起来，惊起了较为清醒的几个人，使这不幸的少数者来受无可挽救的临终的苦楚，你倒以为对得起他么？

这是鲁迅的"铁屋子"寓言。鲁迅"在铁屋中的呐喊"，它比荒原中的呐喊更让人感到寒冷与绝望，因为在"绝无窗户""万难破毁"的铁屋子里，如叫醒了"较为清醒的几个人"，又找不到出路，忍受"无可挽救的临终的苦楚"，不是更对不起他们吗？鲁迅这样的

---

[1] 周作人：《鲁迅的故家》，鲁迅博物馆、鲁迅研究室、《鲁迅研究月刊》选编《鲁迅回忆录（专著）》，北京出版社，1999年，第1067页。

[2] 鲁迅：《〈自选集〉自序》，《鲁迅全集》第4卷，人民文学出版社，2005年，第468页。

担心和质疑并不是多余的，后来他在大革命失败的历史场景里，亲眼目睹了年轻人的血，还痛苦地自责自己的"呐喊"，"弄清了老实而不幸的青年的脑子和弄敏了他的感觉，使他万一遭灾时来尝加倍的苦痛，同时给憎恶他的人们赏玩这较灵的苦痛，得到格外的享乐"，他甚至怀疑自己也在"帮助着排筵宴"，充当了吃人"筵席"上"醉虾的帮手"[1]。鲁迅的预感不幸被言中。钱玄同的牛脾气来了，他继续做鲁迅的工作。于是，鲁迅抱着"说到希望，却是不能抹杀的，因为希望是在于将来，决不能以我之必无的证明，来折服了他之所谓可有，于是我终于答应他也做文章了，这便是最初的《狂人日记》"。从此以后，他便一发而不可收，创作了大量的小说、杂文，体现了他的现代思想，显示了新文学的实绩。

1919年5月4日，在北京各专科以上学校的学生在天安门前集合，自发地举行游行示威活动，反对、谴责中国政府在巴黎和会上签字。此时，鲁迅也密切地关注着这场青年学生运动，但又心存疑虑。在"五四"运动一周年，他在给自己的学生宋崇义的一封信里，将学生爱国运动和新文化运动所引发的"纷扰"看作社会乱象，他的评价是"由仆观之，则于中国实无何种影响，仅是一时之现象而已"，说到学生的爱国，更是悲观得很，"一无根柢学问，爱国之类，俱是空谈"[2]。

1919年8月，鲁迅和周作人卖掉了绍兴旧居，合买北京西直门内公用库八道湾11号，将住在绍兴老家的母亲、朱安等接过来，把周作人的妻子及几个孩子从日本接来同住。于是，鲁迅结束了七八年

---

[1] 鲁迅：《答有恒先生》，《鲁迅全集》第3卷，人民文学出版社，2005年，第474页。

[2] 鲁迅：《致宋崇义》，《鲁迅全集》第11卷，人民文学出版社，2005年，第383页。

的单独生活，和家人生活在一起。自1920年起，鲁迅先后在北京大学、北京师范大学、北京女子师范大学、世界语专门学校等学校兼职任教。

继《狂人日记》后，鲁迅还发表了《孔乙己》《药》等10多篇小说。五四运动刚刚过去，鲁迅又陆续发表《明天》《一件小事》《故乡》等。从1921年12月起，鲁迅在《晨报副刊》上连载《阿Q正传》。1923年8月，鲁迅第一部小说集《呐喊》出版，收入1918年4月到1922 年11月创作的15篇小说。1930年1月《呐喊》第13次印刷时，鲁迅将《不周山》抽出，后改名《补天》移入《故事新编》，现留存14篇小说。

鲁迅在《新青年》等刊物上发表了大量的随感、杂文，回应社会，助推新文化运动和文学革命的深入发展。由此，鲁迅还参与了与不同思想理念、不同文化主张的论战，显示了鲁迅感受的敏锐、情感的急切和思想的深刻。

五四运动之后不久，新文化阵营内部开始出现了分化。《新青年》杂志开始大量介绍马克思主义、俄国革命以及工人运动等内容。胡适则在《每周评论》上发表了《多研究些问题，少谈些主义》一文，主张"多多研究这个问题如何解决，那个问题如何解决，不要高谈这种主义如何新奇，那种主义如何奥妙"。李大钊即以《再论问题与主义》进行反驳。于是，在《新青年》同仁中间，发生了一场关于"问题"与"主义"的论战。这场论战虽推动了人们对思想与现实的认知，也带来新文化运动内部的分化，表明作为历史的新文化运动即将结束。1922年，《新青年》停刊。鲁迅再次感受到内心的孤寂，"后来《新青年》的团体散掉了，有的高升，有的退隐，有的前进，我又经验了一回同一战阵中的伙伴还是会这么变化，并且落得一个'作家'的头衔，依然在沙漠中走来走去"[1]。"在沙漠里走来走去"，由此可见鲁迅的孤独和悲哀。1923年7月19日，鲁迅与周作人又因家庭矛盾失和，分道扬镳，再也不见兄弟怡怡的情形了。至于失和原因，一直是个谜。不久，鲁迅便大病一场，在之后的一段时间里，时常与病和药为伴，直到次年3月方才转愈。1925年10月12日，周作人用笔名"丙丁"，在《京报》副刊上发表了短文《伤逝》，其中有"兄弟"，"只嘱咐你一声珍重！"有研究者认为这是周作人向鲁迅发出的"密码电报"，9天后，鲁迅也写作了小说《伤逝》，被周作人看作"哀悼兄弟恩情的断绝"[2]。

不久，许广平闯进了鲁迅的生活。1925年3月11日，鲁迅收到时为女师大学生的许广平来信，当天即写了回信。从此，二人的通信越来越频繁，言而有信，爱情也慢慢地生长出来。

新文化阵营的解体，兄弟情谊的离去，社会纷争的混乱，人际关系的紧张，鲁迅陷入深深的绝望之中。1924年到1925年，他创作了 11篇小说，如《祝福》《在酒楼上》《孤独者》《伤逝》等，结集为《彷徨》，1926年8月出版。小说技巧更为纯熟，情感趋于深沉，思想走向深刻。连鲁迅自己也承认："技术虽然比先前好一些，思路也似乎较无拘束，而战斗的意气却冷得不少。"[3]短短的两三年，却成了鲁迅创作的丰收季。在"碰了许多钉子之后"[4]，他写出了散文诗集《野草》，表达自己的人生哲学，成为现代最具象征性和丰富

[1] 鲁迅：《〈自选集〉自序》，《鲁迅全集》第4卷，人民文学出版社，2005年，第469页。

[2] 朱正：《鲁迅传》，人民文学出版社，2018年，第157-158页。

[3] 鲁迅：《〈自选集〉自序》，《鲁迅全集》第4卷，人民文学出版社，2005年，第469页。

[4] 鲁迅：《341009致萧军》，《鲁迅全集》第13卷，人民文学出版社，2005年，第224页。

性的散文集。

然而，外面的世界颇不平静。中国社会发生了一系列重大事件。段祺瑞执政府执掌北京，孙中山逝世，"五卅惨案"，女师大风潮……鲁迅特别关注外界变化，对女师大风潮，鲁迅态度鲜明，公开地站在学生一边，两次为女师大学生代拟呈教育部文，历数校长杨荫榆的种种劣迹，还与马裕藻、沈尹默、李泰棻、钱玄同、沈兼士、周作人等联名发表《对于北京女子师范大学风潮宣言》。1926年，在女师大风潮之后不久，又发生了"三一八惨案"。鲁迅大声疾呼："血债必须用同物偿还。拖欠得愈久，就要付更大的利息！"[1] 他怀着悲愤的心情写下了《记念刘和珍君》，发表誓言："苟活者在淡红的血色中，会依稀看见微茫的希望；真的猛士，将更奋然而前行。"[2] 世界凶恶阴险，人生茫然无路，鲁迅如他笔下的过客一样，依然坚毅地向着不确知的路走去。

---

[1] 鲁迅：《无花的蔷薇之二》，《鲁迅全集》第3卷，人民文学出版社，2005年，第279页。

[2] 鲁迅：《记念刘和珍君》，《鲁迅全集》第3卷，人民文学出版社，2005年，第294页。

四、出走南方

在"三一八"惨案之后，北京的政治环境更加恶劣，鲁迅面临被通缉的危险，于是，他动身到南方去了。鲁迅自己的说法是，"因为做评论，敌人就多起来，北京大学教授陈源开始发表这'鲁迅'就是我，由此弄到段祺瑞将我撤职，并且还要逮捕我。我只好离开北京，到厦门大学做教授"[1]。也有学者认为，鲁迅的南下是和许广平确立了恋爱关系，又有准备共同生活的想法。鲁迅和许广平在离京之前已经商定了分头苦干两年的计划，"为自己生活积聚一点必需的钱"，实为二人日后共同生活积累必需的钱[2]。1926年8月26日，他和许广平离京南下，29日到了上海。9月1日夜半，鲁迅登上开往厦门的轮船，许广平则坐上去往广州的客船。二人约定两年后再会合。4日，鲁迅到达厦门大学，担任声韵文字训诂研究、中国文学史和中国小说史课程，兼任国学院的研究教授，开始了他113天的厦门生活。但在厦门大学的生活和工作并不令人满意。厦门大学的薪水颇为优厚，但学术空气却十分淡薄，交通不便，校长尊孔，同事倾轧，人们为了钱去争夺、骗取、斗宠、献媚、叩头，对此，鲁迅殊为孤独、气闷。在教学之余，鲁迅继续撰写在北京已经开始动笔的5篇散文，《从百草园到三味书屋》《父亲的病》《琐记》《藤野先生》《范爱农》，后均收入《朝花夕拾》。为了应对教学之需，还编定《汉文学史纲要》前10篇。他支持厦门和厦门大学青年成立文艺社团

---

[1] 鲁迅：《自传》，《鲁迅全集》第8卷，人民文学出版社，2005年，第402页。

[2] 朱正：《鲁迅传》，人民文学出版社，2018年，第189-190页。

"泱泱社"和"鼓浪社",鼓励他们出版文学刊物《波艇》和《鼓浪》。

此时,北伐军取得节节胜利,第一次国内革命战争形势喜人。鲁迅颇为北伐形势而欢欣鼓舞。12月31日,鲁迅向厦门大学提出了辞职。虽然还不到与许广平约定的两年时间,1927年1月16日,鲁迅就离开厦门,前往广州中山大学,担任中山大学文学系主任兼教务主任。鲁迅到达广州,受到了广大青年的热烈欢迎。鲁迅在给李小峰的信中曾有记述:"我到中山大学的本意,原不过是教书。然而有些青年大开其欢迎会。我知道不妙,所以首先第一回演说,就声明我不是什么'战士','革命家'。倘若是的,就应该在北京,厦门奋斗;但我躲到'革命后方'的广州来了,这就是并非'战士'的证据。不料主席的某先生——他那时是委员——接着演说,说这是我太谦虚,就我过去的事实看来,确是一个战斗者,革命者。于是礼堂上劈劈拍拍一阵拍手,我的'战士'便做定了。"[1] 鲁迅的影响到了走到哪里,哪里就有掌声的地步,还不断被他人所利用,所命名,悲哀和孤独也就更为浓厚和严重了。

在中山大学,鲁迅编定《唐宋传奇集》,创作小说《铸剑》,还受邀作了7次讲演,如1927年4月8日受应修人等人之邀到黄埔军校作《革命时代的文学》的演说。鲁迅说:"中国革命对于社会没有多大的改变,对于守旧的人没有多大的影响,所以旧人仍能超然物外。广东报纸所讲的文学,都是旧的,新的很少,也可以证明广东社会没有受革命影响;没有对新的讴歌,也没有对旧的挽歌,广东仍然

----

[1] 鲁迅:《通信》,《鲁迅全集》第3卷,人民文学出版社,2005年,第465页。

是十年前底广东。"[1] 后来，鲁迅就曾敏锐地指出："广州的人民并无力量，所以这里可以做'革命的策源地'，也可以做反革命的策源地。"[2] 1927年7月23、26日，在广州夏期学术演讲会上讲演《魏晋风度及文章与药及酒之关系》。在那样的环境中，演讲内容表面上不涉及当时政治，其用意却非常明显，意在借古喻今。鲁迅说："魏晋时代，崇奉礼教的看来似乎很不错，而实在是毁坏礼教，不信礼教的。表面上毁坏礼教者，实则倒是承认礼教，太相信礼教。因为魏晋时所谓崇奉礼教，是用以自利，那崇奉也不过偶然崇奉，如曹操杀孔融，司马懿杀嵇康，都是因为他们和不孝有关，但实在曹操司马懿何尝是著名的孝子，不过将这个名义，加罪于反对自己的人罢了。于是老实人以为如此利用，亵渎了礼教，不平之极，无计可施，激而变成不谈礼教，不信礼教，甚至于反对礼教。——但其实不过是态度，至于他们的本心，恐怕倒是相信礼教，当作宝贝，比曹操司马懿们要迂执得多。"[3] 也难怪鲁迅在给朋友的信中说："弟在广州之谈魏晋事，盖实有慨而言。'志大才疏'，哀北海之终不免也。"[4]

　　1927年3月底，国民革命军相继攻克上海和南京。为此，广州举行了盛大的庆典。就在几乎所有人都沉浸在革命胜利的巨大喜悦之中，4月10日，鲁迅写下了《庆祝沪宁克复的那一边》，指出革命胜

---

[1] 鲁迅：《革命时代的文学》，《鲁迅全集》第3卷，人民文学出版社，2005年，第440页。

[2] 鲁迅：《在钟楼上》，《鲁迅全集》第4卷，人民文学出版社，2005年，第33页。

[3] 鲁迅：《魏晋风度及文章与药及酒之关系》，《鲁迅全集》第3卷，人民文学出版社，2005年，第535页。

[4] 鲁迅：《281230致陈濬》，《鲁迅全集》第12卷，人民文学出版社，2005年，第143页。

利背后的危机，他说："最后的胜利，不在高兴的人们的多少，而在永远进击的人们的多少"，"庆祝和革命没有什么相干，至多不过是一种点缀。庆祝，讴歌，陶醉着革命的人们多，好自然是好的，但有时也会使革命精神转成浮滑。革命的势力一扩大，革命的人们一定会多起来"[1]。他还用大小佛乘教作比喻，"我对于佛教先有一种偏见，以为坚苦的小乘教倒是佛教，待到饮酒食肉的阔人富翁，只要吃一餐素，便可以称为居士，算作信徒，虽然美其名曰大乘，流播也更广远，然而这教却因为容易信奉，因而变为浮滑，或者竟等于零了。革命也如此的，坚苦的进击者向前进行，遗下广大的已经革命的地方，使我们可以放心歌呼，也显出革命者的色彩，其实是和革命毫不相干。这样的人们一多，革命的精神反而会从浮滑，稀薄，以至于消亡，再下去是复旧"[2]。该文本来是《国民新闻》的约稿，鲁迅一点没有应景敷衍，而是分析大革命局势，表达自己的忧思。感触敏锐，思想深刻，给人以警醒。

不幸的事实被鲁迅所言中。1927年4月12日，蒋介石在上海发动了政变。4月15日，广州开始了搜捕和屠杀。中山大学就有40多名学生被捕。当天下午，鲁迅主持召集各科主任紧急会议，会上他提议校方出面营救学生，但应者寥寥，未获通过。残酷的事实再次让鲁迅产生深深的失望情绪，尽管他并不是完全没有心理准备，但现实让鲁迅不得"不惮以最坏的恶意，来推测中国人的"。后来，他还对冯雪峰谈到过广州经历："倘若有人问我，可曾预料在'革命'的广州也会有那样的屠杀？我直说，我真没有料到。姑不论我也是抱着

<hr/>

[1]鲁迅：《庆祝沪宁克复的那一边》，《鲁迅全集》第8卷，人民文学出版社，2005年，第196-197页。

[2]鲁迅：《庆祝沪宁克复的那一边》，《鲁迅全集》第8卷，人民文学出版社，2005年，第198页，

'美梦'到广州去的,在那里,还在'合作'时候,我就亲眼见过那些嘴脸,听过那些誓言。说我深于世故,一切世故都会没有用的。……还是太老实,太相信了'做戏的虚无党',真上了大当……我终于吓得目瞪口呆……血的代价,得的教训就只明白了这上当。"[1]

社会风云突变。1927年4月21日,鲁迅在中山大学任职3个月零3天,实际教学才1个月,便遽然辞职。辞职原因有二:一是顾颉刚4月18日到了中山大学,鲁迅第三天就辞职了;二是国民党右派发动政变和大屠杀,鲁迅营救被捕学生不成,愤而辞职。辞职后的大半年,鲁迅的生存环境更加恶劣,"要我做序的书,已经托故取回。期刊上的我的题签,已经撤换"[2]。他蛰居广州白云楼,开始着手整理旧稿,将发表在《语丝》上的散文诗辑成《野草》,将刊于《莽原》上的散文整理为《朝花夕拾》,还整理了《小约翰》译稿。

鲁迅当初来广州,还抱有美好的愿望。未来广州前,他在给许广平的信中说:"其实我也还有一点野心,也想到广州后,对于'绅士'们仍然加以打击,至多无非不能回北京去,并不在意。第二是与创造社联合起来,造一条战线,更向旧社会进攻,我再勉力写些文字。"[3]然而这几个月的经历,就让鲁迅的"妄想破灭了","从梦境放逐了,不过剩下些索漠"[4]。社会现实的变化再次给鲁迅重重的一击。离开广州,开始新生活,建立新世界,就是必然的了。

[1] 冯雪峰:《回忆鲁迅》,《雪峰文集》第4卷,人民文学出版社,1985年,第149页。

[2] 鲁迅:《通信》,《鲁迅全集》第3卷,人民文学出版社,2005年,第467页。

[3] 鲁迅:《两地书》,《鲁迅全集》第11卷,人民文学出版社,2005年,第195页。

[4] 鲁迅:《在钟楼上》,《鲁迅全集》第4卷,人民文学出版社,2005年,第33页。

五、寄居上海

　　1927年10月3日，鲁迅和许广平抵达上海，并定居在这座城市，直至1936年10月19日去世，共9年多时间。到了上海之后，一些大学邀请鲁迅去讲课，但鲁迅对教书已无兴趣，对于聘请都一一推却。他说："我先到上海，无非想寻一点饭，但政，教两界，我想不涉足，因为实在外行，莫名其妙。也许翻译一点东西卖卖吧。"[1]专事译著，做自由撰稿人或翻译，便成了鲁迅晚年选择的职业。从1927年12月到1931年12月，鲁迅受聘中华民国大学院的特约著作员，每月薪水300元。鲁迅在上海主要依靠版税、稿费生活，没有了大学象牙塔的围墙，他个人的生活就与上海文人、出版商、检察官发生联系，"洋场"成为他的写作空间。不同于北京的沉静和死寂，上海虽别有生气，但也让鲁迅生了不少闷气。如极端市侩、逐利，还不无流氓气，"盗也摩登，娼也摩登"[2]，商业竞卖横行，"居上海久，眼睛也渐渐市侩化，不辨好坏起来"[3]。上海时期的鲁迅主要写作杂文，参加社会活动。杂文的现实性、针对性、即时性和日常性，让后期鲁迅如鱼得水，也有了不同于前期的写作方式和审美趣味。

　　1928年，受李小峰之约，编辑《语丝》杂志，1928年到1929年又与郁达夫一起创办主编文艺刊物《奔流》。在这期间，鲁迅与创造

---

　　[1] 鲁迅：《270919致翟永坤》，《鲁迅全集》第12卷，人民文学出版社，2005年，第67页。

　　[2] 鲁迅：《赌咒》，《鲁迅全集》第5卷，人民文学出版社，2005年，第29页。

　　[3] 鲁迅：《331111致郑振铎》，《鲁迅全集》第12卷，人民文学出版社，2005年，第487页。

社、太阳社之间还发生了一场关于革命文学的论战。鲁迅从去广州到离开广州之前，对创造社同仁多次表示好感，在离开广州前两天，还给李霁野写信说："创造社和我们，现在感情似乎很好。他们在南方颇受迫压了，可叹。看现在文艺方面用力的，仍只有创造，未名，沈钟三社。"[1] 创造社也有联合鲁迅之意，但是，由于其他成员的反对而未果，"最初提出和鲁迅合作的是郑伯奇（代表创造社前期的'老人'）；创造社后期的'新兴力量'（李初梨、阳翰笙等人，他们加入创造社据说是受周恩来的指示，目的是为加强党的领导）此时却表示不能与鲁迅合作，不但不能合作，相反还要将鲁迅作为打倒的对象"。[2] 鲁迅没有想到，来的不是创造社和太阳社的邀约，而是他们的攻击和批判。

论战原因也并不仅仅是后人所说的误会。一方面，后期创造社、太阳社要在上海乃至中国文坛上确立地位，最直接、快速的办法就是找老作家"打架"，正如当时创造社发起人之一的郑伯奇所说："后期创造社对于当时的文学界和成名作家采取了严峻的批判态度。"[3] 另一方面，鲁迅与创造社、太阳社对"革命文学"存在观念分歧。鲁迅认为"革命"是变革、进步、革新之意："'革命'这两个字……有些地方是一听到就害怕的。但这和文学两字连起来的'革命'，却没有法国革命的'革命'那么可怕，不过是革新，改换

[1] 鲁迅：《270925致李霁野》，《鲁迅全集》第12卷，人民文学出版社，2005年，第76页。

[2] 钱理群：《与鲁迅相遇》，生活·读书·新知三联书店，2003年，第297页。

[3] 郑伯奇：《略谈创造社的文学活动》，《郑伯奇文集》，陕西人民出版社，1988年，第1274页。

一个字，就很平和了，我们就称为'文学革新罢'。"[1]鲁迅对极端化的"革命"意识形态保持警惕。他曾在一篇文章中说："革命，反革命，不革命。革命的被杀于反革命的。反革命的被杀于革命的。不革命的或当作革命的而被杀于反革命的，或当作反革命的而被杀于革命的，或并不当作什么而被杀于革命的或反革命的。革命，革革命，革革革命，革革……"[2]对以革命为旗号，实行专制、血腥、卑鄙之实的做法，更是深恶痛绝。

在创造社、太阳社成员那里，"革命"则有其特殊含义和特殊对象，主要是指对资本主义的革命，是指无产阶级对资产阶级、封建地主阶级的革命。自然，反对"资本主义""资产阶级"，也就是对五四新文化运动的彻底否定，包括对胡适、鲁迅等五四新文化代表人物的批判和否定。

这次论争也让鲁迅阅读了有关马克思主义的著作，鲁迅后来还说："我有一件事要感谢创造社的，是他们'挤'我看了几种科学底文艺论，明白了先前的文学史家们说了一大堆，还是纠缠不清的疑问。"[3]在1928年，他就读了十多部这方面的书。他还将卢那察尔斯基的《艺术论》翻译过来。从此，鲁迅也开始使用唯物主义论点分析社会了，乃至在后来，在他与青年人聊天时，也不时说出"阶级斗争"和"社会主义"等新词。当然，鲁迅一面与时俱进，被时代脚步不断推着行走，一面也坚持自己的思想底线，凡是不经过独立思考和判断的，他都不相信。

---

[1]鲁迅：《无声的中国》，《鲁迅全集》第4卷，人民文学出版社，2005年，第13页。

[2]鲁迅：《小杂感》，《鲁迅全集》第3卷，人民文学出版社，2005年，第556页。

[3]鲁迅：《三闲集·序言》，《鲁迅全集》第4卷，人民文学出版社，2005年，第6页。

1928年底，在中国共产党干预下，创造社、太阳社同鲁迅之间的论争平息下来。1929年下半年，开始酝酿成立一个统一的革命文学团体。1930年3月，在上海正式成立了"中国左翼作家联盟"（简称"左联"），鲁迅被列为发起人之一。在左联成立大会上，通过了冯乃超起草的左联纲领。鲁迅也发表了《对于左翼作家联盟的意见》的讲话。在讲话中，鲁迅尖锐地指出，对旧社会和旧势力的斗争，必须坚决，持久不断，而且注重实力；文艺战线应该扩大；应当造出大群的新的文艺战士；联合战线应以有共同目的为必要条件。如果目的都在工农大众，那战线也就统一了。

　　1930年2月3日，鲁迅作为发起人参加中国自由大同盟的成立会。自由大同盟的活动之一就是到大学组织演讲会。鲁迅先后到大夏大学、中国公学演讲《象牙塔和蜗牛庐》《美的认识》。后来，鲁迅还听到通缉的传言，也有学者认为"事出有因，查无实据"[1]。鲁迅以《萌芽月刊》为阵地，与新月派展开论战。新月派理论家梁实秋主张人文主义思想，提出文学人性论，发表《文学与革命》《文学是有阶级性的吗？》等文，认为"文学就是表现这最基本的人性的艺术"，不论是资产阶级还是无产阶级，"他们的人性并没有两样"。无产阶级硬"把阶级的束缚加在文学上面"，而"好的作品永远是少数人的专利品，大多数永远是蠢的，永远和文学无缘"[2]。对此，鲁迅发表了《文学和出汗》《"硬译"与"文学 的阶级性"》等文，反驳梁实秋文学人性论，认为文学"在阶级社会里，即断不能免掉所属的阶级性，无需加以'束缚'，实乃出于必然"，"无产者就因为

---

[1] 倪墨炎：《南京国民政府是否通缉过鲁迅》，《真假鲁迅辨》，上海人民出版社，2010年，第361页。

[2] 梁实秋：《文学是有阶级性的吗？》，《梁实秋批评文集》，珠海出版社，1998年，第141-142页。

是无产阶级，所以要做无产文学"[1]。这时的鲁迅已完全采用马克思主义观点和阶级分析讨论社会和文学问题了。后来，瞿秋白认为，鲁迅的思想有前后期之分，经历了从进化论到阶级论，从个性主义到集体主义的变化过程。事实并非如此简单，即使发生了转变，鲁迅也没有完全抛弃进化论和个性主义。1930年，他还说："进化学说之于中国，输入是颇早的，远在严复的译述赫胥黎《天演论》。但终于也不过留下一个空泛的名词，欧洲大战时代，又大为论客所误解，到了现在，连名目也奄奄一息了。"[2] 显然，他是在为进化论的濒临消亡而叹息。

1931年1月，由于叛徒告密，李求实、柔石、冯铿、胡也频、殷夫等人在开会时被国民党逮捕，2月初被秘密杀害。鲁迅悲愤地写下了一首诗：

> 惯于长夜过春时，挈妇将雏鬓有丝。
>
> 梦里依稀慈母泪，城头变幻大王旗。
>
> 忍看朋辈成新鬼，怒向刀丛觅小诗。
>
> 吟罢低眉无写处，月光如水照缁衣。

经过几十年的风风雨雨，鲁迅的心情是沉重的，但也更为镇静而坚韧。他在人生最后的十年，已从中年意气转变为晚年情怀。他一面相信新兴阶级的崛起及其力量，一面沉醉于古书，特别是宋明野史。在杂文里，他常由现实中一件小事，引出古书的记载，再用古书解释现实，给人一种历史循环之感。"正是那种将过去和今天看作一回事的独特的思路，使他有了这样犀利的眼光"，可以看到，鲁

---

[1] 鲁迅：《"硬译"与"文学的阶级性"》，《鲁迅全集》第4卷，人民文学出版社，2005年，第208页。

[2] 鲁迅：《〈进化和退化〉小引》，《鲁迅全集》第4卷，人民文学出版社，2005年，第255页。

迅与"左联"年轻人的"精神距离，实在是太大了"[1]。1928年，他就担心批判他的成仿吾们在获得大众后，"更要飞跃又飞跃"，"连我也会升到贵族或皇帝阶级里，至少也总得充军到北极圈内去了。译著的书都禁止，自然不待言"[2]。到了1936年，在和冯雪峰闲聊时，他突然以玩笑式的语气说："你们来了，还不先杀掉我？"冯雪峰连连摆手，赶紧说："那不会，那决不会的！"[3]鲁迅之所以有这么多的顾虑，虽出乎人们的预料，但也合乎鲁迅个人的经验和心境。

鲁迅依然坚持继续战斗。为了纪念牺牲的烈士们，鲁迅与冯雪峰合编了秘密发行的"左联"机关刊物《前哨》，并发表了《中国无产阶级革命文学和前驱的血》悼文。还应史沫特莱之约，为美国《新群众》杂志作《黑暗中国的文艺界的现状》。在"左联"五烈士被害两周年之际，鲁迅又写下《为了忘却的记念》，再次表达对中国现状的深沉忧虑和愤懑之情。

1930年代，日本帝国主义发动殖民侵略，国民党采取消极抵抗。鲁迅连续写作《"友邦惊诧"论》《战略关系》《文章与题目》《中国人的生命圈》《"以夷制夷"》等杂文，对中外黑暗势力进行了深刻揭露和剖析。这也是被文学史多次强调并看重的，属于政治鲁迅的社会行为。

1932年11月，鲁迅接到周建人电报"母病速归"，匆匆赶往北平探望。后病愈。此次来北平，鲁迅应旧友之邀，先后到北京大学第二院、辅仁大学、北平大学女子文理学院、北京师范大学、中国大

[1] 王晓明：《无法直面的人生：鲁迅传》，生活·读书·新知三联书店，2021年，第194页。
[2] 鲁迅：《"醉眼"中的朦胧》，《鲁迅全集》第4卷，人民文学出版社，2005年，第66页。
[3] 陈琼芝：《为什么鲁迅没有加入共产党？》，朱正主编《鲁迅研究百题》，湖南人民出版社，1981年，第562页。

学等大学演讲，即著名的"北平五讲"。

在与现实的抗争中，鲁迅积极扶持文学青年，造就文化新人，如黎锦明、叶紫、萧军、萧红、柔石、白莽等，成了中国左翼文艺运动的骨干力量。鲁迅还与不少国内外革命进步人士结下了深厚友谊，如冯雪峰、瞿秋白、丁玲、陈赓、萧三、胡风等，国外的如内山完造、增田涉、史沫特莱、伊罗生、爱德加·斯诺、萧伯纳等。鲁迅与瞿秋白的友谊更是思想进步的证明。1932年11月至1933年7月，瞿秋白曾三次到鲁迅家中避难，也曾多次相聚。瞿秋白编选了《鲁迅杂感选集》，并为之写下长篇序言。鲁迅将清人何瓦琴联句书赠瞿秋白："人生得一知己足矣，斯世当以同怀视之。" 1935年6月18日，瞿秋白就义，鲁迅万分悲痛，用了两个月时间，搜集瞿秋白译著遗文60多万字，编成《海上述林》上下两卷，并以诸夏怀霜社名义将其出版。

鲁迅还主编和参与创办多个文学刊物。1928年6月，与郁达夫合编《奔流》，1929年12月，与柔石合编《朝花》，1933年参与创办《文学》月刊，1934年参与创办《译文》月刊，与茅盾、陈望道创办《太白》，1936年参与创办《海燕》月刊等。1929年起，鲁迅倡导新兴木刻、版画，出版选集，举办讲习班和画展。

鲁迅参加了多个反帝反战、争取民主自由的群众团体，如革命互济会、中国自由运动同盟、中国民权保障同盟和反帝反战同盟。1933年6月18日，杨杏佛被特务暗杀。在杨杏佛入殓仪式上，鲁迅置生死于度外，毅然前往送殓。他在给一位日本友人的信中说，"近来中国式的法西斯开始流行了"，"可能还有很多人要被暗杀，但不管怎么说，我还活着。只要我还活着，就要拿起笔，去回敬他们的手枪"[1]。在动荡和危险的环境中，鲁迅创作了大量的直接反映社会现实的杂文。如《三闲集》《二心集》《南腔北调集》《准风月谈》《花边文学》《伪自由书》《且介亭杂文》《且介亭二集》《集外集》等。鲁迅杂文是对社会黑暗的抗争，是思想的点灯者。有了鲁迅，也就有了光。他的杂文集《而已集》《三闲集》《二心集》《伪自由书》《南腔北调集》《且介亭杂文》《准风月谈》等都曾被列入查禁书目。

1936年初，"左联"宣布解散。鲁迅的意见没被采纳，为此，他也很不高兴。他说，对"这般人，我早已不信任了。"[2] 还明确告诉徐懋庸，"这已是我最后一封信，旧公事全都从此结束了"[3]。在去世前一个月，他还对"左联"中的个别人表达不满，"这里的有一种文学家"，"他们自有一伙，狼狈为奸，把持着文学界，弄得乌烟瘴气。我病倘稍愈，还要给以暴露的，那么，中国文艺的前途庶几有救"[4]。晚年鲁迅不时陷入孤独、寂寞心境，时有身心疲惫、前途迷茫之感，特别当友军从背后射来暗箭时，让他更加"寒心"和"灰心"，乃至趋于"寒冷"状态也就越来越多了[5]。鲁迅的心情越来越坏，身体也越来越差，他想卸下负担休息，但又承受着来自社会、团体和家人的期待，仍要拼命地工作。哪怕是病重期间，仍在校对《花边文学》，翻译果戈理的《死魂灵》第二部的残稿，商讨

---

[1] 鲁迅：《330625（日）致三本初枝》，《鲁迅全集》第14卷，人民文学出版社，2005年，第247页。

[2] 茅盾：《我和鲁迅的接触》，鲁迅研究室主编《鲁迅研究资料》第1辑，文物出版社，1976年，第70页。

[3] 鲁迅：《360502致徐懋庸》，《鲁迅全集》第14卷，人民文学出版社，2005年，第85页。

[4] 鲁迅：《360915致王冶秋》，《鲁迅全集》第14卷，人民文学出版社，2005年，第149页。

[5] 鲁迅：《350423致萧军、萧红》，《鲁迅全集》第13卷，人民文学出版社，2005年，第445页。

《译文》杂志的复刊以及"译文丛书"的出版事宜，编印《凯绥-珂勒惠支版画选集》等，临终前，他还抱病编辑瞿秋白的译文遗集《海上述林》上下两卷。

鲁迅晚年的事务繁杂，心绪时而悲观，时有无路可走，又迫不得已，不得不走。10月17日下午，鲁迅在外出途中偶感风寒，病情发作。当天晚上，写作《因太炎先生而想起的二三事》，这成了他的绝笔。1936年10月19日晨5时25分，鲁迅去世。一个痛苦、悲愤、绝望而抗战的灵魂终于可以安息了。鲁迅的逝世震动了中华大地。全国各界人士自发沉痛悼念这位伟大的思想家、文学家和革命者。23日下午出殡。鲁迅遗体上覆盖着"民族魂"的旗帜。鲁迅的思想和著述，成为中华民族文化的伟大财富。

附文

鲁迅自传

○鲁迅

　　我于一八八一年生于浙江省绍兴府城里的一家姓周的家里。父亲是读书的；母亲姓鲁，乡下人，她以自修得到能够看书的学力。听人说，在我幼小时候，家里还有四五十亩水田，并不很愁生计。但到我十三岁时，我家忽而遭了一场很大的变故，几乎什么也没有了；我寄住在一个亲戚家里，有时还被称为乞食者。我于是决心回家，而我底父亲又生了重病，约有三年多，死去了。我渐至于连极少的学费也无法可想；我底母亲便给我筹办了一点旅费，教我去寻无需学费的学校去，因为我总不肯学做幕友或商人，——这是我乡衰落了的读书人家子弟所常走的两条路。

　　其时我是十八岁，便旅行到南京，考入水师学堂了，分在机关科。大约过了半年，我又走出，改进矿路学堂去学开矿，毕业之后，即被派往日本去留学。但待到在东京的豫备学校毕业，我已经决意要学医了。原因之一是因为我确知道了新的医学对于日本维新有很大的助力。我于是进了仙台（Sendai）医学专门学校，学了两年。这时正值俄日战争，我偶然在电影上看见一个中国人因做侦探而将被斩，因此又觉得在中国医好几个人也无用，还应该有较为广大的运动……先提倡新文艺。我便弃了学籍，再到东京，和几个朋友立了些小计划，但都陆续失败了。我又想往德国去，也失败了。终于，因为我底母亲和几个别的人很希望我有经济上的帮助，我便回到中国来；这时我是二十九岁。

　　我一回国，就在浙江杭州的两级师范学堂做化学和生理学教员，

第一讲 | 个人事件 | **039**

第二年就走出，到绍兴中学堂去做教务长，第三年又走出，没有地方可去，想在一个书店去做编译员，到底被拒绝了。但革命也就发生，绍兴光复后，我做了师范学校的校长。革命政府在南京成立，教育部长招我去做部员，移入北京；后来又兼做北京大学，师范大学，女子师范大学的国文系讲师。到一九二六年，有几个学者到段祺瑞政府去告密，说我不好，要捕拿我，我便因了朋友林语堂的帮助逃到厦门，去做厦门大学教授，十二月走出，到广东，做了中山大学教授，四月辞职，九月出广东，一直住在上海。

我在留学时候，只在杂志上登过几篇不好的文章。初做小说是一九一八年，因为一个朋友钱玄同的劝告，做来登在《新青年》上的。这时才用"鲁迅"的笔名（Pen-name）；也常用别的名字做一点短论。现在汇印成书的有两本短篇小说集：《呐喊》，《彷徨》。一本论文，一本回忆记，一本散文诗，四本短评。别的，除翻译不计外，印成的又有一本《中国小说史略》，和一本编定的《唐宋传奇集》。

一九三〇年五月十六日

《呐喊》自序

○ 鲁迅

　　我在年青时候也曾经做过许多梦，后来大半忘却了，但自己也并不以为可惜。所谓回忆者，虽说可以使人欢欣，有时也不免使人寂寞，使精神的丝缕还牵着已逝的寂寞的时光，又有什么意味呢，而我偏苦于不能全忘却，这不能全忘的一部分，到现在便成了《呐喊》的来由。

　　我有四年多，曾经常常，——几乎是每天，出入于质铺和药店里，年纪可是忘却了，总之是药店的柜台正和我一样高，质铺的是比我高一倍，我从一倍高的柜台外送上衣服或首饰去，在侮蔑里接了钱，再到一样高的柜台上给我久病的父亲去买药。回家之后，又须忙别的事了，因为开方的医生是最有名的，以此所用的药引也奇特：冬天的芦根，经霜三年的甘蔗，蟋蟀要原对的，结子的平地木，……多不是容易办到的东西。然而我的父亲终于日重一日的亡故了。

　　有谁从小康人家而坠入困顿的么，我以为在这途路中，大概可以看见世人的真面目；我要到N进K学堂去了，仿佛是想走异路，逃异地，去寻求别样的人们。我的母亲没有法，办了八元的川资，说是由我的自便；然而伊哭了，这正是情理中的事，因为那时读书应试是正路，所谓学洋务，社会上便以为是一种走投无路的人，只得将灵魂卖给鬼子，要加倍的奚落而且排斥的，而况伊又看不见自己的儿子了。然而我也顾不得这些事，终于到N去进了K学堂了，在这学堂里，我才知道世上还有所谓格致，算学，地理，历史，绘图和体操。生理学并不教，但我们却看到些木版的《全体新论》和《化学卫生论》之类了。我还记得先前的医生的议论和方药，和现在所知道的比较起来，便渐渐的悟得中医不过是一种有意的或无意的骗子，同时又很起了对于被骗的病人和他的家族的同情；而且从译出的历史上，又知道了日本维新是大半发端于西方医学的事实。

因为这些幼稚的知识，后来便使我的学籍列在日本一个乡间的医学专门学校里了。我的梦很美满，预备卒业回来，救治像我父亲似的被误的病人的疾苦，战争时候便去当军医，一面又促进了国人对于维新的信仰。我已不知道教授微生物学的方法，现在又有了怎样的进步了，总之那时是用了电影，来显示微生物的形状的，因此有时讲义的一段落已完，而时间还没有到，教师便映些风景或时事的画片给学生看，以用去这多余的光阴。其时正当日俄战争的时候，关于战事的画片自然也就比较的多了，我在这一个讲堂中，便须常常随喜我那同学们的拍手和喝采。有一回，我竟在画片上忽然会见我久违的许多中国人了，一个绑在中间，许多站在左右，一样是强壮的体格，而显出麻木的神情。据解说，则绑着的是替俄国做了军事上的侦探，正要被日军砍下头颅来示众，而围着的便是来赏鉴这示众的盛举的人们。

这一学年没有完毕，我已经到了东京了，因为从那一回以后，我便觉得医学并非一件紧要事，凡是愚弱的国民，即使体格如何健全，如何茁壮，也只能做毫无意义的示众的材料和看客，病死多少是不必以为不幸的。所以我们的第一要著，是在改变他们的精神，而善于改变精神的是，我那时以为当然要推文艺，于是想提倡文艺运动了。在东京的留学生很有学法政理化以至警察工业的，但没有人治文学和美术；可是在冷淡的空气中，也幸而寻到几个同志了，此外又邀集了必须的几个人，商量之后，第一步当然是出杂志，名目是取"新的生命"的意思，因为我们那时大抵带些复古的倾向，所以只谓之《新生》。

《新生》的出版之期接近了，但最先就隐去了若干担当文字的人，接着又逃走了资本，结果只剩下不名一钱的三个人。创始时候既已背时，失败时候当然无可告语，而其后却连这三个人也都为各自的运命所驱策，不能在一处纵谈将来的好梦了，这就是我们的并未产生的《新生》的结局。

我感到未尝经验的无聊，是自此以后的事。我当初是不知其所以然的；后来想，凡有一人的主张，得了赞和，是促其前进的，得了反对，是促其奋斗的，独有叫喊于生人中，而生人并无反应，既非赞同，也无反对，如置身毫无边际的荒原，无可措手的了，这是怎样的悲哀呵，我于是以我所感到者为寂寞。

这寂寞又一天一天的长大起来，如大毒蛇，缠住了我的灵魂了。

然而我虽然自有无端的悲哀，却也并不愤懑，因为这经验使我反省，看见自己了：就是我决不是一个振臂一呼应者云集的英雄。

只是我自己的寂寞是不可不驱除的，因为这于我太痛苦。我于是用了种种法，来麻醉自己的灵魂，使我沉入于国民中，使我回到古代去，后来也亲历或旁观过几样更寂寞更悲哀的事，都为我所不愿追怀，甘心使他们和我的脑一同消灭在泥土里的，但我的麻醉法却也似乎已经奏了功，再没有青年时候的慷慨激昂的意思了。

S会馆里有三间屋，相传是往昔曾在院子里的槐树上缢死过一个女人的，现在槐树已经高不可攀了，而这屋还没有人住；许多年，我便寓在这屋里钞古碑。客中少有人来，古碑中也遇不到什么问题和主义，而我的生命却居然暗暗的消去了，这也就是我惟一的愿望。夏夜，蚊子多了，便摇着蒲扇坐在槐树下，从密叶缝里看那一点一点的青天，晚出的槐蚕又每每冰冷的落在头颈上。

那时偶或来谈的是一个老朋友金心异，将手提的大皮夹放在破桌上，脱下长衫，对面坐下了，因为怕狗，似乎心房还在怦怦的跳动。

"你钞了这些有什么用?"有一夜,他翻着我那古碑的钞本,发了研究的质问了。

"没有什么用。"

"那么,你钞他是什么意思呢?"

"没有什么意思。"

"我想,你可以做点文章……"

我懂得他的意思了,他们正办《新青年》,然而那时仿佛不特没有人来赞同,并且也还没有人来反对,我想,他们许是感到寂寞了,但是说:

"假如一间铁屋子,是绝无窗户而万难破毁的,里面有许多熟睡的人们,不久都要闷死了,然而是从昏睡入死灭,并不感到就死的悲哀。现在你大嚷起来,惊起了较为清醒的几个人,使这不幸的少数者来受无可挽救的临终的苦楚,你倒以为对得起他们么?"

"然而几个人既然起来,你不能说决没有毁坏这铁屋的希望。"

是的,我虽然自有我的确信,然而说到希望,却是不能抹杀的,因为希望是在于将来,决不能以我之必无的证明,来折服了他之所谓可有,于是我终于答应他也做文章了,这便是最初的一篇《狂人日记》。从此以后,便一发而不可收,每写些小说模样的文章,以敷衍朋友们的嘱托,积久就有了十余篇。

在我自己,本以为现在是已经并非一个切迫而不能已于言的人了,但或者也还未能忘怀于当日自己的寂寞的悲哀罢,所以有时候仍不免呐喊几声,聊以慰藉那在寂寞里奔驰的猛士,使他不惮于前驱。至于我的喊声是勇猛或是悲哀,是可憎或是可笑,那倒是不暇顾及的;但既然是呐喊,则当然须听将令的了,所以我往往不恤用了曲笔,在《药》的瑜儿的坟上平空添上一个花环,在《明天》里也不叙单四嫂子竟没有做到看见儿子的梦,因为那时的主将是不主张消极的。至于自己，却也并不愿将自以为苦的寂寞，再来传染给也如我那年青时候似的正做着好梦的青年。

这样说来，我的小说和艺术的距离之远，也就可想而知了，然而到今日还能蒙着小说的名，甚而至于且有成集的机会，无论如何总不能不说是一件侥幸的事，但侥幸虽使我不安于心，而悬揣人间暂时还有读者，则究竟也仍然是高兴的。

所以我竟将我的短篇小说结集起来，而且付印了，又因为上面所说的缘由，便称之为《呐喊》。

一九二二年十二月三日，鲁迅记于北京。

思·想·灯·火

鲁迅思想是一个老题目，被称为世纪难题。鲁迅思想不仅丰富，而且复杂，更是深刻。它并没有一个理论体系，而是鲁迅对社会人生问题的观察、思考和表达，是他探索现代人生和民族国家发展和进步的价值力量。它是鲁迅所感、所思和所想，是社会现实和历史的折射，是鲁迅文学写作、学术研究和社会交往的行为和声音。李长之曾经说过，鲁迅"不够一个思想家"，因为没有"一个思想家所应有的清晰以及在理论上建设的能力"[1]，他"没有深邃的脑筋"和"幽远的问题"，没有理论的"趣味"[2]。1980年代以来，学术界已获得基本共识，鲁迅是一个伟大的思想家。只不过，鲁迅不是一般意义上的思想家，不是学院派思想家，而是社会思想家，是文学思想家。他的思想不随大众，不在论理，不束于逻辑，不淹于体系，而在思想的深邃和独特，在思想的灯火和力量，这也是鲁迅思想的特色。

---

[1] 李长之：《鲁迅批判》，北京出版社，2011年，第147页。

[2] 李长之：《鲁迅批判》，北京出版社，2011年，第173页。

一、立人思想：国民性批判

刘半农曾将鲁迅一生归结为"托尼文章，魏晋风骨"，可谓贴切生动。所谓"托尼"，即托尔斯泰和尼采。鲁迅思想受到尼采影响，主要体现为个人主义。鲁迅主张"人各有己""朕归于我"的"立人"思想，所"立"之"人"，即为独立的精神个体。在鲁迅看来，"东方发白，人类向各民族所要的是'人'"[1]。民族国家非常重要，但立国先立人，立人才是根本。"立人"思想的核心，是个体的精神自觉和思想自由。鲁迅的思想启蒙和国民性批判都是立人思想的集中表现。为什么人的精神自觉和思想自由最为优先和重要呢？因为人的"思想行为，必以己为中枢，亦以己为终极：即立我性为绝对之自由者也"[2]。同时，人的"主观之心灵界，当较客观之物质界为尤尊"[3]，而人的"内部之生活强，则人生之意义亦愈邃，个人尊严之旨趣亦愈明"[4]。所以，鲁迅将思想自觉和精神自由作为人之根本要义，提出摆脱思想束缚，走向主体自觉，"思虑动作，咸离外物，独往来于自心之天地，确信在是，满足亦在是"[5]，即

---

[1] 鲁迅：《随感录四十》，《鲁迅全集》第1卷，人民文学出版社，2005年，第338页。

[2] 鲁迅：《文化偏至论》，《鲁迅全集》第1卷，人民文学出版社，2005年，第52页。

[3] 鲁迅：《文化偏至论》，《鲁迅全集》第1卷，人民文学出版社，2005年，第54页。

[4] 鲁迅：《文化偏至论》，《鲁迅全集》第1卷，人民文学出版社，2005年，第57页。

[5] 鲁迅：《文化偏至论》，《鲁迅全集》第1卷，人民文学出版社，2005年，第55页。

认识自己，自觉存在，高扬思想和精神的头颅，在外，摆脱封建秩序的政治压迫和伦理束缚；向内，拥有人的意志自律、理性自决和思想自觉，实现人的真正解放，特别是人的精神自由和思想的解放，也就是鲁迅多次申明的"人必发挥自性"[1]，"必尊个性而张精神"[2]。

鲁迅关注个体，张扬自由。他认为："聚今之人所张主，理而察之，假名之曰类，则其为类之大较二：一曰汝其为国民，一曰汝其为世界人。前者慑以不如是则亡中国，后者慑以不如是则畔文明。寻其立意，虽都无条贯主的，而皆灭人之自我，使之混然不敢自别异，泯于大群，如掩诸色以晦黑，假不随附，乃即以大群为鞭筻，攻击迫拶，俾之靡骋。"[3] 这段话主要讨论"人"的概念。一种观念是"类"，把"人"归于某一类："家庭""国家""民族""人类"之"人"；另一种观念是"个"，把人看成生命"个体"。中国传统文化中没有"个"的观念，强调人对家庭、国家、民族，以及封建帝王的从属性，只有"忠臣"和"孝子"。"个"的观念就是对中国传统思想的一种反省和批判。并且，鲁迅对当时最为流行的两种说法："汝为国民"和"汝为世界民"也有反思和批判。前者是民族主义和国家主义观念，"世界民"概念是当时"维新派"的主张，他们认为西方文化有世界性和普遍性，鲁迅对这种观念也持反对态度。他对西方文明不是不认可，恰恰相反，而是有相当高的评价，但他并不将其神化和美化。认为西方"民主""平等"观念具有反抗封建君主

---

[1] 鲁迅：《文化偏至论》，《鲁迅全集》第1卷，人民文学出版社，2005年，第52页。

[2] 鲁迅：《文化偏至论》，《鲁迅全集》第1卷，人民文学出版社，2005年，第58页。

[3] 鲁迅：《破恶声论》，《鲁迅全集》第8卷，人民文学出版社，2005年，第28页。

专制的意义，但如推之极端，则会出现弊病。"民主"如果演变为"以多数临天下而暴独特者"[1]，就会成为新的专制。"平等"如果"夷隆实陷"，"使天下人人归于一致"，也会扼杀"个人特殊之性""精神益趋于固陋"[2]。由此，鲁迅反省"民主"和"平等"，主要集中于它们对个体独特性的压抑，也就是"灭人之自我，使之混然不敢自别异，泯于大群"。鲁迅一再强调"个"，而非"类"和"群"，强调人各有"己"，"己"才是人的本质。可以说，鲁迅对传统观念与西方观念都持双重反省的态度，而带有鲜明的个人特点。

鲁迅思想之"个体"是真实的、具体的，而不是普遍的、观念的或群体的人。他把人还原到个体生命之中，强调"每一个"的生命意义和价值。由此出发，鲁迅还提出了"自由"的概念，"立我性为绝对之自由者也"[3]，足见其对自由的重视程度。人是自己存在的根据，具有独立不依的特性。人要摆脱对"他者"的依赖，不依附任何其他力量，才能彻底走出被奴役的状态，进入生命的自由状态。当然，鲁迅的个体生命自由观，"个人"是大写的"人"，也是和万物、他人相通的，是"心事浩茫连广宇"[4]。整个人类、整个生命乃至整个宇宙都与他息息相关。这样，鲁迅的立人思想，首先是人的精神独立，其次是思想自由，再次是生命活力。总之，人是独立的，不受拘束，同时又是有活力的。

———————————

[1] 鲁迅：《文化偏至论》，《鲁迅全集》第1卷，人民文学出版社，2005年，第49页。

[2] 鲁迅：《文化偏至论》，《鲁迅全集》第1卷，人民文学出版社，2005年，第51-52页。

[3] 鲁迅：《文化偏至论》，《鲁迅全集》第1卷，人民文学出版社，2005年，第52页。

[4] 鲁迅：《戌年初夏偶作》，《鲁迅全集》第7卷，人民文学出版社，2005年，第472页。

由此，"其首在立人，人立而后凡事举"[1]，"国人之自觉至，个性张，沙聚之邦，由是转为人国。人国既建，乃始雄厉无前，屹然独见于天下"[2]。由"立人"到立国，鲁迅个人主义思想就拥有了理性逻辑，其现实逻辑则是思想启蒙，具体地说是国民性批判。国民性批判也是鲁迅思想最为核心、最有特色的内容。早在日本弘文学院时期，鲁迅就与许寿裳讨论到中国国民性问题。至于如何改造国民性，鲁迅认为："国民性可改造于将来"，而当前"中国的改革，第一著自然是埽荡废物，以造成一个使新生命得能诞生的机运"[3]。后来，他在谈到文学革命时，也认为："最初，文学革命者的要求是人性的解放，他们以为只要扫荡了旧的成法，剩下来的便是原来的人，好的社会了，于是就遇到保守家们的迫压和陷害。大约十年之后，阶级意识觉醒了起来，前进的作家，就都成了革命文学者。"[4]显然，鲁迅把人的改造与社会改造，人的解放与社会解放紧密地结合在一起，具体路径就是国民性批判及其思想启蒙。

"国民性"是一个抽象概念，作为思想启蒙对象，其实际含义主要是指国民人格。鲁迅的国民性批判，就是将盲目的民族群体，改造成为独立自觉的精神个体。他的个人主义，主要是指个性主义，不仅具有独立的个体人格，而且还具有以创造性和批判性为基本特征的个体意志和个人思想。鲁迅之所以执着于国民性批判，因为它

---

[1] 鲁迅：《文化偏至论》，《鲁迅全集》第1卷，人民文学出版社，2005年，第58页。

[2] 鲁迅：《文化偏至论》，《鲁迅全集》第1卷，人民文学出版社，2005年，第57页。

[3] 鲁迅：《〈出了象牙之塔〉后记》，《鲁迅全集》第10卷，人民文学出版社，2005年，第270页。

[4] 鲁迅：《〈草鞋脚〉小引》，《鲁迅全集》第6卷，人民文学出版社，2005年，第21页。

"实在可以使中国人败亡"，所以必须"先行发露各样的劣点，撕下那好看的假面具来"[1]，引起疗救和改革者们的注意。国民性批判，并非从鲁迅开始，却以鲁迅最为深刻和坚韧。

鲁迅的国民性批判主要批判缺乏"真诚"的"瞒和骗"、自欺的精神胜利法以及做戏的虚无党，批判没有"热情"的看客的冷漠和无聊，批判缺少"勇气"的奴才的卑怯和势利。

首先，批判缺乏"诚"的"瞒和骗"、自欺的精神胜利法和做戏的虚无党。鲁迅在《论睁了眼看》指出："中国人的不敢正视各方面，用瞒和骗，造出奇妙的逃路来，而自以为正路。在这路上，就证明着国民性的怯弱，懒惰，而又巧滑。一天一天的满足着，即一天一天的堕落着，但却又觉得日荣。"由于不敢正视现实，才采用瞒和骗来掩盖社会矛盾，粉饰生活病态，于是，社会就成了"无问题，无缺陷，无不平，也就无解决，无改革，无反抗"[2]，永远如一潭死水。由这瞒和骗，还产生"瞒和骗的文艺"，"这文艺，更令中国人更深地陷入瞒和骗的大泽中"[3]。比如旧文艺流行的"大团圆"结局以及"好死不如赖活着"思想。在鲁迅看来，历代才子佳人小说的"才子及第，奉旨成婚"，必令"生旦当场团圆"等，都是"自欺欺人"，"闭眼胡说"。"因为中国人底心理，是很喜欢团圆的，所以必至于如此，大概人生现实底缺陷，中国人也很知道，但不愿意说出来；因为一说出来，就要发生'怎样补救这缺点'的问题，或者免不了要烦闷，要改良，事情就麻烦了。而中国人不大喜欢麻烦

---

[1] 鲁迅：《通讯》，《鲁迅全集》第3卷，人民文学出版社，2005年，第27页。

[2] 鲁迅：《论睁了眼看》，《鲁迅全集》第1卷，人民文学出版社，2005年，第252页。

[3] 鲁迅：《论睁了眼看》，《鲁迅全集》第1卷，人民文学出版社，2005年，第255页。

和烦闷,现在倘在小说里叙了人生底缺陷,便要使读者感着不快。所以凡是历史上不团圆的,在小说里往往给他团圆;没有报应的,给他报应,互相骗骗。——这实在是关于国民性底问题。"[1] 于是,鲁迅大声疾呼:"世界日日改变,我们的作家取下假面,真诚地,深入地,大胆地看取人生并且写出他的血和肉来的时候早到了;早就应该有一片崭新的文场,早就应该有几个凶猛的闯将!""没有冲破一切传统思想和手法的闯将,中国是不会有真的新文艺的。"[2]

"精神胜利法"是鲁迅对中国国民性的典型概括。《阿Q正传》塑造的阿Q形象,集中而独特地揭示了"精神胜利法"的自欺特征。他妄自尊大、自轻自贱、卑怯巧滑、愚昧麻木,他所说的没一句是真实的,不是骗人就是自欺。鲁迅还列举了瞒和骗的种种说法,如"中国地大物博,开化最早;道德天下第一";"外国物质文明虽高,中国精神文明更好";"外国的东西,中国都已有过;某种科学,即某子所说的云云";"外国也有叫化子,——(或云)也有草舍,——娼妓,——臭虫";"中国便是野蛮的好"[3] 等等。他们夸耀自己的"精神文明",掩盖现实社会的不如意,把"国粹"当作荣光,哪怕是身上的疮疤,也"红肿之处,艳若桃花;溃烂之时,美如乳酪"[4]。这虽是自我安慰,也是典型的"精神胜利法"。

鲁迅批判的国民性还表现在"做戏"的"虚无"上。鲁迅曾引

---

[1] 鲁迅:《中国小说的历史的变迁》,《鲁迅全集》第9卷,人民文学出版社,2005年,第326页。

[2] 鲁迅:《论睁了眼看》,《鲁迅全集》第1卷,人民文学出版社,2005年,第255页。

[3] 鲁迅:《随感录三十八》,《鲁迅全集》第1卷,人民文学出版社,2005年,第328页。

[4] 鲁迅:《随感录三十九》,《鲁迅全集》第1卷,人民文学出版社,2005年,第334页。

述美国传教士斯密斯《支那人气质》里的一段话，说中国人"颇有点做戏气味"的"装模装样"，"总想将自己的体面弄得十足"，认为中国人"重要的国民性所成的复合关键，便是这'体面'"。由此，鲁迅评价道："这话并不过于刻毒。相传为戏台上的好对联，是'戏场小天地，天地大戏场'。大家本来看得一切事不过是一出戏，有谁认真的，就是蠢物。"[1] 鲁迅称"中国的一些人"为"做戏的虚无党"或"体面的虚无党"[2]。他们在生活中"做戏"，讲"体面"，不坦诚，不真切，爱掩饰，尚虚夸，这也是中国国民性的弱点。

其次，批判缺乏"热情"的"看客"们的无聊和冷漠。鲁迅青少年时代就有过不少被"看"的创伤性经历，在日本经历了"幻灯事件"，在上海经历了剪辫子，深感中国人生活之无聊和冷漠，"永远是戏剧的看客"。他们感受不到他人的精神痛苦，也忘记了自己的痛苦，对人生始终抱着"袖手旁观"的态度，表现出极度的情感冷漠，精神空虚和无聊。鲁迅多次描述过看客的心理状态，北京的羊肉铺子前，一些人"张着嘴看剥羊，仿佛颇愉快"[3]；广漠的旷野之上，一男一女持刀对立，于是"路人们从四面奔来"，"而且拼命地伸长颈子"[4]，来赏鉴他们的拥抱或杀戮。小说《示众》集中描绘了看客群像的无聊、麻木和冷漠。鲁迅创作《野草》中的《复

[1] 鲁迅：《马上支日记》，《鲁迅全集》第3卷，人民文学出版社，2005年，第344-345页。

[2] 鲁迅：《马上支日记》，《鲁迅全集》第3卷，人民文学出版社，2005年，第346页。

[3] 鲁迅：《娜拉走后怎样》，《鲁迅全集》第1卷，人民文学出版社，2005年，第170页。

[4] 鲁迅：《复仇》，《鲁迅全集》第2卷，人民文学出版社，2005年，第176页。

仇》，也是"因为憎恶社会上旁观者之多"[1]。到了1930年代，《准风月谈》中的《推》，依然表现鲁迅对"人山人海""嘻开嘴巴"看客们的愤慨和憎恶。由此，无论从个人经历，还是立人思想，鲁迅对看客们的无聊和冷漠可谓是深恶痛绝。

再次，批判安于现状的奴才的卑怯和势利。鲁迅认为，中国人不仅安于命运，而且安于现状，因循守旧，抗拒改革。"中国太难改变了，即使搬动一张桌子，改装一个火炉，几乎也要血；而且即使有了血，也未必一定能搬动"，[2]即使办一点事，也是"悠悠然"，"慢慢交"，"懒散，死样活气"，"一个人活五六十岁，在中国实在做不出什么事来"[3]。如遇见新事物，"不过并非将自己变得合于新事物，乃是将新事物变得合于自己"[4]。"纵为奴隶，也处之泰然，但又无往而不合于圣道"[5]。

中国人由于"受强者的蹂躏"，虽积蓄不少"怨愤"，却不敢反抗，反而向弱者发泄，这便是"卑怯"[6]。鲁迅以"羊"做形象化的比喻，"可惜中国人但对于羊显凶兽相，而对于凶兽则显羊相，所

[1] 鲁迅：《〈野草〉英文译本序》，《鲁迅全集》第4卷，人民文学出版社，2005年，第365页。

[2] 鲁迅：《娜拉走后怎样》，《鲁迅全集》第1卷，人民文学出版社，2005年，第171页。

[3] 鲁迅：《350410致曹聚仁》，《鲁迅全集》第13卷，人民文学出版社，2005年，第436页。

[4] 鲁迅：《补白》，《鲁迅全集》第3卷，人民文学出版社，2005年，第109页。

[5] 鲁迅：《通讯》，《鲁迅全集》第3卷，人民文学出版社，2005年，第27页。

[6] 鲁迅：《杂忆》，《鲁迅全集》第1卷，人民文学出版社，2005年，第238页。

以即使显着凶兽相，也还是卑怯的国民"[1]。生活在社会底层，他们常常互相伤害，他们是羊，同时也是凶兽。卑怯常常同势利紧密相连，遇见强者，不敢反抗，还趋炎附势，显出一副奴颜婢膝丑态；对于弱者，则是凶残横恣，宛然一个暴君。正是由于国民性的这种卑怯与势利，"中国一向就少有失败的英雄，少有韧性的反抗，少有敢单身鏖战的武人，少有敢抚哭叛徒的吊客；见胜兆则纷纷聚集，见败兆则纷纷逃亡"[2]。在历史和现实中，这种见强者便蜂聚拥戴，遇挫败则"纷纷作鸟兽散"，土崩瓦解，甚至墙倒众人推，落井下石，都曾是社会的普遍现象。

在鲁迅看来，中国国民性弱点产生的主要原因，首先是传统封建等级制度。"天有十日，人有十等"，"一级一级的制驭着"，人们由受压迫而"蕴蓄的怨愤"，不"向强者反抗，而反在弱者身上发泄"，直到怨愤已消，"天下也就成为太平的盛世"[3]。欺弱怕强的奴性思想和苟活心理也由此产生。其次是封建思想的毒害。中国封建思想历史长久，并与封建秩序结合在一起，形成了强大的思想统治力量。鲁迅曾说过，中国的"古书实在太多，倘不是笨牛，读一点就可以知道，怎样敷衍，偷生，献媚，弄权，自私，然而能够假借大义，窃取美名。再进一步，并可以悟出中国人是健忘的，无论怎样言行不符，名实不副，前后矛盾，撒谎造谣，蝇营狗苟，都不要紧，经过若干时候，自然被忘得干干净净；只要留下一点卫道模

[1] 鲁迅：《忽然想到（七）》，《鲁迅全集》第3卷，人民文学出版社，2005年，第64页。

[2] 鲁迅：《这个与那个》，《鲁迅全集》第3卷，人民文学出版社，2005年，第152-153页。

[3] 鲁迅：《杂忆》，《鲁迅全集》第1卷，人民文学出版社，2005年，第239页。

样的文字，将来仍不失为'正人君子'"[1]。最后是侵略者的殖民和欺侮。中国历史上"历受游牧民族之害，历史上满是血痕"[2]，留下了民族创伤，加上近代帝国主义的入侵，国民才逐渐变成"愚弱的国民"，失败主义、自欺欺人、自轻自贱、麻木健忘等国民弱点才得以滋生和蔓延，也逐渐形成了鲁迅所说的"现代的我们国人的魂灵"。所以，当民族面临生死存亡的时刻，鲁迅责无旁贷地为反抗异族侵略而奋斗，加入民族抗日统一战线，同时，他也告诫人们："用笔和舌，将沦为异族的奴隶之苦告诉大家，自然是不错的，但要十分小心，不可使大家得着这样的结论：'那么，到底还不如我们似的做自己人的奴隶好。'"[3]

中华民族也拥有极其优秀的精神品质，鲁迅对国民性的批判，主要批判其保守、狭隘、自利、麻木及其愚昧的一面。他也高度肯定和赞扬民族性的优点。早在《摩罗诗力说》，他就赞美屈原的爱国主义精神和"放言无惮"的热情。在《华盖集·补白（三）》《这个与那个》中，他也称赞韩非子的"不耻最后"的精神。在《学界的三魂》里，鲁迅积极主张发扬"民魂"，认为"惟有民魂是值得宝贵的，惟有他发扬起来，中国才有真进步"[4]。在小说《一件小事》中，他书写了人力车夫的高尚品德。由此可见，鲁迅并不只限于批判国民性弱点，他也高度肯定中华民族精神的自强不息和百折不挠。

---

[1] 鲁迅：《十四年的"读经"》，《鲁迅全集》第3卷，人民文学出版社，2005年，第138页。

[2] 鲁迅：《致尤炳圻》，《鲁迅全集》第14卷，人民文学出版社，2005年，第410页。

[3] 鲁迅：《半夏小集》，《鲁迅全集》第6卷，人民文学出版社，2005年，617页。

[4] 鲁迅：《学界的三魂》，《鲁迅全集》第3卷，人民文学出版社，2005年，222页。

他认为，我们的民族"其实是伟大的。但我们还要揭发自己的缺点，这是意在复兴，在改善"[1]。鲁迅的国民性批判思想是一贯的，只有深度和侧重点的不同。他的国民性批判目的在立人，在倡导个人主义，在思想的启蒙。也有学者认为国民性批判思想，表明鲁迅思想的局限性，有的将其划为鲁迅前期思想。鲁迅的国民性批判，用意在思想启蒙，提倡个性解放，承担民族国家解放的历史使命，属于现代知识分子思想觉醒和改造社会的道义体现。

---

[1] 鲁迅：《致尤炳圻》，《鲁迅全集》第14卷，人民文学出版社，2005年，第410页。

二、人道主义：传统伦理批判

人道主义也是鲁迅思想的重要内容，它主要表现在鲁迅的"哀其不幸"，同情弱者，关注病苦，"怒其不争"，维护人的生存和发展权利。鲁迅思想之所以深刻，在于个人主义的批判性，它之所以复杂，在于人道主义的悲悯和同情。鲁迅的个人主义目标在立人，拥有人的精神自觉和自由，他的人道主义则体现在人要生存和生活，拥有生存、生活和发展的权利。鲁迅认为："中国人向来就没有争到过'人'的价格，至多不过是奴隶，到现在还如此，然而下于奴隶的时候，却是数见不鲜的。"[1] 又说："假如有一种暴力，'将人不当人'，不但不当人，还不及牛马，不算什么东西；待到人们羡慕牛马，发生'乱离人，不及太平犬'的叹息的时候，然后给与他略等于牛马的价格，有如元朝定律，打死别人的奴隶，赔一头牛，则人们便要心悦诚服，恭颂太平的盛世。为什么呢？因为他虽不算人，究竟已等于牛马了。"[2] 这里所说的"中国人"，主要指"下等人""苦人"和"穷人"，社会将他们类同牛马，谈不上人的价值和生存权利。于是，鲁迅举起批判的大旗，批判一切妨碍人们生活和生存权力的统治者，表达感同身受的悲悯与关怀。

鲁迅曾经说过："倘若一定要问我青年应当向怎样的目标，那么，我只可以说出我为别人设计的话，就是：一要生存，二要温饱，

---

[1] 鲁迅：《灯下漫笔》，《鲁迅全集》第1卷，人民文学出版社，2005年，第224页。

[2] 鲁迅：《灯下漫笔》，《鲁迅全集》第1卷，人民文学出版社，2005年，第223页。

三要发展。有敢来阻碍这三事者，无论是谁，我们都反抗他，扑灭他！"[1] 这是鲁迅人道主义思想最为核心的部分。"生存""温饱"和"发展"也是人的最为基本的生活条件和生存需要，为其努力而抗争，就体现了伟大的人道主义精神和情怀。鲁迅曾有过这样的理想，"人类最好是彼此不隔膜，相关心"[2]，希望"人类都受正当的幸福"[3]。但是，中国社会却缺乏这种人道主义。孔乙己和阿Q的受嘲笑，《风波》里的七斤在剪辫后，听说皇帝坐了龙庭，七斤惶恐不安，人们不仅觉得应该，而且感到十分畅快，没有人同情他，更不用说分担他的痛苦。八一嫂心肠好，说了一句真话，却招来七斤嫂指桑骂槐的辱骂和赵七爷的凶相，众人反倒怪她多事。鲁迅笔下的人生世态，人与人之间都筑起了一道道高墙，鲁迅却相信 "人在天性上不能没有憎，而这憎，又或根于更广大的爱"[4]。他还认为，天上"不会掉下人道来。因为人道是要各人竭力挣来，培植，保养的，不是别人布施，捐助的"[5]。于是，呼吁"改良点自己，保全些别人；想些互助的方法，收了互害的局面"[6]。人要相爱互助，要关心和同情弱者，关注被侮辱与被损害者。

---

[1] 鲁迅：《北京通信》，《鲁迅全集》第3卷，人民文学出版社，2005年，第54页。

[2] 鲁迅：《〈呐喊〉捷克译本序言》，《鲁迅全集》第6卷，人民文学出版社，2005年，第544页。

[3] 鲁迅：《我之节烈观》，《鲁迅全集》第1卷，人民文学出版社，2005年，第130页。

[4] 鲁迅：《〈医生〉译者附记》，《鲁迅全集》第10卷，人民文学出版社，2005年，第192页。

[5] 鲁迅：《随感录六十一不满》，《鲁迅全集》第1卷，人民文学出版社，2005年，第375页。

[6] 鲁迅：《随感录六十四有无相通》，《鲁迅全集》第1卷，人民文学出版社，2005年，第382页。

在灾难深重的中国，人民经受的磨难，世界少有。最不堪压榨的，还是农民。农民处于中国最下层社会，他们不但生活穷困，而且思想愚昧，鲁迅思想的深刻之处，不仅反映农民生活的痛苦，而且描写农民不能认识和反抗痛苦的悲哀。鲁迅对农民可谓一往情深，直到晚年，在谈到自己前期描写农民的小说时，还慨叹他们现在"更加困苦"[1]，感叹"中国的工农，被压榨到救死尚且不暇，怎能谈到教育"[2]的生存处境。鲁迅与农民的关系已不是简单的手足之情了。

中国社会还是一个由伦理主导的社会，五四新文化运动就以反对旧思想、旧道德，提倡新思想、新道德为目标，找准了方向，击中了要害。陈独秀曾经断言："伦理的觉悟，为吾人最后觉悟之最后觉悟。"[3]李大钊也认为：中国"一切政治、法度、伦理、道德、学术、思想、风俗、习惯都建筑在大家族制度上"，"所谓纲常，所谓名教，所谓道德，所谓礼义，那一样不是损卑下以奉尊长？那一样不是牺牲被治者的个性以事治者？那一样不是本着大家族制下子弟对于亲长的精神？"[4]传统封建伦理支配着中国人的物质和精神生活，因此，反对以家族制度为基础的封建伦理思想和秩序，就成为新文化和新文学运动的重要任务。

在传统伦理社会里，最可同情的弱者是妇女儿童。当然，在这

---

[1] 鲁迅：《英译本〈短篇小说选集〉自序》，《鲁迅全集》第7卷，人民文学出版社，2005年，第412页。

[2] 鲁迅：《译本高尔基〈一月九日〉小引》，《鲁迅全集》第7卷，人民文学出版社，2005年，第417页。

[3] 陈独秀：《吾人最后之觉悟》，任建树主编《陈独秀著作选编》第1卷，上海人民出版社，2009年，第204页。

[4] 李大钊：《由经济上解释中国近代思想变动的原因》《李大钊全集》第3卷，人民出版社，2006年，第144页。

个伦理社会里，每个人都受着伦理的规范，不可动弹，鲁迅也感叹："中国的家族制度，真是麻烦，就是一个人关系太多，许多时间都不是自己的。"[1] 甚至连生活和生命都不是自己的，因为有一套孝道和女德的紧箍咒。鲁迅关爱幼者，同情弱者，表现病者，集中批判传统孝道和女德思想。在父母面前，子代是弱者，在男人面前，女人是弱者，在强权面前，下层是弱者。"孝道"以长者为本位，违背了生物进化规律，社会"本位应在幼者，却反在长者；置重应在将来，却反在过去。前者做了更前者的牺牲，自己无力生存，却苛责后者又来专做他的牺牲，毁灭了一切发展本身的能力"[2]，是"一味收拾幼者弱者的方法"[3]。"孝道"认为父母对孩子有恩，"以为父子关系，只须'父兮生我'一件事，幼者的全部，便应为长者所有"，因此，"责望报偿，以为幼者的全部，理该做长者的牺牲"[4]。鲁迅曾经学过医学，懂得生命科学，生育不过是人类"继续"生命的一种"本能"，因"性欲"而"性交"，"发生苗裔，继续了生命"，这与由"食欲"而"饮食"，保存个体自然生命有着同样的道理，都是人类生命过程中一个环节而已，"仅有先后的不同，分不出谁受谁的恩典"。在鲁迅看来，即使是父子间存在养育之恩，也是自然界赋予生物长幼的一种"天性"，出自一种本能的"爱"，"绝无利益心情，甚或至于牺牲了自己，让他的将来的生命，去上那发展的长途"，生

---

[1] 鲁迅：《350319致萧军》，《鲁迅全集》第13卷，人民文学出版社，2005年，第415页。

[2] 鲁迅：《我们现在怎样做父亲》，《鲁迅全集》第1卷，人民文学出版社，2005年，第137页

[3] 鲁迅：《我们现在怎样做父亲》，《鲁迅全集》第1卷，人民文学出版社，2005年，第142-143页。

[4] 鲁迅：《我们现在怎样做父亲》，《鲁迅全集》第1卷，人民文学出版社，2005年，第137页。

物如此，"人类也不外此"，"只要心思纯白，未曾经过'圣人之徒'作践的人，也都自然而然的能发现这一种天性。例如一个村妇哺乳婴儿的时候，决不想到自己正在施恩；一个农夫娶妻的时候，也决不以为将要放债。只是有了子女，即天然相爱，愿他生存；更进一步的，便还要愿他比自己更好，就是进化"。所以，父子之间"只是'爱'"，是"离绝了交换关系利害关系的爱"，并不应该有"施恩"和"报恩"关系。如果"抹煞了'爱'，一味说'恩'，又因此责望报尝"，必然"大反于做父母的实际的真情"，也就"丝毫没有价值了"[1]。中国所谓的"孝道"，恰恰建立在"一味说恩"之上，认为长者对幼者拥有天然的控制权利，甚至生杀予夺的权力。久而久之，"孝道"的"逆天行事"，就使"人的能力，十分萎缩，社会的进步，也就跟着停顿"[2]，完全违背了社会进步和文化发展目标，而成为非道德的了。

在中国传统社会的男女关系中，还有"女德"规范。在中国传统社会，"人人对于婚姻，大抵先夹带着不净的思想"，"性交是常事，却以为不净"，每遇此类事，"亲戚朋友有许多戏谑，自己也有许多羞涩，直到生了孩子，还是躲躲闪闪，怕敢声明"[3]。它认为"男女有别"，"授受不亲"，压抑或排斥着异性感情，乃至造成心理障碍和精神压抑。它甚至对妇女强制种种"桎梏"，讲"贞操"，守"节烈"，"丈夫死了，决不再嫁，也不私奔，丈夫死得愈早，家里愈穷，他便节得愈好。烈可是有两种：一种是无论已嫁未嫁，只要丈

[1] 鲁迅：《我们现在怎样做父亲》，《鲁迅全集》第1卷，人民文学出版社，2005年，第138页。

[2] 鲁迅：《我们现在怎样做父亲》，《鲁迅全集》第1卷，人民文学出版社，2005年，第137页。

[3] 鲁迅：《我们现在怎样做父亲》，《鲁迅全集》第1卷，人民文学出版社，2005年，第136页。

夫死了，他也跟着自尽；一种是有强暴来污辱他的时候，设法自戕，或者抗拒被杀，都无不可。这也是死得愈惨愈苦，他便烈得愈好，倘若不及抵御，竟受了污辱，然后自戕，便免不了议论"。并且，"如此畸形道德"还日见其"发达"，"日见精密苛酷"。在鲁迅看来，"即如失节一事，岂不知道必须男女两性，才能实现"，"专责女性；至于破人节操的男子，以及造成不烈的暴徒，便都含糊过去"，这足见封建伦理的卑鄙和阴暗。这样的事，"只要平心一想，便觉不像人间应有的事情，何况说是道德"。[1] 在传统社会，男人对女人有占有欲，视女人为私有财产，"女子既是男子所有"，男人如果还活着，"自然更不许被夺"，即便"自己死了"，也不希望自己的女人重新嫁人，于是使劲儿鼓吹一套"节烈"来。如遇到暴力，男人"没有勇气反抗"，也"没有力量保护"女人，宁可毁掉，也不让别人占有，还"别出心裁，鼓吹女人自杀"。这表明男女之间根本没有平等，男人根本不把女人当人看。破除不人道的传统道德，实现男女之间的平等，"既然平等，男女便都有一律应守的契约。男子决不能将自己不守的事，向女子特别要求"[2]。

传统社会不仅束缚妇女身体，而且还规训其思想，让她们心悦诚服，毫无异言。当她们的思想"也同他体质一样，成了畸形。所以对于这畸形道德，实在无甚意见"[3] 了。鲁迅小说《祝福》写祥林嫂之死，既是他杀，也是自杀，因为她也认同了封建伦理道德。封建伦理道德要求女子守贞操，讲节烈，禁止欲望，压抑情感，久

[1] 鲁迅：《我之节烈观》，《鲁迅全集》第1卷，人民文学出版社，2005年，第125页。

[2] 鲁迅：《我之节烈观》，《鲁迅全集》第1卷，人民文学出版社，2005年，第125页。

[3] 鲁迅：《我之节烈观》，《鲁迅全集》第1卷，人民文学出版社，2005年，第127页。

而久之，也就没有"朝气"，精神"萎缩"，"眼光呆滞，面肌固定"，"失了青春的本来面目，成为精神上的'未字先寡'的人物，自此又要到社会上传布此道去了"[1]。封建伦理只单方面要求女子禁欲，但不反对男性对女人胡作非为，他们"把女人看做一种不吉利的动物，威吓她，使她奴隶般的服从；同时又要她做高等阶级的玩具。正像现在的正人君子，他们骂女人奢侈，板起面孔维持风化，而同时正在偷偷地欣赏着肉感的大腿文化"[2]。女人既要禁欲，讲节操，又要满足男人欲望，"所以女子身旁，几乎布满了危险"，"除却他自己的父兄丈夫以外，便都带点诱惑的鬼气"[3]。

鲁迅始终站在弱者和受压迫者一起，还在故乡，就感受到乡村生活的艰辛，同情下层社会的不幸，后来，他从俄国文学那里明白了世界上存在压迫者和被压迫者，确立了为受压迫者呼号的写作立场。他推崇拜伦的人道主义精神，"重独立而爱自繇，苟奴隶立其前，必哀悲而疾视，哀悲所以哀其不幸，疾视所以怒其不争"[4]。他赞赏珂勒惠支的版画，"是一切'被侮辱和被损害的'母亲的心的图象"，她不仅爱强壮的"中用的儿子"，更关注悲惨的"不中用的儿子"[5]。无论是哀其不幸，还是怒其不争，都隐含着鲁迅的人道主义情怀。他提倡爱憎统一，"在现在这'可怜'的时代，能杀才能

[1] 鲁迅：《寡妇主义》，《鲁迅全集》第1卷，人民文学出版社，2005年，第282页。

[2] 鲁迅：《关于女人》，《鲁迅全集》第4卷，人民文学出版社，2005年，第531页。

[3] 鲁迅：《我之节烈观》，《鲁迅全集》第1卷，人民文学出版社，2005年，第128页。

[4] 鲁迅：《摩罗诗力说》，《鲁迅全集》第1卷，人民文学出版社，2005年，第82页。

[5] 鲁迅：《写在深夜里》，《鲁迅全集》第6卷，人民文学出版社，2005年，第518页。

生，能憎才能爱"[1]。他肯定托尔斯泰的人道主义思想，但不苟同他的不以暴力抗恶的说教，不相信博爱主义的梦呓和幻想，主张暴力抗恶，反对无谓的宽恕仁慈。1929年，鲁迅与冯雪峰有过一次谈话。他说人道主义有两种，一种"真的人道主义"，站在被压迫者一边向压迫者要人权、争自由，向"反革命者大屠杀革命者"提出"抗议"，这种人道主义可成为革命的同情者，有的还前进为革命者。另一种站在压迫者一边，向人民要人权，争自由，反对革命者杀反动的人。这种"人道主义也的确是无用的，要实行人道主义就不是人道主义者所主张的办法所能达到。除非也有刀在手里，但那样，岂不是大悖于他们的主义，倒在实行阶级斗争了么？"[2]

这里，还需要特别说明的是，鲁迅的人道主义并不妨碍他对大众、对弱者的批判，这也就是"怒其不争"。他感叹道："群众，——尤其是中国的，——永远是戏剧的看客。"[3]他虽然同情他们，但并非与普通大众在思想感情上完全一致，他知道，"暴君治下的臣民，大抵比暴君更暴；暴君的暴政，时常还不能餍足暴君治下的臣民的欲望"，"暴君的臣民，只愿暴政暴在他人的头上，他却看着高兴，拿'残酷'做娱乐，拿'他人的苦'做赏玩，做慰安"[4]。他为普通大众的冷漠和无聊而悲哀，厌恶他们的沉沦和不争。他曾称普通市民对革命者而言是"鸡肋，弃之不甘，食之无味，就要这

---

[1] 鲁迅：《七论"文人相轻"——两伤》，《鲁迅全集》第6卷，人民文学出版社，2005年，第419页。

[2] 冯雪峰：《回忆鲁迅》，《冯雪峰全集》第4卷，人民文学出版社，2016年，第243页。

[3] 鲁迅：《娜拉走后怎样》，《鲁迅全集》第1卷，人民文学出版社，2005年，第170页。

[4] 鲁迅：《暴君的臣民》，《鲁迅全集》第1卷，人民文学出版社，2005年，第384页。

样地牵缠下去。五十一百年后能否就有出路，是毫无把握的"[1]。他对普通看客素来持有批判立场，到了1930年代，还有这样一种感叹："假使有一个人，在路旁吐一口唾沫，自己蹲下去，看着，不久准可以围满一堆人；又假使又有一个人，无端大叫一声，拔步便跑，同时准可以大家都逃散。"[2]他说："在中国，尤其是在都市里，倘使路上有暴病倒地，或翻车撞伤的人，路人围观或甚至于高兴的人尽有，肯伸手来扶助一下的人却是极少的。"[3] 他也非常清楚奴才和主子的联系，"奴才做了主人，是决不肯废去'老爷'的称呼的，他的摆架子，恐怕比他的主人还十足，还可笑。这正如上海的工人赚了几文钱，开起小小的工厂来，对付工人反而凶到绝顶一样"[4]。

鲁迅虽然关心同情弱势群体，但也不无批判，他尊重人的生存和发展权利，但并非没有限度的一味肯定。他说："我之所谓生存，并不是苟活；所谓温饱，并不是奢侈；所谓发展，也不是放纵。"[5]"苟活"即无意义的生存，"奢侈"则是享乐和浪费，"放纵"是任性和骄横。所以，鲁迅的人道主义思想不同于西方博爱主义和自由主义，而是有原则，有态度，有立场。他认为："人类尚未长成，人道

[1] 鲁迅：《太平歌诀》，《鲁迅全集》第4卷，人民文学出版社，2005年，第104页。

[2] 鲁迅：《一思而行》，《鲁迅全集》第5卷，人民文学出版社，2005年，第500页。

[3] 鲁迅：《经验》，《鲁迅全集》第4卷，人民文学出版社，2005年，第555页。

[4] 鲁迅：《上海文艺之一瞥》，《鲁迅全集》第4卷，人民文学出版社，2005年，第309页。

[5] 鲁迅：《北京通信》，《鲁迅全集》第3卷，人民文学出版社，2005年，第54-55页。

自然也尚未长成，但总在那里发荣滋长。"[1]中国的人道主义还需要培育和发展，需要生长的土壤、空气和水分。在鲁迅那里，人道主义和个人主义也是密切相连，甚至是互动而重合的，他时而峻急时而无助，处于一种游离状态。

---

[1] 鲁迅：《随感录六十一不满》，《鲁迅全集》第1卷，人民文学出版社，2005年，第375页。

三、经验结晶与战斗品格

鲁迅的个人主义和人道主义思想，在价值功能上，都是思想的武器，以反叛和抗争为特征。倪墨炎认为"鲁迅后期的作品，几乎每一篇都充满着辩证法的思想"[1]。鲁迅的思想特色不在辩证法的逻辑体系，而是认识社会和历史的思想武器，他从不讨论思想的主观和客观、能动性和规律性问题，而关注思想与人，思想与民族的意义。鲁迅揭露封建礼教，反对尊孔读经，反思儒家文化，批判道家文化，从《三坟》《五典》到风俗习惯，都体现了他思想的批判性和抗争性。我们说，鲁迅是思想家，但他不是为了思想而成思想家，更不是为了建立观念楼阁，而是由社会实践和文学创作生长出来的思想，思想赋能文学创作，增强社会认识，参与社会现实的抗争和反叛。有研究者说："鲁迅由经验主义出发，将所有的理论都世俗化了。这种'近视'行为，自然使他始终无法让理论超越实际"，使他"作为思想家的深度注定是有限的"[2]。这显然忽略了鲁迅思想的独特性，因为他不是纯粹理论型的思想家，也不是概念口号式的思想家。他服膺于西方科学主义，因为科学主义能够帮助他批判愚昧和野蛮，但他对科学主义也有反思和批评。他说："昏乱的祖先，养出昏乱的子孙，正是遗传的定理。民族根性造成之后，无论好坏，改变都不容易的。""但我总希望这昏乱思想遗传的祸害，不至于有梅毒那样猛烈，竟至百无一免。即使同梅毒一样，现在发明了六百零

---

[1] 倪墨炎：《鲁迅后期思想研究》，人民文学出版社，1984年，第457页。

[2] 路文彬：《论鲁迅启蒙思想的历史局限》，《书屋》2003年第1期。

六，肉体上的病，既可医治；我希望也有一种七百零七的药，可以医治思想上的病。这药原来也已发明，就是'科学'一味。只希望那班精神上掉了鼻子的朋友，不要又打着'祖传老病'的旗号来反对吃药，中国的昏乱病，便也总有全愈的一天。祖先的势力虽大，但如从现代起，立意改变：扫除了昏乱的心思，和助成昏乱的物事（儒道两派的文书），再用了对症的药，即使不能立刻奏效，也可把那病毒略略羼淡。"[1] 科学是用来治病的。所以，鲁迅思想帮助他反抗社会，帮助他开展文学活动、文学创作。所以，只要思想有助于认识社会历史，有助于反抗传统，有助于推动社会变革，有助于成就现代人生，他都借鉴和提倡，都吸收和拿来，总结实践。所以说，鲁迅并不是为了成为思想家而去思想，去写作，哪怕是深刻的思想家，哪怕是获得多么大的声誉，他都不需要这样的思想。鲁迅思想是战斗之旗，是审美之具，是救世和自救之筏。反叛性、战斗性、经验性才是鲁迅思想的精神特征。对鲁迅而言，他并不追求思想的深度、广度和高度，只追求思想的效度和热度。有人认为，鲁迅的思想启蒙和社会批判"满怀怨恨"，这"怨恨牢牢纠缠住了鲁迅的心胸，令其境界再也无法提升"，也"降低和缩小了鲁迅认识世界的高度及广度"[2]。实际上，对鲁迅而言，他最需要的不是思想的高度和境界，而是思想的力度和效度。有力量的思想，自然就有现实的深度和高度，仅有理性的高度，或知识的广度，那显然不是思想家和文学家鲁迅了。

　　一句话，思想之于鲁迅，是战斗的、抗争的和经验的。思想不是思想家的专利，也不是学问家的私货，更不是脱离生活的形而上

　　[1] 鲁迅：《随感录三十八》，《鲁迅全集》第1卷，人民文学出版社，2005年，第329页。

　　[2] 路文彬：《论鲁迅启蒙思想的历史局限》，《书屋》2003年第1期。

学，而是批判的武器，是生活的解放，是经验的凝练和思维实践。思想不同于知识，知识可以由他人传导，思想必须是自己的，是自己"思"，自己"想"，自己"行动"的结果。鲁迅的知识渊博，鲁迅的思想深刻。哪怕是三言两语，不成体系，也见其独到之处。论人说事，均能洞察秋毫，一招制敌，火光四溅。鲁迅的确是经验主义者，他的思想也是个人体验和经验的结晶，但又绝不限于个人经验，所以，鲁迅思想带有拿来主义特征，是开放的、民族的和世界的。

因为开放和拿来，鲁迅从不故步自封，从不因循守旧。即使是宗教文化，在他看来也有可取之处，也要区别对待。他认为，宗教是一种超越客观"物质之生活"的"形上之需求"，是"向上之民，欲离是有限相对之现世，以趣无限绝对之至上者也。人心必有所冯依，非信无以立，宗教之作，不可已矣"[1]。其作用在陶冶思想情操，涤荡人的精神，具有人之理性不可替代的地方。他曾以中世纪宗教现象为例，"盖中世纪宗教暴起，压抑科学，事或足以震惊，而社会精神，乃于此不无洗涤，熏染陶冶，亦胎嘉葩。二千年来，其色益显"[2]。说明宗教"足充人心向上之需要"[3]，使人"扬其精神"，而不"沦溺嗜欲"[4]。托克维尔说过："人要是没有信仰，就

---

[1] 鲁迅：《破恶声论》，《鲁迅全集》第8卷，人民文学出版社，2005年，第29页。

[2] 鲁迅：《科学史教篇》，《鲁迅全集》第1卷，人民文学出版社，2005年，第28-29页。

[3] 鲁迅：《破恶声论》，《鲁迅全集》第8卷，人民文学出版社，2005年，第30页。

[4] 鲁迅：《破恶声论》，《鲁迅全集》第8卷，人民文学出版社，2005年，第32页。

必然受人奴役；而要想有自由，就必须信奉宗教。"[1]鲁迅也曾高度评价佛教的平等观念，如佛教主张"虽复上同如来，不以为尊，下等六师，不以为卑"[2]。他认为在历史上佛教的反叛，导致了"自六朝至唐宋，凡攻击佛教的人，往往说他不拜君父，近乎造反"[3]。他也充分肯定基督教精神，《复仇（其二）》就表现了耶稣的拯救和牺牲精神。特别相对"中国人自然有迷信，也有'信'，但好像很少'坚信'"[4]，佛教寺庙里的僧侣，比起那种"志操特卑下，所希仅在科名"的人物来，"其清净远矣"[5]，"释迦牟尼真是大哲，我平常对人生有许多难以解决的问题，而他居然大部分早已明白启示了"[6]。

只要有助于人的精神解放，有助于人的社会生活，鲁迅都积极肯定它的意义，包括宗教、神话和民间戏。许寿裳曾说："鲁迅读佛经，当然是章先生的影响"，"先生和鲁迅师弟二人，对于佛教的思想，归结是不同的：先生主张以佛法救中国，鲁迅则以战斗精神的新文艺救中国。"[7]章太炎将佛教作为拯救中国的思想之器，而鲁迅

---

[1] ［法］托克维尔：《论美国的民主》，董果良译，商务印书馆，1997年，第539页。

[2] 僧肇等：《注维摩诘所说经》第3卷，上海古籍出版社，1994年，第52页。

[3] 鲁迅：《随感三十三》，《鲁迅全集》第1卷，人民文学出版社，2005年，第316页。

[4] 鲁迅：《运命》，《鲁迅全集》第6卷，人民文学出版社，2005年，第135页。

[5] 鲁迅：《破恶声论》，《鲁迅全集》第8卷，人民文学出版社，2005年，第31页。

[6] 许寿裳：《亡友鲁迅印象记》，《许寿裳文集》上卷，百家出版社，2003年，第115页。

[7] 许寿裳：《亡友鲁迅印象记》，《许寿裳文集》上卷，百家出版社，2003年，第117页。

则着眼于佛教对人的精神之用。章太炎认为："非说无生，则不能去畏死心；非破我所，则不能去拜金心；非谈平等则不能去奴隶心；非示众生皆佛，则不能去退屈心；非举三轮清净，则不能去德色心。"[1] 鲁迅在文学创作中大量使用佛学典故和用语，如刹那、涅槃、轮回、华盖、摩罗等，用"狮子身中的害虫"[2] 比喻混入革命阵营中的投机分子；用"故鬼，新鬼，游魂，牛首阿旁，畜生，化生，大叫唤，无叫唤"及"重迭的黑云"[3] 等形容地狱一般的社会现实；用"释迦出世，一手指天，一手指地曰：'天上地下，惟我独尊！'"[4]，指代国民党的独裁统治；用"布袋和尚"[5] 鼓励人们勇于解剖自己，等等。但是，鲁迅对佛教也是批判的，如认为大乘使佛教浮滑，失去了本来面目，小乘则保持了早期佛教的精神。大乘佛教主张"普度众生"，强调人尽皆能成佛，一切修行以简便为主，戒律松弛，人尽皆能成佛，流行广，影响也大。但在鲁迅眼里："我对于佛教先有一种偏见，以为坚苦的小乘教倒是佛教，待到饮酒食肉的阔人富翁，只要吃一餐素，便可以称为居士，算作信徒，虽然美其名曰大乘，流播也更广远，然而这教却因为容易信奉，因而

[1] 章太炎：《建立宗教论》，《章太炎全集》第8卷，上海人民出版社，2018年，第440页。

[2] 鲁迅：《〈伪自由书〉后记》，《鲁迅全集》第5卷，人民文学出版社，2005年，第192页。

[3] 鲁迅：《"碰壁"之后》，《鲁迅全集》第3卷，人民文学出版社，2005年，第72页。

[4] 鲁迅：《天上地下》，《鲁迅全集》第5卷，人民文学出版社，2005年，第147页。

[5] 鲁迅：《230612致孙伏园》，《鲁迅全集》第11卷，人民文学出版社，2005年，第435页。

变为浮滑，或者竟等于零了。"[1]。他还认为，居士并不真心向佛，心中既无信仰，也不想做牺牲，只是为了那一点点"好处"，即成佛、成仙的诱惑以及"脱俗""向善"的美名，于是，采取了变通方法，既不受多大的苦，又能享受到不少好处。鲁迅在《庆祝沪宁克复的那一边》文中，还借用佛教大乘、小乘及居士和佛子之论，告诫人们在革命不断胜利时，更要防止革命中的投机分子，因为中国国民性向来有见胜兆纷纷而上，见失败纷纷逃亡的投机习气，因为"见胜利"时，已不必冒风险，而又可分享到胜利果实，这与"大乘、小乘"和"居士、佛子"现象有着极大的相似性。

所以，鲁迅思想立足于社会现实，是具体的、历史的、实践的。他从社会现实反思佛教，又从佛教关照社会现实，佛教成为他观察和批判社会现实的思想手段。同样是宗教文化，鲁迅对道教文化的态度就有很大不同，主要持彻底反对和批判的态度。1918年，他在给许寿裳的信中说："前曾言中国根柢全在道教，此说近颇广行。以此读史，有多种问题可以迎刃而解。"[2] 1927年，鲁迅又说："人往往憎和尚，憎尼姑，憎回教徒，憎耶教徒，而不憎道士。懂得此理者，懂得中国大半。"[3] 道教成为理解中国文化的窗口和桥梁。鲁迅主要批判道教仪式和道家思想，他认为，研究中国人可从"道士思想（不是道教，是方士）与历史上大事件的关系，在现今社会上的

[1] 鲁迅：《庆祝沪宁克复的那一边》，《鲁迅全集》第8卷，人民文学出版社，2005年，第198页。

[2] 鲁迅：《180820致许寿裳》，《鲁迅全集》第11卷，人民文学出版社，2005年，第365页。

[3] 鲁迅：《小杂感》，《鲁迅全集》第3卷，人民文学出版社，2005年，第556页。

势力"[1] 去入手，道教思想渗透在中国社会的各个阶层。在《魏晋风度及文章与药及酒之关系》，鲁迅谈到了魏晋文人的服药，在《中国小说史略》中，谈到《封神演义》产生于"方士之见"。鲁迅把方士特别提出来，因为"道教"在明清之后日益衰落，但方士思想仍有市场，如社会上盛行的"妖气""鬼话"以及"成仙""抉乩""降坛"等，"迎尸拜蛇"者有之，卖"推背图"者有之，声称"张天师传言自山东来"者有之，甚至有人"把科学东扯西拉，羼进鬼话，弄得是非不明，连科学也带了妖气"[2]。

鲁迅认为："方士的最高理想是仙道"[3]。"仙道"的实质是享乐主义和利己主义。它既要求"飞升"之后的享乐，又不放弃俗世生活，并且还想把这种享乐无限地延续下去，于是有了种种炼丹服药之术，以求"长生不老"。鲁迅不无讽刺地说，"卖仙药的道士，将来都与白骨是'一丘之貉'"，向他们"求上升的真传，岂不可笑"[4]。道教主要是让人享乐，还不付出代价，这也就是人们憎"和尚""尼姑""回教徒""耶教徒"而不憎道士的原因。在鲁迅眼里，"懂得此理者，懂得中国大半"，"佛教东来时有几个佛徒译经传道，则道士们一面乱偷了佛经造道经，而这道经就来骂佛经，而一面又用了下流不堪的方法害和尚，闹得乌烟瘴气，乱七八遭"[5]。

[1] 鲁迅：《马上支日记》，《鲁迅全集》第3卷，人民文学出版社，2005年，第351页。

[2] 鲁迅：《随感录三十三》，《鲁迅全集》第1卷，人民文学出版社，2005年，第314页。

[3] 鲁迅：《关于中国的两三件事》，《鲁迅全集》第6卷，人民文学出版社，2005年，第11页。

[4] 鲁迅：《导师》，《鲁迅全集》第3卷，人民文学出版社，2005年，第58页。

[5] 鲁迅：《关于〈小说世界〉》，《鲁迅全集》第8卷，人民文学出版社，2005年，第137页。

道士精怪妖气，毫无立场，只求享乐，鲁迅一下子就识破了它的家底。

道士之术是这样，道家思想呢？"老子书五千语，要在不樱摆人心；以不樱人心故，则必先自致槁木之心，立无为之治；以无为之为化社会，而世即于太平。其术善也。"[1]老子学说不但满足了历代帝王需要，而且还影响到普通百姓的生活态度。在生活方式上，中国人讲究知足常乐，不求进取，勿抗命，勿抗天；在处世态度上，中国人少交往，无是非，甘其食，美其服，安其居，乐其俗，邻国相望，鸡犬之声相闻，却老死不相往来。庄子的"彼亦一是非，此亦一是非"，隐含巧滑和虚无。鲁迅指出：中国人正是从"孔二先生的先生老聃的大著作里"以及"此后的书本子里"，悟出了"怎样敷衍、偷生、献媚、弄权、自私，然而能够假借大义，窃取美名"，并且还学会"无论怎样言行不符，名实不副，前后矛盾，撒诳造谣，蝇营狗苟，都不要紧"，都可以"健忘"处之，只要获得了"目下的实利"[2]。斯密斯在《支那人气质》一书中说："支那人是颇有点做戏气味的民族，精神略有亢奋，就成了戏子样，一字一句，一举手一投足，都装模装样"，鲁迅认为："大家本来看得一切事不过是一出戏，有谁认真的，就是蠢物"，这套处世态度和人生哲学发展到极致，就成了"做戏的虚无党"[3]。鲁迅说："我们虽挂孔子的门徒招牌，却是庄生的私淑弟子。'彼亦一是非，此亦一是非'，是与非不

---

[1] 鲁迅：《摩罗诗力说》，《鲁迅全集》第1卷，人民文学出版社，2005年，第69页。

[2] 鲁迅：《十四年的"读经"》，《鲁迅全集》第3卷，人民文学出版社，2005年，第137-138页。

[3] 鲁迅：《马上支日记》，《鲁迅全集》第3卷，人民文学出版社，2005年，第344-346页。

想辨。"[1]鲁迅对道家思想多无好感，因为它缺乏思想的战斗性和抗争性，只停留在"文化"或"思维"层面，对激活人生，用处不大。

当然，鲁迅思想也不免带有某种偏激或片面性，但也是可以理解的。比如1925年，《京报副刊》征求青年必读书目，鲁迅回答道："我以为要少——或者竟不——看中国书，多看外国书"，因为"我看中国书时，总觉得就沉下去，与实人生离开；读外国书——但除了印度——时，往往就与人生接触，想做点事。中国书虽有劝人人世的话，也多是僵尸的乐观；外国书即使是颓唐和厌世的，但却是活人的颓唐和厌世。"[2]在《写在〈坟〉后面》一文里，鲁迅也说："新近看见一种上海出版的期刊，也说起要做好白话须读好古文，而举例为证的人名中，其一却是我。这实在使我打了一个寒噤。别人我不论，若是自己，则曾经看过许多旧书，是的确的，为了教书，至今也还在看。因此耳濡目染，影响到所做的白话上，常不免流露出它的字句，体格来。但自己却正苦于背了这些古老的鬼魂，摆脱不开，时常感到一种使人气闷的沉重。就是思想上，也何尝不中些庄周韩非的毒，时而很随便，时而很峻急。孔孟的书我读得最早，最熟，然而倒似乎和我不相干。"[3]他最真实的想法是："我主张青年少读，或者简直不读中国书，乃是用许多苦痛换来的真话，决不是聊且快意，或什么玩笑，愤激之辞。"[4]这实际上也是鲁迅一贯的

[1]鲁迅：《"论语一年"》，《鲁迅全集》第4卷，人民文学出版社，2005年，第585页。

[2]鲁迅：《青年必读书》，《鲁迅全集》第3卷，人民文学出版社，2005年，第12页。

[3]鲁迅：《写在〈坟〉后面》，《鲁迅全集》第1卷，人民文学出版社，2005年，第301页。

[4]鲁迅：《写在〈坟〉后面》，《鲁迅全集》第1卷，人民文学出版社，2005年，第302页。

思想。1919年1月16日，在写给许寿裳的信中，他说："来书问童子所诵习，仆实未能答。缘中国古书，叶叶害人，而新出诸书亦多妄人所为，毫无是处。为今之计，只能读其记天然物之文，而略其故事，因记述天物，弊止于陋，而说故事，则大抵谬妄，陋易医，谬则难治也。汉文终当废去，盖人存则文必废，文存则人当亡，在此时代，已无幸存之道。但我辈以及孺子生当此时，须以若干精力牺牲于此，实为可惜。仆意君教诗英，但以养成适应时代之思想为第一谊，文体似不必十分决择，且此刻颂习，未必于将来大有效力，只须思想能自由，则将来无论大潮如何，必能与为沆瀣矣。少年可读之书，中国绝少。"[1] 鲁迅反对读古书，却毫不媚外，而倡导思想启蒙。鲁迅思想始终带有反思性视角，他从来没有无条件地投入西潮或新潮，复古和先锋，恰恰相反，他对那些打着新潮之名，实走复古之路，具有极强的敏感性和洞察力。鲁迅对旧文化时有悲观，对新文化也并不完全赞同，这也是鲁迅思想独树一帜的表现。

鲁迅思想之所以独特和深邃，因为他是这样一个人，生活在这样一个分崩离析的混乱时代，他的自由思想和独立人格，既不可能独善其身，也不可能同流合污，而是特立独行，时而彷徨，时而横站，更多时候如过客般独自前行，哪怕是无路可走。他不屈从于任何个人、任何组织和任何团体，而是一个具有独立意志的知识分子。他同情或赞成革命，因为在他看来，他的思想和追求同革命的思想和追求是一致的，他服从革命，听从将令，实际上就是服从自己的思想和内心的追求。鲁迅思想的伦理原则始终是个人和自我。不用说，鲁迅思想和人格并不能完全消融于社会，也不会完全被时代所

---

[1] 鲁迅：《190116致许寿裳》，《鲁迅全集》第11卷，人民文学出版社，2005年，第369页。

接受和认同。他自己也有这样的认识："孤独的精神的战士，虽然为民众战斗，却往往反为这'所为'而灭亡"[1]。所以，鲁迅是孤独的，鲁迅思想并不是完全合众的。

---

[1] 鲁迅：《这个与那个》，《鲁迅全集》第3卷，人民文学出版社，2005年，第150页。

文化偏至论

○ 鲁迅

中国既以自尊大昭闻天下，善诋諆者，或谓之顽固；且将抱守残阙，以底于灭亡。近世人士，稍稍耳新学之语，则亦引以为愧，翻然思变，言非同西方之理弗道，事非合西方之术弗行，掊击旧物，惟恐不力，日将以革前缪而图富强也。间尝论之：昔者帝轩辕氏之戡蚩尤而定居于华土也，典章文物，于以权舆，有苗裔之繁衍于兹，则更改张皇，益臻美大。其蠢蠢于四方者，胥蕞尔小蛮夷耳，厥种之所创成，无一足为中国法，是故化成发达，咸出于己而无取乎人。降及周秦，西方有希腊罗马起，艺文思理，灿然可观，顾以道路之艰，波涛之恶，交通梗塞，未能择其善者以为师资。洎元明时，虽有一二景教父师，以教理暨历算质学于中国，而其道非盛。故迄于海禁既开，哲人踵至之顷，中国之在天下，见夫四夷之则效上国，革面来宾者有之；或野心怒发，狡焉思逞者有之；若其文化昭明，诚足以相上下者，盖未之有也。屹然出中央而无校雠，则其益自尊大，宝自有而傲睨万物，固人情所宜然，亦非甚背于理极者矣。虽然，惟无校雠故，则宴安日久，苓落以胎，迫拶不来，上征亦辍，使人荼，使人屯，其极为见善而不思式。有新国林起于西，以其殊异之方术来向，一施吹拂，块然踣傹，人心始自危，而轻才小慧之徒，于是竞言武事。后有学于殊域者，近不知中国之情，远复不察欧美之实，以所拾尘芥，罗列人前，谓钩爪锯牙，为国家首事，又引文明之语，用以自文，征印度波兰，作之前鉴。夫以力角盈绌者，于文野亦何关？远之则罗马之于东西戈尔，迩之则中国之于蒙古女真，此程度之离距为何如，决之不待智者。然其胜负之数，果奈何矣？苟曰是惟往古为然，今则机械其先，非以力取，故胜负所判，即文野之由分也。则曷弗启人智而开发其性灵，使知晋获戈矛，不过以御豺虎，而喋喋誉白人肉攫之心，以为极世界之文明者又何耶？且使如其言矣，而举国犹孱，授之巨兵，奚能胜任，仍有僵死而已矣。嗟夫，夫子盖以习兵事为生，故不根本之图，而仅提所学以干天下；虽兜牟深隐其面，威武若不可陵，而干禄之色，固灼然现于外矣！计其次者，乃复有制造商估立宪国会之说。前二者素见重于中国青年间，纵不主张，治之者亦将不可缕数。盖国若一日存，固足以假力图富强之名，博志士之誉；即有不幸，宗社为墟，而广有金资，大能温饱，即使怙恃既失，或被虐杀如犹太遗黎，然善自退藏，或不至于身受；纵大祸垂及矣，而幸免者非无人，其人又适为己，则能得温饱又如故也。若夫后二，可无论已。中较善者，或诚痛乎外侮迭来，不可终日，自既荒陋，则不得已，姑拾他人之绪余，思鸠大群以抗御，而又飞扬其性，善能攘扰，见异己者兴，必借众以陵寡，托言众治，压制乃尤烈于暴君。此非独于理至悖也，即缘救国是图，不惜以个人为供献，而考索未用，思虑粗疏，茫未识其所以然，辄皈依于众志，盖无殊痼疾之人，去药石摄卫之道弗讲，而乞灵于不知之力，拜祷稽首于祝由之门者哉。至尤下而居多数者，乃无过假是空名，遂其私欲，不顾见诸实事，将事权言议，悉归奔走干进之徒，或至愚屯之富人，否亦善垄断之市侩，特以自长营捆，当列其班，况复掩自利之恶名，以福群之令誉，捷径在目，斯不惮竭蹶以求之耳。呜呼，古之临民者，一独夫也；由今之道，且顿变而为千万无赖之尤，民不堪命矣，于兴国究何与焉。顾若而人者，当其号召张皇，盖蔑弗托近世文明为后盾，有佛戾其说者起，辄谥之曰野人，谓为辱国害群，罪当甚于流放。第不知彼所谓文明者，将已立准则，慎施去取，指善美而可行诸中国之文明乎，抑成事旧章，咸弃捐不顾，独指西方文化而为言乎？物质也，众数也，十九世纪末叶文明之一面或在兹，而论者不以为有当。盖今所成就，无一不绳前时之遗迹，则文明必日有其迁流，又或抗往代之大潮，则文明亦不能无偏至。诚若为今立计，所当稽求既往，相度方来，掊物质而张灵明，任个人而排众数。人既发扬踔厉矣，则邦国亦以兴起。奚事抱枝拾叶，徒金铁国会立宪之云乎？夫势利之念昌狂于中，则是非之辨为之昧，措置张主，辄失其宜，况乎志行污下，将借新文明之名，以大遂其私欲者乎？是故今所谓识时之彦，为按其实，则多数常为盲子，宝赤菽以为玄珠，少数乃为巨奸，垂微饵以冀鲸鲵。即不若是，中心皆中正无瑕玷矣，于是拮据辛苦，展其雄才，渐乃志遂事成，终致彼所谓新文明者，举而纳之中国，而此迁流偏至之物，已陈旧于殊方者，馨香顶礼，吾又何为若是其芒芒哉！是何也？曰物质也，众数也，其道偏至。根史实而见于西方者不得已，横取而施之中国则非也。借曰非乎？请循其本——

夫世纪之元，肇于耶稣出世，历年既百，是为一期，大故若兴，斯即此世纪所有事，盖从历来之旧贯，而假是为区分，无奥义也。诚以人事连绵，深有本柢，如流水之必自原泉，卉木之苗于根荄，倏忽隐见，理之必无。故苟为寻绎其条贯本末，大都蝉联而不可离，若所谓某世纪文明之特色何在者，特举荦荦大者而为言耳。按之史实，乃如罗马统一欧洲以来，始生大洲通有之历史；已而教皇以其权力，制御全欧，使列国靡然受圈，如同社会，疆域之判，等于一区；益以梏亡人心，思想之自由几绝，聪明英特之士，虽摘发新理，怀抱新见，而束于教令，胥缄口结舌而不敢言。虽然，民如大波，受沮益浩，则于是始思脱宗教之系缚，英德二国，不平者多，法皇宫庭，实为怨府，又以居于意也，乃并意太利人而疾之。林林之民，咸致同情于不平者，凡有能阻泥教旨，抗拒法皇，无间是非，辄与赞和。时则有路德（M. Luther）者起于德，谓宗教根元，在乎信仰，制度戒法，悉其荣华，力击旧教而仆之。自所创建，在废弃阶级，黜法皇僧正诸号，而代以牧师，职宣神命，置身社会，弗殊常人；仪式祷祈，亦简其法。至精神所注，则在牧师地位，无所胜于平人也。转轮既始，烈栗遍于欧洲，受其改革者，盖非独宗教而已，且波及于其他人事，如邦国离合，争战原因，后兹大变，多基于是。加以束缚弛落，思索自由，社会蔑不有新色，则有尔后超形气学上之发见，与形气学上之发明。以是胚胎，又作新事：发隐地也，善机械也，展学艺而拓贸迁也，非去羁勒而纵人心，不有此也。顾世事之常，有动无定，宗教之改革已，自必益进而求政治之更张。溯厥由来，则以往者颠覆法皇，一假君主之权力，变革既毕，其力乃张，以一意孤临万民，在下者不能加之抑制，日夕孳孳，惟开拓封域是务，驱民纳诸水火，绝无所动于心：生计绌，人力耗矣。而物反于穷，民意遂动，革命于是见于英，继起于美，复次则大起于法朗西，扫荡门第，平一尊卑，政治之权，主以百姓，平等自由之念，社会民主之思，弥漫于人心。流风至今，则凡社会政治经济上一切权利，义必悉公诸众人，而风俗习惯道德宗教趣味好尚言语暨其他为作，俱欲去上下贤不肖之闲，以大归乎无差别。同是者是，独是者非，以多数临天下而暴独特者，实十九世纪大潮之一派，且曼衍入今而未有既者也。更举其他，则物质文明之进步是已。当旧教盛时，威力绝世，学者有见，大率默然，其有毅然表白于众者，每每获囚戮之祸。递教力堕地，思想自由，凡百学术之事，勃焉兴起，学理为用，实益遂生，故至十九世纪，而物质文明之盛，直傲睨前此二千余年之业业绩。数其著者，乃有棉铁石炭之属，产生倍旧，应用多方，施之战斗制造交通，无不功越于往日；为汽为电，咸听指挥，世界之情状顿更，人民之事业益利。久食其赐，信乃弥坚，渐而奉为圭臬，视若一切存在之本根，且将以之范围精神界所有事，现实生活，胶不可移，惟此是尊，惟此是尚，此又十九世纪大潮之一派，且曼衍入今而未有既者也。虽然，教权庞大，则覆之假手于帝王，比大权尽集一人，则又颠之以众庶。理若极于众庶矣，而众庶果足以极是非之端也耶？宴安逾法，则矫之以教宗，递教宗淫用其权威，则又掊之以质力。事若尽于物质矣，而物质果足尽人生之本也耶？平意思之，必不然矣。然而大势如是者，盖如前言，文明无不根旧迹而演来，亦以矫往事而生偏至，缘督校量，其颇灼然，犹子与嬖焉耳。特其见于欧洲也，为不得已，且亦不可去，去子与嬖，斯失子与嬖之德，而留者为空无。不安受宝重之者奈何？顾横被之不相系之中国而膜拜之，又宁见其有当也？明者微睇，察逾众凡，大士哲人，乃蚤识其弊而生愤叹，此十九世纪末叶思潮之所以变矣。德人尼佉（Fr.Nietzsche）氏，则假察罗图斯德罗（Zara-thustra）之言曰，吾行太远，孑然失其侣，返而观夫今之世，文明之邦国矣，斑斓之社会矣。特其为社会也，无确固之崇信；众庶之于知识也，无作始之性质。邦国如是，奚能淹留？吾见放于父母之邦矣！聊可望者，独苗裔耳。此其深思遐瞩，见近世文明之伪与偏，又无望于今之人，不得已而念来叶者也。

然则十九世纪末思想之为变也，其原安在，其实若何，其力之及于将来也又奚若？曰言其本质，即以矫十九世纪文明而起者耳。盖五十年来，人智弥进，渐乃反观前此，得其通弊，察其黮暗，于是淬焉兴作，会为大潮，以反动破坏充其精神，以获新生为其希望，专向旧有之文明，而加之掊击扫荡焉。全欧人士，为之栗然震惊者有之，芒然自失者有之，其力之烈，盖深入于人之灵府矣。然其根柢，乃远在十九世纪初叶神思一派；递夫后叶，受感化于其时现实之精神，已而更立新形，起以抗前时之现实，即所谓神思宗之至新者也。若夫影响，则眇眇来世，肊测殊难，特知此派之兴，决非突见而靡人心，亦不至突灭而归乌有，据地极固，函义甚深。以是为二十世纪文化始基，虽云早计，然其为将来新思想之朕兆，亦新生活之先驱，则按诸史实所昭垂，可不俟繁言而解者已。顾新者虽作，旧亦未僵，方遍满欧洲，冥通其地人民之呼吸，余力流衍，乃扰远东，使中国之人，由旧梦而入于新梦，冲决嚣叫，状犹狂酲。夫方贱古尊新，而所得既非新，又至偏而至伪，且复横决，浩乎难收，则一国之悲哀亦大矣。今为此篇，非云已尽西方最近思想之全，亦不为中国将来立则，惟疾其已甚，施之抨弹，犹神思新宗之意焉耳。故所述止于二事：曰非物质，曰重个人。

个人一语，入中国未三四年，号称识时之士，多引以为大诟，苟被其谥，与民贼同。意者未遑深知明察，而迷误为害人利己之义也欤？夷考其实，至不然矣。而十九世纪末之重个人，则吊诡殊恒，尤不能与往者比论。试案尔时人性，莫不绝异其前，入于自识，趣于我执，刚愎主己，于庸俗无所顾忌。如诗歌说部之所记述，每以骄蹇不逊者为全局之主人。此非操觚之士，独凭神思构架而然也，社会思潮，先发其朕，则迻之载籍而已矣。盖自法朗西大革命以来，平等自由，为凡事首，继而普通教育及国民教育，无不基是以遍施。久浴文化，则渐悟人类之尊严；既知自我，则顿识个性之价值；加以往之习惯坠地，崇信荡摇，则其自觉之精神，自一转而之极端之主我。且社会民主之倾向，势亦大张，凡个人者，即社会之一分子，夷隆实陷，是为指归，使天下人人归于一致，社会之内，荡无高卑。此其为理想诚美矣，顾于个人殊特之性，视之蔑如，既不加之别分，且欲致之灭绝。更举黮暗，则流弊所至，将使文化之纯粹者，精神益趋于固陋，颓波日逝，纤屑靡存焉。盖所谓平社会者，大都夷峻而不湮卑，若信至程度大同，必在前此进步水平以下。况人群之内，明哲非多，伧俗横行，浩不可御，风潮剥蚀，全体以沦于凡庸。非超越尘埃，解脱人事，或愚屯罔识，惟众是从者，其能缄口而无言乎？物反于极，则先觉善斗之士出矣：德人斯契纳尔（M.Stirner）乃先以极端之个人主义现于世。谓真之进步，在于己之足下。人必发挥自性，而脱观念世界之执持。惟此自性，即造物主。惟有此我，本属自由；既本有矣，而更外求也，是曰矛盾。自由之得以力，而力即在乎个人，亦即资财，亦即权利。故苟有外力来被，则无间出于寡人，或出于众庶，皆专制也。国家谓吾当与国民合其意志，亦一专制也。众意表现为法律，吾即受其束缚，虽曰为我之舆台，顾同是舆台耳。去之奈何？曰：在绝义务。义务废绝，而法律与偕亡矣。意盖谓凡一个人，其思想行为，必以己为中枢，亦以己为终极：即立我性为绝对之自由者也。至勖宾霍尔（A.Schopenhauer），则自既以兀傲刚愎有名，言行奇觚，为世希有；又见夫盲瞽鄙倍之众，充塞两间，乃视之与至劣之动物并等，愈益主我扬己而尊天才也。至丹麦哲人契开迦尔（S.Kierkegaard）则愤发疾呼，谓惟发挥个性，为至高之道德，而顾瞻他事，胥无益焉。其后有显理伊勃生（Henrik Ibsen）见于文界，瑰才卓识，以契开迦尔之诠释者称。其所著书，往往反社会民主之倾向，精力旁注，则无间习惯信仰道德，苟有拘于虚而偏至者，无不加之抵排。更睹近世人生，每托平等之名，实乃愈趋于恶浊，庸凡凉薄，日益以深，顽愚之道行，伪诈之势逞，而气宇品性，卓尔不群之士，乃反穷于草莽，辱于泥涂，个性之尊严，人类之价值，将咸归于无有，则常为慷慨激昂而不能自己也。如其《民敌》一书，谓有人宝守真理，不阿世媚俗，而不见容于人群，狡狯之徒，乃巍然独为众愚领袖，借多陵寡，植党自私，于是战斗以兴，而其书亦止：社会之象，宛然具于是焉。若夫尼佉，斯个人主义之至雄桀者矣，希望所寄，惟在大士天才；而以愚民为本位，则恶之不殊蛇蝎。意盖谓治任多数，则社会元气，一旦可隳，不若用庸众为牺牲，以冀一二天才之出世，递天才出而社会之活动亦以萌，即所谓超人之说，尝震惊欧洲之思想界者也。由是观之，彼之讴歌众数，奉若神明者，盖仅见光明一端，他未遍知，因加赞颂，使反而观诸黑暗，当立悟其不然矣。一梭格拉第也，而众希腊人鸩之，一耶稣基督也，而众犹太人磔之，后世论者，孰不云缪，顾其时则从众志耳。设留今之众志，迻诸载籍，以俟评骘于来哲，则其是非倒置，或正如今人之视往古，未可知也。故多数相朋，而仁义之途，是非之端，樊然淆乱；惟常言是解，于奥义也漠然。常言奥义，孰近正矣？是故布鲁多既杀该撒，昭告市人，其词秩然有条，名分大义，炳如观火；而众之受感，乃不如安多尼指血衣之数言。于是方群推为爱国之伟人，忽见逐于域外。夫誉之者众数也，逐之者又众数也，一瞬息中，变易反复，其无特操不俟言；即观现象，已足知不祥之消息矣。故是非不可公于众，公之则果不诚；政事不可公于众，公之则治不郅。惟超人出，世乃太平。苟不能然，则在英哲。嗟夫，彼持无政府主义者，其颠覆满盈，铲除阶级，亦已至矣，而建说创业诸雄，大都以导师自命。夫一导众从，智愚之别即在斯。与其抑英哲以就凡庸，曷若置众人而希英哲？则多数之说，缪不中经，个性之尊，所当张大，盖揆之是非利害，已不待繁言深虑而可知矣。虽然，此亦赖夫勇猛无畏之人，独立自强，去离尘垢，排众言而弗沦于俗围者也。

若夫非物质主义者，犹个人主义然，亦兴起于抗俗。盖唯物之倾向，固以现实为权舆，浸润人心，久而不止。故在十九世纪，爰为大潮，据地极坚，且被来叶，一若生活本根，舍此将莫有在者。不知纵令物质文明，即现实生活之大本，而崇奉逾度，倾向偏趋，外此诸端，悉弃置而不顾，则按其究竟，必将缘偏颇之恶因，失文明之神旨，先以消耗，终以灭亡，历世精神，不百年而具尽矣。递夫十九世纪后叶，而其弊果益昭，诸凡事物，无不质化，灵明日以亏蚀，旨趣流于平庸，人惟客观之物质世界是趋，而主观之内面精神，乃舍置不之一省。重其外，放其内，取其质，遗其神，林林众生，物欲来蔽，社会憔悴，进步以停，于是一切诈伪罪恶，蔑弗乘之而萌，使性灵之光，愈益就于黯淡：十九世纪文明一面之通弊，盖如此矣。时乃有新神思宗徒出，或崇奉主观，或张皇意力，匡纠流俗，厉如电霆，使天下群伦，为闻声而摇荡。即其他评骘之士，以至学者文家，虽意主和平，不与世近，而见此唯物极端，且杀精神生活，则亦悲观愤叹，知主观与意力主义之兴，功有伟于洪水之有方舟者焉。主观主义者，其趣凡二：一谓惟以主观为准则，用律诸物；一谓视主观之心灵界，当较客观之物质界为尤尊。前者为主观倾向之极端，力特著于十九世纪末叶，然其趋势，颇与主我及我执殊途，仅于客观之习惯，无所盲从，或不置重，而以自有之主观世界为至高之标准而已。以是之故，则思虑动作，咸离外物，独往来于自心之天地，确信在是，满足亦在是，谓之渐自省其内曜之成果可也。若夫兴起之由，则原于外者，为大势所向，胥在平庸之客观习惯，动不由己，发如机械，识者不能堪，斯生反动；其原于内者，乃实以近世人心，日进于自觉，知物质万能之说，且逸个人之情意，使独创之力，归于槁枯，故不得不以自悟者悟人，冀挽狂澜于方倒耳。如尼佉伊勃生诸人，皆据其所信，力抗时俗，示主观倾向之极致；而契开迦尔则谓真理准则，独在主观，惟主观性，即为真理，至凡有道德行为，亦可弗问客观之结果若何，而一任主观之善恶为判断焉。其说出世，和者日多，于是思潮为之更张，骛外者渐转而趣内，渊思冥想之风作，自省抒情之意苏，去现实物质与自然之樊，以就其本有心灵之域；知精神现象实人类生活之极颠，非发挥其辉光，于人生为无当；而张大个人之人格，又人生之第一义也。然尔时所要求之人格，有甚异于前者。往所理想，在知见情操，两皆调整，若主智一派，则在聪明睿智，能移客观之大世界于主观之中者。如是思惟，迫黑该尔（F.Hegel）出而达其极。若罗曼暨尚古一派，则息乎支培黎（Shaftesbury）承卢骚（J.Rousseau）之后，尚容情感之要求，特必与情操相统一调和，始合其理想之人格。而希籁（Fr.Schiller）氏者，乃谓必知感两性，圆满无间，然后谓之全人。顾至十九世纪垂终，则理想为之一变。明哲之士，反省于内面者深，因以知古人所设具足调协之人，决不能得之今世；惟有意力轶众，所当希求，能于情意一端，处现实之世，而有勇猛奋斗之才，虽屡踣屡僵，终得现其理想：其为人格，如是焉耳。故如勖宾霍尔所张主，则以内省诸己，豁然贯通，因曰意力为世界之本体也；尼佉之所希冀，则意力绝世，几近神明之超人也；伊勃生之所描写，则以更革为生命，多力善斗，即近万众不慑之强者也。夫诸凡理想，大致如斯者，诚以人丁转轮之时，处现实之世，使不若是，每至舍己从人，沉溺逝波，莫知所届，文明真髓，顷刻荡然；惟有刚毅不挠，虽遇外物而弗为移，始足作社会桢干。排斥万难，黾勉上征，人类尊严，于此攸赖，则具有绝大意力之士贵耳。虽然，此又特其一端而已。试察其他，乃亦以见末叶人民之弱点，盖往之文明流弊，浸灌性灵，众庶率纤弱颓靡，日益以甚，渐乃反观诸己，为之欿然，于是刻意求意力之人，冀倚为将来之柱石。此正犹洪水横流，自将灭顶，乃神驰彼岸，出全力以呼善没者尔，悲夫！

由是观之，欧洲十九世纪之文明，其度越前古，凌驾亚东，诚不俟明察而见矣。然既以改革而胎，反抗为本，则偏于一极，固理势所必然。洎夫末流，弊乃自显。于是新宗蹶起，特反其初，复以热烈之情，勇猛之行，起大波而加之涤荡。直至今日，益复浩然。其将来之结果若何，盖未可以率测。然作旧弊之药石，造新生之津梁，流衍方长，曼不遽已，则相其本质，察其精神，有可得而征信者。意者文化常进于幽深，人心不安于固定，二十世纪之文明，当必沉邃庄严，至与十九世纪之文明异趣。新生一作，虚伪道消，内部之生活，其将愈深且强欤？精神生活之光耀，将愈兴起而发扬欤？成然以觉，出客观梦幻之世界，而主观与自觉之生活，将由是而益张欤？内部之生活强，则人生之意义亦愈邃，个人尊严之旨趣亦愈明，二十世纪之新精神，殆将立狂风怒浪之间，恃意力以辟生路者也。中国在今，内密既发，四邻竞集而迫拶，情状自不能无所变迁。夫安弱守雌，笃于旧习，固无以争存于天下。第所以匡救之者，缪而失正，则虽曰易故常，哭泣叫号之不已，于忧患又何补矣？此所为明哲之士，必洞达世界之大势，权衡校量，去其偏颇，得其神明，施之国中，翕合无间。外之既不后于世界之思潮，内之仍弗失固有之血脉，取今复古，别立新宗，人生意义，致之深邃，则国人之自觉至，个性张，沙聚之邦，由是转为人国。人国既建，乃始雄厉无前，屹然独见于天下，更何有于肤浅凡庸之事物哉？顾今者翻然思变，历岁已多，青年之所思惟，大都归罪恶于古之文物，甚或斥言文为蛮野，鄙思想为简陋，风发浡起，皇皇焉欲进欧西之物而代之，而于适所言十九世纪末之思潮，乃漠然不一措意。凡所张主，惟质为多，取其质犹可也，更按其实，则又质之至伪而偏，无所可用。虽不为将来立计，仅图救今日之阽危，而其术其心，违戾亦已甚矣。况乎凡造言任事者，又复有假改革公名，而阴以遂其私欲者哉？今敢问号称志士者曰，将以富有为文明欤，则犹太遗黎，性长居积，欧人之善贾者，莫与比伦，然其民之遭遇何如矣？将以路矿为文明欤，则五十年来非澳二洲，莫不兴铁路矿事，顾此二洲土著之文化何如矣？将以众治为文明欤，则西班牙波陀牙二国，立宪且久，顾其国之情状又何如矣？若曰惟物质为文化之基也，则列机括，陈粮食，遂足以雄长天下欤？曰惟多数得是非之正也，则以一人与众愚处，其亦将木居而茅食欤？此虽妇竖，必否之矣。然欧美之强，莫不以是炫天下者，则根柢在人，而此特现象之末，本原深而难见，荣华昭而易识也。是故将生存两间，角逐列国是务，其首在立人，人立而后凡事举；若其道术，乃必尊个性而张精神。假不如是，槁丧且不俟夫一世。夫中国在昔，本尚物质而疾天才矣，先王之泽，日以殄绝，逮蒙外力，乃退然不可自存。而辁才小慧之徒，则又号召张皇，重杀之以物质而囿之以多数，个人之性，剥夺无余。往者为本体自发之偏枯，今则获以交通传来之新疫，二患交伐，而中国之沉沦遂以益速矣。呜呼，眷念方来，亦已焉哉！

一九〇七年作。

第三讲

鲁·迅·小·说·导·读

1918年5月，鲁迅在《新青年》第4卷第5号上发表《狂人日记》，这是中国新文学史上第一篇真正的白话小说。自《狂人日记》之后，鲁迅在1918至1922年间连续创作了15篇小说，1923年8月编为短篇小说集《呐喊》[1]，由北京新潮社初版。1924至1925年间，再创作11篇小说，1926年8月编为短篇小说集《彷徨》，由北京北新书局初版。《呐喊》和《彷徨》显示了深刻的思想内容，高超的艺术技巧，成为现代小说的经典之作。鲁迅晚年，在1934至1935年间又连续创作了5篇取材历史、神话和传说的小说，并于1920 年代写作的《不周山》（后改名《补天》）《奔月》《铸剑》等3篇结集为《故事新编》，1936年由上海文化生活出版社初版。

鲁迅的小说创作，不仅标志着中国现代小说的诞生，也标志着中国现代小说的成熟。严家炎先生曾说，"中国现代小说在鲁迅手中开始，又在鲁迅手中成熟，这在历史上是一种并不多见的现象"[2]。它们不仅显示了"五四"新文学的实绩，也奠定了鲁迅在中国文学史上的地位。

关于《呐喊》《彷徨》《故事新编》的读法，可以综合分析，或一一细读。这里，便于读者理解，还是采取文学史叙述方式，先《呐喊》《彷徨》再《故事新编》，先说思想内容，后说艺术形式的方式铺开。虽不免机械死板，却有条理明晰之便。

----

[1] 1930年1月，《呐喊》第13次印刷时抽去《不周山》，后改名《补天》，收入小说集《故事新编》。

[2] 严家炎：《〈呐喊〉〈彷徨〉的历史地位》，《世纪的足音》，作家出版社，1996年，第64页。

一、《呐喊》《彷徨》导读

（一）《呐喊》《彷徨》的思想内容

1. 被吃者的无助与挣扎

鲁迅最为鲜明的思想和精神特征是批判和抗争，《呐喊》《彷徨》就是证明。它对封建秩序及伦理文化展开了毫不留情面的揭示和批判。《狂人日记》作为开篇之作，以狂人病情及意识流动为主要内容，揭示封建社会的吃人本质。第一从社会历史，揭示吃人的普遍性和长期性，如赵贵翁奇怪的眼色、小孩铁青的脸、路人的交头接耳及张开的嘴、女人咬你几口的话、佃户讲的吃人故事以及历史书字缝的书写；第二从家庭内部，透过封建礼教所依附的家族制度，发现大哥吃人，母亲也未免没有吃过妹子的肉，揭示家族吃人的本性；第三，写狂人自己从发现到被发现，他也是吃人者的兄弟，无意中也吃过人，也难见真的人，分析整个封建礼教社会组成的共同体，大人小孩、男人女人、太爷长工，都不可避免成为旧道德的载体或无意识的维护者。小说借一个精神病患者——受迫害妄想症，书写了新文化思想启蒙者的心声，以反常书写正理，对传统礼教和专制文化进行了彻底否定。傅斯年在《狂人日记》发表后说："疯子是我们的老师，孩子是我的朋友。我们带着孩子，跟着疯子走，走向光明去。"[1] 小说的深刻处不仅在于发现了封建社会吃人，更发现

---

[1] 傅斯年：《一段疯话》，《傅斯年文集》第1卷，中华书局，2017年，第234页。

了自己也是吃人者，也是封建社会历史的构成者和封建伦理文化的帮凶，揭示了封建社会虐杀的无意识特征。

写作《狂人日记》，鲁迅"偶阅《通鉴》，乃悟中国人尚是食人民族，因成此篇。此种发见，关系亦甚大，而知者尚寥寥也"。[1] 小说借助狂人发现环境吃人，家族吃人，封建礼教"吃人"，彻底否定、批判了几千年来的封建文化。"吃人"是一个隐喻和象征，它并非指生理的伤害或被吃，而是指精神的受挤压，被专制。狂人的呓语与启蒙者的理性，在文本相互叠加，形成一个有感受有思考的统一体。狂人感受的害怕、紧张、恐惧和欣喜，属于非正常思维心理，启蒙者的观察、发现、阅读和追问，属于睿智的理性思考，小说就具有象征主义和表现主义特点。

"吃人"，是鲁迅对中国专制历史及文化的独特概括和彻底否定，由《狂人日记》发端，在《呐喊》《彷徨》其他作品中，从不同角度或侧面，均有不同程度的延展和显现。如孔乙己、祥林嫂的死，夏瑜的被捕，阿Q的被杀，以及陈士成的溺水，其结局和状态与鲁迅表达的"吃人"主题都有一定的相似性。小说表现孔乙己被科举所困，祥林嫂受封建礼教之噬，阿Q的精神胜利法，也有"被吃"的主旨和意图，包括鲁迅小说塑造的那些只有躯壳，没有灵魂者，如看客群像，生活在底层的被侮辱被损害者，也符合鲁迅的"被吃"立意。如《祝福》中的柳妈，《故乡》中的中年闰土，《明天》中的单四嫂子，《风波》中的七斤、七斤嫂，《阿Q正传》中的王胡、小D、小尼姑、吴妈，等等。鲁迅以"吃与被吃"关系，精准而深刻地揭示了中国传统社会的专制形态及其生存状态，它主要由社会统治者、道

---

[1] 鲁迅：《180820致许寿裳》，《鲁迅全集》第11卷，人民文学出版社，2005年，第365页。

德维护者和利益相关者构成一个吃人与被吃的关系结构，人成为受虐、受控、被害的挣扎者或偷生者，失去了主体性和创造性。"吃与被吃"就具有社会的广泛性、普遍性和无意识特征，甚至出现吃人者被吃、被吃者吃人等变异情形。"吃与被吃"是鲁迅对专制社会结构的比喻性概括，并无物理学和生理学所指，而具有精神性和思想性的象征寓意，如同蒲松龄《聊斋志异》中的"罗刹海市"，其地理位置并不可寻，其寓意却不言自明。

封建礼教制度是中国传统社会结构和文化形态，它既体现为社会制度，也表现为思想观念，还成为一种文化心理，均有其"吃人"本性和特点。《呐喊》《彷徨》的"吃人"者形象众多，如《狂人日记》中的"大哥"，《孔乙己》里的丁举人，《祝福》里的鲁四老爷，《阿Q正传》里的赵太爷、钱太爷、秀才、假洋鬼子、举人老爷、知县大人、把总，《风波》里的赵七爷，《离婚》里的七大人，《肥皂》里的四铭，《高老夫子》里的高干亭等。他们维护着封建制度和伦理观念，不无道貌岸然的喜剧性命运。如以正统自居的四铭，路见衣衫褴褛的年轻女丐，在路人"买两块肥皂来，咯支咯支遍身洗一洗，好得很哩"的议论声中，下意识地买回香皂，还反复咀嚼光棍们放肆的言论，隐藏在他内心深处是"孝女情结"，却被老婆识破，"卫道者"的虚伪也就暴露无遗。同样，"高老夫子"高干亭因仰慕高尔基改名"高尔础"，到女校授课，洋相尽出，面对女生"流动而深邃的海"的眼睛，做贼心虚，狼狈而逃。满口满腹经纶的正人君子，却沉迷于"打牌、看戏、喝酒、跟女人"，虚伪之极，丑态百出。

《孔乙己》《白光》写封建科举制度吃人；《明天》写封建礼教吃人；《祝福》写传统儒释道文化吃人；《药》写封建礼俗吃人；《阿Q正传》《故乡》《伤逝》《离婚》主要写封建伦理意识吃人。"吃人"方式多种多样，明的或暗的，硬的或软的，表面的或隐含的，过程的或瞬间的，单独的或混合的。就以《祝福》为例吧。《祝福》主要叙述祥林嫂的死以及"我"的无能为力。祥林嫂是怎么死去的呢？它是在"我"的故乡——鲁镇被"吃"掉的。《祝福》是《彷徨》中的开篇之作，鲁迅在创作《补天》之后，有一年多时间没有写小说。1924年2月7日，写作了《祝福》，这天恰好是农历正月初三。2月4日除夕，鲁迅"饮酒特多"[1]。2月5和6日（初一、初二）两天，鲁迅"休假"，初二"雨雪"，"夜失眠，尽酒一瓶"。2月7日（正月初三）"晴。休假。午风。无事"[2]。虽说"无事"，却写了小说《祝福》。

小说所写祥林嫂的故事，就表现了"吃"与"被吃"的悲剧，揭示传统伦理道德和文化对女人的控制以及看客们的冷漠。小说主要叙述了祥林嫂在死亡前的自我挣扎，还叙述了鲁镇阔人、闲人们对祥林嫂的厌恶和旁观，以及"我"的无力、"祝福"场景背后的寂寞等情节和场景，呈现了生存与死亡、伦理与心理、祭祀与生活等丰富内涵，那么，祥林嫂是为何被吃掉，如何被逼死的呢？

小说在鲁镇年末阵阵"祝福"声中，叙述祥林嫂的故事。祥林嫂并非鲁镇人，而是被介绍到鲁四老爷家做工的仆人，刚来时"头上扎着白头绳，乌裙，蓝夹袄，月白背心，年纪大约二十六七，脸色青黄，但两颊却还是红的"。这是一副典型的农村劳动妇女形象。卫老婆子叫她祥林嫂，因当家人死了，祥林嫂只好出来做工。鲁四老爷虽嫌她是寡妇，但看她也顺眼，她话少，勤快，安分，干活"抵得过一个男子"。祥林嫂的"勤快"得到人们的认同，她也十分"满足"，脸上有了"笑影"，变得"白胖了"。谁知，她的婆家却寻

---

[1] 鲁迅：《日记》，王世家、止庵主编《鲁迅著译编年全集》第5卷，人民出版社，2009年，第155页。

[2] 鲁迅：《日记》，王世家、止庵主编《鲁迅著译编年全集》第5卷，人民出版社，2009年，第156页。

上门来，将她带了回去，卖给了贺老六。祥林嫂虽有反抗，但敌不过婆家的强力。后来，她生了小孩，但天有不测风云，她的男人染伤寒而死，儿子阿毛也被狼叼走了，她变得"走投无路"了，只好又来到鲁镇，投靠老主人。这次，鲁四老爷家不满意，认为她不干净，闲人们也拿她的事作消遣，调侃、戏弄她，还不无阴险地推断祥林嫂的改嫁是自己愿意的。如果不愿意，就应该撞死，祥林嫂只留下了伤疤，说明"一定是自己肯了"。流言传播开去，祥林嫂成了被侮辱被伤害者，每日呆坐，像是一个木偶，最后连做仆人的活路也被辞掉了，流落街头，成了乞丐，于是有了与"我"的相遇，发生了一场有关"魂灵"有无的对话。祥林嫂从"我"这里没有获得想要的答案，不得不带着恐惧，在爆竹的祝福声里死去了。可以说，祥林嫂的死，是男尊女卑、三从四德迫害的，是被封建礼教吃掉的。祥林嫂被婆家转卖，鲁四老爷说她不干净，这是看得见的吃人道德。柳妈等鲁镇闲人则赏鉴她的故事，传播她的流言，有着看不见的吃人心理。祥林嫂被儒家道德所否定，也不被捐了门槛的释家所接纳，最后却在道家风俗"祝福"声中死去。她"被人们弃在尘芥堆中"，如同"厌倦了的陈旧的玩物"，"总算被无常打扫得干干净净了"。传统礼教吃人，传统儒释道文化也参与了吃人。

并且，小说还写到了祥林嫂有意或无意地认同了三从四德和道德不洁，所以，她才向"我"求助"一个人死了之后，究竟有没有魂灵的"问题，才会去捐门槛，作替身，才会"整日紧闭了嘴唇，头上带着大家以为耻辱的记号的那伤痕，默默的跑街，扫地，洗菜，淘米"。她才会在四婶的一句"你放着罢，祥林嫂！"就"像是受了炮烙似的缩手，脸色同时变作灰黑，也不再去取烛台，只是失神的站着"。第二天，"不但眼睛窈陷下去，连精神也更不济了。而且很胆怯，不独怕暗夜，怕黑影，即使看见人，虽是自己的主人，也总惴惴的，有如在白天出穴游行的小鼠，否则呆坐着，直是一个木偶人"。在传统社会，道德是生存的理由，是生活的凭证，如没有它，也就无处活命。

阿Q的精神胜利法，也有被吃的自我麻醉、自我休眠的精神表征，虽然它不无受环境所迫而不得不为之的自我解困，有让人同情的一面，但精神胜利法实是封建统治者对人的精神心理加以控制和腐蚀后的麻痹和扭曲现象。它主要是指弱者在强者面前，受到欺侮和压迫，不以自立自强去抗争，而采用虚幻、想象的方式求得心理安慰，缓解或冲淡生活痛苦，既自欺欺人、自甘屈辱，又欺软怕硬、妄自尊大，属于自我健忘、自我麻醉的生活方式。

在"被吃"的社会环境中，阿Q失去了客观认知和主体意识，而甘于被奴役被损害的地位，甘于被吃掉，包括生活和思想。小说不着声色，不留痕迹，呈现了"吃与被吃"的精细与深刻。《阿Q正传》写到这样一个细节。阿Q在连遭赵太爷、王胡羞辱后，又挨了假洋鬼子"拍！拍拍！"的耳光，"这大约要算是生平第二件的屈辱"，但他很快就忘记这件事，"有些高兴了"，恰在这时，他却遇见了静修庵里的小尼姑，感到所受"屈辱"是尼姑带来的"晦气"，他吐唾沫，摸了小尼姑的头，还兴奋地说："和尚动得，我动不得？""飘飘然的似乎要飞去了"。最后，远远地传来小尼姑带哭的声音："这断子绝孙的阿Q！"一句断子绝孙惊醒了阿Q，他自我感觉良好，什么都有，什么都是胜利者，只是没有结婚，有可能断子绝孙，于是才有小说第四章"恋爱的悲剧"，阿Q发情，找吴妈困觉，想解决断子绝孙的问题。后来，求偶不成，连生计也成了问题，这是后话，在此不表。还是回到小尼姑的骂人，她在众目睽睽之下受了阿Q的欺侮，这是语言伤害，也有身体接触，是可忍，孰不可忍。她采用语言反击，于是，辱骂阿Q断子绝孙。这对信奉儒家伦理，自封姓赵，还是赵太爷长辈的阿Q，显然不可接受。对小尼姑，也暴露了内心机密，她以儒家伦理还击阿Q，显然，也不是佛家子弟，没有真信仰，只是个吃教者，住在静修庵混口饭吃。由此，可见儒家伦理的潜意识力量，无处不在，换句话说，连尼姑也被儒家伦理吃掉了。

　　鲁迅对传统礼教和社会各阶层之间存在的"吃人与被吃"关系，有着深刻的发现和独特的表达。《孔乙己》《白光》书写了旧式知识分子如何被科举制度绞杀的情形。他们屡考屡败，直至失败，搭上一生的命运。孔乙己落得穷愁潦倒，受尽嘲笑和屈辱，直至死去。陈士成在得知第十六回科考依然榜上无名，精神崩溃，落水身亡。他们被科举制度吃掉了。《药》《故乡》和《明天》等，也表现了生活病弱者如何"被吃"掉的悲剧。少年闰土，活泼可爱，成年后，受兵、匪、灾、捐、官、绅、多子的影响，变成愚昧、麻木、毫无生气的中年老者，当年"迅哥儿"如今成了他心目中的"老爷"，一个西瓜地上的"小英雄"成为生活的"奴隶"，表明他已完全认同社会的尊卑有序和自己的命运。《明天》的单四嫂子年轻丧夫，无夫从子，一个人带着幼子，独自面对艰难生活，把希望完全寄托在孩子身上，谁知孩子病了，又死了，她失去了一切，独自承受着人生的孤独和空虚。如果说《祝福》里的祥林嫂是"失节"的悲剧，《明天》则是"守节"的悲剧，都是传统伦理的牺牲品。

　　鲁迅最令人触目惊心的发现，是"被吃"者也成了"吃人"者。《狂人日记》中的"我"是被吃者，也是吃人者的兄弟，无意之中吃过妹妹的肉。《祝福》《孔乙己》里的看客们，《明天》里趁着单四嫂子不幸而去揩油者，《阿Q正传》里的王胡、小D、吴妈等。他们的冷漠、麻木，他们与吃人者有着千丝万缕的历史联系，在"被吃"中难免没有参与"吃人"的行为和意识。鲁迅小说以"吃人"比喻或象征，描绘了一个思想或精神受虐的世界，吃人的势力如同一张巨大而无形的大网，无处不在，被吃者在劫难逃。正如鲁迅所说："所谓中国的文明者，其实不过是安排给阔人享用的人肉的筵宴。所谓中国者，其实不过是安排这人肉的筵宴的厨房"，"大小无数的人肉的筵宴，即从有文明以来一直排到现在，人们就在这会场中吃人，被吃，以凶人的愚妄的欢呼，将悲惨的弱者的呼号遮掩，更不消说女人和小儿"。[1]

2. 生活之苦与精神之病

1933年，鲁迅在《我怎么做起小说来》，说到自己创作小说的动因："我怎么做起小说来？——这来由，已经在《呐喊》的序文上，约略说过了。这里还应该补叙一点的，是当我留心文学的时候，情形和现在很不同：在中国，小说不算文学，做小说的也决不能称为文学家，所以并没有人想在这一条道路上出世。我也并没有要将小说抬进'文苑'里的意思，不过想利用他的力量，来改良社会。"说得更明确些，就是"仍抱着十多年前的'启蒙主义'，以为必须是'为人生'，而且要改良这人生"，他说："我深恶先前的称小说为'闲书'，而且将'为艺术的艺术'，看作不过是'消闲'的新式的别号。所以我的取材，多采自病态社会的不幸的人们中，意思是在揭出病苦，引起疗救的注意。"[2] 上面这段话有三层意思：一，作为历史边缘文体——小说，鲁迅并不是为小说而写小说，而是选择小说作为思想启蒙的工具。二，鲁迅的小说创作意在"为人生"，改良人生，这是他的创作起点。三，鲁迅小说创作内容取材，"多采自病态社会的不幸的人们中，意思是在揭出病苦，引起疗救的注意"。在逻

---

[1] 鲁迅：《灯下漫笔》，《鲁迅全集》第1卷，人民文学出版社，2005年，第228-229页。

[2] 鲁迅：《我怎么做起小说来》，《鲁迅全集》第4卷，人民文学出版社，2005年，第525-526页。

辑上，从文类到小说观，再到创作观，它们相互关联，相互支撑。对"病态社会的不幸的人们"的理解和同情，也是鲁迅小说的创作宗旨，意在揭示"不幸的人们"精神的麻木和痛苦，表现国民性批判。

《呐喊》《彷徨》所表现的"不幸的人们"，主要是生活底层的农民和知识分子。鲁迅同情他们的命运，也洞察他们的精神病态，还揭示精神病弱之原因。《孔乙己》的主旨并非是对落第文人孔乙己的嘲讽，而是对酒店看客们的批判。孔乙己是酒店唯一站着喝酒又穿长衫的人。他的长衫又脏又破，说话满口之乎者也，因偷书挨打，却自我狡辩"窃书不能算偷"，还说什么"君子固穷"，什么"者乎"之类，引得众人哄笑起来，"充满了快活的空气"。他读过书，却没有成功，缺乏营生手段，愈来愈穷，幸好能写一笔好字，便替他人抄书，换一碗饭吃。他还有一副坏脾气，好喝懒做，连抄书机会也没有了，免不了做些偷窃之事。店里的人们也拿他能识字，怎么"连半个秀才也捞不到？"来取笑，邻舍的孩子也赶看热闹，围住孔乙己，抢吃孔乙己的茴香豆，最后"在笑声里走散了"。孔乙己在酒店"使人快活"，可是没有他，别人也便这么过，他是一个可有可无的人。后来，他的腿被丁举人打折了，盘着腿来了一次酒店，又"在旁人的说笑中，坐着用这手慢慢走去了"。到了年关，没有看见他，"大约孔乙己的确死了"。事实上，孔乙己没有中举，并不是他的错。孔乙己能识之乎者也，也不是他的酸腐。孔乙己苦读经书，又不中举，以至不会生活，这是取士制度的产物。他说的之乎者也，不过是对看客们嘲弄的逃避，之乎者也虽曾给他以伤害，但现实嘲弄比之乎者也的伤害更为直接和可怕，两害相较取其轻。何况在之乎者也的文言文世界，他还可以获得些许自尊和自傲。

《药》叙述小茶馆老板华老栓夫妇为给痨病儿子华小栓治病，将人血馒头作为治病良方，不但没有治愈儿子的病，反而贻误了性命，显然是他们的愚昧和麻木酿成了这样的悲剧。小说的深刻处还在于，这人血来自革命者夏瑜，夏瑜为了民众，为真理大义而被杀，人们不但不理解其意义，还将其作为治疗身体之"良药"。夏瑜为思想启蒙而死，人们需要的却是他的身体。他是身心分裂，无用之用，有用无用，这也是夏瑜的悲哀。精神的愚昧和麻木，观念的传宗接代，情感的救子心切，小说写取到人血的华老栓，"仿佛抱着一个十世单传的婴儿，别的事情，都已置之度外了"，一个细节，就写出了家族伦理的桎梏和传统风俗的钳制。

《风波》写七斤剪掉了辫子，听说"皇帝坐了龙庭了"，这给江南土场上的平静生活，掀起了一场不大不小的风波，带来了惶惑、痛苦和焦虑。这虽是一场有惊无险的闹剧，在"闹剧"背后却显露出七斤的沉滞，七斤嫂的幻想，村民和看客们的无聊，表明人们的精神心理依然保留着根深蒂固的"辫子"思想。《阿Q正传》是鲁迅改造国民性的经典之作，它对国人精神病苦及其国民性弱点的表达最为集中和典型。鲁迅写作小说的初衷，就是"能够写出一个现代的我们国人的魂灵来"[1]。精神胜利法是鲁迅为国人精神灵魂的精准画像。

《彷徨》延续着《呐喊》揭示人的精神病苦及其国民性改造主题。《祝福》在书写祥林嫂悲剧命运的同时，也揭示祥林嫂的病态灵魂以及看客们的冷漠心理。《示众》是被文学史忽略的经典名作。《示众》与《孔乙己》一样，篇幅短小，却意蕴丰富，手法独到，多

---

[1] 鲁迅：《俄文译本〈阿Q正传〉序及著者自叙传略》，《鲁迅全集》第7卷，人民文学出版社，2005年，第83页。

用白描，一气呵成。小说以示众为中心，以写实和白描手法，描写在盛夏的酷热里，牲畜和飞禽都只能喘气，比牲畜和飞禽高级的人类却耐得住暑热，立在十字路口，赏鉴被示众的穿白背心男人。他们仰起脸，伸着脖子，挤进挤出，寻着看，相互看，不断发出好看、多么好看的赞叹声。他们没有姓名，没有自我，没有精神和思想，只有四肢五官上的差别，只有年龄性别的不同。这些人中有小孩子、秃头老头子、穿白背心的男人、红鼻子胖大汉、老妈子、胖脸、椭圆脸、长子、瘦子、猫脸，他们没有自我意识和精神灵魂，都是无聊、冷漠的看客。他们有类别而无个性，有动作而无思想，有外形而无情感。他们近似一群有人形而无人心的动物，是无主名无意识的杀人团。小说表面上写看客看示众，骨子里是用看客来示众，看客表演着他们的观看，一一现出他们的冷漠和无聊，以及作者的悲哀和痛苦，小说具有丰富的象征意蕴和寓言色彩。鲁迅书写了一系列"看客"形象，如《示众》中的看客，《狂人日记》中的路人，《孔乙己》中的酒客，《药》中的茶客，《明天》中的蓝皮阿五等，组成一个庞大的"无个性群体"，成为封建吃人礼教的看客和帮凶。看与被看，示众与被示众也是鲁迅小说的结构模式，展示了人性和生存的荒谬性。

《伤逝》书写子君和涓生爱情悲剧，也写了知识分子的命运，揭示在"无爱的人间"践行"虚空的重担"，只能带来"苦痛"和"悲哀"。小说还涉及"真实与虚空""身体与灵魂""严威与冷眼""记忆与遗忘""同行与独往"等人生哲学，表现了人与人之间的"隔膜"和"寂静"，行为的"勇敢"和"无助"，精神的"空虚"和"纯真"，心理的"凄然"和"怯弱"，情感的"凄苦"和"慰藉"等。可以说，小说是表现心理和情感的百科全书。在子君和涓生的悲剧命运里，还表现了女性解放的传统心理。子君虽说出了"我是我自己的，谁也没有干涉的权利"，但在她与涓生走在一起之后，仍担负着小家庭主妇的角色，养鸡喂狗，陷入世俗之恋，直到生活出现困难，才发觉爱情的无力和无助。这也说明传统伦理及其心理改变之难，即使有了新家庭，也会照样过着旧生活。

1925年11月6日，鲁迅创作了《离婚》，它是《彷徨》中最后一篇小说。对于鲁迅，1925年是个关键年份，多种事件和矛盾汇聚一起，如"学潮""爱情""流言"和"孤独者"等，同时，也是鲁迅最有创作激情和高潮的一年。这一年里，他写了《野草》中的15篇作品，从1月1日写《希望》到12月26日写出《腊叶》，恰好整整一个年头，《希望》无"希望"，《腊叶》却是真"腊叶"。另外，还写了《彷徨》中后7篇小说，包括《示众》《孤独者》《伤逝》等，以及杂文《华盖集》和《坟》集中11篇作品，以及《两地书》在北京的17封书信。可以说，这一年是鲁迅思想和心态的分水岭，直接影响到鲁迅的人生流程。就小说而言，这个时候的鲁迅已经非常老到而成熟了。他自己曾说，以前创作的《药》《狂人日记》还有外国文学的影子，"此后虽然脱离了外国作家的影响，技巧稍为圆熟，刻划也稍加深切，如《肥皂》《离婚》等，但一面也减少了热情，不为读者们所注意了"。[1] 的确，《离婚》没有激情的反抗，没有强烈的讽刺，在冷静客观的叙述背后还有轻喜剧风格，在情节转换背后隐含着说不出的悲悯。《离婚》里的人物是鲁迅小说人物的"综合"，如《阿Q正传》里的"悬想"，《祝福》中的"求助"，《孤独者》里的"孤独"，还有《故乡》《社戏》等作品的纯朴和"固陋"。可以说，《离婚》是鲁迅小说的"总结"报告。

---

[1] 鲁迅：《〈中国新文学大系〉小说二集序》，《鲁迅全集》第6卷，人民文学出版社，2005年，第247页。

《离婚》主要表现在"礼教"秩序面前，乡下人自认的道理，在"知书识理"乡绅面前如何土崩瓦解。爱姑自认是"明媒正娶""三茶六礼"聘来的，这是民间伦理，所以她敢赌气，爆粗口，但在"三纲五常""三从四德"面前，她却被打败了，从泼妇变成了怨妇，连他在乡下人面前很有声望的父亲也沉默着。老爷和大人们讲着的是一套封建之礼，爱姑和她父亲讲不了，因为他们不知书，只识得生活常理，乡绅知书识礼，维护着封建礼教。鲁迅曾说："我们的古人又造出了一种难到可怕的一块一块的文字；但我还并不十分怨恨，因为我觉得他们倒并不是故意的。然而，许多人却不能借此说话了，加以古训所筑成的高墙，更使他们连想也不敢想。"[1] 爱姑丈夫找小寡妇，在老爷和大人那里，是合乎"礼"的，"说散就散"，就遵循了这个"礼"。传统"礼教"要女人有节操，守妇道，讲德性，却容许丈夫"妻妾成群"。慰老爷、七大人等乡绅们的"知书识理"，实际上就是礼教之"礼"，是写在"书"上，作为"经"书传下来的。在他们那里，有"礼"就是"理"，这是"天下同理"，即"公婆说走，就得走"。爱姑和她父亲、兄弟评说之"理"，是人之常情、物之常理，是民间社会的"公道话"。显然，小说《离婚》依然延续着《狂人日记》反封建礼教的主题。"离婚"是小说事件，也是象征符号，如《狂人日记》中的"吃人"一样，爱姑"离婚"，实是不想离，结局却成了被离婚。小说表现了生活之"理"与封建之"礼"的搏杀，表现了婚姻"离与被离"背后的封建礼教力量。爱姑不想离婚却被离婚，在大"闹"之后，却"后悔"自己"太放肆，太粗卤"。她本来想让夫家"走投无路"，最后却成了自己"说走就走"，

---

[1] 鲁迅：《俄文译本〈阿Q正传〉序及著者自叙传略》，《鲁迅全集》第7卷，人民文学出版社，2005年，第83-84页。

乃至无路可走。小说充满喜剧性，却是一个悲剧故事。

鲁迅小说表现社会底层人们的物质贫困和生活窘迫，揭示他们精神上的愚昧、麻木和冷漠。相对于生活贫困和落后，精神枷锁和思想束缚，更是鲁迅小说"为人生"，并"改良人生"的独特发现。鲁迅曾说："文艺是国民精神所发的火光，同时也是引导国民精神的前途的灯火。"[1] 于是，鲁迅小说也就有了特定对象和切入角度，取材病态社会，表现不幸人们，揭出精神病苦，引起社会疗救，"偶然得到一个可写文章的机会，我便将所谓上流社会的堕落和下层社会的不幸，陆续用短篇小说的形式发表出来了"[2]。这也是鲁迅的启蒙主义，将"文学"与"人生"联系起来，实现"立人"的文学实践。

3. 无路可走的生存困境

《呐喊》《彷徨》还书写了大量的知识分子生活，旧式和新式的都有，旧的如孔乙己、陈士成、高尔础、四铭等，新的如方玄绰、沛君、吕纬甫、魏连殳、子君和涓生等。孔乙己和陈士成有着相似的命运，都是科举制度的牺牲品。鲁迅描写孔乙己的穷困潦倒和陈士成的疯狂堕湖，批判中国封建科举制度及其权力文化，是对封建时代知识分子命运的深刻洞察。四铭和高尔础也是封建文化的维护者，他们生活在新时代，却成了封建遗老，他们没有孔乙己的穷困潦倒，却有相似的迂腐守旧，他们满口仁义道德，自居学问，附庸风雅，一副道貌岸然的模样。在鲁迅笔下，最有深度和意味的知识分子形象，是对新式知识分子生存状态和困境的书写。如《端午节》

---

[1] 鲁迅：《论睁了眼看》，《鲁迅全集》第1卷，人民文学出版社，2005年，第254页。

[2] 鲁迅：《英译本〈短篇小说选集〉自序》，《鲁迅全集》第7卷，人民文学出版社，2005年，第411页。

中的方玄绰、《兄弟》中的沛君、《在酒楼上》中的吕纬甫、《孤独者》中的魏连殳、《伤逝》中的子君和涓生等。公益局办事员张沛君和教书的弟弟张靖甫，一向在同事间享有"兄弟怡怡"的美名，他们引以为自豪。在哥哥张沛君得知弟弟可能染上了猩红热时，他心急如焚，仿佛大难临头，说话结结巴巴，声音也发抖了，于是急忙赶回家，不计成本延请医生诊治。他的急切忙乱，焦愁忧虑，确证他们的手足情深。但小说又写了张沛君的一个梦，兄弟情谊露出了马脚。他梦见弟弟死了，他继承了父母的所有遗产，却只让自己的三个孩子上了学，不让弟弟孩子上学，还打骂他们。这个梦表明，他在潜意识里是自私的，对弟弟的关心，不过是在同事面前的表演，在他内心里是担心弟弟生病，万一有个三长两短，他的负担就重了，他难以承受。隐藏在沛君内心深处，是自私、虚伪、卑鄙和残忍。小说写到了新式知识分子在利益面前，如何装扮、隐藏自己，如何趋利避害，不动声色，甚至以大公无私的方式表现出来，他们更加懂得伪装，懂得采用传统或现代伦理隐藏自己的真实想法，也算得上精致的利己主义者。

《端午节》书写了知识分子"差不多主义"的生存状态。方玄绰是一位教员，也是一个小公务员。他曾经"看见老辈威压青年，在先是要愤愤的"，"看见兵士打车夫，在先也要愤愤的"，而现在，"愤愤"不平没有了，认为"易地则皆然"，成了"十分安分守己的人"，"只要地位还不至于动摇，他决不开一开口"，教员欠薪大半年了，"只要别有官俸支持，他也决不开一开口"。他没有了"和恶社会奋斗的勇气"，反而"故意造出来的一条逃路"，"瞒心昧己"，"无是非之心"，奉行"差不多主义"。在现实生活中出现"万分的拮据"，"没有钱怎么买米"，没有钱给孩子缴学费，他即去找熟人借贷，却被"支使出来"。他虽然也感到"无限量的卑屈"，但又觉得自己"文不像誊录生，武不像救火兵"，只好赊债度日，借酒浇愁，躺在床上"咿咿呜呜"地阅读胡适《尝试集》。

《伤逝》《在酒楼上》《孤独者》主要写新式知识分子"梦醒后无路可走"的生活和精神困境。《孤独者》和《伤逝》都写在一个星期之内，被收入《彷徨》之前，都没有公开发表过，有人认为，它们的不发表是鲁迅"为了保护《野草》的神秘，保护自己的爱情"[1]。那么，《孤独者》是不是鲁迅的自画像？《伤逝》是不是鲁迅自传呢？不能这么说，但也不能说完全没有一点儿关系。它们显然有鲁迅的丰富情感和独特体验，特别对希望与绝望，生存与死亡，个体与社会，真实与谎言，孤独与抗争的体验和思考，它们与《野草》一样都指向了鲁迅的精神主体，表现了觉醒者的希望和绝望及其两难选择。

《孤独者》中的魏连殳是一个激进的先觉者，一个"独战多数"的英雄，一个让人害怕的"新党"。他"出外游学"，喜发奇警之论，却多遭非议和流言，他在世人眼里是一个矛盾"古怪"的人。学动物学，却做了中学历史教员；对人爱理不理，又常管他人闲事；常说家庭应当破坏，自己领到薪水却立即孝敬祖母。在世人的侮辱与毁谤中，他顽强地生活着，孤独地挣扎着。当社会一步一步地剥夺他的反抗意志，他变得玩世不恭了。如同他名字中的"殳"一样，虽是一种武器，却有棱无刃。他把希望寄托在小孩身上，"孩子总是好的。他们全是天真"，后来却发现连天真的小孩子也仇恨他，不吃他给的东西，他才醒悟了，有了"儿子正如老子一般"的感叹。残存的一线希望也破灭了，陷入了绝望之境。最后，他获取生路的办法就是拒斥"先前所崇仰，所主张的一切"，躬行他"先前所憎恶，

---

[1] 余放成：《鲁迅为何不公开发表〈孤独者〉与〈伤逝〉》，《黄石理工学院学报》2011年第6期。

所反对的一切"，在玩世不恭里活着，成了一个真正的失败者。

《孤独者》主要叙述了三个人物：魏连殳、祖母和"我"，他们都是孤独者。魏连殳说自己虽然没有分得祖母的血液，"却也许会继承她的运命"，他的祖母"终日终年的做针线，机器似的"。小说中的"我"也活在孤独之中，为求工作几经周折，"除上课外，便关起门来躲着，有时连烟卷的烟钻出窗隙去，也怕犯了挑剔学潮的嫌疑"。小说插入了"我"和魏连殳的三次谈话，涉及孩子、"孤独"、为什么活着以及生存状态及其意义问题。小说结尾写到在"我"给魏连殳送殓之后，"我的心地就轻松起来，坦然地在潮湿的石路上走，月光底下"。如果这是一种希望，还不如是一种孤独的绝望。当魏连殳的祖母、魏连殳两个孤独者都死去了，活下来的孤独者"我"，有未来么？依然是一片茫然。所以，小说表现了先觉者生存的孤独状态。

《在酒楼上》中的吕纬甫，曾是辛亥革命时期的热血青年，敢于到城隍庙里拔掉神像的胡子，议论改革中国的方法，还与人打了起来。可10多年后却形容大改，锐气尽消，变得迂腐而颓唐起来，成了一个敷敷衍衍、模模糊糊、随随便便的人，靠教孩子"子曰诗云"度日，还为早夭的弟弟迁坟，做着给当年邻居女儿送剪绒花的无聊事情。他已没有了与黑暗社会斗争的勇气，像一只蜂子或蝇子一样，"飞了一个小圈子，便又回来停在原地点"，他虽然知道"自己之讨厌，连自己也讨厌"，却在颓唐和消沉中耗费着生命，舐舐着失败、颓唐、无奈和自欺等痛楚。在吕纬甫的"敷衍""随便"背后，有着难以忘却的历史记忆，小说是一曲唱给先觉者的挽歌。

《伤逝》中的涓生和子君，受到了五四新文化运动的洗礼，追求个性解放，恋爱自由和婚姻自主，冲破传统家庭束缚，走向新家庭生活。但他们并不幸福，他们的生活、思想和感情都成了问题，最后不得不各自走开，子君的生命消失了，涓生的精神死掉了。小说写涓生向子君思想启蒙，"谈家庭专制，谈打破旧习惯，谈男女平等，谈伊孛生，谈泰戈尔，谈雪莱……。她总是微笑点头，两眼里弥漫着稚气的好奇的光泽"。在交往半年后，子君"分明地，坚决地，沉静地"说出"我是我自己的，他们谁也没有干涉我的权利！"涓生在子君身上似乎看到了中国女性，"在不远的将来，便要看见辉煌的曙色的"。于是，他们开始了同居生活。为了生活，子君还卖掉了她唯一的金戒指和耳环。小说写每当在"路上时时遇到探索，讥笑，猥亵和轻蔑的眼光"，"我"的"全身有些瑟缩"，子君"却是大无畏的"，"全不关心，只是镇静地缓缓前行，坦然如入无人之境"。在爱情面前，子君似乎更为大胆。但在同居之后，"曾经美好的断片"却"化作无可追踪的梦影"，子君"什么都记得"，包括"我"说过的言辞，做过的"举动"，在"夜阑人静"的时候，还不断"温习"着，并对"我"进行"质问"和"考验"，"复述当时的言语，然而常须由她补足，由她纠正，像一个丁等的学生"。久而久之，他们的生活变味了，"先是沉默的相视，接着是放怀而亲密的交谈，后来又是沉默。大家低头沉思着，却并未想着什么事。我也渐渐清醒地读遍了她的身体，她的灵魂，不过三星期，我似乎于她已经更加了解，揭去许多先前以为了解而现在看来却是隔膜，即所谓真的隔膜了"。子君买回来四只小油鸡和一只花白的叭儿狗阿随，每天忙着饲阿随，饲油鸡，操劳着他们的一日三餐。"我"时常也给子君讲"爱情必须时时更新，生长，创造"，她似乎也"领会地点点头"，但当"我"的工作被辞退以后，四处谋事毫无着落，"外来的打击"让每日"川流不息"的吃饭成了问题，"我"开始讨厌子君了，"子君的功业，仿佛就完全建立在这吃饭中"，"她似乎将先前所知道的全都忘掉了"，觉得她变得"颓唐"，"凄苦和无聊"。

小说写作为启蒙者的"我"却有了思想的觉悟和觉醒，"觉得大半年来，只为了爱，——盲目的爱，——而将别的人生的要义全盘疏忽了"，"人必生活着，爱才有所附丽"，"人的生活的第一着是求生，向着这求生的道路，是必须携手同行，或奋身孤往的了，倘使只知道捶着一个人的衣角，那便是虽战士也难于战斗，只得一同灭亡"。当"我"说出这些意见和主张，认为"新的路的开辟，新的生活的再造，为的是免得一同灭亡"。子君父亲将她接了回去，"我""将真实的重担卸给她了"，她却"在严威和冷眼中走着所谓人生的路"，在"无爱的人间死灭了！"当"我"重回吉兆胡同，物是人非，想到她的死，感到"我"确"是一个卑怯者"，曾经"使我希望，欢欣，爱，生活的，却全都逝去了"，"只有一个虚空，我用真实去换来的虚空存在"，"便消失在黑暗里了"，只好用"唱歌一般的哭声，给子君送葬，葬在遗忘中"，而自己呢？"我要向着新的生路跨进第一步去，我要将真实深深地藏在心的创伤中，默默地前行，用遗忘和说谎做我的前导"。

子君和涓生虽曾有过短暂的幸福，但也潜藏着思想和生活的危机。他们都从传统中走来，虽有个性解放意识，但思想深处依然存有传统观念。如子君自始至终都没有摆脱依附心理，涓生也不无传统士人风流特性。子君虽然宣称"我是我自己的，他们谁也没有干涉我的权利"，走出了旧家庭，却作了新家庭的奴隶。涓生启蒙子君，享受到爱情的甜蜜，但在同居后，随着他对子君身体和思想的熟悉，就开始厌烦了，"始乱终弃"。小说以涓生作为叙述者，在叙述者与叙述对象之间充满着矛盾、含混和歧义，自责、懊悔、抱怨与责人相互缠绕，不时出现滑移和变异，掩藏着心理的矛盾和痛苦。如果说，子君的死亡是新女性的命运悲剧，涓生则是觉醒者的精神悲剧。小说结尾，叙述涓生将以"遗忘"和"说谎"作生活的前导，他将曾经相信的个性解放以及独立自主彻底否定了，虽担负罪责的活着，却失去了思想支柱，这就是一个精神悲剧，标志着鲁迅对五四思想或精神的反思和批判。

（二）《呐喊》《彷徨》的艺术特点

1923年，《呐喊》出版不久，沈雁冰就发表评论《读〈呐喊〉》，认为："在中国新文坛上，鲁迅君常常是创造'新形式'的先锋；《呐喊》里的十多篇小说几乎一篇有一篇新形式，而这些新形式又莫不给青年作者以极大的影响，必然有多数人跟上去试验。"[1] 1935年，鲁迅在为《中国新文学大系》小说二集作序时也说，他的《狂人日记》《孔乙己》《药》等，"显示了'文学革命'的实绩"，且以"表现的深切和格式的特别"，"激动了一部分青年读者的心"[2]。无论是"新形式的先锋"及其影响，还是"格式的特别"打动了青年读者"激动"的心，表明《呐喊》《彷徨》有着别具一格的艺术创新和巨大的艺术魅力。

1. 现实主义与象征主义的融合

在创作方法上，《呐喊》《彷徨》以现实主义为主导，同时吸取象征主义、意识流和表现主义技巧作为补充，形成多种创作方法的融合。鲁迅的现实主义既是一种精神，也是一种方法。现实主义精神表现在理性与激情、批判与反讽并重。现实主义方法则主要表现在塑造一系列独特而丰富的典型人物形象，创造了"杂取种种，合成一个"的典型化原则。象征主义、意识流和表现主义作为鲁迅现

---

[1] 茅盾：《读〈呐喊〉》，《茅盾全集》第18卷，人民文学出版社，1989年，第398页。

[2] 鲁迅：《〈中国新文学大系〉小说二集序》，《鲁迅全集》第6卷，人民文学出版社，2005年，第246页。

实主义的补充，形成创作方法的丰富特色，如《狂人日记》就是现实主义和象征主义的结合，《药》《在酒楼上》《长明灯》则使用了象征主义手法，《狂人日记》《肥皂》《明天》《端午节》采用意识流手法。《狂人日记》被称为第一篇中国现代白话小说，它打破了中国传统小说的叙述连贯，有头有尾，环环相扣，故事完整，依次展开的结构方式，而采取语无伦次，跳跃腾挪，不标年月的日记体，按照狂人心理活动和先觉者的发现组织小说，形成小说的意识流特点。海外汉学家韩南、佛克马等认为，鲁迅文学中的现实主义与自然主义因素少于象征主义，可谓"象征现实主义"。哈南认为，鲁迅"喜爱与象征主义有瓜葛的安特来夫，喜爱精于讽刺和运用反语冷嘲的果戈里、显克维支和夏目漱石，都表明他在寻找一种根本不同的方法"[1]。

2. 创新小说文体样式

鲁迅打破古典小说的事件与情节中心模式，开创了人物与情感中心的小说模式，从以"人"和"物"写事，到以"事"和"情"写人，事件和情节退后，思想和情绪上台。鲁迅注重学习域外小说形式和技巧，在日本留学期间，就大量阅读了西方小说，与周作人兄弟俩共同翻译了《域外小说集》，这为他的创作提供了思想资源和艺术目标，至少让鲁迅知道小说可以这样写，或者说写成这样。西方视域犹如开疆拓土，打开一扇窗，就看到了一片新风景。鲁迅曾在《我怎么做起小说来》中坦言，他写小说，"大约所仰仗的全在先前看过的百来篇外国作品和一点医学上的知识，此外的准备，一点

---

[1] ［美］帕特里克·哈南：《鲁迅小说的技巧》，乐黛云编：《国外鲁迅研究论集》（1960-1981），北京大学出版社，1981年，第300页。

也没有"。[1] 他在这里强调了西方文学的影响，但也不能因此低估本土艺术传统对他的熏陶，如传统笔记、野史、神话和诗词对他小说创作的影响。

《狂人日记》的"正文"是日记体，"小序"就采有笔记体。小说写道："某君昆仲，今隐其名，皆余昔日在中学校时良友；分隔多年，消息渐阙。日前偶闻其一大病；适归故乡，迂道往访，则仅晤一人，言病者其弟也。劳君远道来视，然已早愈，赴某地候补矣。因大笑，出示日记二册，谓可见当日病状，不妨献诸旧友。待归阅一过，知所患盖'迫害狂'之类。语颇错杂无伦次，又多荒唐之言；亦不著月日，唯墨色字体不一，知非一时所书。间亦有略具联络者，今撮录一篇，以供医家研究。记中语误，一字不易；惟人名虽皆村人，不为世间所知，无关大体，然亦悉易去。至于书名，则本人愈后所题，不复改也。七年四月二日识。"这样的叙述，除议论之语，有关"昆仲"叙述，近似干宝《搜神记》笔法。

鲁迅广泛吸收与借鉴外国作家的思想艺术养分，并与本民族艺术传统相融合，探索开辟了现代小说的广阔道路。就小说样式，他还借鉴诗歌、散文、杂文、音乐、美术以至戏剧艺术经验融入小说创作，创造了"诗化小说""散文化小说"和"戏剧体小说"等。《故乡》《社戏》《伤逝》有诗化、散文化小说特征，《长明灯》似戏剧体小说，《阿Q正传》前三章犹如杂文写法。

鲁迅小说艺术的最大特征是诗意化和散文化。他将诗歌的传神和写意纳入小说，"神会于物，用心而得"，使小说叙事渗透诗意，小说就有了流动性和写意性。将散文笔法融入小说，近似随笔速写，

---

[1] 鲁迅：《我怎么做起小说来》，《鲁迅全集》第4卷，人民文学出版社，2005年，第526页。

小说就有了抒情性特征。如《在酒楼上》里的自白："北方固不是我的旧乡，但南来又只能算一个客子，无论那边的干雪怎样纷飞，这里的柔雪又是怎样的依恋，于我都没有怎样的关系了。"它表现了新式知识分子无家可归的孤独和漂泊，与"乡土中国"有着"在"而"不属于"关系，揭示了在"飞向远方、高空"和"落脚于大地"之间的困惑，由此产生了"冲决"与"回归"、"躁动"与"安宁"、"剧变"与"稳定"、"创新"与"守旧"等种种困境，以及叙述者制造诗意的无助和悲凉。

《阿Q正传》前三章似杂文，采用全知视角，但又声称并非全知，不知阿Q姓什么、籍贯何处。从第四章开始，采取有距离的限制叙述至小说结束，阿Q被杀时，写他在幻觉中看见饿狼眼睛"咬他的灵魂"，不自觉地发出一声"救命"，融入了叙述者的感情和体验，小说有了抒情性特征。《伤逝》采用手记形式，更便于心理抒发，小说对涓生意识到与子君已无爱情之后，面临"说与不说""说真话与说谎"的两难选择，小说对人物心理的写作如同外科手术，不动声色，细密冷静，但又诗意盎然。如果涓生不说出爱情不存在的真相，就会"安于虚伪"，如果说出来，将重担"卸给对方"，也会导致对方死亡。无论怎样做，都会陷入空虚绝望，或罪责难逃。小说《在酒楼上》和《孤独者》，将叙述者"我"与主人公作为"自我"矛盾的外化，展开自我灵魂的对话与相互驳难，充分展示了抒情小说叙事的心理深度。

鲁迅每篇小说都有一个新样式。日记体、手记体，第一人称、第三人称、交错使用；正叙、倒叙混合；截取生活场景横断面，以及几个场景的自由拼接等等，都是鲁迅的小说艺术。就艺术结构而言，鲁迅喜欢采用双线条结构。《狂人日记》主要由日记和笔记两部分组成，日记主要采用白话文体，又精心设计了一个文言体的"小序"，采用"我"和"余"两个叙述者，两重叙述，两重视点展开。日记表现"狂人"和"先觉者"的疯狂和清醒，显示"狂人"对旧有秩序的反抗。文言小序则表现了一个"正常人的世界"，主人公已痊愈，还成了候补官员，已回到正常的社会秩序，这形成了小说的反讽结构。

《孔乙己》以酒店"小伙计"充当叙述角色，以旁观者观察和描写孔乙己的可悲可笑，看客的麻木残酷，展开知识者与看客的双重书写。《祝福》和《孤独者》也有这样的特点。小说《祝福》由叙述者"我"叙述"我"的故事，再带出祥林嫂之死以及"我"与故乡的关系。关于"我"的故事，主要叙述"我"与故乡的"离开——回家——再离开"，祥林嫂的故事则表现"吃"与"被吃"的悲剧。在叙述"我"与故乡故事时，还发生了"我"与祥林嫂的交集。"我"年末回到鲁镇，见到不少本家和朋友，都没有发生大的变化，只是祥林嫂例外。相比五年前，她有了"花白的头发"，"消尽了先前悲哀的神色，仿佛是木刻似的"，只那眼珠还能见出"她是一个活物"。她一手提着装有破碗的竹篮，一手拄着开了裂的竹竿，"分明已经纯乎是一个乞丐了"。于是，发生了一场经典对话。祥林嫂向"我"说出内心"秘密"，并发出疑问，即"一个人死了之后，究竟有没有魂灵的？"而"我"却茫然，以"也许有罢，——我想"作答。"也许"是不确定，"我想"说明即使"有"也是"想"出来的，并非"我"相信，更不是"知道"的。"我"的回答并不能令祥林嫂满意，反被她连续追问和反问，最后"我"以一句"说不清"逃跑了。这是一场自我审判的追问，呈现了祥林嫂内心的希冀和恐惧，也显露了"我"的紧张和失败，被祥林嫂视为"见多识广"的"我"却回答不了她的"死后"和"魂灵"问题。所以，在祥林嫂的悲剧命运上，"我"也脱不了干系。

《孤独者》也讲述"我"和魏连殳的故事。小说开篇就写"我和魏连殳相识一场，回想起来倒也别致，竟是以送殓始，以送殓终"。叙述者"我"回忆"我"与魏连殳从相识、相交到送终相忘的过程。它采用第一人称，叙述者和叙述对象时有重合，相互缠绕。"我"由旁观者和介绍者身份逐渐转变为当事人和故事参与者，将自己的经历和感受置入其中，在讲述主人公的同时也在讲述自己，主动参与故事行动。小说先写"我"是与魏连殳有关事件的见证人，魏连殳的故事是"我"所看见或听说的，后来与魏连殳认识后，直接见证了他的生活困境和精神变迁，最后叙述发生转折，叙述者开始讲述"我"的故事。魏连殳托"我"帮他找一份事做。恰在这时，"我"也陷入了生活困境，教书"得不到一文薪水"，又与环境格格不入，怕"挑剔学潮"，连"烟卷的烟钻出窗隙去"，也会有"挑剔学潮的嫌疑"。魏连殳的故事和"我"的故事并置叙述，魏连殳反而成了"我"的故事的背景，"我"既是叙述者，也是叙述对象。有关"我"的故事的进入，就改变了叙述中心，减缓了叙述节奏，扩大了叙述内容，却带来叙述的分裂和模糊性。

3. 丰富多样的艺术手法

首先是语言的简练、含蓄和沉郁之风。语言是文学的身体，再怎么深刻丰富的思想，也都要在语言中存在，正如人的思想和生命一样，一旦失去身体，人的思想和感受瞬间就会灰飞烟灭。对作家而言，思想和情感的最后归宿都是语言，语言是作家的标识。阅读鲁迅，首先面对的就是他的语言，就是他那简练、含蓄、沉郁的行文特点。在鲁迅那里，语言的简练与繁复，含蓄与明晰，沉郁与自如，都是相互统一的。简练与含蓄和沉郁相通，简练不是简单，不是简短，而是言简意丰，简而厚。所谓言短意长，言近旨远，言浅意深，即简劲表达和繁复意蕴的融合。含蓄也不是晦涩，不是拗峭，而是明晰、鲜活的精粹。沉郁不是凝结，不是板滞，而是自如、流动之行势。

鲁迅小说的简练，在用语的精简，特别在动词的精准和传神，深得汉语之韵味和境界。中国文学源远流长，语言表达的精简、凝练是其重要特点。对古代作家而言，文言表达并不对他们构成多大的压力，身在传统，耳目浸染，诗词歌赋，驾轻就熟。到了新文学，传统语言成为受质疑、被抛弃之物，文言文已不是新作家的媒介，而是语言的对手。作家已不是它的仆人，而是它的裁判，弃之如敝履，深恐成鸡肋。口语化，大众化，翻译语盛行，如何承传汉语表达之简略和凝练，就成了一个问题。在我看来，虽然鲁迅对文言文批判得最为激烈和决绝，但他又是继承转化文言文最为成功的新文学作家。语言之简，就是证明。

鲁迅作品的简练笔法随处便是。《故乡》里的"苍黄的天底下，远近横着几个萧索的荒村，没有一些活气"；《祝福》里的"谈话是总不投机的了，于是不多久，我便一个人剩在书房里"；《孤独者》里的"时常自命为"不幸的青年"或是"零余者"，螃蟹一般懒散而骄傲地堆在大椅子"；《离婚》中的"不知怎的忽而横梗着一个胖胖的七大人，将他脑里的局面挤得摆不整齐了"等等。以上例句中"横着……荒村"深得古诗"野渡无人舟自横"之味，荒漠沉寂之感尤为沉重，同时还将舟行水中，两岸景色一字排开，点染了映入眼帘的视觉效果。另外，"剩""堆""横"等词语，皆极具隽永韵味，诗趣横生。又如《药》写华老栓夫妇买人血馒头，"华大妈在枕头底下掏了半天，掏出一包洋钱，交给老栓，老栓接了，抖抖的装入衣袋，又在外面按了两下"。这里的"掏""抖抖的""按了两下"，言简而意丰。写康大叔将人血馒头交给华老栓，华老栓踌躇着不敢去接，"黑的人便抢过灯笼，一把扯下纸罩，裹了馒头，塞与老栓；一手抓过洋钱，捏一捏，转身去了"。这里连用六个动词"抢""扯""裹""塞""抓""捏"，将刽子手的贪婪和凶恶以及华老栓的老实和胆小，刻画得活灵活现、生动传神，也可见出鲁迅的字字千金之力。

简而丰，还来自独特的意象和贴切的比喻。如《故乡》写杨二嫂的两腿，像一个"细脚伶仃的圆规"；《孤独者》写魏连殳如"狼嗥般的哭丧"，自造一个"独头茧"；《白光》写月夜碧空的浮云，"仿佛有谁将粉笔洗在笔洗里似的摇曳"；《兔和猫》写白兔的腾越，"像飞起了一团雪"；《肥皂》写"堂前有了灯光，就是号召晚餐的烽火"；《弟兄》说人物的梦迹压制不住，"却像搅在水里的鹅毛一般，转了几个圈"，又浮了上来。《伤逝》写人的心理，"也还是去年在会馆的破屋里讲过的那些话，但现在已经变成空虚，从我的嘴传入自己的耳中，时时疑心有一个隐形的坏孩子，在背后恶意地刻毒地学舌"。采用"隐形的坏孩子"这奇特的比喻，将言语的无效和"我"的厌烦表达得活灵活现。这些生动的意象和精彩的比喻，变幻出独特的艺术趣味和魅力。

简练不等于不修饰，干净是打扫的结果，清洁是在做了之后。鲁迅语言也注重渲染和修饰，形成绵密周详、舒展从容的繁复意味。如《狂人日记》里的"他们可是父子兄弟夫妇朋友师生仇敌和各不相识的人，都结成一伙，互相劝勉，互相牵掣，死也不肯跨过这一步"；《头发的故事》写"他们都在社会的冷笑恶骂迫害倾陷里过了一生"；《风波》写七斤嫂"一转眼瞥见七斤的光头，便忍不住动怒，怪他恨他怨他"；《阿Q正传》写"骂声打声脚步声，昏头昏脑的一大阵"。仅就简练而言，"父子兄弟夫妇朋友师生仇敌和各不相识的人"似可用"所有的人"作概括，意思和意味却少了很多，鲁迅故意罗列出人物关系，内含亲疏远近，有亲情、友情、爱情、恩情、手足之情、敌对之情、无缘之情之别，还特别突出义务和责任之理，这就充分表达了"吃人"和"防吃"的荒谬心理。罗列并不是简单的铺排，而是深化表达的意味。另外，将一系列不用标点的并列词组挤排在一处，也增添了表达效应，将动作、心态和声音，外在气氛和内在心理消融在一起，自然有了繁复之意。它们看似繁复，实则仍保持着简朴劲健的风格。当然，鲁迅的一些繁复句式，也不无欧化句式特点，如《伤逝》中的"我憎恶那不像子君鞋声的穿布底鞋的长班的儿子，我憎恶那太像子君鞋声的常常穿着新皮鞋的邻院的搽雪花膏的小东西！"这可算是鲁迅最长的语句了，修饰重叠，楼中建楼，意义缠绕。

简练之效，还仰仗虚词。鲁迅小说虚词使用频率高，密度大，为一大景观。如《祝福》写祥林嫂，"她像是受了炮烙似的缩手，脸色同时变作灰黑，也不再去取烛台，只是失神的站着。直到四叔上香的时候，教她走开，她才走开。这一回她的变化非常大，第二天，不但眼睛窈陷下去，连精神也更不济了。而且很胆怯，不独怕暗夜，怕黑影，即使看见人，虽是自己的主人，也总惴惴的，有如在白天出穴游行的小鼠，否则呆坐着，直是一个木偶人"。这一段含"不再""只是""直到"等副词，凸显祥林嫂在受到打击之后，出现失魂落魄的心理状态。在"不但""而且"的递进关系中，又加入"连"这个强调副词，再缀以"不独……即使……虽是……也……"的复句表达，造成层次繁复，意蕴发生膨胀。"即使""也"呼应"不独"，再插入"虽"，更深入了意义的表达。这些虚词的穿插使用，可谓超常组合，在简短的描绘之中，将祥林嫂的复杂心理表现得更加沉实有力。

鲁迅使用次数最多的虚词，是"然而""但""却""可是"等转折连词和副词，这也是鲁迅小说语言的标记。特别在抒情性小说，如《孤独者》《在酒楼上》和《伤逝》，喜爱和善于使用转折连词。

《伤逝》全篇使用近百个转折词，将人物复杂心理表现得曲折百回，波浪翻滚。它们阻截语流，改换方向，另辟蹊径，造成表达的冲撞与漩涡，有助于表达复杂变化的情绪心理。小说《孤独者》写道："人生的变化多么迅速呵！这半年来，我几乎求乞了，实际，也可以算得已经求乞。然而我还有所为，我愿意为此求乞，为此冻馁，为此寂寞，为此辛苦。但灭亡是不愿意的。你看，有一个愿意我活几天的，那力量就这么大。然而现在是没有了，连这一个也没有了。同时，我自己也觉得不配活下去；别人呢？也不配的。同时，我自己又觉得偏要为不愿意我活下去的人们而活下去；好在愿意我好好地活下去的已经没有了，再没有谁痛心。使这样的人痛心，我是不愿意的。然而现在是没有了，连这一个也没有了。快活极了，舒服极了；我已经躬行我先前所憎恶，所反对的一切，拒斥我先前所崇仰，所主张的一切了。我已经真的失败，——然而我胜利了。""然而"的连续使用，形成密集的转折，表现挣扎的无望和无力，显出人物心理的多重冲突和矛盾，诸如灵魂的纠缠和毁灭的痛苦。另外，鲁迅小说还多次使用"竟""似乎""仿佛"和"大约"等副词。"竟"表示出乎意料，无法接受或无法忍耐，不可理解。如《祝福》中的"但有一年的秋季，大约是得到祥林嫂好运的消息之后的又过了两个新年，她竟又站在四叔家的堂前了"。"似乎""仿佛""大约"适宜表达情绪的不确定性和复杂性。鲁迅是情感心理塑造的高手，怎会放过这么好的语言机会呢。只要打开鲁迅作品，就随处可见。

含蓄也是语言简练的特点。《一件小事》就以简劲而有寓意的速写，彰显意蕴深沉的思想。小说写一个冬天，"我"坐人力车往S门。途中，一个老妇人身穿"破棉背心""兜着车把" "伏在地上"。小说用一连串含蓄字眼折射"我"的种种心思，"我"怪罪老妇人"装腔作势"，车夫"多事""自讨苦吃"，但车夫"毫不踌躇，仍然搀着伊的臂膊"走向了巡警驻所。直至"我"终于发现——被人力车夫"榨出皮袍下面藏着的'小'来"。一个"榨"字，就压出了"我"的羞愧和自惭。

含蓄和重复也创造了鲁迅语言的沉郁浑厚特征。如《伤逝》开篇即说："如果我能够，我要写下我的悔恨和悲哀，为子君、为自己。"沉郁的抒情奠定了小说基调。《祝福》开篇写"旧历的年底毕竟最像年底，村镇上不必说，就在天空中也显出将到新年的气象来。灰白色的沉重的晚云中间时时发出闪光，接着一声钝响，是送灶的爆竹；近处燃放的可就更强烈了，震耳的大音还没有息，空气里已经散满了幽微的火药香"。祝福本来应是一派热闹、火红以及欢庆的气氛，但这里的"祝福"却给人以压抑之感。

其次是内外描写的兼容。鲁迅小说大量使用白描、画眼睛，勾灵魂的描写手法。他说过："我力避行文的唠叨，只要觉得够将意思传给别人了，就宁可什么陪衬拖带也没有。中国旧戏上，没有背景，新年卖给孩子看的花纸上，只有主要的几个人（但现在的花纸却多有背景了），我深信对于我的目的，这方法是适宜的，所以我不去描写风月，对话也决不说到一大篇。"[1] 这就是白描手法，只要"够将意思传给别人"就行，写人，写事，写物，均极简洁直接。他还说："忘记是谁说的了，总之是，要极省俭的画出一个人的特点，最好是画他的眼睛。我以为这话是极对的，倘若画了全副的头发，即使细得逼真，也毫无意思。"[2] 他还说："'白描'却并没有秘诀。如果要说有，也不过是和障眼法反一调：有真意，去粉饰，少做作，勿

---

[1] 鲁迅：《我怎么做起小说来》，《鲁迅全集》第4卷，人民文学出版社，2005年，第526页。

[2] 鲁迅：《我怎么做起小说来》，《鲁迅全集》第4卷，人民文学出版社，2005年，第527页。

卖弄而已。"[1] 即主观上真诚，客观上真实，修辞上真切。不加粉饰，饱含真意，这就是白描的精髓。鲁迅的白描手法继承了传统文论，其写景、叙事、塑人均力求简洁明了，同时它又不同于传统白描，从手法上升到方法和风格。作为方法的白描，就成了一种看待事物的思维和眼光，作为艺术风格的白描，尤其注重有真意的创作原则，不仅仅是技法，更是感受的真切和真情了。

鲁迅的白描艺术十分普遍而出彩。《孔乙己》写鲁镇酒店，"都是当街一个曲尺形的大柜台，柜里面预备着热水，可以随时温酒"。做工者，穿短衫，买碗酒，站在柜台外面喝；有钱者，才穿长衫，"踱进店面隔壁的房子里，要酒要菜，慢慢地坐喝"。寥寥几笔，勾勒出酒店场景。鲁迅写人，用笔不求工细，而重神态，注重内外描写、形神结合。他常常通过眼神、脸色和人的典型特征描写人物，使其情态毕露，形神俱现。写眼神和脸色是传统肖像描写之法，不重形似，而重神似。《呐喊》《彷徨》的例证颇多。《白光》写陈士成灰白的脸色，红肿的两眼发出古怪的闪光，只见许多乌黑的圆圈，在眼前泛泛的游走，写出了人物精神恍惚之状。《故乡》写闰土紫色的圆脸变作灰黄了，由见"我"的欢喜，到凄凉的神情，写出闰土在"多子，饥荒，苛税，兵，匪，官，绅"的压力之下，而成一幅饱经日月，终年操劳之肖像。《肥皂》写四铭对孩子"瞪大了细眼睛"，"一瞥"儿子嘴中的菜心，就显露出道貌岸然里的"小"来，画出了假道学的真面目。

对人物眼神和脸色刻画得最为传神的是《祝福》。祥林嫂死了丈夫，受了打击，脸色青黄，但她并未失去生活信心，当生活稍微安

---

[1] 鲁迅：《作文秘诀》，《鲁迅全集》第4卷，人民文学出版社，2005年，第631页。

定，她的两颊便有了红晕，眼神有了精神。谁知不久，她的第二个丈夫也死了，唯一的希望儿子也被狼叼走了，祥林嫂的脸色青黄，没了血色，眼睛也无神采，眼角上日日挂着泪痕，嘴角上也少了笑影。当四婶不让她参加祝福祭祀，柳妈告诉她死后将被两个丈夫锯成两半的时候，她就背上了沉重的心理负担，失掉了生活信心。在这里，她有一个眼睛直了，脸色灰黑的肖像。当她被鲁家赶出来后，连悲哀和苦痛也没有了，成了木头人，"只有那眼珠间或一轮，还可以表示她是个活物"，"脸上瘦削不堪，黄中带黑"，麻木、呆滞之肖像就跃然纸上。这些神色变化的描写，对表现祥林嫂的生活遭遇和内心世界，可谓传神点睛之笔。

再次，鲁迅还拥有反讽和地方性的美学风格。在我看来，不是悲剧或喜剧，反讽才是鲁迅的美学风格。鲁迅小说是无处不反讽。《狂人日记》的"小序"和"正文"相互拆解就是反讽，正文中的"狂人"信誓旦旦要劝转大哥，信奉将来需要"真的人"，却发现自己也是吃人者，难见真的人，这何尝不是反讽。《故乡》不知"故乡"是何乡，地理和精神故乡之异也是一种反讽。《示众》写看客看示众，到看客被示众，意义突转，反讽自在其中。《孤独者》中的魏连殳、祖母和"我"都试图逃脱孤独处境，却都是孤独终身。《伤逝》中子君口里说的"我是我自己的"，行动上却成了"我"是涓生的。涓生自以为离开子君，可找到新生活，结局却证明那不过是一个谎言而已。《离婚》中爱姑为了不离婚而找人说理，最终仍被离婚了。如同做一道数学题，已被判为零分，却要去验证零分的步骤和过程。爱姑夫家"说走就走"，就是爱姑命运的基本公式，随她怎么算，结论都是一样的，这就是对爱姑命运的反讽。《祝福》也是一个反讽文本。"我"是启蒙者，祥林嫂是被启蒙者，为了人生而启蒙，但祥林嫂并不关心"生"，而关心"死"的问题。她无意于理想的人生，反而惧怕死后有无魂灵。这也是启蒙者和不幸者的双重反讽。《药》也有反讽意味。它追问"药"的治身和救心之别，结论是华老栓们无药可救，或者说不可救药。连死后的夏瑜和华小栓，他们的坟茔一字儿排着，中间也隔着一条小路，母子不相通，上坟人不相通。在乱石岗上，革命者和被启蒙者、英雄和庸众并无区别，葬在相近位置，连乌鸦都承受不了这人间的隔膜，急忙地飞走了，这也是思想和情感反讽。

浓郁的地方色彩是鲁迅小说本事，鲁迅小说人物和故事都有想象和象征成分，小说中大量出现的地方民俗事象，却成了不可变动的记忆。如《风波》写道："在自己门口的土场上泼些水，放下小桌和矮凳，摇着大芭蕉扇闲谈，孩子飞也似的跑，或者蹲在乌桕树下赌石子。女人端出乌黑的蒸干菜和松花黄米饭"。《孤独者》的街上卖烧酒、花生米和熏鱼头。《在酒楼上》的酒楼上陈放着绍酒、油豆腐、辣酱、茴香豆、冻肉、青鱼干、荞麦粉，《孔乙己》的咸亨酒店有温热的黄酒、盐煮笋以及其他荤菜等，无不显示出江南小镇特有的饮食文化。《风波》《阿Q正传》《离婚》等所写到的乌篷船，则是绍兴特有的交通工具。小说还生动叙写了浙东地区特有的民情民俗，如"这村庄的习惯有点特别，女人生下孩子，多喜欢用秤称轻重，便用斤数作为孩子小名"，于是便有了"九斤老太""七斤""六斤"的称呼，同时还有以父母年龄合计数为名，如"六一公公""八一嫂"等叫法。江南水乡的自然风景，更是鲁迅小说自然书写的一绝，如《故乡》和《社戏》的夜景描绘，既美丽、宁静又隐含作者心理世界的愁绪。地方性书写，是文学的身份证。如果文学仅仅是地方性的自然物象或习俗，缺乏有意味的故事和人物，那也会失去思考的深度和感人的力度。正如身份证上的照片和数字，虽有辨识度，可以去定位，却不能与身份证谈恋爱一样。

二、《故事新编》导读

　　1936年1月，《故事新编》由上海文化生活出版社初版，列为巴金主编的"文学丛刊"之一种。《故事新编》收入小说8篇，它们是《补天》（1922年11月），《铸剑》（1926年10月），《奔月》（1926年12月），《非攻》（1934年8月），《理水》（1935年11月），《出关》（1935年12月），《采薇》（1935年12月）和《起死》（1935年12月）。鲁迅说："这一本很小的集子，从开手写起到编成，经过的日子却可以算得很长久了：足足有十三年。"他不但感叹时间之长，而且还意识到从开初创作《不周山》，就感到"陷入了油滑的开端"，"油滑是创作的大敌，我对于自己很不满"，于是"决计不再写这样的小说"，所以，在编印《呐喊》时，只将它负在卷末，"算是一个开始，也就是一个收场"[1]。这解释了《故事新编》的创作时间问题，却没有解释后来的创作，依然油滑下去的原因。显然，对鲁迅而言，创作《故事新编》有着更大的意图和动机。正如写作《呐喊》《彷徨》一样，他虽不想将小说抬进文苑，而是为了改良人生，创作《故事新编》，他也不是为了纯粹的艺术，而有比艺术之"敌"更加重要的目的。鲁迅历时13年，辗转三地才完成8篇小说，它们在艺术构思、表现手法以及艺术风格上却有着内在的一致性，这意味着鲁迅在探索、尝试新的小说之路。

　　相对《呐喊》《彷徨》，《故事新编》对传统思想文化的解构和批

---

　　[1] 鲁迅：《〈故事新编〉序言》，《鲁迅全集》第2卷，人民文学出版社，2005年，第353页。

判，对现实社会的影射和对照，对个人生存状态的复杂呈现，它是在独树一帜中奏响了大合唱，既继承又发展，准确地说是消融了《呐喊》《彷徨》，鲁迅杂文以及学术研究的思想逻辑和批判锋芒。并且，在文体形式上，开创了现代小说新样式，带有鲜明的"试验性"特征。鲁迅拥有独特而真切的现实体验，这是鲁迅写作小说和杂文的起点，也是他超越同时代作家的主体体验。鲁迅还有丰富的历史感知和独特的历史判断，这也是他超越后来者的思想资源。鲁迅的历史认知和判断不一定比他人丰富，却比他人独特和深刻。他认识和感受到的现实与历史有关联，甚至是历史的翻版，历史也成了现实的底片，他个人的思想、情感和心理都与这样的历史脱不了干系。在鲁迅眼里，"历史上都写着中国的灵魂，指示着将来的命运"，但历史书却"涂饰太厚，废话太多，所以很不容易察出底细来。正如通过密叶投射在莓苔上面的月光，只看见点点的碎影"[1]。显然，鲁迅对待历史的态度和立场是一分为二的。一般说来，历史主要由历史事实和历史认识所构成，历史事实是客观的，是历史中发生的事实凭据，历史认识则有主观性，是被叙述出来的。中国历史主要是由皇帝修撰，多褒扬溢美、歌功颂德之词，"笔只拿在或一类人的手里，写出来的东西总不免于蹊跷"[2]。老百姓写不了历史，也进不了历史，因为"人民在欺骗和压制之下，失了力量，哑了声音，至多也不过有几句民谣。'天下有道，则庶人不议。'就是秦始皇隋炀帝，他会自承无道么？百姓就只好永远箝口结舌，相率被杀，被奴。这情形一直继续下来，谁也忘记了开口，但也许不能开口。即

---

[1] 鲁迅：《忽然想到（四）》，《鲁迅全集》第3卷，人民文学出版社，2005年，第17页。

[2] 鲁迅：《〈俄罗斯的童话〉小引》，《鲁迅全集》第10卷，人民文学出版社，2005年，第442页。

以前清末年而论，大事件不可谓不多了……然而我们没有一部像样的历史的著作，更不必说文学作品了"[1]。所以，鲁迅眼里的中国历史又是循环、轮回的，是"想做奴隶而不得的时代"和"暂时坐稳了奴隶的时代"交替轮回。历史成了鲁迅的心结，因为"读史，就愈可以觉悟中国改革之不可缓了"[2]。为了现代人生，从历史开刀，就是鲁迅写作的必走之路了。

（一）《故事新编》的思想内容

鲁迅无意于做一个历史学者，也不关注历史事件的真伪，而是取一点历史因由，随意铺展，表现对历史灵魂以及与现实关系的思考。他立足现代思想立场，创造性地运用小说形式，对中国古代神话、传说和历史人物展开想象和叙述，批判传统思想文化，反思现实生活，表现独特的生存体验。

1. 反思批判传统文明

《故事新编》编印的目录顺序，并没有完全按照刊发时间，而是将写作时间靠后的《理水》（1935）、《采薇》（1935）放在了《奔月》（1926）和《铸剑》（1926）之间，这样，在历史事件时间上，就构成"神话时代"（《补天》）——"英雄时代"（从《奔月》到《铸剑》）——"诸子时代"（《出关》《非攻》《起死》）序列，人物选择和事件安排有了意义的内在逻辑。

"神话时代"的《补天》讲述了一个关于"历史发生"的故事。鲁迅写作"很认真"，想"取了茀罗特说，来解释创造——人和文学

---

[1] 鲁迅：《田军作〈八月的乡村〉序》，《鲁迅全集》第6卷，人民文学出版社，2005年，第295-296页。

[2] 鲁迅：《这个和那个》，《鲁迅全集》第3卷，人民文学出版社，2005年，第149页。

的——的缘起"[1]。在《补天》中，人是被"偶然"创造的产物，女娲"非常圆满而精力洋溢"，她在"无聊"时无意中将"人"揉捏出来。按照弗洛伊德的说法，女娲的"懊恼""无聊"是因"力比多"得不到释放，那么，"人"是女娲"游戏"的产物，也就是她旺盛的性欲望的结果。在文明社会，性欲望则有了伦理禁忌。所以，女娲的创造物才指责她"裸裎淫佚，失德蔑礼败度，禽兽行"，原始欲望与后天的文明产生了冲突和碰撞。当女娲的创造物——人类进入到伦理社会，他们因贪婪而相互杀戮，还肆意破坏，她又要去为人类"补天"。小说写女娲造人是她的无聊，造福于人的"补天"，也是她的无奈和悲哀。以女娲传说作为《故事新编》开篇之作，意味着鲁迅对中国历史展开批判的开始。

"神"的时代结束了，鲁迅开始书写"半神"和"奇人"的"英雄"时代，"迨神话演进，则为中枢者渐近于人性，凡所叙述，今谓之传说。传说之所道，或为神性之人，或为古英雄，其奇才异能神勇为凡人所不及，而由于天授，或有天相者"[2]。《奔月》《理水》《采薇》《铸剑》中的后羿、大禹，伯夷、叔齐，眉间尺、宴之敖者，本来是中国历史上神勇、实才、忠义和侠义的化身。鲁迅一方面肯定他们的价值，表现他们执于信念，敢于实践，勇于抗争，不惧殉道的精神，另一方面表现他们的生存困境，神勇者被背叛，实干家被同化，忠义者被戏弄，侠义者被与暴政者合葬。鲁迅并没有否定传统伦理美德的价值，而是重新思考它们的现实可能性。《采薇》是《故事新编》中最具喜剧性和悲剧性的作品。鲁迅主要叙述伯夷、叔

---

[1] 鲁迅：《〈故事新编〉序言》，《鲁迅全集》第2卷，人民文学出版社，2005年，第353页。

[2] 鲁迅：《中国小说史略》，《鲁迅全集》第9卷，人民文学出版社，2005年，第20页。

齐兄弟俩遭遇种种窘境，如无法平静生活的养老堂，扣马而谏的失败，逃亡路上的忐忑，采薇而食面临的尴尬和迂腐，他们坚守的"道义"在现实面前是如此脆弱和无助，喜剧和悲剧并存，《采薇》有着独特的艺术魅力。

在"英雄时代"，人们的价值标准比较单一和纯粹，进入到诸子时代，英雄人物被思想者代替，思想学说进入到了一个多元化时代。以弑君为主题的《铸剑》，就宣告了《故事新编》中英雄时代的结束。老子、孔子、墨子、庄子分别成为《故事新编》的书写对象。

鲁迅主要表现他们思想的悖论。老子尚柔，相信以弱胜强、以柔胜刚，孔子思想在中原强势崛起，逼迫老子出关。他以言语作为思想，讲道，却被关尹喜以"一包盐，一包胡麻，十五个饽饽"来作置换，他留下玄之又玄的五千言，却被关尹喜"放在堆着充公的盐，胡麻，布，大豆，饽饽等类的架子上"。去听讲的人只关心老子的恋爱故事。

鲁迅曾说："老子的西出函谷，为了孔子的几句话，并非我的发见或创造，是三十年前，在东京从太炎先生口头听来的，后来他写在《诸子学略说》中，但我也并不信为一定的事实。至于孔老相争，孔胜老败，却是我的意见：老，是尚柔的；'儒者，柔也'，孔也尚柔，但孔以柔进取，而老却以柔退走。这关键，即在孔子为'知其不可为而为之'的事无大小，均不放松的实行者，老则是'无为而无不为'的一事不做，徒作大言的空谈家。要无所不为，就只好一无所为，因为一有所为，就有了界限，不能算是'无不为'了。我同意于关尹子的嘲笑：他是连老婆也娶不成的。于是加以漫画化，送他出了关，毫无爱惜。"[1] 章太炎的原话，出自《诸子学略说》，章太炎认为："老子以其权术授之孔子，而征藏故书，亦悉为孔子诈取。孔子之权术，乃有过于老子者。孔学本出于老，以儒道之形式有异，不欲崇奉以为本师"，"而惧老子发其覆也。于是说老子曰：'乌鹊孺，鱼傅沫，细要者化，有弟而兄啼'"，"老子胆怯，不得不曲从其请。逢蒙杀羿之事，又其素所怵惕也。胸有不平，欲一举发，而孔氏之徒偏布东夏，吾言朝出，首领可以夕断。于是西出函谷，知秦地之五儒，而孔氏之无如我何，则始著《道德经》，以发其覆。借令其书早出，则老子必不免于杀身，如少正卯在鲁，与孔子并，孔子之门'三盈三虚'，犹以争名致戮，而况老子之凌驾其上者乎？"[2] 鲁迅提及章太炎的说法，已经很多年了，直到1930年代，特定的历史语境激活了鲁迅的感受，于是创作了《出关》。小说主要叙述孔子两次面见老子的情景以及老子选择西出函谷的过程。鲁迅有意把老子漫画化，意在讽刺1930年代以老庄哲学为护身符，奉行敷衍了事，退守回避的隐士哲学。"识时务者为俊杰"，是一种智慧，也是一种世故。

《起死》运用独幕剧形式，将《庄子·至乐》中的一则寓言——庄子与骷髅的对话演绎成小说，叙述庄子请求太上老君施展法术，让死去五百年已成骷髅的汉子重获生命。汉子被起死回生之后，却向庄子索要衣服和包裹，庄子不许，汉子骂人、挥拳就揍，揪住庄子不放。庄子只好吹警笛，叫来了巡士。一向宣扬生即死，死即生"齐物论"的庄子，在现实面前却丑态百出。他宣扬"方生方死"，

---

[1] 鲁迅：《〈出关〉的"关"》，《鲁迅全集》第6卷，人民文学出版社，2005年，第539-540页。

[2] 章太炎：《诸子学略说》，傅杰编校《章太炎学术史论集》，中国社会科学出版社，1997年，第175-176页。

连生死都可超越，现实中连一件衣服也舍不得，还动用世俗力量解决自己的困境，最后，不得不落荒而逃。小说揭示了庄子思想的悖论。

2. 重构重释文化脊梁

《故事新编》并没有完全否定传统文化，而是把传统文化颠倒了的重新颠倒过来，并且注入了现代思想。他说："要论中国人，必须不被搽在表面的自欺欺人的脂粉所诓骗，却看看他的筋骨和脊梁。自信力的有无，状元宰相的文章是不足为据的，要自己去看地底下。"从民间、从地底下，就会发现，"我们从古以来，就有埋头苦干的人，有拼命硬干的人，有为民请命的人，有舍身求法的人，……虽是等于为帝王将相作家谱的所谓'正史'，也往往掩不住他们的光耀，这就是中国的脊梁"。[1] 在《故事新编》里，女娲、后羿、大禹、眉间尺、黑色人和墨子形象，他们不虚伪，不矫情，脚踏实地，可谓中国文化的脊梁。

《奔月》是《故事新编》中最有故事性的小说之一，它主要取材于《淮南子》《山海经》。嫦娥奔月神话，以英雄夷羿为主人公，叙述后羿功成名就之后的世俗遭遇。该故事的传统神话主要有三个情节，一是后羿射日，二是嫦娥奔月，三是后羿与河伯妻子宓妃偷情。据说尧之时，"十日并出，焦禾稼，杀草木，而民无所食"，不少神怪"皆为民害"[2]。于是，尧命羿射九日，杀尽野兽，为民除害。鲁迅没有写后羿射日，不写后羿偷情，而写了后羿与嫦娥的日常生活。主要写嫦娥偷吃后羿借来的不死之药，弃他而去，后羿陷入绝望、愤怒而又无可奈何。小说中的后羿尚有往日英雄之态。在结尾

---

[1] 鲁迅：《中国人失掉自信力了吗》，《鲁迅全集》第6卷，人民文学出版社，2005年，第122页。

[2] 刘城淮：《中国上古神话》，上海文艺出版社，1988年，第490页。

处出现了颇有象征性的场景："他一手拈弓，一手捏着三枝箭，都搭上去，拉了一个满弓，正对着月亮。身子是岩石一般挺立着，眼光直射，闪闪如岩下电，须发开张飘动，像黑色火，这一瞬息，使人仿佛想见他当年射日的雄姿。"后羿虽被弃，却依然从容不迫："那倒不忙。我实在饿极了，还是赶快去做一盘辣子鸡，烙五斤饼来，给我吃了好睡觉。明天再去找那道士要一服仙药，吃了追上去罢。女庚，你去吩咐王升，叫他量四升白豆喂马！"后羿并未失落和沮丧，仍显得冷静而从容。

《理水》取材"大禹治水"传说。"大禹"是中国"埋头苦干，拼命硬干，为人民请命，舍身求法"的精神典范。小说没有直接书写大禹治水的艰辛，而采取间接暗示，他"面貌黑瘦，但从神情上也就认识他正是禹"，"禹便一径跨到席上，在上面坐下，大约是大模大样，或者生了鹤膝风罢，并不屈膝而坐，却伸开了两脚，把大脚底对着大员们，又不穿袜子，满脚底都是栗子一般的老茧"。从"黑瘦的面貌"和"结满老茧的脚底"的白描里，也可见出大禹治水的艰苦，"劳身焦思，居外十三年，过家门不夜入"。

《铸剑》原题为《眉间尺》。关于眉间尺的复仇故事，魏曹丕《列异传》、晋干宝《搜神记》均有记载。鲁迅小说就取材于这个复仇故事。《铸剑》堪称杰作，独特的细节，激情的语言和歌声，奇异的故事、风俗和人物，极富想象力和创造性。小说写眉间尺的父亲干将莫邪是有名的铸剑手，在奉命为楚王铸剑之后，被多疑而残忍的大王杀掉。他早有预谋，只给了大王一把雌剑，而为已有身孕的妻子留下了一把雄剑，让未来的儿子为自己复仇。在复仇过程中，眉间尺得到一黑衣义士宴之敖者的舍命相助，他们用自己的头颅反抗暴政，最后与统治者同归于尽。小说描写了黑衣人宴之敖者的刚毅、机智、勇于献身、扶弱锄暴的复仇精神，他不为"报恩"而去复仇，问其原因，他只严冷地说："仗义，同情，那些东西，先前曾经干净过，现在却都成了放鬼债的资本。我的心里全没有你所谓的那些。我只不过要给你报仇！"复仇并非个人恩怨，而将向"恶"势力复仇作为他的终极目标。鲁迅曾在给日本友人增田涉的信中说到《铸剑》，"但要注意的，是那里面的歌"，又说"第三首歌，确是伟丽雄壮"[1]。这支歌是根据《吴越春秋》中"勾践伐吴外传"里的歌词改写的，强调了复仇的意义和性质。小说对眉间尺的心理变化、黑衣人宴之敖者冷酷的外表和火热的内心都有极其张扬的书写。作品虽不无彻骨的悲凉，更有灼人的光热。《铸剑》在收入《故事新编》时补记为"一九二六年十月"，据《鲁迅日记》，本篇完成时间应为1927年4月3日。

墨子深得鲁迅的喜爱，只是他"治于神者，众人不知其功"[2]，而且，其门徒最终"真老实的逐渐死完，止留下取巧的侠"[3]。自晚清至五四，出现了一股墨学复兴思潮。梁启超认为中国遂亡，"今欲救之，厥惟学墨"[4]，甚至说，"墨学精神，深入人心"，"形成吾民族特性之一"，其"肯牺牲自己"的"根本义"，"怯于攻而勇于守，其教入人深也。而斯义者，则正今后全世界国际关系改造之枢

---

[1] 鲁迅：《360328致增田涉》，《鲁迅全集》第14卷，人民文学出版社，2005年，第386页。

[2] 墨子：《墨子》，朱越利校点，辽宁教育出版社，1997年，第125页。

[3] 鲁迅：《流氓的变迁》，《鲁迅全集》第4卷，人民文学出版社，2005年，第159页。

[4] 梁启超：《子墨子学说》，《梁启超全集》第4卷，中国人民大学出版社，2018年，第354页。

机"[1]。章太炎也认为，墨子之道德，"非孔、老所敢窥视"[2]。胡适说了更为绝对的话："墨翟也许是中国出现过的最伟大的人物"[3]。在中国思想史上，墨子有主持正义、豪侠坚韧、勤苦实干之风范，具有"摩顶放踵，利天下，而为之"的精神，应算是"中国的脊梁"。鲁迅在《非攻》抓住这一精神，写墨子出发上路止楚侵宋，"他看得耕柱子已经把窝窝头上了蒸笼，便回到自己的房里，在壁橱里摸出一把盐渍藜菜干，一柄破铜刀，另外找了一张破包袱，等耕柱子端进蒸熟的窝窝头来，就一起打成一个包裹。衣服却不打点，也不带洗脸的手巾，只把皮带紧了一紧，走到堂下，穿好草鞋，背上包裹，头也不回的走了。从包裹里，还一阵一阵的冒着热蒸气"。墨子与公输般斗智斗勇，使楚王最终放弃了攻打宋国。

3. 勾连社会现实之镜

鲁迅从神话、传说和史实中，发现了古代思想的矛盾和生活的困惑。诸子们都在现实中碰了壁，虽然他们创造了一套解释世界、重整秩序的思想观念，也被后世奉为经典，但鲁迅将他们置于日常生活，书写创造者、英雄人物和思想者在社会现实里的悲喜剧。《故事新编》对"历史事件"的叙述并不充分，而着眼于他们的现实生活。《补天》叙述女娲补天并不多，而主要叙述女娲造人的心理及悲哀。《奔月》对嫦娥奔月只是一笔带过，主要叙述后羿为吃饭而忙碌。《理水》对大禹如何治水叙述不多，反而被帮闲们不治水所代替。《采薇》不在伯夷叔齐的采薇，而叙述他们的采薇而不得。《铸

---

[1] 梁启超：《〈墨子学案〉第二自序》，《梁启超全集》第11卷，中国人民大学出版社，2018年，第120-121页。

[2] 章太炎：《诸子学略说》，《章太炎学术史论集》，中国社会科学出版社，1997年，第177页。

[3] 胡适：《先秦名学史》，《胡适文集》第6卷，北京大学出版社，2013年，第47页。

剑》不在铸剑，而在复仇。《出关》不在老子的讲道，而在出关讲道的尴尬。《起死》中的"起死"只是几句话，"起死"之后的困境则是小说主要内容。

小说将历史和现实打通，叙述历史，接通现实，重在揭示社会现实的历史基因。这样，《故事新编》多有对社会现实的影射。《补天》中女娲精疲力竭地造人，禁军却在她最膏腴的肚皮上安营扎寨，还打出"女娲氏之肠"的大纛，鲁迅便"在女娲的两腿之间"，安插了"一个古衣冠的小丈夫"，让现实之光照进历史的幽暗处。《采薇》里伯夷、叔齐不食周粟而死，却给现实之阿金姐们提供了谈资，被说成"贪心贪嘴"的报应，看客们塑造着当事者。《铸剑》中的眉间尺、宴之敖者与王同归于尽，在"大出丧"的日子里却看客无趣地赏鉴。《奔月》中后羿连射九日、杀封豕长蛇，但现实中他已风光不再，落得个被遗弃的下场。至于小说中的逢蒙形象，也与现实中的高长虹有关。1926年鲁迅南下厦门后不久，《莽原》同人高长虹开始攻击鲁迅，特别是高长虹所写的《走到出版界》指名道姓针对鲁迅。鲁迅1927年1月11日在给许广平的信中说："那时就做了一篇小说，和他开了一些小玩笑，寄到未名社去了。"[1] 这是鲁迅在厦门期间写作的唯一一篇小说，小说中的不少对话也是由高长虹抨击鲁迅的字句改写的，如"去年就有四十五岁了"，"若以老人自居，是思想的堕落"等等，取自高长虹的《1925北京出版界形势指掌图》。《理水》写大禹艰辛劳作，却被"学者们"证明自己不存在。在写完《理水》三个月后，鲁迅说："两三年前，是有过非常的水灾的，这大水和日本的不同，几个月或半年都不退。但我又知道，中国有着叫作'水

---

[1] 鲁迅：《两地书》，《鲁迅全集》第11卷，人民文学出版社，2005年，第280页。

利局'的机关，每年从人民收着税钱，在办事。但反而出了这样的大水了。"[1] 显然，《理水》把社会现实中的"水利局的同事们"也写上一笔。

《非攻》写墨子赴楚途中，经宋国南关，看见街角上聚着不少人，好像在听一个人讲故事，说话人在空中一挥，大叫道："我们给他们看看宋国的民气！我们都去死！"在这里，小说影射民国政府在"九一八"事变后，以"民气"故发慷慨激昂之空论，作欺人之谈。小说写墨子到楚国登门造访公输般："墨子拍着红铜的兽环，当当的敲了几下，不料开门出来的却是一个横眉怒目的门丁。他一看见，便大声的喝道：'先生不见客！你们同乡来告帮的太多了！'"这也是现实中世态人情的置换。在小说结尾处，写"墨子在归途上，是走得较慢了，一则力乏，二则脚痛，三则干粮已经吃完，难免觉得肚子饿，四则事情已经办妥，不像来时的匆忙。然而比来时更晦气：一进宋国界，就被搜检了两回；走近都城，又遇到募捐救国队，募去了破包袱；到得南关外，又遭着大雨，到城门下想避避雨，被两个执戈的巡兵赶开了，淋得一身湿，从此鼻子塞了十多天"。一个有功宋国的英雄，却遭遇晦气的待遇，历史也与现实一样，也是荒诞的。

《故事新编》虽书写古人，却关涉现实。古人是今人的文化基因，今人为古人之余脉。鲁迅立足当下，着眼现代，这也是《故事新编》创作的出发点。所以，它抹去神话英雄和思想者的光环，融入大量的日常生活书写，不乏生活的世俗和喜感。《补天》写后羿只能给嫦娥吃"乌鸦肉炸酱面"，嫦娥不悦，嫦娥奔月后，后羿要仆人

---

[1] 鲁迅：《我要骗人》，《鲁迅全集》第6卷，人民文学出版社，2005年，第505页。

先"赶快去做一盘辣子鸡，烙五斤饼来，给我吃了好睡觉。明天再去找那道士要一服仙药，吃了追上去罢"。《非攻》写墨子出发前，先做好路上干粮——冒着热气的窝窝头。《采薇》也叙述了一个"吃"的故事，对伯夷叔齐采摘、煮、烤、炖、晒薇菜等均有细致描写。食物与时局相关，"近来的烙饼，一天一天的小下去了，看来确也像要出事情"。食物还记录着时间，"大约过了烙好一百零三四张大饼的工夫，现状并无变化，看客也渐渐的走散"。《出关》写老子《道德经》，被关尹喜放在堆满盐、胡麻、布、大豆、饽饽的架子上，老子思想不如食物重要。《起死》里写死而复生的汉子嚷着自己的白糖南枣。《理水》还特别写到了官员学者们的宴席。"吃"是世俗生活，考验着人生选择。嫦娥离开后羿，就是因为没有好吃的了，伯夷和叔齐需在吃与不吃之间做出选择，老子没有东西可吃而折返，庄子为了自己有饭吃，不肯施舍汉子，大禹过家门而不入，也是为了百姓不吃"榆叶"和"海苔"，墨子为了"宋国的所有饭碗"而奔走。"吃"在《故事新编》成了生存需要，也是价值问题。

于是，《故事新编》就有了不少"油滑"色彩。女娲沉沉地睡去了，任凭禁军们在肚皮上安营扎寨，借她的名号招摇撞骗。大禹后来做了官，"态度也改变了一点"，于是天下太平，"连百兽都会跳舞，凤凰也飞来凑热闹"。伯夷叔齐两兄弟被说成由于贪婪而饿死，"听到这故事的人们，临末都深深的叹一口气，不知怎的，连自己的肩膀也觉得轻松不少了"。眉间尺也被人们弄得"真是怒不得，笑不得，只觉得无聊，却又脱身不得"，他"焦躁得浑身发火，看的人却仍不见减，还是津津有味似的"。得道的孔子去了朝廷，传道的老子却出走黄沙。庄子吹警笛，叫来巡士，抓汉子。每一个历史故事似乎都与社会现实有关，成了现实的一面镜子。这样，小说叙述自然变得"油滑"起来，古人似今人，历史如现实，历史和现实是一体两面，演绎着人世间的悲喜剧，只是其中的轮回不免让人徒生恐惧之感。

（二）《故事新编》的艺术特色

自1922年12月《不周山》在《晨报四周纪念增刊》上发表以来，关于它的艺术特点就出现了不少争议。无论是思想内容还是艺术创新，《故事新编》都是中国现代文学史上的独特存在，它创造了一种新的小说文体形式。特别是它在艺术感受和表现方式上的大胆创新，让人瞠目结舌，读起来也痛快淋漓。

《故事新编》的艺术特色主要表现在三个方面。

1. 古今杂糅的借题发挥

《故事新编》可算中国现代小说史上的一部奇书。它把社会现实和民族心理都融入历史书写，构成一种狂欢或复调叙事，使纯文学向杂文学开放，小说叙述借鉴杂文笔法，兼具文明批评和社会批评功能，开创了一种古今杂糅的叙述文体。捷克学者普实克曾称《故事新编》是一种新的结合体，相当今人所说的"文体越界"。它主要指在一个文本中融入另一种或多种文体形态。这种包容不仅是对其他文体形式的转用或模拟，也是新的思想和审美因素的渗透，创造出更具包容性和想象性的文体空间。

《故事新编》打破时间与空间的界限，采用时空错位方式展开叙述。小说中的主人公都是古人，甚至是神话人物，但是这些古人的心理状态、语言方式等，又有现代色彩。各篇主要人物、主要事件都有一定的历史文献依据，基本符合文献所载的大致情形，即使注入批判精神，主要情节并非是凭空捏造，即使加入的现代生活细节也合乎情理。《理水》"文化山"上的学者，张口闭口"OK""古貌林"，"莎士比亚"挂在嘴边。《起死》中庄子"摸出警笛狂吹"，巡警出场解围，在巡警保护下，才落荒而逃。鲁迅通过合理的艺术虚构，在历史材料基础上进行加工、提炼、改造和发展，将现代人的生活、精神融入历史之中，形成古今交融的艺术特点，使古人和今人处在同一时空，将古代人物与现代生活细节有机地交融一体，产生一种喜剧效果。

《出关》全文就充满了喜剧性。关尹喜说，先前上图书馆去查《税收精义》，曾经拜访过老子，属于随意演绎。关尹喜提议要老子讲学，"于是轰轰了一阵，屋里逐渐坐满了听讲的人们。同来的八人之外，还有四个巡警，两个签子手，五个探子，一个书记，账房和厨房。有几个还带着笔，刀，木札，预备抄讲义"。演讲者与听众形成了颠覆性的文化反差，给人一种滑稽感。听老子讲到"玄之又玄，众妙之门"时，大家就显出苦脸来了，有些人还似乎手足失措。一个签子手打了一个大呵欠，书记先生竟打起瞌睡来，哗啷一声，刀，笔，木札，都从手里落在了席子上面。来听讲学的人，也格外受苦。老子交了讲义稿，坚持马上出关，关尹喜"命令巡警给青牛加鞍。一面自己亲手从架子上挑出一包盐，一包胡麻，十五个馍馍来，装在一个充公的白布口袋里送给老子做路上的粮食。并且声明：这是因为他是老作家，所以非常优待，假如他年纪青，馍馍就只能有十个了"。当老子一离开，众人则如释重负，"哈哈哈！……我真只好打盹了。老实说，我是猜他要讲自己的恋爱故事，这才去听的。要是早知道他不过这么胡说八道，我就压根儿不去坐这么大半天受罪……"关尹喜说："这也只能怪您自己打了瞌睡，没有听到他说'无为而无不为'。这家伙真是'心高于天，命薄如纸'，想'无不为'，就只好'无为'。一有所爱，就不能无不爱，那里还能恋爱，敢恋爱？您看看您自己就是：现在只要看见一个大姑娘，不论好丑，就眼睛甜腻腻的都像是你自己的老婆。将来娶了太太，恐怕就要像我们的账房先生一样，规矩一些了。"此类评议相当俏皮又尖刻，表现出再深刻的学术思想也成为日常生活的消费和娱乐之物。

《理水》中的"乡下人"也是喜剧性人物。小说这样描写："但是我竟没有家谱"，那"愚人"说。"现在又是这么的人荒马乱，交通不方便，要等您的朋友们来信赞成，当作证据，真也比螺蛳壳里做道场还难。证据就在眼前：您叫鸟头先生，莫非真的是一个鸟儿的头，并不是人吗？""比螺蛳壳里做道场还难"是随手拈来的民间谚语，生动自然。还采用民间猜谜常用的拆字法，"您叫鸟头先生，莫非真的是一个鸟儿的头，并不是人吗？"让自以为有学问的"鸟头先生"下不了台。

2. 庄严与反讽的相反相成

《故事新编》还有庄严和反讽的融合。《采薇》用两个人物小丙君和小穷奇，消解了伯夷、叔齐"不食周粟"信念。小丙君自称原为纣王亲戚，投奔明主周武王，依然打出维护先王之道的旗号，与伯夷、叔齐形成对立，但小丙君却逍遥自得，还有"艺术家"的美誉，衬托出伯夷、叔齐的"迂阔"。华山大王小穷奇在打劫伯夷、叔齐时，竟堂而皇之地宣称："小人们也遵先王遗教，非常敬老，所以要请您老留下一点纪念品。"这种"以正义之名行不义之实"的伎俩，也让人莞尔一笑。特别是阿金对伯夷、叔齐死亡之因的解释，将伯夷、叔齐守住道义的庄严一下就变成喜剧性的选择，历史的荒诞感油然而生。《非攻》赞颂了墨子的勇气、智慧和正义，但小说结尾写墨子，"一进宋国界，就被搜检了两回；走近都城，又遇到募捐救国队，募去了破包袱；到得南关外，又遭着大雨，到城门下想避避雨，被两个执戈的巡兵赶开了，淋得一身湿，从此鼻子塞了十多天"。这个细节让人忍俊不禁，日常生活人们的烦扰和无所谓，与墨子救国的庄严神圣行为形成了强烈的反差。

《故事新编》的反讽也随处可见。《补天》中古衣冠的小丈夫们，先前因被女娲无视而含着两颗"比芥子还小的眼泪"，待女娲死后却在其肚皮插上"女娲氏之肠"的大纛。《奔月》中的后羿误射了老太太的黑母鸡，却被老太太说成"骗子""枉长白大""好不知羞"。《理水》写大禹治水成功之后，大批奇珍异宝进贡给万岁爷，到处传闻大禹如何在夜里化为黄熊，用嘴和爪子一拱一拱地疏通了九河，如何请了天兵天将，捉住兴风作浪的妖怪，镇在龟山脚下。大禹入京时，还是一个粗手粗脚的大汉，黑脸黄须，腿弯微曲，双手捧着一片乌黑的尖顶的大石头——舜爷所赐的"玄圭"。到底大禹有多大功绩，小说也没有进行客观描述，而是出自大禹之口："洪水滔天，浩浩怀山襄陵，下民都浸在水里。我走旱路坐车，走水路坐船，走泥路坐橇，走山路坐轿。到一座山，砍一通树，和益俩给大家有饭吃，有肉吃。放田水入川，放川水入海，和稷俩给大家有难得的东西吃。东西不够，就调有余，补不足"；"我讨过老婆，四天就走"，"生了阿启，也不当他儿子看。所以能够治了水，分作五圈，简直有五千里，计十二州，直到海边，立了五个头领，都很好"。于是，皋陶赶紧下了一道特别命令，叫百姓都要学大禹的行为，"倘不然，立刻就算是犯了罪"。在被"学习"中，大禹也开始变化了，吃喝虽不考究，但做起祭祀和法事来，却是阔绰的；衣服很随便，但上朝和拜客时候穿着要漂亮。不久市面的商人们就说，禹爷的行为真该学，皋爷的新法令也很不错，终于太平到连百兽都会跳舞，凤凰也飞来凑热闹了。这显然有绵里藏针的反讽。小说还写大禹太太抱着孩子冲进宴会，当着众人面质问大禹，"这没良心的杀千刀"，"走过自家的门口，看也不进来看一下"，"奔的什么丧"，一心做官，最后会像他老子一样"做到充军，还掉在池子里变成大忘八"。清官难断家务事，英雄也有说不清的家长里短，这又来了一场反讽。《采薇》写阿金姐讲述伯夷叔齐的贪心，辜负了老天爷的好心，想吃鹿肉而被饿死的故事，首阳山上的居民也如释重负。《铸剑》写眉间尺不小心压坏了干瘪少年"贵重的丹田"，要为少年活不到八十岁去抵命。《出关》里的账房先生抱怨老子没有讲他的爱情故事，害得他坐在那里受了好半天的罪。《起死》里的庄子跟大汉讲自己的哲学，"彼亦一是非，此亦一是非"，却被汉子还以一句"放你妈的屁！不还我的东西，我先揍死你！"

鲁迅用诙谐的手法，喜剧性的描述，制造出种种反讽效果。正史讲本纪、列传，摆"史架子"，"装腔作势"[1]。鲁迅却将历史与现实置于同一水平线上，在悄无声息中完成对历史的消解。在《后羿》里的老太太眼中，鸽子和母鸡都分不清楚，后羿不就是"枉长白大"么。在《理水》中的禹太太那里，你大禹路过家门都不回来，就是挨千刀的。看起来非常喜剧化，但却鲜活真实。鲁迅借助历史人物的现实困窘，一方面显现了他们的喜剧性，后羿不得不赔给老太太白面炊饼，伯夷叔齐连薇菜再也吃不了啦，庄子不得不落荒而逃。另一方面，喜剧性的嘲讽也有双重性。鲁迅让这些历史人物和英雄走下神坛、走出历史，回到生活，但他们依然是传统文化思想的代表，拥有实干、苦干的勇敢精神和坚毅意志，这对一个民族而言，具有不可或缺的价值和力量。禹太太可以骂大禹挨千刀，要做大忘八，但也不能减损大禹的实干苦干精神。阿金姐、小丙君可以对伯夷叔齐发出讥讽之论，但在鲁迅和读者那里却让人恶心透顶，他们不过是历史中的看客而已。《铸剑》中要抵命的干瘪少年极其无聊，《补天》中"女娲氏之肠"的投机，都可作如是观。由此，鲁迅

---

[1] 鲁迅：《这个与那个》，《鲁迅全集》第3卷，人民文学出版社，2005年，第148页。

对现实世界和世俗生活也是采取批判和讽刺态度的。他将历史与现实、形上和形下、精英与民众并置于小说，采用戏拟笔法描绘庄严历史的喜剧性，又从历史的喜剧性中表达社会现实的悲哀，应该说，鲁迅是双重否定，在现实的自嘲中却隐含深刻的历史反思。

3. 油滑与戏拟的苦中作乐

鲁迅从写作《补天》开始，历经13年，除《铸剑》外，"都不免油滑"，也让"文人学士""不免头痛"，感到"'有一利必有一弊'，而又'有一弊必有一利'也"[1]。正是这自相矛盾的说法，才引出人们的种种论争，也让"油滑"成为《故事新编》的艺术焦点。"油滑"在作品中不仅表现在题材、叙述和描写上，还产生了苦中作乐的艺术风格。

显然，"油滑"虽在一定程度上降低了作品的严肃性，却增强了作品的社会现实批判锋芒。在这里，"油滑"有一个使用适度的问题。《故事新编》中的"油滑"，并非是插科打诨，为油滑而油滑，如《奔月》中写"嫦娥将柳眉一扬，忽然站起来，风似的往外走，嘴里咕噜着，'又是乌鸦的炸酱面，又是乌鸦的炸酱面！你去问问去，谁家是一年到头只吃乌鸦肉的炸酱面的？我真不知道是走了什么运，竟嫁到这里来，整年的就吃乌鸦的炸酱面！'"这将太太的娇贵和英雄的末路，写得鲜活生动，嫦娥对后羿的不满已到愤怒程度，后羿还去安慰她："不过今天倒还好，另外还射了一匹麻雀，可以给你做菜的。"谁知，第二天后羿又射死了天天下蛋的黑母鸡，也让老太太好一番数落，说他手闲眼瞎，"枉长白大，连母鸡也不认识"，后羿多么想为自己正名，却被老太太说成是"骗子"，"不识羞"，后

---

[1] 鲁迅：《360201致黎烈文》，《鲁迅全集》第14卷，人民文学出版社，2005年，第17页。

羿窘态百出，的确有些老眼昏花。《非攻》结尾写墨子的不被善待，消解了非攻的意义，起到以古讽今，以今鉴古的作用，同时也增强了故事的趣味性。

《故事新编》还有戏拟化的特征。"戏拟"是一种特殊的模仿，它以"拟"（模仿）为基础，生成滑稽可笑，带有戏谑性的否定效果。《故事新编》中的戏拟包括人物戏拟、语言戏拟等。人物戏拟主要将历史上被定格化的人物进行"降格处理"，如老子、庄子、伯夷、叔齐等，就是大禹、墨子这样的英雄也被作者调侃。女娲造人、并造福于人，却没有得到应有的尊重，反而被人们在她身体上安营扎寨，她也成了派别之争的工具。终日奔忙的后羿成为老婆的觅食者，乃至最终被嫦娥所抛弃。大禹治水成功了，却变得"阔绰"起来，"上朝的衣服漂亮"，转身就回到体制中去了。《铸剑》中的复仇者和仇人最终同归于尽，成了看客赏鉴的对象。墨子为大义奔走，终被搜检，还被募捐，被雨淋得感冒鼻塞，落魄而狼狈。语言戏拟例证更是枚不胜举。《理水》中学者们满口"古貌林""好杜有图""古鲁几哩"。《奔月》中"去年就有四十五岁了"以及"若以老人自居，是思想的堕落""你真是白来了一百多回"等说法直接引自高长虹文章，将现代人的话放到古代人口里，场景错置，就产生了一种调侃、讽刺的效果。《补天》写天塌后，被造之人喊求救："救命……臣等……是学仙的。谁料坏劫到来，天地分崩了。……请救蚁命""臣等"一词是封建君臣之语，"蚁命"也有君贵民轻之意，女娲所造之人还处在蒙昧状态，却知道社会等级了，可见中国之专制已深入远古。当然，这不过是鲁迅戏谑之语而已。《出关》写老子时代的"账房先生"，说起"提拔新作家"，摹拟现代出版商的口吻，也为戏谑之言，表讽刺之意。戏拟是一种写作方法，是对前文本的模仿、解构和颠覆，体现了自由、创造、反叛的写作方式。

狂人日记

○鲁迅

　　某君昆仲，今隐其名，皆余昔日在中学校时良友；分隔多年，消息渐阙。日前偶闻其一大病；适归故乡，迂道往访，则仅晤一人，言病者其弟也。劳君远道来视，然已早愈，赴某地候补矣。因大笑，出示日记二册，谓可见当日病状，不妨献诸旧友。持归阅一过，知所患盖"迫害狂"之类。语颇错杂无伦次，又多荒唐之言；亦不著月日，惟墨色字体不一，知非一时所书。间亦有略具联络者，今撮录一篇，以供医家研究。记中语误，一字不易；惟人名虽皆村人，不为世间所知，无关大体，然亦悉易去。至于书名，则本人愈后所题，不复改也。七年四月二日识。

一

　　今天晚上，很好的月光。

　　我不见他，已是三十多年；今天见了，精神分外爽快。才知道以前的三十多年，全是发昏；然而须十分小心。不然，那赵家的狗，何以看我两眼呢？

　　我怕得有理。

二

　　今天全没月光，我知道不妙。早上小心出门，赵贵翁的眼色便怪：似乎怕我，似乎想害我。还有七八个人，交头接耳的议论我，又怕我看见。一路上的人，都是如此。其中最凶的一个人，张着嘴，对我笑了一笑；我便从头直冷到脚根，晓得他们布置，都已妥当了。

　　我可不怕，仍旧走我的路。前面一伙小孩子，也在那里议论我；

眼色也同赵贵翁一样，脸色也都铁青。我想我同小孩子有什么仇，他也这样。忍不住大声说，"你告诉我！"他们可就跑了。

我想：我同赵贵翁有什么仇，同路上的人又有什么仇；只有廿年以前，把古久先生的陈年流水簿子，踹了一脚，古久先生很不高兴。赵贵翁虽然不认识他，一定也听到风声，代抱不平；约定路上的人，同我作冤对。但是小孩子呢？那时候，他们还没有出世，何以今天也睁着怪眼睛，似乎怕我，似乎想害我。这真教我怕，教我纳罕而且伤心。

我明白了。这是他们娘老子教的！

三

晚上总是睡不着。凡事须得研究，才会明白。

他们——也有给知县打枷过的，也有给绅士掌过嘴的，也有衙役占了他妻子的，也有老子娘被债主逼死的；他们那时候的脸色，全没有昨天这么怕，也没有这么凶。

最奇怪的是昨天街上的那个女人，打他儿子，嘴里说道，"老子呀！我要咬你几口才出气！"他眼睛却看着我。我出了一惊，遮掩不住；那青面獠牙的一伙人，便都哄笑起来。陈老五赶上前，硬把我拖回家中了。

拖我回家，家里的人都装作不认识我；他们的脸色，也全同别人一样。进了书房，便反扣上门，宛然是关了一只鸡鸭。这一件事，越教我猜不出底细。

前几天，狼子村的佃户来告荒，对我大哥说，他们村里的一个大恶人，给大家打死了；几个人便挖出他的心肝来，用油煎炒了吃，可以壮壮胆子。我插了一句嘴，佃户和大哥便看我几眼。今天才晓得他们的眼光，全同外面的那伙人一模一样。

想起来，我从顶上直冷到脚跟。

他们会吃人，就未必不会吃我。

你看那女人"咬你几口"的话，和一伙青面獠牙人的笑，和前天佃户的话，明明是暗号。我看出他话中全是毒，笑中全是刀。他们的牙齿，全是白厉厉的排着，这就是吃人的家伙。

照我自己想，虽然不是恶人，自从踹了古家的簿子，可就难说了。他们似乎别有心思，我全猜不出。况且他们一翻脸，便说人是恶人。我还记得大哥教我做论，无论怎样好人，翻他几句，他便打上几个圈；原谅坏人几句，他便说"翻天妙手，与众不同"。我那里猜得到他们的心思，究竟怎样；况且是要吃的时候。

凡事总须研究，才会明白。古来时常吃人，我也还记得，可是不甚清楚。我翻开历史一查，这历史没有年代，歪歪斜斜的每叶上都写着"仁义道德"几个字。我横竖睡不着，仔细看了半夜，才从字缝里看出字来，满本都写着两个字是"吃人"！

书上写着这许多字，佃户说了这许多话，却都笑吟吟的睁着怪眼睛看我。

我也是人，他们想要吃我了！

四

早上，我静坐了一会儿。陈老五送进饭来，一碗菜，一碗蒸鱼；这鱼的眼睛，白而且硬，张着嘴，同那一伙想吃人的人一样。吃了几筷，滑溜溜的不知是鱼是人，便把他兜肚连肠的吐出。

我说"老五，对大哥说，我闷得慌，想到园里走走。"老五不答应，走了；停一会，可就来开了门。

我也不动，研究他们如何摆布我；知道他们一定不肯放松。果然！我大哥引了一个老头子，慢慢走来；他满眼凶光，怕我看出，只是低头向着地，从眼镜横边暗暗看我。大哥说，"今天你仿佛很好。"我说"是的。"大哥说，"今天请何先生来，给你诊一诊。"我说"可以！"其实我岂不知道这老头子是刽子手扮的！无非借了看脉这名目，揣一揣肥瘠：因这功劳，也分一片肉吃。我也不怕；虽然不吃人，胆子却比他们还壮。伸出两个拳头，看他如何下手。老头子坐着，闭了眼睛，摸了好一会，呆了好一会；便张开他鬼眼睛说，"不要乱想。静静的养几天，就好了。"

不要乱想，静静的养！养肥了，他们是自然可以多吃；我有什么好处，怎么会"好了"？他们这群人，又想吃人，又是鬼鬼祟祟，想法子遮掩，不敢直捷下手，真要令我笑死。我忍不住，便放声大笑起来，十分快活。自己晓得这笑声里面，有的是义勇和正气。老头子和大哥，都失了色，被我这勇气正气镇压住了。

但是我有勇气，他们便越想吃我，沾光一点这勇气。老头子跨出门，走不多远，便低声对大哥说道，"赶紧吃罢！"大哥点点头。原来也有你！这一件大发见，虽似意外，也在意中：合伙吃我的人，便是我的哥哥！

吃人的是我哥哥！

我是吃人的人的兄弟！

我自己被人吃了，可仍然是吃人的人的兄弟！

五

这几天是退一步想：假使那老头子不是刽子手扮的，真是医生，也仍然是吃人的人。他们的祖师李时珍做的"本草什么"上，明明写着人肉可以煎吃；他还能说自己不吃人么？

至于我家大哥，也毫不冤枉他。他对我讲书的时候，亲口说过可以"易子而食"；又一回偶然议论起一个不好的人，他便说不但该杀，还当"食肉寝皮"。我那时年纪还小，心跳了好半天。前天狼子村佃户来说吃心肝的事，他也毫不奇怪，不住的点头。可见心思是同从前一样狠。既然可以"易子而食"，便什么都易得，什么人都吃得。我从前单听他讲道理，也胡涂过去；现在晓得他讲道理的时候，不但唇边还抹着人油，而且心里满装着吃人的意思。

六

黑漆漆的，不知是日是夜。赵家的狗又叫起来了。

狮子似的凶心，兔子的怯弱，狐狸的狡猾，……

七

我晓得他们的方法，直捷杀了，是不肯的，而且也不敢，怕有祸祟。所以他们大家连络，布满了罗网，逼我自戕。试看前几天街上男女的样子，和这几天我大哥的作为，便足可悟出八九分了。最好是解下腰带，挂在梁上，自己紧紧勒死；他们没有杀人的罪名，又偿了心愿，自然都欢天喜地的发出一种呜呜咽咽的笑声。否则惊吓忧愁死了，虽则略瘦，也还可以首肯几下。

他们是只会吃死肉的！——记得什么书上说，有一种东西，叫"海乙那"的，眼光和样子都很难看；时常吃死肉，连极大的骨头，都细细嚼烂，咽下肚子去，想起来也教人害怕。"海乙那"是狼的亲眷，狼是狗的本家。前天赵家的狗，看我几眼，可见他也同谋，早已接洽。老头子眼看着地，岂能瞒得我过。

最可怜的是我的大哥，他也是人，何以毫不害怕；而且合伙吃我呢？还是历来惯了，不以为非呢？还是丧了良心，明知故犯呢？

我诅咒吃人的人，先从他起头；要劝转吃人的人，也先从他下手。

八

其实这种道理，到了现在，他们也该早已懂得，……

忽然来了一个人；年纪不过二十左右，相貌是不很看得清楚，满面笑容，对了我点头，他的笑也不像真笑。我便问他，"吃人的事，对么？"他仍然笑着说，"不是荒年，怎么会吃人。"我立刻就晓得，他也是一伙，喜欢吃人的；便自勇气百倍，偏要问他。

"对么？"

"这等事问他什么。你真会……说笑话。……今天天气很好。"

天气是好，月色也很亮了。可是我要问你，"对么？"

他不以为然了。含含胡胡的答道，"不……"

"不对？他们何以竟吃？！"

"没有的事……"

"没有的事？狼子村现吃；还有书上都写着，通红斩新！"

他便变了脸，铁一般青。睁着眼说，"有许有的，这是从来如此……"

"从来如此，便对么？"

"我不同你讲这些道理；总之你不该说，你说便是你错！"

我直跳起来，张开眼，这人便不见了。全身出了一大片汗。他的年纪，比我大哥小得远，居然也是一伙；这一定是他娘老子先教的。还怕已经教给他儿子了；所以连小孩子，也都恶狠狠的看我。

九

自己想吃人，又怕被别人吃了，都用着疑心极深的眼光，面面相觑。……

去了这心思，放心做事走路吃饭睡觉，何等舒服。这只是一条门槛，一个关头。他们可是父子兄弟夫妇朋友师生仇敌和各不相识的人，都结成一伙，互相劝勉，互相牵掣，死也不肯跨过这一步。

十

大清早，去寻我大哥；他立在堂门外看天，我便走到他背后，拦住门，格外沉静，格外和气的对他说，

"大哥，我有话告诉你。"

"你说就是，"他赶紧回过脸来，点点头。

"我只有几句话，可是说不出来。大哥，大约当初野蛮的人，都吃过一点人。后来因为心思不同，有的不吃人了，一味要好，便变了人，变了真的人。有的却还吃，——也同虫子一样，有的变了鱼鸟猴子，一直变到人。有的不要好，至今还是虫子。这吃人的人比不吃人的人，何等惭愧。怕比虫子的惭愧猴子，还差得很远很远。

"易牙蒸了他儿子，给桀纣吃，还是一直从前的事。谁晓得从盘古开辟天地以后，一直吃到易牙的儿子；从易牙的儿子，一直吃到徐锡林；从徐锡林，又一直吃到狼子村捉住的人。去年城里杀了犯人，还有一个生痨病的人，用馒头蘸血舐。

"他们要吃我，你一个人，原也无法可想；然而又何必去入伙。吃人的人，什么事做不出；他们会吃我，也会吃你，一伙里面，也会自吃。但只要转一步，只要立刻改了，也就是人人太平。虽然从来如此，我们今天也可以格外要好，说是不能！大哥，我相信你能说，前天佃户要减租，你说过不能。"

当初，他还只是冷笑，随后眼光便凶狠起来，一到说破他们的隐情，那就满脸都变成青色了。大门外立着一伙人，赵贵翁和他的狗，也在里面，都探头探脑的挨进来。有的是看不出面貌，似乎用布蒙着；有的是仍旧青面獠牙，抿着嘴笑。我认识他们是一伙，都是吃人的人。可是也晓得他们心思很不一样，一种是以为从来如此，应该吃的；一种是知道不该吃，可是仍然要吃，又怕别人说破他，所以听了我的话，越发气愤不过，可是抿着嘴冷笑。

这时候，大哥也忽然显出凶相，高声喝道，

"都出去！疯子有什么好看！"

这时候，我又懂得一件他们的巧妙了。他们岂但不肯改，而且早已布置；预备下一个疯子的名目罩上我。将来吃了，不但太平无事，怕还会有人见情。佃户说的大家吃了一个恶人，正是这方法。

这是他们的老谱！

陈老五也气愤愤的直走进来。如何按得住我的口，我偏要对这伙人说，

"你们可以改了，从真心改起！要晓得将来容不得吃人的人，活在世上。

"你们要不改，自己也会吃尽。即使生得多，也会给真的人除灭了，同猎人打完狼子一样！——同虫子一样！"

那一伙人，都被陈老五赶走了。大哥也不知那里去了。陈老五劝我回屋子里去。屋里面全是黑沉沉的。横梁和椽子都在头上发抖；抖了一会，就大起来，堆在我身上。

万分沉重，动弹不得；他的意思是要我死。我晓得他的沉重是假的，便挣扎出来，出了一身汗。可是偏要说，

"你们立刻改了，从真心改起！你们要晓得将来是容不得吃人的人，……"

十一

太阳也不出，门也不开，日日是两顿饭。

我捏起筷子，便想起我大哥；晓得妹子死掉的缘故，也全在他。那时我妹子才五岁，可爱可怜的样子，还在眼前。母亲哭个不住，他却劝母亲不要哭；大约因为自己吃了，哭起来不免有点过意不去。如果还能过意不去，……

妹子是被大哥吃了，母亲知道没有，我可不得而知。

母亲想也知道；不过哭的时候，却并没有说明，大约也以为应当的了。记得我四五岁时，坐在堂前乘凉，大哥说爷娘生病，做儿子的须割下一片肉来，煮熟了请他吃，才算好人；母亲也没有说不行。一片吃得，整个的自然也吃得。但是那天的哭法，现在想起来，实在还教人伤心，这真是奇极的事！

十二

不能想了。

四千年来时时吃人的地方，今天才明白，我也在其中混了多年；大哥正管着家务，妹子恰恰死了，他未必不和在饭菜里，暗暗给我们吃。

我未必无意之中，不吃了我妹子的几片肉，现在也轮到我自己，……

有了四千年吃人履历的我，当初虽然不知道，现在明白，难见真的人！

十三

没有吃过人的孩子，或者还有？

救救孩子……

一九一八年四月。

示 众

○鲁迅

　　首善之区的西城的一条马路上，这时候什么扰攘也没有。火焰焰的太阳虽然还未直照，但路上的沙土仿佛已是闪烁地生光；酷热满和在空气里面，到处发挥着盛夏的威力。许多狗都拖出舌头来，连树上的乌老鸦也张着嘴喘气，——但是，自然也有例外的。远处隐隐有两个铜盏相击的声音，使人忆起酸梅汤，依稀感到凉意，可是那懒懒的单调的金属音的间作，却使那寂静更其深远了。

　　只有脚步声，车夫默默地前奔，似乎想赶紧逃出头上的烈日。

　　"热的包子咧！刚出屉的……。"

　　十一二岁的胖孩子，细着眼睛，歪了嘴在路旁的店门前叫喊。声音已经嘶嗄了，还带些睡意，如给夏天的长日催眠。他旁边的破旧桌子上，就有二三十个馒头包子，毫无热气，冷冷地坐着。

　　"荷阿！馒头包子咧，热的……。"

　　像用力掷在墙上而反拨过来的皮球一般，他忽然飞在马路的那边了。在电杆旁，和他对面，正向着马路，其时也站定了两个人：一个是淡黄制服的挂刀的面黄肌瘦的巡警，手里牵着绳头，绳的那头就拴在别一个穿蓝布大衫上罩白背心的男人的臂膊上。这男人戴一顶新草帽，帽檐四面下垂，遮住了眼睛的一带。但胖孩子身体矮，仰起脸来看时，却正撞见这人的眼睛了。那眼睛也似乎正在看他的脑壳。他连忙顺下眼，去看白背心，只见背心上一行一行地写着些大大小小的什么字。

　　刹时间，也就围满了大半圈的看客。待到增加了秃头的老头子之后，空缺已经不多，而立刻又被一个赤膊的红鼻子胖大汉补满了。

这胖子过于横阔，占了两人的地位，所以续到的便只能屈在第二层，从前面的两个脖子之间伸进脑袋去。

秃头站在白背心的略略正对面，弯了腰，去研究背心上的文字，终于读起来：

"嗡，都，哼，八，而，……"

胖孩子却看见那白背心正研究着这发亮的秃头，他也便跟着去研究，就只见满头光油油的，耳朵左近还有一片灰白色的头发，此外也不见得有怎样新奇。但是后面的一个抱着孩子的老妈子却想乘机挤进来了；秃头怕失了位置，连忙站直，文字虽然还未读完，然而无可奈何，只得另看白背心的脸：草帽檐下半个鼻子，一张嘴，尖下巴。

又像用了力掷在墙上而反拨过来的皮球一般，一个小学生飞奔上来，一手按住了自己头上的雪白的小布帽，向人丛中直钻进去。但他钻到第三——也许是第四——层，竟遇见一件不可动摇的伟大的东西了，抬头看时，蓝裤腰上面有一座赤条条的很阔的背脊，背脊上还有汗正在流下来。他知道无可措手，只得顺着裤腰右行，幸而在尽头发见了一条空处，透着光明。他刚刚低头要钻的时候，只听得一声"什么"，那裤腰以下的屁股向右一歪，空处立刻闭塞，光明也同时不见了。

但不多久，小学生却从巡警的刀旁边钻出来了。他诧异地四顾：外面围着一圈人，上首是穿白背心的，那对面是一个赤膊的胖小孩，胖小孩后面是一个赤膊的红鼻子胖大汉。他这时隐约悟出先前的伟大的障碍物的本体了，便惊奇而且佩服似的只望着红鼻子。胖小孩本是注视着小学生的脸的，于是也不禁依了他的眼光，回转头去了，在那里是一个很胖的奶子，奶头四近有几枝很长的毫毛。

"他，犯了什么事啦？……"

大家都愕然看时，是一个工人似的粗人，正在低声下气地请教那秃头老头子。

　　秃头不作声，单是睁起了眼睛看定他。他被看得顺下眼光去，过一会再看时，秃头还是睁起了眼睛看定他，而且别的人也似乎都睁了眼睛看定他。他于是仿佛自己就犯了罪似的局促起来，终至于慢慢退后，溜出去了。一个挟洋伞的长子就来补了缺；秃头也旋转脸去再看白背心。

　　长子弯了腰，要从垂下的草帽檐下去赏识白背心的脸，但不知道为什么忽又站直了。于是他背后的人们又须竭力伸长了脖子；有一个瘦子竟至于连嘴都张得很大，像一条死鲈鱼。

　　巡警，突然间，将脚一提，大家又愕然，赶紧都看他的脚；然而他又放稳了，于是又看白背心。长子忽又弯了腰，还要从垂下的草帽檐下去窥测，但即刻也就立直，擎起一只手来拼命搔头皮。

　　秃头不高兴了，因为他先觉得背后有些不太平，接着耳朵边就有唧咕唧咕的声响。他双眉一锁，回头看时，紧挨他右边，有一只黑手拿着半个大馒头正在塞进一个猫脸的人的嘴里去。他也就不说什么，自去看白背心的新草帽了。

　　忽然，就有暴雷似的一击，连横阔的胖大汉也不免向前一跄踉。同时，从他肩膊上伸出一只胖得不相上下的臂膊来，展开五指，拍的一声正打在胖孩子的脸颊上。

　　"好快活！你妈的……"同时，胖大汉后面就有一个弥勒佛似的更圆的胖脸这么说。

　　胖孩子也跄踉了四五步，但是没有倒，一手按着脸颊，旋转身，就想从胖大汉的腿旁的空隙间钻出去。胖大汉赶忙站稳，并且将屁股一歪，塞住了空隙，恨恨地问道：

　　"什么？"

胖孩子就像小鼠子落在捕机里似的，仓皇了一会，忽然向小学生那一面奔去，推开他，冲出去了。小学生也返身跟出去了。

"吓，这孩子……。"总有五六个人都这样说。

待到重归平静，胖大汉再看白背心的脸的时候，却见白背心正在仰面看他的胸脯；他慌忙低头也看自己的胸脯时，只见两乳之间的凹下的坑里有一片汗，他于是用手掌拂去了这些汗。

然而形势似乎总不甚太平了。抱着小孩的老妈子因为在骚扰时四顾，没有留意，头上梳着的喜鹊尾巴似的"苏州俏"便碰了站在旁边的车夫的鼻梁。车夫一推，却正推在孩子上；孩子就扭转身去，向着圈外，嚷着要回去了。老妈子先也略略一跄踉，但便即站定，旋转孩子来使他正对白背心，一手指点着，说道：

"阿，阿，看呀！多么好看哪！……"

空隙间忽而探进一个戴硬草帽的学生模样的头来，将一粒瓜子之类似的东西放在嘴里，下颚向上一磕，咬开，退出去了。这地方就补上了一个满头油汗而粘着灰土的椭圆脸。

挟洋伞的长子也已经生气，斜下了一边的肩膊，皱眉疾视着肩后的死鲈鱼。大约从这么大的大嘴里呼出来的热气，原也不易招架的，而况又在盛夏。秃头正仰视那电杆上钉着的红牌上的四个白字，仿佛很觉得有趣。胖大汉和巡警都斜了眼研究着老妈子的钩刀般的鞋尖。

"好！"

什么地方忽有几个人同声喝采。都知道该有什么事情起来了，一切头便全数回转去。连巡警和他牵着的犯人也都有些摇动了。

"刚出屉的包子咧！荷阿，热的……。"

路对面是胖孩子歪着头，磕睡似的长呼；路上是车夫们默默地前奔，似乎想赶紧逃出头上的烈日。大家都几乎失望了，幸而放出眼光去四处搜索，终于在相距十多家的路上，发现了一辆洋车停放着，一个车夫正在爬起来。

圆阵立刻散开，都错错落落地走过去。胖大汉走不到一半，就歇在路边的槐树下；长子比秃头和椭圆脸走得快，接近了。车上的坐客依然坐着，车夫已经完全爬起，但还在摩自己的膝髁。周围有五六个人笑嘻嘻地看他们。

"成么?"车夫要来拉车时，坐客便问。

他只点点头，拉了车就走；大家就惘惘然目送他。起先还知道那一辆是曾经跌倒的车，后来被别的车一混，知不清了。

马路上就很清闲，有几只狗伸出了舌头喘气；胖大汉就在槐阴下看那很快地一起一落的狗肚皮。

老妈子抱了孩子从屋檐阴下蹩过去了。胖孩子歪着头，挤细了眼睛，拖长声音，磕睡地叫喊——"热的包子咧！荷阿！……刚出屉的……。"

一九二五年三月一八日。

伤 逝

——涓生的手记

○鲁迅

如果我能够，我要写下我的悔恨和悲哀，为子君，为自己。

会馆里的被遗忘在偏僻里的破屋是这样地寂静和空虚。时光过得真快，我爱子君，仗着她逃出这寂静和空虚，已经满一年了。事情又这么不凑巧，我重来时，偏偏空着的又只有这一间屋。依然是这样的破窗，这样的窗外的半枯的槐树和老紫藤，这样的窗前的方桌，这样的败壁，这样的靠壁的板床。深夜中独自躺在床上，就如我未曾和子君同居以前一般，过去一年中的时光全被消灭，全未有过，我并没有曾经从这破屋子搬出，在吉兆胡同创立了满怀希望的小小的家庭。

不但如此。在一年之前，这寂静和空虚是并不这样的，常常含着期待；期待子君的到来。在久待的焦躁中，一听到皮鞋的高底尖触着砖路的清响，是怎样地使我骤然生动起来呵！于是就看见带着笑涡的苍白的圆脸，苍白的瘦的臂膊，布的有条纹的衫子，玄色的裙。她又带了窗外的半枯的槐树的新叶来，使我看见，还有挂在铁似的老干上的一房一房的紫白的藤花。

然而现在呢，只有寂静和空虚依旧，子君却决不再来了，而且永远，永远地！……

子君不在我这破屋里时，我什么也看不见。在百无聊赖中，随手抓过一本书来，科学也好，文学也好，横竖什么都一样；看下去，看下去，忽而自己觉得，已经翻了十多页了，但是毫不记得书上所说的事。只是耳朵却分外地灵，仿佛听到大门外一切往来的履声，从中便有子君的，而且囊囊地逐渐临近，——但是，往往又逐渐渺茫，终于消失在别的步声的杂沓中了。我憎恶那不像子君鞋声的穿布底鞋的长班的儿子，我憎恶那太像子君鞋声的常常穿着新皮鞋的邻院的搽雪花膏的小东西！

莫非她翻了车么？莫非她被电车撞伤了么？……

我便要取了帽子去看她，然而她的胞叔就曾经当面骂过我。

蓦然，她的鞋声近来了，一步响于一步，迎出去时，却已经走过紫藤棚下，脸上带着微笑的酒窝。她在她叔子的家里大约并未受气；我的心宁帖了，默默地相视片时之后，破屋里便渐渐充满了我的语声，谈家庭专制，谈打破旧习惯，谈男女平等，谈伊孛生，谈泰戈尔，谈雪莱……。她总是微笑点头，两眼里弥漫着稚气的好奇的光泽。壁上就钉着一张铜板的雪莱半身像，是从杂志上裁下来的，是他的最美的一张像。当我指给她看时，她却只草草一看，便低了头，似乎不好意思了。这些地方，子君就大概还未脱尽旧思想的束缚，——我后来也想，倒不如换一张雪莱淹死在海里的记念像或是伊孛生的罢；但也终于没有换，现在是连这一张也不知那里去了。

"我是我自己的，他们谁也没有干涉我的权利！"

这是我们交际了半年，又谈起她在这里的胞叔和在家的父亲时，她默想了一会之后，分明地，坚决地，沉静地说了出来的话。其时是我已经说尽了我的意见，我的身世，我的缺点，很少隐瞒；她也完全了解的了。这几句话很震动了我的灵魂，此后许多天还在耳中发响，而且说不出的狂喜，知道中国女性，并不如厌世家所说那样的无法可施，在不远的将来，便要看见辉煌的曙色的。

送她出门，照例是相离十多步远；照例是那鲇鱼须的老东西的脸又紧帖在脏的窗玻璃上了，连鼻尖都挤成一个小平面；到外院，照例又是明晃晃的玻璃窗里的那小东西的脸，加厚的雪花膏。她目不邪视地骄傲地走了，没有看见；我骄傲地回来。

"我是我自己的，他们谁也没有干涉我的权利！"这彻底的思想就在她的脑里，比我还透澈，坚强得多。半瓶雪花膏和鼻尖的小平面，于她能算什么东西呢？

我已经记不清那时怎样地将我的纯真热烈的爱表示给她。岂但现在，那时的事后便已模胡，夜间回想，早只剩了一些断片了；同居以后一两月，便连这些断片也化作无可追踪的梦影。我只记得那时以前的十几天，曾经很仔细地研究过表示的态度，排列过措辞的先后，以及倘或遭了拒绝以后的情形。可是临时似乎都无用，在慌张中，身不由己地竟用了在电影上见过的方法了。后来一想到，就使我很愧恧，但在记忆上却偏只有这一点永远留遗，至今还如暗室的孤灯一般，照见我含泪握着她的手，一条腿跪了下去……。

不但我自己的，便是子君的言语举动，我那时就没有看得分明；仅知道她已经允许我了。但也还仿佛记得她脸色变成青白，后来又渐渐转作绯红，——没有见过，也没有再见的绯红；孩子似的眼里射出悲喜，但是夹着惊疑的光，虽然力避我的视线，张皇地似乎要破窗飞去。然而我知道她已经允许我了，没有知道她怎样说或是没有说。

她却是什么都记得：我的言辞，竟至于读熟了的一般，能够滔滔背诵；我的举动，就如有一张我所看不见的影片挂在眼下，叙述得如生，很细微，自然连那使我不愿再想的浅薄的电影的一闪。夜阑人静，是相对温习的时候了，我常是被质问，被考验，并且被命复述当时的言语，然而常须由她补足，由她纠正，像一个丁等的学生。

这温习后来也渐渐稀疏起来。但我只要看见她两眼注视空中，出神似的凝想着，于是神色越加柔和，笑窝也深下去，便知道她又在自修旧课了，只是我很怕她看到我那可笑的电影的一闪。但我又知道，她一定要看见，而且也非看不可的。

然而她并不觉得可笑。即使我自己以为可笑，甚而至于可鄙的，她也毫不以为可笑。这事我知道得很清楚，因为她爱我，是这样地热烈，这样地纯真。

去年的暮春是最为幸福，也是最为忙碌的时光。我的心平静下去了，但又有别一部分和身体一同忙碌起来。我们这时才在路上同行，也到过几回公园，最多的是寻住所。我觉得在路上时时遇到探索，讥笑，猥亵和轻蔑的眼光，一不小心，便使我的全身有些瑟缩，只得即刻提起我的骄傲和反抗来支持。她却是大无畏的，对于这些全不关心，只是镇静地缓缓前行，坦然如入无人之境。

寻住所实在不是容易事，大半是被托辞拒绝，小半是我们以为不相宜。起先我们选择得很苛酷，——也非苛酷，因为看去大抵不像是我们的安身之所；后来，便只要他们能相容了。看了二十多处，这才得到可以暂且敷衍的处所，是吉兆胡同一所小屋里的两间南屋；主人是一个小官，然而倒是明白人，自住着正屋和厢房。他只有夫人和一个不到周岁的女孩子，雇一个乡下的女工，只要孩子不啼哭，是极其安闲幽静的。

我们的家具很简单，但已经用去了我的筹来的款子的大半；子君还卖掉了她唯一的金戒指和耳环。我拦阻她，还是定要卖，我也就不再坚持下去了；我知道不给她加入一点股分去，她是住不舒服的。

和她的叔子，她早经闹开，至于使他气愤到不再认她做侄女；我也陆续和几个自以为忠告，其实是替我胆怯，或者竟是嫉妒的朋友绝了交。然而这倒很清静。每日办公散后，虽然已近黄昏，车夫又一定走得这样慢，但究竟还有二人相对的时候。我们先是沉默的相视，接着是放怀而亲密的交谈，后来又是沉默。大家低头沉思着，却并未想着什么事。我也渐渐清醒地读遍了她的身体，她的灵魂，不过三星期，我似乎于她已经更加了解，揭去许多先前以为了解而现在看来却是隔膜，即所谓真的隔膜了。

子君也逐日活泼起来。但她并不爱花，我在庙会时买来的两盆小草花，四天不浇，枯死在壁角了，我又没有照顾一切的闲暇。然而她爱动物，也许是从官太太那里传染的罢，不一月，我们的眷属便骤然加得很多，四只小油鸡，在小院子里和房主人的十多只在一同走。但她们却认识鸡的相貌，各知道那一只是自家的。还有一只花白的叭儿狗，从庙会买来，记得似乎原有名字，子君却给它另起了一个，叫作阿随。我就叫它阿随，但我不喜欢这名字。

这是真的，爱情必须时时更新，生长，创造。我和子君说起这，她也领会地点点头。

唉唉，那是怎样的宁静而幸福的夜呵！

安宁和幸福是要凝固的，永久是这样的安宁和幸福。我们在会馆里时，还偶有议论的冲突和意思的误会，自从到吉兆胡同以来，连这一点也没有了；我们只在灯下对坐的怀旧谭中，回味那时冲突以后的和解的重生一般的乐趣。

子君竟胖了起来，脸色也红活了；可惜的是忙。管了家务便连谈天的工夫也没有，何况读书和散步。我们常说，我们总还得雇一个女工。

这就使我也一样地不快活，傍晚回来，常见她包藏着不快活的颜色，尤其使我不乐的是她要装作勉强的笑容。幸而探听出来了，也还是和那小官太太的暗斗，导火线便是两家的小油鸡。但又何必硬不告诉我呢？人总该有一个独立的家庭。这样的处所，是不能居住的。

我的路也铸定了，每星期中的六天，是由家到局，又由局到家。在局里便坐在办公桌前钞，钞，钞些公文和信件；在家里是和她相对或帮她生白炉子，煮饭，蒸馒头。我的学会了煮饭，就在这时候。

　　但我的食品却比在会馆里时好得多了。做菜虽不是子君的特长，然而她于此却倾注着全力；对于她的日夜的操心，使我也不能不一同操心，来算作分甘共苦。况且她又这样地终日汗流满面，短发都粘在脑额上；两只手又只是这样地粗糙起来。

　　况且还要饲阿随，饲油鸡，……都是非她不可的工作。

　　我曾经忠告她：我不吃，倒也罢了；却万不可这样地操劳。她只看了我一眼，不开口，神色却似乎有点凄然；我也只好不开口。然而她还是这样地操劳。

　　我所豫期的打击果然到来。双十节的前一晚，我呆坐着，她在洗碗。听到打门声，我去开门时，是局里的信差，交给我一张油印的纸条。我就有些料到了，到灯下去一看，果然，印着的就是：

　　　奉
　局长谕史涓生着毋庸到局办事

　　　　　　　　　　秘书处启　十月九号

　　这在会馆里时，我就早已料到了；那雪花膏便是局长的儿子的赌友，一定要去添些谣言，设法报告的。到现在才发生效验，已经要算是很晚的了。其实这在我不能算是一个打击，因为我早就决定，可以给别人去钞写，或者教读，或者虽然费力，也还可以译点书，况且《自由之友》的总编辑便是见过几次的熟人，两月前还通过信。但我的心却跳跃着。那么一个无畏的子君也变了色，尤其使我痛心；她近来似乎也较为怯弱了。

"那算什么。哼，我们干新的。我们……。"她说。

她的话没有说完；不知怎地，那声音在我听去却只是浮浮的；灯光也觉得格外黯淡。人们真是可笑的动物，一点极微末的小事情，便会受着很深的影响。我们先是默默地相视，逐渐商量起来，终于决定将现有的钱竭力节省，一面登"小广告"去寻求钞写和教读，一面写信给《自由之友》的总编辑，说明我目下的遭遇，请他收用我的译本，给我帮一点艰辛时候的忙。

"说做，就做罢！来开一条新的路！"

我立刻转身向了书案，推开盛香油的瓶子和醋碟，子君便送过那黯淡的灯来。我先拟广告；其次是选定可译的书，迁移以来未曾翻阅过，每本的头上都满漫着灰尘了；最后才写信。

我很费踌躇，不知道怎样措辞好，当停笔凝思的时候，转眼去一瞥她的脸，在昏暗的灯光下，又很见得凄然。我真不料这样微细的小事情，竟会给坚决的，无畏的子君以这么显著的变化。她近来实在变得很怯弱了，但也并不是今夜才开始的。我的心因此更缭乱，忽然有安宁的生活的影像——会馆里的破屋的寂静，在眼前一闪，刚刚想定睛凝视，却又看见了昏暗的灯光。

许久之后，信也写成了，是一封颇长的信；很觉得疲劳，仿佛近来自己也较为怯弱了。于是我们决定，广告和发信，就在明日一同实行。大家不约而同地伸直了腰肢，在无言中，似乎又都感到彼此的坚忍崛强的精神，还看见从新萌芽起来的将来的希望。

外来的打击其实倒是振作了我们的新精神。局里的生活，原如鸟贩子手里的禽鸟一般，仅有一点小米维系残生，决不会肥胖；日子一久，只落得麻痹了翅子，即使放出笼外，早已不能奋飞。现在总算脱出这牢笼了，我从此要在新的开阔的天空中翱翔，趁我还未忘却了我的翅子的扇动。

小广告是一时自然不会发生效力的；但译书也不是容易事，先前看过，以为已经懂得的，一动手，却疑难百出了，进行得很慢。然而我决计努力地做，一本半新的字典，不到半月，边上便有了一大片乌黑的指痕，这就证明着我的工作的切实。《自由之友》的总编辑曾经说过，他的刊物是决不会埋没好稿子的。

可惜的是我没有一间静室，子君又没有先前那么幽静，善于体帖了，屋子里总是散乱着碗碟，弥漫着煤烟，使人不能安心做事，但是这自然还只能怨我自己无力置一间书斋。然而又加以阿随，加以油鸡们。加以油鸡们又大起来了，更容易成为两家争吵的引线。

加以每日的"川流不息"的吃饭；子君的功业，仿佛就完全建立在这吃饭中。吃了筹钱，筹来吃饭，还要喂阿随，饲油鸡；她似乎将先前所知道的全都忘掉了，也不想到我的构思就常常为了这催促吃饭而打断。即使在坐中给看一点怒色，她总是不改变，仍然毫无感触似的大嚼起来。

使她明白了我的作工不能受规定的吃饭的束缚，就费去五星期。她明白之后，大约很不高兴罢，可是没有说。我的工作果然从此较为迅速地进行，不久就共译了五万言，只要润色一回，便可以和做好的两篇小品，一同寄给《自由之友》去。只是吃饭却依然给我苦恼。菜冷，是无妨的，然而竟不够；有时连饭也不够，虽然我因为终日坐在家里用脑，饭量已经比先前要减少得多。这是先去喂了阿随了，有时还并那近来连自己也轻易不吃的羊肉。她说，阿随实在瘦得太可怜，房东太太还因此嗤笑我们了，她受不住这样的奚落。

于是吃我残饭的便只有油鸡们。这是我积久才看出来的，但同时也如赫胥黎的论定"人类在宇宙间的位置"一般，自觉了我在这里的位置：不过是叭儿狗和油鸡之间。

后来，经多次的抗争和催逼，油鸡们也逐渐成为肴馔，我们和阿随都享用了十多日的鲜肥；可是其实都很瘦，因为它们早已每日只能得到几粒高粱了。从此便清静得多。只有子君很颓唐，似乎常觉得凄苦和无聊，至于不大愿意开口。我想，人是多么容易改变呵！

但是阿随也将留不住了。我们已经不能再希望从什么地方会有来信，子君也早没有一点食物可以引它打拱或直立起来。冬季又逼近得这么快，火炉就要成为很大的问题；它的食量，在我们其实早是一个极易觉得的很重的负担。于是连它也留不住了。

倘使插了草标到庙市去出卖，也许能得几文钱罢，然而我们都不能，也不愿这样做。终于是用包袱蒙着头，由我带到西郊去放掉了，还要追上来，便推在一个并不很深的土坑里。

我一回寓，觉得又清静得多多了；但子君的凄惨的神色，却使我很吃惊。那是没有见过的神色，自然是为阿随。但又何至于此呢？我还没有说起推在土坑里的事。

到夜间，在她的凄惨的神色中，加上冰冷的分子了。

"奇怪。——子君，你怎么今天这样儿了？"我忍不住问。

"什么？"她连看也不看我。

"你的脸色……。"

"没有什么，——什么也没有。"

我终于从她言动上看出，她大概已经认定我是一个忍心的人。其实，我一个人，是容易生活的，虽然因为骄傲，向来不与世交来往，迁居以后，也疏远了所有旧识的人，然而只要能远走高飞，生路还宽广得很。现在忍受着这生活压迫的苦痛，大半倒是为她，便是放掉阿随，也何尝不如此。但子君的识见却似乎只是浅薄起来，竟至于连这一点也想不到了。

我拣了一个机会，将这些道理暗示她；她领会似的点头。然而看她后来的情形，她是没有懂，或者是并不相信的。

天气的冷和神情的冷，逼迫我不能在家庭中安身。但是，往那里去呢？大道上，公园里，虽然没有冰冷的神情，冷风究竟也刺得人皮肤欲裂。我终于在通俗图书馆里觅得了我的天堂。

那里无须买票；阅书室里又装着两个铁火炉。纵使不过是烧着不死不活的煤的火炉，但单是看见装着它，精神上也就总觉得有些温暖。书却无可看：旧的陈腐，新的是几乎没有的。

好在我到那里去也并非为看书。另外时常还有几个人，多则十余人，都是单薄衣裳，正如我，各人看各人的书，作为取暖的口实。这于我尤为合式。道路上容易遇见熟人，得到轻蔑的一瞥，但此地却决无那样的横祸，因为他们是永远围在别的铁炉旁，或者靠在自家的白炉边的。

那里虽然没有书给我看，却还有安闲容得我想。待到孤身枯坐，回忆从前，这才觉得大半年来，只为了爱，——盲目的爱，——而将别的人生的要义全盘疏忽了。第一，便是生活。人必生活着，爱才有所附丽。世界上并非没有为了奋斗者而开的活路；我也还未忘却翅子的扇动，虽然比先前已经颓唐得多……。

屋子和读者渐渐消失了，我看见怒涛中的渔夫，战壕中的兵士，摩托车中的贵人，洋场上的投机家，深山密林中的豪杰，讲台上的教授，昏夜的运动者和深夜的偷儿……。子君，——不在近旁。她的勇气都失掉了，只为着阿随悲愤，为着做饭出神；然而奇怪的是倒也并不怎样瘦损……。

冷了起来，火炉里的不死不活的几片硬煤，也终于烧尽了，已是闭馆的时候。又须回到吉兆胡同，领略冰冷的颜色去了。近来也间或遇到温暖的神情，但这却反而增加我的苦痛。记得有一夜，子君的眼里忽而又发出久已不见的稚气的光来，笑着和我谈到还在会馆时候的情形，时时又很带些恐怖的神色。我知道我近来的超过她的冷漠，已经引起她的忧疑来，只得也勉力谈笑，想给她一点慰藉。然而我的笑貌一上脸，我的话一出口，却即刻变为空虚，这空虚又即刻发生反响，回向我的耳目里，给我一个难堪的恶毒的冷嘲。

子君似乎也觉得的，从此便失掉了她往常的麻木似的镇静，虽然竭力掩饰，总还是时时露出忧疑的神色来，但对我却温和得多了。

我要明告她，但我还没有敢，当决心要说的时候，看见她孩子一般的眼色，就使我只得暂且改作勉强的欢容。但是这又即刻来冷嘲我，并使我失却那冷漠的镇静。

她从此又开始了往事的温习和新的考验，逼我做出许多虚伪的温存的答案来，将温存示给她，虚伪的草稿便写在自己的心上。我的心渐被这些草稿填满了，常觉得难于呼吸。我在苦恼中常常想，说真实自然须有极大的勇气的；假如没有这勇气，而苟安于虚伪，那也便是不能开辟新的生路的人。不独不是这个，连这人也未尝有！

子君有怨色，在早晨，极冷的早晨，这是从未见过的，但也许是从我看来的怨色。我那时冷冷地气愤和暗笑了；她所磨练的思想和豁达无畏的言论，到底也还是一个空虚，而对于这空虚却并未自觉。她早已什么书也不看，已不知道人的生活的第一着是求生，向着这求生的道路，是必须携手同行，或奋身孤往的了，倘使只知道捶着一个人的衣角，那便是虽战士也难于战斗，只得一同灭亡。

我觉得新的希望就只在我们的分离；她应该决然舍去，——我也突然想到她的死，然而立刻自责，忏悔了。幸而是早晨，时间正多，我可以说我的真实。我们的新的道路的开辟，便在这一遭。

我和她闲谈，故意地引起我们的往事，提到文艺，于是涉及外国的文人，文人的作品：《诺拉》，《海的女人》。称扬诺拉的果决……。也还是去年在会馆的破屋里讲过的那些话，但现在已经变成空虚，从我的嘴传入自己的耳中，时时疑心有一个隐形的坏孩子，在背后恶意地刻毒地学舌。

她还是点头答应着倾听，后来沉默了。我也就断续地说完了我的话，连余音都消失在虚空中了。

"是的。"她又沉默了一会，说，"但是，……涓生，我觉得你近来很两样了。可是的？你，——你老实告诉我。"

我觉得这似乎给了我当头一击，但也立即定了神，说出我的意见和主张来：新的路的开辟，新的生活的再造，为的是免得一同灭亡。

临末，我用了十分的决心，加上这几句话：

"……况且你已经可以无须顾虑，勇往直前了。你要我老实说；是的，人是不该虚伪的。我老实说罢：因为，因为我已经不爱你了！但这于你倒好得多，因为你更可以毫无挂念地做事……。"

我同时豫期着大的变故的到来，然而只有沉默。她脸色陡然变成灰黄，死了似的；瞬间便又苏生，眼里也发了稚气的闪闪的光泽。这眼光射向四处，正如孩子在饥渴中寻求着慈爱的母亲，但只在空中寻求，恐怖地回避着我的眼。

我不能看下去了，幸而是早晨，我冒着寒风径奔通俗图书馆。

在那里看见《自由之友》，我的小品文都登出了。这使我一惊，仿佛得了一点生气。我想，生活的路还很多，——但是，现在这样也还是不行的。

我开始去访问久已不相闻问的熟人，但这也不过一两次；他们的屋子自然是暖和的，我在骨髓中却觉得寒冽。夜间，便蜷伏在比冰还冷的冷屋中。

冰的针刺着我的灵魂，使我永远苦于麻木的疼痛。生活的路还很多，我也还没有忘却翅子的扇动，我想。——我突然想到她的死，然而立刻自责，忏悔了。

在通俗图书馆里往往瞥见一闪的光明，新的生路横在前面。她勇猛地觉悟了，毅然走出这冰冷的家，而且，——毫无怨恨的神色。我便轻如行云，漂浮空际，上有蔚蓝的天，下是深山大海，广厦高楼，战场，摩托车，洋场，公馆，晴明的闹市，黑暗的夜……。

而且，真的，我豫感得这新生面便要来到了。

我们总算度过了极难忍受的冬天，这北京的冬天；就如蜻蜓落在恶作剧的坏孩子的手里一般，被系着细线，尽情玩弄，虐待，虽然幸而没有送掉性命，结果也还是躺在地上，只争着一个迟早之间。

写给《自由之友》的总编辑已经有三封信，这才得到回信，信封里只有两张书券：两角的和三角的。我却单是催，就用了九分的邮票，一天的饥饿，又都白挨给于己一无所得的空虚了。

然而觉得要来的事，却终于来到了。

这是冬春之交的事，风已没有这么冷，我也更久地在外面徘徊；待到回家，大概已经昏黑。就在这样一个昏黑的晚上，我照常没精打采地回来，一看见寓所的门，也照常更加丧气，使脚步放得更缓。但终于走进自己的屋子里了，没有灯火；摸火柴点起来时，是异样的寂寞和空虚！

正在错愕中，官太太便到窗外来叫我出去。

"今天子君的父亲来到这里，将她接回去了。"她很简单地说。

这似乎又不是意料中的事，我便如脑后受了一击，无言地站着。

"她去了么？"过了些时，我只问出这样一句话。

"她去了。"

"她，——她可说什么？"

"没说什么。单是托我见你回来时告诉你，说她去了。"

我不信；但是屋子里是异样的寂寞和空虚。我遍看各处，寻觅子君；只见几件破旧而黯淡的家具，都显得极其清疏，在证明着它们毫无隐匿一人一物的能力。我转念寻信或她留下的字迹，也没有；只是盐和干辣椒，面粉，半株白菜，却聚集在一处了，旁边还有几十枚铜元。这是我们两人生活材料的全副，现在她就郑重地将这留给我一个人，在不言中，教我借此去维持较久的生活。

我似乎被周围所排挤，奔到院子中间，有昏黑在我的周围；正屋的纸窗上映出明亮的灯光，他们正在逗着孩子玩笑。我的心也沉静下来，觉得在沉重的迫压中，渐渐隐约地现出脱走的路径：深山大泽，洋场，电灯下的盛筵，壕沟，最黑最黑的深夜，利刃的一击，毫无声响的脚步……。

心地有些轻松，舒展了，想到旅费，并且嘘一口气。

躺着，在合着的眼前经过的豫想的前途，不到半夜已经现尽；暗中忽然仿佛看见一堆食物，这之后，便浮出一个子君的灰黄的脸来，睁了孩子气的眼睛，恳托似的看着我。我一定神，什么也没有了。

但我的心却又觉得沉重。我为什么偏不忍耐几天，要这样急急地告诉她真话的呢？现在她知道，她以后所有的只是她父亲——儿女的债主——的烈日一般的严威和旁人的赛过冰霜的冷眼。此外便是虚空。负着虚空的重担，在严威和冷眼中走着所谓人生的路，这是怎么可怕的事呵！而况这路的尽头，又不过是——连墓碑也没有的坟墓。

我不应该将真实说给子君，我们相爱过，我应该永久奉献她我的说谎。如果真实可以宝贵，这在子君就不该是一个沉重的空虚。谎语当然也是一个空虚，然而临末，至多也不过这样地沉重。

我以为将真实说给子君，她便可以毫无顾虑，坚决地毅然前行，一如我们将要同居时那样。但这恐怕是我错误了。她当时的勇敢和无畏是因为爱。

我没有负着虚伪的重担的勇气，却将真实的重担卸给她了。她爱我之后，就要负了这重担，在严威和冷眼中走着所谓人生的路。

　　我想到她的死……。我看见我是一个卑怯者，应该被摈于强有力的人们，无论是真实者，虚伪者。然而她却自始至终，还希望我维持较久的生活……。

　　我要离开吉兆胡同，在这里是异样的空虚和寂寞。我想，只要离开这里，子君便如还在我的身边；至少，也如还在城中，有一天，将要出乎意表地访我，像住在会馆时候似的。

　　然而一切请托和书信，都是一无反响；我不得已，只好访问一个久不问候的世交去了。他是我伯父的幼年的同窗，以正经出名的拔贡，寓京很久，交游也广阔的。

　　大概因为衣服的破旧罢，一登门便很遭门房的白眼。好容易才相见，也还相识，但是很冷落。我们的往事，他全都知道了。

　　"自然，你也不能在这里了，"他听了我托他在别处觅事之后，冷冷地说，"但那里去呢？很难。——你那，什么呢，你的朋友罢，子君，你可知道，她死了。"

　　我惊得没有话。

　　"真的？"我终于不自觉地问。

　　"哈哈。自然真的。我家的王升的家，就和她家同村。"

　　"但是，——不知道是怎么死的？"

　　"谁知道呢。总之是死了就是了。"

　　我已经忘却了怎样辞别他，回到自己的寓所。我知道他是不说谎话的；子君总不会再来的了，像去年那样。她虽是想在严威和冷眼中负着虚空的重担来走所谓人生的路，也已经不能。她的命运，已经决定她在我所给与的真实——无爱的人间死灭了！

　　自然，我不能在这里了；但是，"那里去呢？"

四围是广大的空虚，还有死的寂静。死于无爱的人们的眼眼前的黑暗，我仿佛一一看见，还听得一切苦闷和绝望的挣扎的声音。

我还期待着新的东西到来。无名的，意外的。但一天一天，无非是死的寂静。

我比先前已经不大出门，只坐卧在广大的空虚里，一任这死的寂静侵蚀着我的灵魂。死的寂静有时也自己战栗，自己退藏，于是在这绝续之交，便闪出无名的，意外的，新的期待。

一天是阴沉的上午，太阳还不能从云里面挣扎出来，连空气都疲乏着。耳中听到细碎的步声和咻咻的鼻息，使我睁开眼。大致一看，屋子里还是空虚；但偶然看到地面，却盘旋着一匹小小的动物，瘦弱的，半死的，满身灰土的……。

我一细看，我的心就一停，接着便直跳起来。

那是阿随。它回来了。

我的离开吉兆胡同，也不单是为了房主人们和他家女工的冷眼，大半就为着这阿随。但是，"那里去呢?"新的生路自然还很多，我约略知道，也间或依稀看见，觉得就在我面前，然而我还没有知道跨进那里去的第一步的方法。

经过许多回的思量和比较，也还只有会馆是还能相容的地方。依然是这样的破屋，这样的板床，这样的半枯的槐树和紫藤，但那时使我希望，欢欣，爱，生活的，却全都逝去了，只有一个虚空，我用真实去换来的虚空存在。

新的生路还很多，我必须跨进去，因为我还活着。但我还不知道怎样跨出那第一步。有时，仿佛看见那生路就像一条灰白的长蛇，自己蜿蜒地向我奔来，我等着，等着，看看临近，但忽然便消失在黑暗里了。

初春的夜，还是那么长。长久的枯坐中记起上午在街头所见的葬式，前面是纸人纸马，后面是唱歌一般的哭声。我现在已经知道他们的聪明了，这是多么轻松简截的事。

然而子君的葬式却又在我的眼前，是独自负着虚空的重担，在灰白的长路上前行，而又即刻消失在周围的严威和冷眼里了。

我愿意真有所谓鬼魂，真有所谓地狱，那么，即使在孽风怒吼之中，我也将寻觅子君，当面说出我的悔恨和悲哀，祈求她的饶恕；否则，地狱的毒焰将围绕我，猛烈地烧尽我的悔恨和悲哀。

我将在孽风和毒焰中拥抱子君，乞她宽容，或者使她快意……。

但是，这却更虚空于新的生路；现在所有的只是初春的夜，竟还是那么长。我活着，我总得向着新的生路跨出去，那第一步，——却不过是写下我的悔恨和悲哀，为子君，为自己。

我仍然只有唱歌一般的哭声，给子君送葬，葬在遗忘中。

我要遗忘；我为自己，并且要不再想到这用了遗忘给子君送葬。

我要向着新的生路跨进第一步去，我要将真实深深地藏在心的创伤中，默默地前行，用遗忘和说谎做我的前导……。

一九二五年十月二十一日毕。

铸 剑

○鲁迅

一

　　眉间尺刚和他的母亲睡下，老鼠便出来咬锅盖，使他听得发烦。他轻轻地叱了几声，最初还有些效验，后来是简直不理他了，格支格支地径自咬。他又不敢大声赶，怕惊醒了白天做得劳乏，晚上一躺就睡着了的母亲。

　　许多时光之后，平静了；他也想睡去。忽然，扑通一声，惊得他又睁开眼。同时听到沙沙地响，是爪子抓着瓦器的声音。

　　"好！该死！"他想着，心里非常高兴，一面就轻轻地坐起来。

　　他跨下床，借着月光走向门背后，摸到钻火家伙，点上松明，向水瓮里一照。果然，一匹很大的老鼠落在那里面了；但是，存水已经不多，爬不出来，只沿着水瓮内壁，抓着，团团地转圈子。

　　"活该！"他一想到夜夜咬家具，闹得他不能安稳睡觉的便是它们，很觉得畅快。他将松明插在土墙的小孔里，赏玩着；然而那圆睁的小眼睛，又使他发生了憎恨，伸手抽出一根芦柴，将它直按到水底去。过了一会，才放手，那老鼠也随着浮了上来，还是抓着瓮壁转圈子。只是抓劲已经没有先前似的有力，眼睛也淹在水里面，单露出一点尖尖的通红的小鼻子，咻咻地急促地喘气。

　　他近来很有点不大喜欢红鼻子的人。但这回见了这尖尖的小红鼻子，却忽然觉得它可怜了，就又用那芦柴，伸到它的肚下去。老鼠抓着，歇了回力，便沿着芦干爬了上来。待到他看见全身，——湿淋淋的黑毛，大的肚子，蚯蚓似的尾巴，——便又觉得可恨可憎得很，慌忙将芦柴一抖，扑通一声，老鼠又落在水瓮里，他接着就用芦柴在它头上捣了几下，叫它赶快沉下去。

换了六回松明之后，那老鼠已经不能动弹，不过沉浮在水中间，有时还向水面微微一跳。眉间尺又觉得很可怜，随即折断芦柴，好容易将它夹了出来，放在地面上。老鼠先是丝毫不动，后来才有一点呼吸；又许多时，四只脚运动了，一翻身，似乎要站起来逃走。这使眉间尺大吃一惊，不觉提起左脚，一脚踏下去。只听得吱的一声，他蹲下去仔细看时，只见口角上微有鲜血，大概是死掉了。

他又觉得很可怜，仿佛自己作了大恶似的，非常难受。他蹲着，呆看着，站不起来。

"尺儿，你在做什么？"他的母亲已经醒来了，在床上问。

"老鼠……。"他慌忙站起，回转身去，却只答了两个字。

"是的，老鼠。这我知道。可是你在做什么？杀它呢，还是在救它？"

他没有回答。松明烧尽了；他默默地立在暗中，渐看见月光的皎洁。

"唉！"他的母亲叹息说，"一交子时，你就是十六岁了，性情还是那样，不冷不热地，一点也不变。看来，你的父亲的仇是没有人报的了。"

他看见他的母亲坐在灰白色的月影中，仿佛身体都在颤动；低微的声音里，含着无限的悲哀，使他冷得毛骨悚然，而一转眼间，又觉得热血在全身中忽然腾沸。

"父亲的仇？父亲有什么仇呢？"他前进几步，惊急地问。

"有的。还要你去报。我早想告诉你的了；只因为你太小，没有说。现在你已经成人了，却还是那样的性情。这教我怎么办呢？你似的性情，能行大事的么？"

"能。说罢，母亲。我要改过……。"

"自然。我也只得说。你必须改过……。那么，走过来罢。"

他走过去；他的母亲端坐在床上，在暗白的月影里，两眼发出闪闪的光芒。

"听哪！"她严肃地说，"你的父亲原是一个铸剑的名工，天下第一。他的工具，我早已都卖掉了来救了穷了，你已经看不见一点遗迹；但他是一个世上无二的铸剑的名工。二十年前，王妃生下了一块铁，听说是抱了回铁柱之后受孕的，是一块纯青透明的铁。大王知道是异宝，便决计用来铸一把剑，想用它保国，用它杀敌，用它防身。不幸你的父亲那时偏入了选，便将铁捧回家里来，日日夜夜地锻炼，费了整三年的精神，炼成两把剑。

"当最末次开炉的那一日，是怎样地骇人的景象呵！哗拉拉地腾上一道白气的时候，地面也觉得动摇。那白气到天半便变成白云，罩住了这处所，渐渐现出绯红颜色，映得一切都如桃花。我家的漆黑的炉子里，是躺着通红的两把剑。你父亲用井华水慢慢地滴下去，那剑嘶嘶地吼着，慢慢转成青色了。这样地七日七夜，就看不见了剑，仔细看时，却还在炉底里，纯青的，透明的，正像两条冰。

"大欢喜的光采，便从你父亲的眼睛里四射出来；他取起剑，拂拭着，拂拭着。然而悲惨的皱纹，却也从他的眉头和嘴角出现了。他将那两把剑分装在两个匣子里。

"'你只要看这几天的景象，就明白无论是谁，都知道剑已炼就的了。'他悄悄地对我说。'一到明天，我必须去献给大王。但献剑的一天，也就是我命尽的日子。怕我们从此要长别了。'

"'你……。'我很骇异，猜不透他的意思，不知怎么说的好。我只是这样地说：'你这回有了这么大的功劳……。'

"'唉！你怎么知道呢！'他说。'大王是向来善于猜疑，又极残忍的。这回我给他炼成了世间无二的剑，他一定要杀掉我，免得

我再去给别人炼剑，来和他匹敌，或者超过他。'

"我掉泪了。

"'你不要悲哀。这是无法逃避的。眼泪决不能洗掉运命。我可是早已有准备在这里了！'他的眼里忽然发出电火似的光芒，将一个剑匣放在我膝上。'这是雄剑。'他说。'你收着。明天，我只将这雌剑献给大王去。倘若我一去竟不回来了呢，那是我一定不再在人间了。你不是怀孕已经五六个月了么？不要悲哀；待生了孩子，好好地抚养。一到成人之后，你便交给他这雄剑，教他砍在大王的颈子上，给我报仇！'"

"那天父亲回来了没有呢？"眉间尺赶紧问。

"没有回来！"她冷静地说。"我四处打听，也杳无消息。后来听得人说，第一个用血来饲你父亲自己炼成的剑的人，就是他自己——你的父亲。还怕他鬼魂作怪，将他的身首分埋在前门和后苑了！"

眉间尺忽然全身都如烧着猛火，自己觉得每一枝毛发上都仿佛闪出火星来。他的双拳，在暗中捏得格格地作响。

他的母亲站起了，揭去床头的木板，下床点了松明，到门背后取过一把锄，交给眉间尺道："掘下去！"

眉间尺心跳着，但很沉静的一锄一锄轻轻地掘下去。掘出来的都是黄土，约到五尺多深，土色有些不同了，似乎是烂掉的材木。

"看罢！要小心！"他的母亲说。

眉间尺伏在掘开的洞穴旁边，伸手下去，谨慎小心地撮开烂树，待到指尖一冷，有如触着冰雪的时候，那纯青透明的剑也出现了。他看清了剑靶，捏着，提了出来。

窗外的星月和屋里的松明似乎都骤然失了光辉，惟有青光充塞宇内。那剑便溶在这青光中，看去好像一无所有。眉间尺凝神细视，这才仿佛看见长五尺余，却并不见得怎样锋利，剑口反而有些浑圆，正如一片韭叶。

"你从此要改变你的优柔的性情，用这剑报仇去！"他的母亲说。

"我已经改变了我的优柔的性情，要用这剑报仇去！"

"但愿如此。你穿了青衣，背上这剑，衣剑一色，谁也看不分明的。衣服我已经做在这里，明天就上你的路去罢。不要记念我！"她向床后的破衣箱一指，说。

眉间尺取出新衣，试去一穿，长短正很合式。他便重行叠好，裹了剑，放在枕边，沉静地躺下。他觉得自己已经改变了优柔的性情；他决心要并无心事一般，倒头便睡，清晨醒来，毫不改变常态，从容地去寻他不共戴天的仇雠。

但他醒着。他翻来覆去，总想坐起来。他听到他母亲的失望的轻轻的长叹。他听到最初的鸡鸣；他知道已交子时，自己是上了十六岁了。

二

当眉间尺肿着眼眶，头也不回的跨出门外，穿着青衣，背着青剑，迈开大步，径奔城中的时候，东方还没有露出阳光。杉树林的每一片叶尖，都挂着露珠，其中隐藏着夜气。但是，待到走到树林的那一头，露珠里却闪出各样的光辉，渐渐幻成晓色了。远望前面，便依稀看见灰黑色的城墙和雉堞。

和挑葱卖菜的一同混入城里，街市上已经很热闹。男人们一排一排的呆站着；女人们也时时从门里探出头来。她们大半也肿着眼眶；蓬着头；黄黄的脸，连脂粉也不及涂抹。

眉间尺预觉到将有巨变降临，他们便都是焦躁而忍耐地等候着这巨变的。

他径自向前走；一个孩子突然跑过来，几乎碰着他背上的剑尖，使他吓出了一身汗。转出北方，离王宫不远，人们就挤得密密层层，都伸着脖子。人丛中还有女人和孩子哭嚷的声音。他怕那看不见的雄剑伤了人，不敢挤进去；然而人们却又在背后拥上来。他只得宛转地退避；面前只看见人们的背脊和伸长的脖子。

忽然，前面的人们都陆续跪倒了；远远地有两匹马并着跑过来。此后是拿着木棍，戈，刀，弓弩，旌旗的武人，走得满路黄尘滚滚。又来了一辆四匹马拉的大车，上面坐着一队人，有的打钟击鼓，有的嘴上吹着不知道叫什么名目的劳什子。此后又是车，里面的人都穿画衣，不是老头子，便是矮胖子，个个满脸油汗。接着又是一队拿刀枪剑戟的骑士。跪着的人们便都伏下去了。这时眉间尺正看见一辆黄盖的大车驰来，正中坐着一个画衣的胖子，花白胡子，小脑袋；腰间还依稀看见佩着和他背上一样的青剑。

他不觉全身一冷，但立刻又灼热起来，像是猛火焚烧着。他一面伸手向肩头捏住剑柄，一面提起脚，便从伏着的人们的脖子的空处跨出去。

但他只走得五六步，就跌了一个倒栽葱，因为有人突然捏住了他的一只脚。这一跌又正压在一个干瘪脸的少年身上；他正怕剑尖伤了他，吃惊地起来看的时候，肋下就挨了很重的两拳。他也不暇计较，再望路上，不但黄盖车已经走过，连拥护的骑士也过去了一大阵了。

路旁的一切人们也都爬起来。干瘪脸的少年却还扭住了眉间尺的衣领，不肯放手，说被他压坏了贵重的丹田，必须保险，倘若不到八十岁便死掉了，就得抵命。闲人们又即刻围上来，呆看着，但谁也不开口；后来有人从旁笑骂了几句，却全是附和干瘪脸少年的。眉间尺遇到了这样的敌人，真是怒不得，笑不得，只觉得无聊，却又脱身不得。这样地经过了煮熟一锅小米的时光，眉间尺早已焦躁得浑身发火，看的人却仍不见减，还是津津有味似的。

前面的人圈子动摇了，挤进一个黑色的人来，黑须黑眼睛，瘦得如铁。他并不言语，只向眉间尺冷冷地一笑，一面举手轻轻地一拨干瘪脸少年的下巴，并且看定了他的脸。那少年也向他看了一会，不觉慢慢地松了手，溜走了；那人也就溜走了；看的人们也都无聊地走散。只有几个人还来问眉间尺的年纪，住址，家里可有姊姊。眉间尺都不理他们。

他向南走着；心里想，城市中这么热闹，容易误伤，还不如在南门外等候他回来，给父亲报仇罢，那地方是地旷人稀，实在很便于施展。这时满城都议论着国王的游山，仪仗，威严，自己得见国王的荣耀，以及俯伏得有怎么低，应该采作国民的模范等等，很像蜜蜂的排衙。直至将近南门，这才渐渐地冷静。

他走出城外，坐在一株大桑树下，取出两个馒头来充了饥；吃着的时候忽然记起母亲来，不觉眼鼻一酸，然而此后倒也没有什么。周围是一步一步地静下去了，他至于很分明地听到自己的呼吸。

天色愈暗，他也愈不安，尽目力望着前方，毫不见有国王回来的影子。上城卖菜的村人，一个个挑着空担出城回家去了。

人迹绝了许久之后，忽然从城里闪出那一个黑色的人来。

"走罢，眉间尺！国王在捉你了！"他说，声音好像鸱鸮。

眉间尺浑身一颤，中了魔似的，立即跟着他走；后来是飞奔。他站定了喘息许多时，才明白已经到了杉树林边。后面远处有银白的条纹，是月亮已从那边出现；前面却仅有两点磷火一般的那黑色人的眼光。

"你怎么认识我？……"他极其惶骇地问。

"哈哈！我一向认识你。"那人的声音说。"我知道你背着雄剑，要给你的父亲报仇，我也知道你报不成。岂但报不成；今天已经有人告密，你的仇人早从东门还宫，下令捕拿你了。"

眉间尺不觉伤心起来。

"唉唉，母亲的叹息是无怪的。"他低声说。

"但她只知道一半。她不知道我要给你报仇。"

"你么？你肯给我报仇么，义士？"

"阿，你不要用这称呼来冤枉我。"

"那么，你同情于我们孤儿寡妇？……"

"唉，孩子，你再不要提这些受了污辱的名称。"他严冷地说，"仗义，同情，那些东西，先前曾经干净过，现在却都成了放鬼债的资本。我的心里全没有你所谓的那些。我只不过要给你报仇！"

"好。但你怎么给我报仇呢？"

"只要你给我两件东西。"两粒磷火下的声音说。"那两件么？你听着：一是你的剑，二是你的头！"

眉间尺虽然觉得奇怪，有些狐疑，却并不吃惊。他一时开不得口。

"你不要疑心我将骗取你的性命和宝贝。"暗中的声音又严冷地说。"这事全由你。你信我，我便去；你不信，我便住。"

"但你为什么给我去报仇的呢？你认识我的父亲么？"

"我一向认识你的父亲，也如一向认识你一样。但我要报仇，却并不为此。聪明的孩子，告诉你罢。你还不知道么，我怎么地善于报仇。你的就是我的；他也就是我。我的魂灵上是有这么多的，人我所加的伤，我已经憎恶了我自己！"

暗中的声音刚刚停止，眉间尺便举手向肩头抽取青色的剑，顺手从后项窝向前一削，头颅坠在地面的青苔上，一面将剑交给黑色人。

"呵呵！"他一手接剑，一手捏着头发，提起眉间尺的头来，对着那热的死掉的嘴唇，接吻两次，并且冷冷地尖利地笑。

笑声即刻散布在杉树林中，深处随着有一群磷火似的眼光闪动，倏忽临近，听到咻咻的饿狼的喘息。第一口撕尽了眉间尺的青衣，第二口便身体全都不见了，血痕也顷刻舔尽，只微微听得咀嚼骨头的声音。

最先头的一匹大狼就向黑色人扑过来。他用青剑一挥，狼头便坠在地面的青苔上。别的狼们第一口撕尽了它的皮，第二口便身体全都不见了，血痕也顷刻舔尽，只微微听得咀嚼骨头的声音。

他已经掣起地上的青衣，包了眉间尺的头，和青剑都背在背脊上，回转身，在暗中向王城扬长地走去。

狼们站定了，耸着肩，伸出舌头，咻咻地喘着，放着绿的眼光看他扬长地走。

他在暗中向王城扬长地走去，发出尖利的声音唱着歌：

哈哈爱兮爱乎爱乎！

爱青剑兮一个仇人自屠。

夥颐连翩兮多少一夫。

一夫爱青剑兮呜呼不孤。

头换头兮两个仇人自屠。

一夫则无兮爱乎呜呼！

爱乎呜呼兮呜呼阿呼，

阿呼呜呼兮呜呼呜呼！

三

游山并不能使国王觉得有趣；加上了路上将有刺客的密报，更使他扫兴而还。那夜他很生气，说是连第九个妃子的头发，也没有昨天那样的黑得好看了。幸而她撒娇坐在他的御膝上，特别扭了七十多回，这才使龙眉之间的皱纹渐渐地舒展。

午后，国王一起身，就又有些不高兴，待到用过午膳，简直现出怒容来。

"唉唉！无聊！"他打一个大呵欠之后，高声说。

上自王后，下至弄臣，看见这情形，都不觉手足无措。白须老臣的讲道，矮胖侏儒的打诨，王是早已听厌的了；近来便是走索，缘竿，抛丸，倒立，吞刀，吐火等等奇妙的把戏，也都看得毫无意味。他常常要发怒；一发怒，便按着青剑，总想寻点小错处，杀掉几个人。

偷空在宫外闲游的两个小宦官，刚刚回来，一看见宫里面大家的愁苦的情形，便知道又是照例的祸事临头了，一个吓得面如土色；一个却像是大有把握一般，不慌不忙，跑到国王的面前，俯伏着，说道：

"奴才刚才访得一个异人，很有异术，可以给大王解闷，因此特来奏闻。"

"什么?!"王说。他的话是一向很短的。

"那是一个黑瘦的，乞丐似的男子。穿一身青衣，背着一个圆圆的青包裹；嘴里唱着胡诌的歌。人问他。他说善于玩把戏，空前绝后，举世无双，人们从来就没有看见过；一见之后，便即解烦释闷，天下太平。但大家要他玩，他却又不肯。说是第一须有一条金龙，第二须有一个金鼎。……"

"金龙？我是的。金鼎？我有。"

"奴才也正是这样想。……"

"传进来!"

话声未绝，四个武士便跟着那小宦官疾趋而出。上自王后，下至弄臣，个个喜形于色。他们都愿意这把戏玩得解愁释闷，天下太平；即使玩不成，这回也有了那乞丐似的黑瘦男子来受祸，他们只要能挨到传了进来的时候就好了。

并不要许多工夫，就望见六个人向金阶趋进。先头是宦官，后面是四个武士，中间夹着一个黑色人。待到近来时，那人的衣服却是青的，须眉头发都黑；瘦得颧骨，眼圈骨，眉棱骨都高高地突出来。他恭敬地跪着俯伏下去时，果然看见背上有一个圆圆的小包袱，青色布，上面还画上一些暗红色的花纹。

"奏来！"王暴躁地说。他见他家伙简单，以为他未必会玩什么好把戏。

"臣名叫宴之敖者；生长汶汶乡。少无职业；晚遇明师，教臣把戏，是一个孩子的头。这把戏一个人玩不起来，必须在金龙之前，摆一个金鼎，注满清水，用兽炭煎熬。于是放下孩子的头去，一到水沸，这头便随波上下，跳舞百端，且发妙音，欢喜歌唱。这歌舞为一人所见，便解愁释闷，为万民所见，便天下太平。"

"玩来！"王大声命令说。

并不要许多工夫，一个煮牛的大金鼎便摆在殿外，注满水，下面堆了兽炭，点起火来。那黑色人站在旁边，见炭火一红，便解下包袱，打开，两手捧出孩子的头来，高高举起。那头是秀眉长眼，皓齿红唇；脸带笑容；头发蓬松，正如青烟一阵。黑色人捧着向四面转了一圈，便伸手擎到鼎上，动着嘴唇说了几句不知什么话，随即将手一松，只听得扑通一声，坠入水中去了。水花同时溅起，足有五尺多高，此后是一切平静。

许多工夫，还无动静。国王首先暴躁起来，接着是王后和妃子，大臣，宦官们也都有些焦急，矮胖的侏儒们则已经开始冷笑了。王一见他们的冷笑，便觉自己受愚，回顾武士，想命令他们就将那欺君的莠民掷入牛鼎里去煮杀。

但同时就听得水沸声；炭火也正旺，映着那黑色人变成红黑，如铁的烧到微红。王刚又回过脸来，他也已经伸起两手向天，眼光向着无物，舞蹈着，忽地发出尖利的声音唱起歌来：

哈哈爱兮爱乎爱乎！

爱兮血兮兮谁乎独无。

民萌冥行兮一夫壶卢。

彼用百头颅，千头颅兮用万头颅！

我用一头颅兮而无万夫。

爱一头颅兮血乎呜呼！

血乎呜呼兮呜呼阿呼，

阿呼呜呼兮呜呼呜呼！

随着歌声，水就从鼎口涌起，上尖下广，像一座小山，但自水尖至鼎底，不住地回旋运动。那头即随水上上下下，转着圈子，一面又滴溜溜自己翻筋斗，人们还可以隐约看见他玩得高兴的笑容。过了些时，突然变了逆水的游泳，打旋子夹着穿梭，激得水花向四面飞溅，满庭洒下一阵热雨来。一个侏儒忽然叫了一声，用手摸着自己的鼻子。他不幸被热水烫了一下，又不耐痛，终于免不得出声叫苦了。

黑色人的歌声才停，那头也就在水中央停住，面向王殿，颜色转成端庄。这样的有十余瞬息之久，才慢慢地上下抖动；从抖动加速而为起伏的游泳，但不很快，态度很雍容。绕着水边一高一低地游了三匝，忽然睁大眼睛，漆黑的眼珠显得格外精采，同时也开口唱起歌来：

王泽流兮浩洋洋；

克服怨敌，怨敌克服兮，赫兮强！

宇宙有穷止兮万寿无疆。

幸我来也兮青其光！

青其光兮永不相忘。

异处异处兮堂哉皇!

堂哉皇哉兮嗳嗳唷,

嗟来归来,嗟来陪来兮青其光!

头忽然升到水的尖端停住;翻了几个筋斗之后,上下升降起来,眼珠向着左右瞥视,十分秀媚,嘴里仍然唱着歌:

阿呼呜呼兮呜呼呜呼,

爱乎呜呼兮呜呼阿呼!

血一头颅兮爱乎呜呼。

我用一头颅兮而无万夫!

彼用百头颅,千头颅……

唱到这里,是沉下去的时候,但不再浮上来了;歌词也不能辨别。涌起的水,也随着歌声的微弱,渐渐低落,像退潮一般,终至到鼎口以下,在远处什么也看不见。

"怎了?"等了一会,王不耐烦地问。

"大王,"那黑色人半跪着说。"他正在鼎底里作最神奇的团圆舞,不临近是看不见的。臣也没有法术使他上来,因为作团圆舞必须在鼎底里。"

王站起身,跨下金阶,冒着炎热立在鼎边,探头去看。只见水平如镜,那头仰面躺在水中间,两眼正看着他的脸。待到王的眼光射到他脸上时,他便嫣然一笑。这一笑使王觉得似曾相识,却又一时记不起是谁来。刚在惊疑,黑色人已经擎出了背着的青色的剑,只一挥,闪电般从后项窝直劈下去,扑通一声,王的头就落在鼎里了。

仇人相见,本来格外眼明,况且是相逢狭路。王头刚到水面,眉间尺的头便迎上来,很命在他耳轮上咬了一口。鼎水即刻沸涌,澎湃有声；两头即在水中死战。约有二十回合，王头受了五个伤，眉间尺的头上却有七处。王又狡猾，总是设法绕到他的敌人的后面去。眉间尺偶一疏忽，终于被他咬住了后项窝，无法转身。这一回王的头可是咬定不放了，他只是连连蚕食进去；连鼎外面也仿佛听到孩子的失声叫痛的声音。

上自王后，下至弄臣，骇得凝结着的神色也应声活动起来，似乎感到暗无天日的悲哀，皮肤上都一粒一粒地起粟；然而又夹着秘密的欢喜，瞪了眼，像是等候着什么似的。

黑色人也仿佛有些惊慌，但是面不改色。他从从容容地伸开那捏着看不见的青剑的臂膊，如一段枯枝；伸长颈子，如在细看鼎底。臂膊忽然一弯，青剑便蓦地从他后面劈下，剑到头落，坠入鼎中，溯的一声，雪白的水花向着空中同时四射。

他的头一入水，即刻直奔王头，一口咬住了王的鼻子，几乎要咬下来。王忍不住叫一声“阿唷”，将嘴一张，眉间尺的头就乘机挣脱了，一转脸倒将王的下巴下死劲咬住。他们不但都不放，还用全力上下一撕，撕得王头再也合不上嘴。于是他们就如饿鸡啄米一般，一顿乱咬，咬得王头眼歪鼻塌，满脸鳞伤。先前还会在鼎里面四处乱滚，后来只能躺着呻吟，到底是一声不响，只有出气，没有进气了。

黑色人和眉间尺的头也慢慢地住了嘴，离开王头，沿鼎壁游了一匝，看他可是装死还是真死。待到知道了王头确已断气，便四目相视，微微笑，随即合上眼睛，仰面向天，沉到水底里去了。

四

烟消火灭；水波不兴。特别的寂静倒使殿上殿下的人们警醒。他们中的一个首先叫了一声，大家也立刻迭连惊叫起来；一个迈开腿向金鼎走去，大家便争先恐后地拥上去了。有挤在后面的，只能从人脖子的空隙间向里面窥探。

热气还炙得人脸上发烧。鼎里的水却一平如镜，上面浮着一层油，照出许多人脸孔：王后，王妃，武士，老臣，侏儒，太监。……

"阿呀，天哪！咱们大王的头还在里面哪，哎哎哎！"第六个妃子忽然发狂似的哭嚷起来。

上自王后，下至弄臣，也都恍然大悟，仓皇散开，急得手足无措，各自转了四五个圈子。一个最有谋略的老臣独又上前，伸手向鼎边一摸，然而浑身一抖，立刻缩了回来，伸出两个指头，放在口边吹个不住。

大家定了定神，便在殿门外商议打捞办法。约略费去了煮熟三锅小米的工夫，总算得到一种结果，是：到大厨房去调集了铁丝勺子，命武士协力捞起来。

器具不久就调集了，铁丝勺，漏勺，金盘，擦桌布，都放在鼎旁边。武士们便揎起衣袖，有用铁丝勺的，有用漏勺的，一齐恭行打捞。有勺子相触的声音，有勺子刮着金鼎的声音；水是随着勺子的搅动而旋绕着。好一会，一个武士的脸色忽而很端庄了，极小心地两手慢慢举起了勺子，水滴从勺孔中珠子一般漏下，勺里面便显出雪白的头骨来。大家惊叫了一声；他便将头骨倒在金盘里。

"阿呀！我的大王呀！"王后，妃子，老臣，以至太监之类，都放声哭起来。但不久就陆续停止了，因为武士又捞起了一个同样的头骨。

他们泪眼模胡地四顾，只见武士们满脸油汗，还在打捞。此后捞出来的是一团糟的白头发和黑头发；还有几勺很短的东西，似乎是白胡须和黑胡须。此后又是一个头骨。此后是三枝簪。

直到鼎里面只剩下清汤，才始住手；将捞出的物件分盛了三金盘：一盘头骨，一盘须发，一盘簪。

"咱们大王只有一个头。那一个是咱们大王的呢?"第九个妃子焦急地问。

"是呵……。"老臣们都面面相觑。

"如果皮肉没有煮烂,那就容易辨别了。"一个侏儒跪着说。

大家只得平心静气,去细看那头骨,但是黑白大小,都差不多,连那孩子的头,也无从分辨。王后说王的右额上有一个疤,是做太子时候跌伤的,怕骨上也有痕迹。果然,侏儒在一个头骨上发见了;大家正在欢喜的时候,另外的一个侏儒却又在较黄的头骨的右额上看出相仿的瘢痕来。

"我有法子。"第三个王妃得意地说,"咱们大王的龙准是很高的。"

太监们即刻动手研究鼻准骨,有一个确也似乎比较地高,但究竟相差无几;最可惜的是右额上却并无跌伤的瘢痕。

"况且,"老臣们向太监说,"大王的后枕骨是这么尖的么?"

"奴才们向来就没有留心看过大王的后枕骨……。"

王后和妃子们也各自回想起来,有的说是尖的,有的说是平的。叫梳头太监来问的时候,却一句话也不说。

当夜便开了一个王公大臣会议,想决定那一个是王的头,但结果还同白天一样。并且连须发也发生了问题。白的自然是王的,然而因为花白,所以黑的也很难处置。讨论了小半夜,只将几根红色的胡子选出;接着因为第九个王妃抗议,说她确曾看见王有几根通黄的胡子,现在怎么能知道决没有一根红的呢。于是也只好重行归并,作为疑案了。

到后半夜,还是毫无结果。大家却居然一面打呵欠,一面继续讨论,直到第二次鸡鸣,这才决定了一个最慎重妥善的办法,是:只能将三个头骨都和王的身体放在金棺里落葬。

七天之后是落葬的日期，合城很热闹。城里的人民，远处的人民，都奔来瞻仰国王的"大出丧"。天一亮，道上已经挤满了男男女女；中间还夹着许多祭桌。待到上午，清道的骑士才缓辔而来。又过了不少工夫，才看见仪仗，什么旌旗，木棍，戈戟，弓弩，黄钺之类；此后是四辆鼓吹车。再后面是黄盖随着路的不平而起伏着，并且渐渐近来了，于是现出灵车，上载金棺，棺里面藏着三个头和一个身体。

　　百姓都跪下去，祭桌便一列一列地在人丛中出现。几个义民很忠愤，咽着泪，怕那两个大逆不道的逆贼的魂灵，此时也和王一同享受祭礼，然而也无法可施。

　　此后是王后和许多王妃的车。百姓看她们，她们也看百姓，但哭着。此后是大臣，太监，侏儒等辈，都装着哀戚的颜色。只是百姓已经不看他们，连行列也挤得乱七八糟，不成样子了。

一九二六年十月作。

鲁·迅·散·文·导·读

第四讲

一、《野草》导读

《野草》收1924年9月至1926年4月的散文诗23篇，曾先后刊于1924年12月至1926年4月《语丝》周刊。1927年4月，在广州编定，并写《题辞》，共24篇。同年7月，以《野草》为总题，由上海北新书局初版印行，列为作者所编的《乌合丛书》之一。

鲁迅写作《野草》，正处于最痛苦和挣扎的人生阶段。在这样的人间，有这样的人生，就会有什么样的文学，正如从血管里流出来的是血一样，从混乱时代、复杂人生产生的《野草》，自然就成了现代文学史上最为复杂深奥的散文文本。鲁迅自己说："后来《新青年》的团体散掉了，有的高升，有的退隐，有的前进，我又经验了一回同一战阵中的伙伴还是会这么变化，并且落得一个'作家'的头衔，依然在沙漠中走来走去，不过已经逃不出在散漫的刊物上做文字，叫作随便谈谈。有了小感触，就写些短文，夸大点说，就是散文诗，以后印成一本，谓之《野草》。"[1] 在编辑成书时，正值蒋介石发动"四一二"反革命政变之后。在这个暗无天日的社会现实世界，在"废弛"了的人间"地狱"里，鲁迅创作了《野草》，它"大半是废弛的地狱边沿的惨白色小花"。"沙漠""地狱"是生长《野草》的社会土壤，有这样的土壤，有这么痛苦的创作主体，《野草》世界就是一个哀伤、绝望、挣扎、解脱的精神世界，是一个矛盾、怀疑、自剖、反思、追问、顿悟的情感世界。鲁迅说："我的那

---

[1] 鲁迅：《〈自选集〉自序》，《鲁迅全集》第4卷，人民文学出版社，2005年，第469页。

一本《野草》，技术并不算坏，但心情太颓唐了，因为那是我碰了许多钉子之后写出来的。"[1] "至于《野草》，此后做不做很难说，大约是不见得再做了，省得人来谬托知己，舐皮论骨，什么是'入于心'的。"[2] 对自己一向谦虚的鲁迅，能说出"不算坏"，已属相当高的自我评价。"不见得再做了"，《野草》就成了鲁迅思想和精神的"坟墓"。此时的鲁迅还遭遇了女师大学潮、家庭生活的心理重负，兄弟的失和以及连续生病，可谓"离奇和芜杂"[3]。遭遇越多，对鲁迅而言，确是痛苦不堪，创伤愈多，《野草》就是鲁迅"苦闷的象征"，写作何尝不是一种解脱。说出来，比憋在心里会好多了。如果说，《故事新编》是鲁迅最为畅快、惬意、狂欢式的写作，《野草》则是鲁迅最有切肤之痛和情感撕裂的写作，是鲁迅在荒野中的绝叫和自噬。

《野草》在文体上虽名为散文诗，实有"杂乱"、多元和开放性特点，其中《我的失恋》《立论》《狗的驳诘》《死后》《聪明人和傻子和奴才》算不上严格的"散文诗"，《我的失恋》像"打油诗"，《立论》《狗的驳诘》《死后》《聪明人和傻子和奴才》又像"寓言故事"。过去，学术界对《野草》的研究大致有几种情形，一是《野草》与社会现实关系研究，二是《野草》与鲁迅人生哲学研究，三是《野草》与鲁迅情感心理研究，四是《野草》的艺术形式研究。所以，《野草》并不是封闭的，它与社会现实、作者自我和文学传统都有关系，是多种内涵和形式的汇聚和纠结。在我看来，《野草》是

[1] 鲁迅：《341009致萧军》《鲁迅全集》第13卷，人民文学出版社，2005年，第224页。

[2] 鲁迅：《海上通信》，《鲁迅全集》第3卷，人民文学出版社，2005年，第417页。

[3] 鲁迅：《〈朝花夕拾〉小引》，《鲁迅全集》第2卷，人民文学出版社，2005年，第235页。

现实之镜，是心灵之史，是存在之思，是象征之诗。

1. 现实之镜

鲁迅说《野草》"大抵仅仅是随时的小感想"，随感是鲁迅对杂文的说法，显然，它有指称社会现实的意图，只是"那时难于直说，所以有时措辞就很含糊了"。他曾经解释写作《野草》部分作品的背景和意图，也是针对现实而言。他说："现在举几个例罢。因为讽刺当时盛行的失恋诗，作《我的失恋》，因为憎恶社会上旁观者之多，作《复仇》第一篇，又因为惊异于青年之消沉，作《希望》。《这样的战士》，是有感于文人学士们帮助军阀而作。《腊叶》，是为爱我者的想要保存我而作的。段祺瑞政府枪击徒手民众后，作《淡淡的血痕中》，其时我已避居别处；奉天派和直隶派军阀战争的时候，作《一觉》，此后我就不能住在北京了。所以，这也可以说，大半是废弛的地狱边沿的惨白色小花，当然不会美丽。但这地狱也必须失掉。这是由几个有雄辩和辣手，而当时还未得志的英雄们的脸色和语气所告诉我的。我于是作《失掉的好地狱》。"[1] 这里提到的八篇作品都与社会现实有关，或为现实所感，或为现实而作，或以现实为背景，均有较为明确的现实背景和创作意图。

总体上，《野草》创造了一个非写实的象征世界，但它依然带有社会现实的折射，与社会现实有密切联系。翻读《野草》，总会看到它批判社会现实和传统文化的火焰。在写作《野草》时，鲁迅曾说："中国大约太老了，社会上事无大小，都恶劣不堪，像一只黑色的染缸，无论加进什么新东西去，都变成漆黑。"[2] 不过，鲁迅并未失去

---

[1] 鲁迅：《〈野草〉英文译本序》，《鲁迅全集》第4卷，人民文学出版社，2005年，第365页。

[2] 鲁迅：《两地书》，《鲁迅全集》第11卷，人民文学出版社，2005年，第20页。

信心，他说："但我总还想对于根深蒂固的所谓旧文明，施行袭击，令其动摇，冀于将来有万一之希望。"[1]鲁迅对旧社会、旧文明的批判主要借助杂文和小说，《野草》也有强烈的现实批判意识，只是批判的枪法不同。

鲁迅小说和杂文批判了精神麻木的看客，奴才哲学以及正人君子的虚伪等社会现象。1924年底写作的 《复仇》《复仇（其二）》就集中书写"戏剧的看客"精神的麻木和冷漠。作品写一男一女裸着全身，持刀相立于广漠的旷野之上，他们两人将要拥抱，将要杀戮："路人们从四面奔来，密密层层地，如槐蚕爬上墙壁，如马蚁要扛鲞头。衣服都漂亮，手倒空的。然而从四面奔来，而且拼命地伸长脖子，要赏鉴这拥抱或杀戮"，"他们已经豫觉着事后的自己的舌上的汗或血的鲜味"。然而，他们两人持刃于旷野上，既不拥抱，也不杀戮，而且连这样做的意思也没有，直到干枯死去。无聊的路人便觉得更加无聊，以至"干枯到失去生趣"，也在无聊中死去。这时，干枯而立于旷野的男女则反过来赏鉴路人的干枯与死亡，并因生命的飞扬而拥有大欢喜。对看客的复仇，有鲁迅的现实经验，特别是对现实中麻木、无聊的看客，感触更深。在鲁迅生病期间，他每天出入药店，他刚从日本回到国内的时候，也遭遇到不少冷漠的看客。只是，这篇作品以复仇方式面对看客，情绪更趋极端。1934年5月16日，鲁迅在致郑振铎的信中说，《复仇》"不过愤激之谈"[2]，这让我们更能感受到鲁迅对蒙昧、麻木、无聊国民的绝望和反抗。

[1] 鲁迅：《两地书》，《鲁迅全集》第11卷，人民文学出版社，2005年，第32页。

[2] 鲁迅：《340516致郑振铎》，《鲁迅全集》13卷，人民文学出版社，2005年，第105页。

鲁迅还对说谎和奴才哲学给予了猛烈批判。《立论》写老师指导学生作文，如何立论，说一个孩子满月，三个客人的不同说辞得到了不同的回应。虚伪奉承说孩子将来定要发财的，得了一番感谢。说孩子将来要做官的，收回几句恭维。实话实说，讲孩子将来是要死的，遭到一顿痛打，"说要死的必然，说富贵的许谎。但说谎的得好报，说必然的遭打"。三种说法，实为两类，说恭维性的谎话和说必然性的真话，在"瞒"和"骗"的世界里，说真话挨打，说谎话却得到奖赏。如果想既不谎人，也不遭打，那就只能说："啊呀！这孩子呵！您瞧！多么……。"顾左右而言他，让词语偏移，自我躲藏，发声而无所指，说了等于白说，市侩的圆滑。鲁迅批判中国人，也批判中国文章真假颠倒，谎言满篇。在说真话挨打，说假话得奖赏的两难之中，如不想挨打，又不想违背良知，怎么办？只能吟弄风月，今天天气哈哈哈了。难怪传统诗文中有那么多的风月之诗，也是被逼的，其中不无士人的无奈和痛苦啊。在《立论》之后，鲁迅写了《论睁了眼看》，就尖锐地批判了以"瞒和骗"为特征的"怯弱"和"巧滑"，"中国人的不敢正视各方面，用瞒和骗，造出奇妙的逃路来，而自以为正路"[1]。鲁迅希望人们"取下假面"，正视现实，"大胆地看取人生"。

奴才哲学也是鲁迅的批判对象。在《聪明人和傻子和奴才》中，奴才诉苦，聪明人深表同情并给予安慰："我想，你总会好起来"，奴才觉得"舒坦得不少"。傻子骂他"混账"，并帮他砸墙开窗，改变环境，奴才反而大喊"强盗在毁咱们的屋子了"，却得到了主人的"夸奖"。鲁迅在《写在〈坟〉后面》里说："然而世界却正由愚人造

---

[1] 鲁迅：《论睁了眼看》，《鲁迅全集》第1卷，人民文学出版社，2005年，第254页。

成，聪明人决不能支持世界，尤其是中国的聪明人。"[1] 这种聪明人扮演着主人帮凶的角色，那个正直和倔强的傻子，则是社会真正的叛逆者，他才能改变这个世界。鲁迅揭示了聪明人的伪善和欺骗，歌颂了傻子的执着和反抗，嘲讽和鞭挞了奴才的驯服和麻木。《求乞者》写孩子屈服于奴隶命运，向社会乞怜。在"四面都是灰土"的世界，求乞要么"穿着夹衣，也不见得悲戚，而拦着磕头，追着哀呼"，要么"不见得悲戚，但是哑的，摊开手，装着手势"，只是"一种求乞的法子"，哪怕是求人同情，也在装扮、演戏、作样子，令人"烦腻，疑心，憎恶"。鲁迅则表示"我不布施，我无布施心，我但居布施者之上，给与烦腻，疑心，憎恶"。这也对奴才"怒其不争"的愤激表达。

鲁迅还撕破"正人君子"的虚伪面具。他曾慨叹道："古今君子，每以禽兽斥人，殊不知便是昆虫，值得师法的地方也多着哪。"[2]《狗的驳诘》描写"我"在梦中与狗论辩，狗自愧不如人，因为它不能像人那样分辨铜和银、布和绸、官和民、主和奴，由此决定待人接物的态度。在写作此文时，许广平给鲁迅写信，抨击教育界的黑暗与势利："在买者蝇营狗苟，凡足以固位恋栈的无所不用其极，有洞皆钻，无门不入。被买者也廉耻丧尽，人格破产。似此情形，出于清洁之教育界人物，有同猪仔行径！"[3] 鲁迅曾与"现代评论派"的"正人君子"们展开斗争，他们虽然打着"道德""文明"旗号，顶着"君子""学者"头衔，依仗权势反对进步文化，他

[1] 鲁迅：《写在〈坟〉后面》，《鲁迅全集》第1卷，人民文学出版社，2005年，第302页。

[2] 鲁迅：《夏三虫》，《鲁迅全集》第3卷，人民文学出版社，2005年，第43页。

[3] 鲁迅、景宋：《鲁迅景宋通信集：〈两地书〉的原信》，湖南人民出版社，1984年，第1页。

们的伪善和凶恶并不比富人家豢养的狗高明多少。鲁迅通过狗对人的驳诘，揭示了正人君子的伪善面目。

《失掉的好地狱》将对社会现实的批判上升到历史哲学的高度。它写一个魔鬼讲述失掉"好地狱"的故事，实际上表达鲁迅对其所处时代革命结局的怀疑和诘问。鲁迅在写作此文前一个月，曾概括辛亥革命之后的军阀混战："称为神的和称为魔的战斗了，并非争夺天国，而在要得地狱的统治权。所以无论谁胜，地狱至今也还是照样的地狱。"[1]鲁迅曾说："所以，这也可以说，大半是废弛的地狱边沿的惨白色小花，当然不会美丽。但这地狱也必须失掉。这是由几个有雄辩和辣手，而那时还未得志的英雄们的脸色和语气所告诉我的。我于是作《失掉的好地狱》。"[2]文章描写地狱的统治经过神、魔、人几次更换，鬼魂们的命运却日渐不幸。"人类"的成功乃是"鬼魂"的不幸，这是鲁迅的历史哲学。他们表面上"仗义执言"，却争夺地狱的统治权，而不是鬼魂们的解放。当争得统治权之后，他们的手段和方法会更加残酷与血腥，对鬼魂而言，地狱永远是地狱。所谓的"好地狱"既是对旧社会的统称，也是指北洋军阀统治下的社会。这里的"魔"与"神"指旧时代的统治者，而"人"则指那些即将成为统治者的野心家，这是一部历史的缩影。改朝换代，终是百姓受苦，甚至一代不如一代。前一个统治者去了，新来的统治者更加凶恶，老百姓只好怀恋以往的好地狱，在原已废弛的"地狱"里，还能看到惨白色的小花，虽然极其细小可怜。历史轮回让人类陷入更大的悲哀。《淡淡的血痕中》表达造物主也是一个怯弱

---

[1] 鲁迅：《杂语》，《鲁迅全集》第7卷，人民文学出版社，2005年，第77页。

[2] 鲁迅：《〈野草〉英文译本序》，《鲁迅全集》第4卷，人民文学出版社，2005年，第365页。

者，"他暗暗地使天地变异，却不敢毁灭这地球；暗暗地使生物衰亡，却不敢长存一切尸体；暗暗地使人类流血，却不敢使血色永远鲜秾；暗暗地使人类受苦，却不敢使人类永远记得"。历史表面上在发展，实际上却是周而复始的循环，在淡淡的血痕中，人们忘记痛苦，而堕入世事轮回之中。

《墓碣文》"于浩歌狂热之际中寒；于天上看见深渊。于一切眼中看见无所有"。《好的故事》发生"在昏沉的夜"，"梦"是虚幻的、遥远的，"夜"才是实在的、迫近的。"夜"是《野草》的整体意象，如"昏沉的夜""暗夜""静夜"和"长夜"，都有社会现实的象征寓意。《这样的战士》中的世界，"有各种旗帜，绣出各样好名称：慈善家，学者，文士，长者，青年，雅人，君子……。头下有各样外套，绣出各式好花样：学问，道德，国粹，民意，逻辑，公义，东方文明……"显然，是一个由各种名号组成的世界，也是一个名不符实的世界。《一觉》则直接书写社会现实："飞机负了掷下炸弹的使命，象学校的上课似的，每日上午在北京城上飞行"。"窗外的白杨的嫩叶，在日光下发乌金光；榆叶梅也比昨日开得更烂漫。满床的日报，拂去昨夜聚在书桌上的苍白的微尘"，"我的四方的小书斋，今日也依然是所谓'窗明几净'"。两幅场景似乎不相关，而"我"却在"编校那历来积压在我这里的青年作者的文稿"。这也是"我"所生活的人间，人的"魂灵被风沙打击得粗暴"，"我爱这样的魂灵"，"我愿意在无形无色的鲜血淋漓的粗暴上接吻"。由现实生长出的"粗暴"文字显然是不同于"窗明几净"书桌上的文稿。之所以有这样的文学，因有这样的社会环境。

2. 心灵之史

《野草》创造了一个丰富的心理世界，如沉默、忏悔、寂寞、阴影、绝望、复仇等。由《题辞》的自我忏悔，延伸到《墓碣文》"抉心自食"和《影的告别》中的心理阴影，直至《复仇》和《复仇（其二）》的"悲悯"，《希望》的"寂寞"以及《腊叶》的"迟暮"心理，就构成《野草》的"心灵之史"。

《题辞》说"过去的生命""不愿追怀，甘心使他们和我的脑一同消灭在泥土里的"[1]，显然有忏悔之意。它宣布"过去的生命已经死亡"，"死亡的生命已经朽腐"，作者试图向过往告别。它又说："当我沉默着的时候，我觉得充实；我将开口，同时感到空虚。""沉默"曾是鲁迅的生活状态。他清醒地知道，"生命的泥委弃在地面上，不生乔木，只生野草，这是我的罪过"。《野草》是一部对"我的罪过"的忏悔书。鲁迅"过去的生命"曾主张文学"立人"，但它根不深叶不茂，不生"乔木"，只生"野草"，这就成了"我的罪过"。但鲁迅依然"坦然，欣然"，而且"大笑""歌唱"，自爱"野草"，却"憎恶""地面"，"罪过"不全由"我"承担，"地面"也有责任。鲁迅只是希望"地火在地下运行，奔突；熔岩一旦喷出，将烧尽一切野草，以及乔木，于是并且无可朽腐"。这样，他就有了大欢喜。

在写作《影的告别》的夜里，鲁迅在给一位青年的信中说："我自己总觉得我的灵魂里有毒气和鬼气，我极憎恶他，想除去他，而不能。我虽然竭力遮蔽着，总还恐怕传染给别人，我之所以对于和我往来较多的人有时不免觉到悲哀者以此。"[2]《影的告别》就是一篇心理自白，"影"是鲁迅心理矛盾的化身，"有我所不乐意的在天堂里，我不愿去；有我所不乐意的在地狱里，我不愿去；有我所不

---

[1] 鲁迅：《〈呐喊〉自序》，《鲁迅全集》第1卷，人民文学出版社，2005年，第440页。

[2] 鲁迅：《书信·240924致李秉中》，《鲁迅全集》第11卷，人民文学出版社，2005年，第453页。

乐意的在你们将来的黄金世界里，我不愿去"。"天堂""地狱""黄金世界"，我"都不愿去"，还"不如彷徨于无地"。因为"我不过一个影，要别你而沉没在黑暗里了。然而黑暗又会吞并我，然而光明又会使我消失。然而我不愿彷徨于明暗之间，我不如在黑暗里沉没"。"影"最终选择沉没在"黑暗里"，虽然"只是虚空"，但"那世界全属于我自己"。鲁迅曾给许广平写信说："我的作品，太黑暗了，因为我常觉得惟'黑暗与虚无'乃是'实有'，却偏要向这些作绝望的抗战，所以很多着偏激的声音。"[1]《影的告别》就是鲁迅阴暗心理的表达。《墓碣文》也是作者低沉、绝望和虚无心理的写照。墓碣文刻于墓碣阳、阴两面，阳面文字说，每当热情浩歌时，总感到周围万般冷冽；在被描绘得如天堂一般的世界总看到人间地狱般的深渊；在存在于别人眼里的一切事物，似乎看到"无所有"的虚无；在无所希望的绝望之中，反而得到了超脱尘世的痛苦。这些想法如游魂般地化为一条有毒牙的长蛇，它不咬他人，只咬自身，直至死去。《〈呐喊〉自序》也曾使用过类似的比喻："这寂寞又一天一天的长大起来，如大毒蛇，缠住了我的灵魂了"，"这于我太痛苦。我于是用了种种法，来麻醉自己的灵魂，使我沉于国民中，使我回到古代去"[2]墓碣背面，从坟墓缺口可看见尸体，"胸腹俱破，中无心肝"，死者曾有极为悲惨的遭遇，他的脸上却看不出悲哀和欢乐之状，只是蒙蒙然，如罩上一层烟雾的样子，"不显哀乐之状"。阳面有关"游魂"化成毒蛇自啮，即严于解剖自己，阴面则表达自我解剖的极端痛苦和创痛，"抉心自食抉心自食，欲知本味。创痛酷烈，

---

[1] 鲁迅：《两地书》，《鲁迅全集》第11卷，人民文学出版社，2005年，第21页。

[2] 鲁迅：《〈呐喊〉自序》，《鲁迅全集》第1卷，人民文学出版社，2005年，第439-440页。

本味何能知?"在痛定之后,慢慢"自食"它,然而心已陈旧,"本味"又哪能知道呢?最终,死者告诫生者,倘不能回答这些难题,就请赶快"离开"!鲁迅深知自己的思想有"毒气和鬼气",不利于人的勇猛前行,所以,他自我解剖,"怕传染给别人"。但当"我"欲离去之时,死者却急忙坐起,"口唇不动",说出扑朔迷离的话,等到尸体成为尘土,化为虚无,便是胜利的微笑。这显然是鲁迅虚无思想的表达。文章写"我"也意识到了虚无的可怕,于是,疾步离开。《墓碣文》既是鲁迅心理的真实表达,也是自我决断的宣言。

鲁迅"惊异于青年之消沉,作《希望》"[1],《希望》是鲁迅希望与绝望心理的表达。鲁迅曾经抱有热诚希望参与社会改革,"充满过血腥的歌声",后来,他因失望而变得空虚,虽然也用自欺的"希望"之盾去抗拒那空虚中暗夜的袭来,也就是绝望的抗战,这样慢慢耗尽了自己的青春。但他并不悲观,而是将希望寄予"身外的青春",以此来安慰自己。然而,连"身外的青春也都逝去"了,在痛苦绝望之中,作者开始独自进行抗战,"我只得由我来肉薄这空虚中的暗夜了"。在孤独的作战中,鲁迅慢慢走向悲观了,"我放下了希望之盾"。鲁迅用四句诗否认了"希望",继而又用另一句诗否定了"绝望":"绝望之为虚妄,正与希望相同。"既然希望被否定了,随之而来的无疑是绝望。然而,绝望也被否定了,反而生出新的希望。这里的"希望"是理性的设定,心理仍是寂寞的。

《风筝》表现了鲁迅对"过去"生命无法追回的悲哀。文章回忆童年时代"我"因自己不喜欢放风筝,破坏了小弟的玩具,对小弟实施了一次无意识的"精神虐杀",待成年以后,当"我"想得到小

---

[1] 鲁迅:《〈野草〉英文译本序》,《鲁迅全集》第4卷,人民文学出版社,2005年,第365页。

弟的宽恕时，却失去了"补过"机会。文章大胆审视人生过往，试图放下心理负担，但人无法改变过去，哪怕无意识的犯错，也身不由己，由此，留下不完美的人生，即使可以重塑的历史，也是不完美的。一个人面对过去的过失，总有一种"无可把握的悲哀"。但为了现在和未来，却不能沉湎于"春日的温和"，仍须要"到肃杀的严冬中去"，不矫饰，不美化，勇敢担负一切逝去的缺憾。

在经历"五卅"和"三一八"惨案之后，鲁迅写下了《一觉》。他说："是的，青年的魂灵屹立在我眼前，他们已经粗暴了，或者将要粗暴了，然而我爱这些流血和隐痛的魂灵，因为他使我觉得是在人间，是在人间活着。""活在人间"，解构了青春的幻梦，直面"流血和隐痛"的人生和人间。人间和人生是鲁迅经常使用的两个关键词，"人间"是人之世界，"人生"是个人生活。到了《腊叶》，鲁迅借助"深秋"和"腊叶"表达生命的惆怅和迟暮心理。"去年的深秋"，在庭院"绕树徘徊"，识得一片带有"蛀孔"，镶着"花边"，红，黄和绿"斑驳"的病叶，将其放置《雁门集》里，到了今年，它"黄蜡似的躺在我的眼前"，"病叶的斑斓"，"只能在极短时中相对"。窗外的树木，早已不再"葱郁"，"耐寒的树木也早经秃尽了"，与"病叶"有相似的命运，"我"再也"没有赏玩秋树的余闲"，而有了人生迟暮而短暂的情绪。

3. 存在之思

《野草》的"现实"和"心理"内外相生，相互纠结。鲁迅对历史和现实困境以及心理矛盾的认知和感受，上升到了生命存在的理性之思，建构起独特的哲学之境。

一是虚妄主义。

"虚妄"一词源于佛家语，指与"真如""法性"相反的不真实性与不确定性。在古汉语中，不实谓之虚，不真谓之妄。鲁迅使用

"虚妄"表明对存在的不确定性的关注和思考。虚妄不等于虚无，它恰恰是读虚无的否。虚无是无，虚妄是不确定、不真实，它并没有否定存在之有。只是这个"有"还不是可验证的事实，也不是可预言的逻辑，而是超出了经验范围的不可把握性或不可判定性。鲁迅的"虚妄"除与"存在""不确定"相关，还具有"荒诞"意义。

"空虚""虚空""虚无""虚妄"也是《野草》的核心概念，从《题辞》的"充实"与"空虚"，《希望》的"虚妄"，《淡淡的血痕中》的"悲苦"与"空虚"，到《影的告别》的"黑暗与虚空"，《求乞者》的"虚无"等等，都表现了鲁迅的虚妄意识。虚妄表达了人的幻灭和绝望，是无所逃于天地，亦无所逃于生死的过程。人是漫无目的地，是虚妄的存在。只有黑暗和虚无才是实有的，希望和绝望也是虚妄的，只有在"肉薄暗夜"或"虚妄"的抗争中才能确证存在的意义。鲁迅书写对庸众和自我的"复仇"，不无快意，其结果也是虚妄的。

《过客》中的"过客"不知道自己的"称呼"，不知道"从那里来""到那里去"，却行走于不知何时、不知何地的虚空之中。"从我还能记得的时候起，我就是一个人"，"从我还能记得的时候起，我就在这么走"。"走"如幽灵一样，成为过客的宿命。老翁劝他"回转去""休息一会"。他给出别无选择的回答："我只得走"，"我还是走好"。没有起始，没有理由，没有终点，他行走在世界的荒原之中，"走"就成了过客的意义。走，没有目的，却成了过程，作为过程的"走"，反而成了目的。这样，"过客"的"走"就有宿命性质，具有荒诞性。过客行走的空间和时间都缺乏具体所指，唯一可以确定的终点是"坟"，象征终结和灭亡。如《写在〈坟〉后面》所言：

"我只很确切地知道一个终点，就是：坟。"[1] 这样的结局，即过客的命运，无始而有终。过客也追问："走完了那坟地之后呢？""坟"未必是"走"的终点，只是超出了"老翁"的经验，他才"我不知道"。《过客》留下一个未能解答的问题，那就是为何而走。在《过客》之后，连续7篇作品都以"我梦见我自己……"开篇，构思徜徉恍惚，思绪纷至沓来。在连续七"梦"之后是《死后》，告知了"坟"是什么。《死后》是一篇奇文，它以荒诞的笔法描写了死后的痛苦和荒谬遭遇，最后终于明白死亡也许并不是生命灾难的结束，而是更大痛苦和荒谬的继续。作品弃绝了对未来的幻想，"过去""未来"乃至"死后"都是虚妄的。

《死后》写"我"梦到死在道路上，有意识和感觉，却无行动能力。"我"知道自己死了，却无力抵抗周边的袭扰。在"我"死之后，有看热闹的，发议论的，蚊虫爬行，舐舐，"我"不可拒绝，带有强迫性力量。终于有人来收尸了，殓入薄木棺材，埋入"义冢"。于是——"我想：这回是六面碰壁，外加钉子，真是完全失败，呜呼哀哉了！……一个不无安心的了结"，"影一般死掉了，连仇敌也不使知道"。虽是"完全失败"，但也不无快意，时空终止了。文章接着就写到一个滑稽场景："你好？你死了么？""是一个颇为耳熟的声音，睁眼看时，却是勃古斋旧书铺的跑外的小伙计，不见约有二十多年了，倒还是那一副老样子。我又看看六面的壁，委实太毛糙，简直毫没有加过一点修刮，锯绒还是毛毧毧的。'那不碍事，那不要紧。'他说，一面打开深蓝色布的包裹来。'这是明板《公羊传》，嘉靖黑口本，给您送来了。您留下他罢。这是……''你！'我诧异地

---

[1] 鲁迅：《写在〈坟〉后面》，《鲁迅全集》第1卷，人民文学出版社，2005年，第300页。

看定他的眼睛，说，'你莫非真正胡涂了？你看我这模样，还要看什么明板？……''那可以看，那不碍事。'"

在"六面碰壁"极为寒碜逼仄的棺材里，除对"背后的小衫的一角皱起来"的不满外，似乎一切归于宁静，这时却跑进来一个旧书铺的伙计。鲁迅随手拈来一则材料，写"我""睁眼看"，还和小伙计斗嘴，烦厌地"闭上眼睛"，作者似乎忘记了开篇所说"我"的神经"废灭"。《死后》也试图回答《过客》"那坟地之后"是什么的问题，"我先前以为人在地上虽没有任意生存的权利，却总有任意死掉的权利的。现在才知道并不然"。生不由己，死亦不由己，堵住了死的解脱和救赎性，连死亡也不可得。无始无终，生死不是避难之所，不能得到拯救和解脱，这就是鲁迅的虚妄主义。人生没有目的，只有过程，无意义成了意义。行走就是"孤独"的挣扎，无生无死，无始无终，犹如《影的告别》的"无地"状态。

小说《故乡》结尾有段"独白"："我想：希望是本无所谓有，无所谓无的。这正如地上的路；其实地上本没有路，走的人多了，也便成了路"[1]。"地上"虽没有现成的"路"，但"地上"是"有"的，无路的"大地"可以被"走"出"路"来。正是"大地"和"走"的确定性，行动才创造出意义，"路"却是可有可无的了。鲁迅将悲观藏起来，"走"带来了乐观和希望。这也如同许广平所说："虽则先生自己所感觉的是黑暗居多，而对于青年，却处处给与一种不退走，不悲观，不绝望的诱导，自己也仍以悲观作不悲观，以无可为作可为，向前的走去。"[2]

---

[1] 鲁迅：《故乡》，《鲁迅全集》第1卷，人民文学出版社，2005年，第510页。

[2] 许广平：《两地书》，《鲁迅全集》第11卷，人民文学出版社，2005年，第24页。

二是主体意志。

《影的告别》宣称："有我所不乐意的在天堂里，我不愿意去；有我所不乐意的在地狱里，我不愿意去；有我所不乐意的在你们将来的黄金世界里，我不愿意去"。"我不愿去"即是"我"的主体选择，即使在"黑暗里彷徨于无地"，也是主体意志的表达。在我看来，最能表现《野草》的主体精神是《雪》。《雪》写于 1925 年 1 月 18 日，刊于 1 月 26 日《语丝》周刊第 11 期。《鲁迅日记》记载，1924年12月30日，北京连续下了两天的大雪："雨雪。……下午雾，夜复雪。"第二天，晴，阳光灿烂，但却刮起了北京冬天特有的大风，漫天飞雪，旋转而升腾。鲁迅有一种难以抑制的激动，元旦之夜，鲁迅即创作了《希望》。新年之际，鲁迅却说："我的心分外地寂寞"，表达他的孤独和绝望。18天后，创作了《雪》，思考和回答了人的主体意志问题。文章用三个自然段来书写"江南的雪"。说"江南的雪""滋润美艳之至"，它"隐约""青春的消息"，如同"极壮健的处子的皮肤"。"滋润美艳""青春"和"壮健"表明江南的雪充满了生命活力，并且构成了一个美丽的"雪野"世界。在这个世界里，有"血红的宝珠山茶，白中隐青的单瓣梅花，深黄的磬口的蜡梅花；雪下面还有冷绿的杂草"。在白雪的映衬之下，各种花草颜色清晰可辨，并且更显鲜艳。这样，南方的雪就成了世界的装饰，它不能改变什么，只能起到装扮作用，让红的更红，绿的更绿，黄的更黄。它的力量是弱小的，不但只能与花草为伴，而且在它的世界里连蜜蜂也"忙碌地飞着"，"嗡嗡地闹着"，雪花拿它们毫无办法。南方的雪，美则美矣，却缺乏生命的意志！

接着，写孩子们塑罗汉游戏，从自然景色转到童年情趣。它与写雪野中花草一样，南方雪花成了孩子们的玩物。在漫天飞雪的世界里，小孩们的小手虽冻得通红，却齐心协力塑罗汉。显然，鲁迅书写了南方雪花世界的美艳和可爱，它不像肃杀的严冬，没有孤独和死亡，带给人们的是欢乐和美丽。鲁迅向往这样的世界，但未必完全肯定，而是有所保留。孩子叠完雪罗汉，"拍手，点头，嘻笑"，雪罗汉"独自坐着了"，"晴天又来消释他的皮肤，寒夜又使他结一层冰，化作不透明的水晶模样，连续的晴天又使他成为不知道算什么，而嘴上的胭脂也褪尽了"。雪罗汉却不能自主，自然变化改变着它，"晴天""消释"了它的皮肤，"寒夜"磨掉了它的形态，成了"不知道算什么"，而化为虚无。南方的雪虽然美丽却短暂，逃不掉被消融和遗忘的命运。

不同于南方世界的雪，却是北方的雪。作品使用"但是"转折语，就进入到北方雪的书写。"朔方的雪花在纷飞之后，却永远如粉，如沙，他们决不粘连，撒在屋上，地上，枯草上，就是这样。屋上的雪是早已就有消化了的，因为屋里居人的火的温热。别的，在晴天之下，旋风忽来，便蓬勃地奋飞，在日光中灿灿地生光，如包藏火焰的大雾，旋转而且升腾，弥漫太空，使太空旋转而且升腾地闪烁。

在无边的旷野上，在凛冽的天宇下，闪闪地旋转升腾着的是雨的精魂……

是的，那是孤独的雪，是死掉的雨，是雨的精魂。"

鲁迅几乎用尽了所有热情来赞颂"北方的雪"，说它"如粉，如沙"，"纷飞""决不粘连"，"撒在屋上，地上，枯草上"，无处不在，撒野，张狂，一句"就是这样"更让人目瞪口呆，用今天的话说，北方的雪很"任性"，想怎样就怎样，谁拿它也没办法。为什么它能这么任性呢？因为它有主体意志。虽然撒在"屋上的雪是早已就有消化了的"，但人们却不敢外出，不敢有任何造次。这样，全世界都成了"雪"的世界，谁也不敢与它争高下。并且，在晴天之下，它不但没有被融化，反而蓬勃地"奋飞"，灿灿地"生光"，"如包藏火焰的大雾，旋转而且升腾，弥漫太空"，搅动太空"旋转而且升腾地闪烁"。北方的雪不是装饰品，不是昆虫和小孩的玩物，而是世界的创造者和主宰者，是世界唯一的存在者，是具有绝对意志和抗争力量的精神主体。所以，《雪》借助雪景的美丽和乐趣，书写生命的形态和力量。文中的"雪"是美好情感的表达，也是精神意志的象征。"雪"之于南方和北方，不仅有自然地理之别，更有生存意志和生命形态之异。南方的雪，虽然美艳有趣，却有依附、寄身和装饰性，北方的雪，则是独立、自觉和主体的标志。南方的雪如同雪花膏，搽脂抹粉，北方的雪却像手术刀，改变这个世界。

三是抗争精神。

尽管中国社会现实漆黑一片，但在鲁迅看来，"由我想来——这只是如此感到，说不出理由目下的压制和黑暗还要增加，但因此也许可以发生较激烈的反抗与不平的新分子，为将来的新的变动的萌蘖"。[1] 面对现实"黑色的染缸"，鲁迅坚持韧性的战斗，"正无需乎震骇一时的牺牲，不如深沉的韧性的战斗"[2]。一是战斗，二要有韧性。《秋夜》《这样的战士》《淡淡的血痕中》等作品，均表现了抗争不屈的战斗精神。

开篇之作《秋夜》，写墙外的两株枣树，它们与秋夜天空形成对比，象征着不屈不挠的战士形象。枣树向人们奉献出果实，连剩下的几个枣子也被一两个孩子打尽了，现在一个果实也不剩，连叶子也已落尽，"单剩干子，然而脱了当初满树是果实和叶子时候的弧

---

[1] 鲁迅：《两地书》，《鲁迅全集》第11卷，人民文学出版社，2005年，第41页。

[2] 鲁迅：《娜拉走后怎样》，《鲁迅全集》第1卷，人民文学出版社，2005年，第171页。

形，欠伸得很舒服"。枣树周身带着疮伤，但仍顽强地与夜的天空对抗着，树干"有几枝还低亚着，护定他从打枣的竿梢所得的皮伤，而最直最长的几枝，却已默默地铁似的直刺着奇怪而高的天空，使天空闪闪地鬼映眼；直刺着天空中圆满的月亮，使月亮窘得发白"。这就是枣树的韧性战斗精神。鲁迅深知中国的社会改变之难，"即使搬动一张桌子，改装一个火炉，几乎也要血；而且即使有了血，也未必一定能搬动，能改装"。所以提倡韧性的战斗。与此同时，他也知道，要彻底打破"黑色的染缸"社会，仅仅有枣树一样的韧性战斗还是不够的，还必须有坚忍不拔的行走，如同《过客》中的过客一样。这位过客行色匆匆、衣衫褴褛，从杂树和瓦砾中走来，走向荒凉破败之地。从他有记忆的时候，就知道往前走，任凭老者的劝说，小女孩的鲜花，他知道自己是人生的过客。外面始终有一个声音在催促和叫唤着他，他不能停息，即使人生终点是"坟"，他也义无反顾，谢绝了小女孩赠送的包扎伤口的布片。"过客"之走是中国文化所稀缺的精神。它不为理想，不是无望，而是为"走"而走，明知前途渺茫，仍向前走去，明知绝望，仍作绝望的抗争。鲁迅在回答读者的提问时说："《过客》的意思不过如来信所说那样，即是虽然明知前路是坟而偏要走，就是反抗绝望，因为我以为绝望而反抗者难，比因希望而战斗者更勇猛，更悲壮。但这种反抗，每容易蹉跌在'爱'——感激也在内——里，所以那过客得了小女孩的一片破布的布施也几乎不能前进了。"[1] "过客"不仅仅是革命者和探索者，而且是抗争者和荒诞者。

　　《这样的战士》和《淡淡的血痕中》则是坚韧不屈的热情赞歌。

---

[1] 鲁迅：《250411致赵其文》，《鲁迅全集》第11卷，人民文学出版社，2005年，第477-478页。

《这样的战士》所写"战士""走进无物之阵,所遇见的都对他一式点头",他却是清醒的,"知道这点头就是敌人的武器,是杀人不见血的武器,许多战士都在此灭亡,正如炮弹一般,使猛士无所用其力",于是,他"举起了投枪"。在"无物之阵"的世界里,还有各种旗帜,绣着名称:慈善家、学者、文士、长者、青年、雅人、君子……,有各种外套,各式花样:学问、道 德、国粹、民意、逻辑、公义、东方文明……他依然"举起了投枪"。即使"无物之物已经脱走",他"得了胜利",也不害怕担负"戕害慈善家"的罪名,仍是举起了投枪。并且,"在无物之阵中大踏步走",只要"再见一式的点头,各种的旗帜,各样的外套",他都"举起了投枪"。鲁迅曾说过:"我自己也知道,在中国,我的笔要算较为尖刻的,说话有时也不留情面。但我又知道人们怎样地用了公理正义的美名,正人君子的徽号,温良敦厚的假脸,流言公论的武器,吞吐曲折的文字,行私利己,使无刀无笔的弱者不得喘息。倘使我没有这笔,也就是被欺侮到赴诉无门的一个;我觉悟了,所以要常用,尤其是用于使麒麟皮下露出马脚。万一那些虚伪者居然觉得一点痛苦,有些省悟,知道技俩也有穷时,少装些假面目,则用了陈源教授的话来说,就是一个'教训'"。[1] 虽然,这样的战士有清醒的理性头脑,有韧性的战斗精神,但他却没有取得最终的胜利,"他终于在无物之阵中衰老,寿终。他终于不是战士,但无物之物则是胜者"。即便如此,"这样的战士"依然保持着战斗姿态,即使处在太平境地,他仍举起投枪。这种反抗到底,反抗至死才是鲁迅心目中的理想精神。

《淡淡的血痕中》是对"叛逆的猛士"的赞歌。鲁迅在 《〈野

---

[1] 鲁迅:《我还不能"带住"》,《鲁迅全集》第3卷,人民文学出版社,2005年,第260页。

草〉英文译本序》中说："段祺瑞政府枪击徒手民众后，作《淡淡的血痕 中》。"[1] 说明文章因"三一八"惨案而作。在鲁迅笔下，"叛逆的猛士出于人间"，这是什么"人间"呢？这是一个造物主"暗暗"地做，却又"不敢"做到底的"怯弱者"世界，它"用废墟荒坟来衬托华屋，用时光来冲淡苦痛和血痕"，用"一杯微甘的苦酒"，送到人间，使其处在似哭似歌，似醒似醉，有知无知，欲死欲生的"微醉"状态。造物主创造了这样的人间，需要怯弱的良民。叛逆的猛士出于人间，"他屹立着，洞见一切已改和现有的废墟和荒坟，记得一切深广和久远的苦痛，正视一切重叠淤积的凝血，深知一切已死，方生，将生和未生。他看透了造化的把戏；他将要起来使人类苏生，或者使人类灭尽，这些造物主的良民们"。在叛离的猛士面前，"造物主，怯弱者，羞惭了，于是伏藏。天地在猛士的眼中于是变色"。

"叛逆的猛士"依然保持"这样的战士"的战斗意志，他没有只身奋战的寂寞和绝望，而是更加清醒、坚毅和勇猛。从"战士"到"猛士"，从"举起投枪"到彻底"叛离"。"这样的战士"刺破了"无物之阵"上的各种姿势、名目、称号等伎俩，"叛离的猛士"则拥有更加理性的"洞见"、"正视"和"看透"，拥有"屹立" 坚实和"起来"的决绝。"叛逆的猛士"寄寓了鲁迅对坚韧、执着、勇猛、抗争的战斗者的希冀和赞美。

4. 象征之诗

李国涛认为："《野草》在艺术上的最突出的特色，就是它的象征性。"[2] 李伯素认为《野草》的"极其诗质"，是"贫弱的中国文

---

[1] 鲁迅：《〈野草〉英文译本序》，《鲁迅全集》第4卷，人民文学出版社，2005年，第365页。

[2] 李国涛：《〈野草〉艺术谈》，山西人民出版社，1982年，第91页。

艺园地里的一朵奇花"[1]。孙郁说读《野草》，"喜欢那种黯淡里的微火，在明暗之间跳动着哲思把人引向幽玄之所。那是中国文章里从没有的意象，生命深处的美被一种阔大之力召唤出来了。但让人说清那美的特质，又茫然而不知所云，这也就是觅而无踪的现象之谜吧"[2]。1927年9月16日，在上海《北新》周刊第47、48合刊的广告词里，有这样的话："《野草》可以说是鲁迅的一部散文诗集，用优美的文字写出深奥的哲理，在鲁迅的许多作品中是一部风格最特异的作品。"这段广告词的作者是谁？学术界尚有不同看法，有学者认为是熟悉鲁迅作品的出版家或评论家，也有学者推断有可能正是鲁迅本人手笔。[3]

《野草》想象奇特，意象奇崛，构思精巧，语言凝重。它通过想象与梦境创造了不少独特的意象，如颤动的"颓败线"（《颓败线的颤动》）、孤独的"阴影"（《影的告别》）、"奇怪而高"的夜空（《秋夜》）。《野草》的"意象群"，可分为四类：一是"黑暗与虚无"意象，如《影的告别》《秋夜》《求乞者》《失掉的好地狱》和《墓碣文》等作品意象；二是"死亡"意象，《题辞》《死火》《立论》和《死后》，都有死亡意象；三是"孤独者"意象，如《过客》《这样的战士》《雪》《颓败线的颤动》《聪明人和傻子和奴才》等意象；四是"生命力"意象，如《一觉》《腊叶》《题辞》《淡淡的血痕中》等文中意象。由众多意象的组合、转换、流转、变形、凝聚，形成《野草》的艺术大厦。繁复的意象和氛围，建构了一个象征世界，暗

---

[1] 李伯素：《小品文研究》，江苏教育出版社，1996年，第85页。

[2] 孙郁：《〈野草〉研究的经脉》，《鲁迅研究月刊》2013年第7期。

[3] 张梦阳：《〈野草〉学九十年概观》，《纪念〈野草〉出版90周年国际学术研讨会论文集》，2017年，第172-176页；陈子善：《〈野草〉出版广告小考》，《文艺争鸣》2018年第5期。

示着作者复杂的思想和情绪。它吸收了西方象征主义、表现主义和心理分析等艺术技巧，开掘了心灵世界的复杂性，同时也吸收其他文学手段，如戏剧、小说、诗歌、绘画，进入散文，语言含蓄、盘曲、缠绕，代表着20世纪中国散文的高度和难度。

繁复的意象表达着《野草》丰富的象征意蕴。《好的故事》写从梦中"好的故事"开始，它"美丽，优雅，有趣"，"许多美的人和美的事，错综起来象一天云锦，而且万颗奔星似的飞动着，同时又展开去，以至于无穷"，到"现在我所见的故事也如此。水中的青天的底子，一切事物统在上面交错，织成一篇，永是生动，永是展开"；从"现在我所见的故事清楚起来了"到"我就要凝视他们"，"我正要凝视他们"，"我真爱这一篇好的故事"，"我总记得看见过这一篇好的故事"，"好的故事"一步步、一层层、一圈圈扩散，重叠复沓，成为悠扬的乐章。但是，"好的故事"都是梦的幻影，是远景，是倒影，并且，最终成了"碎影"，无论是"记得"，还是现实，都发生在"昏沉的夜"。"好的故事"不是真实的"美好"，只是梦幻之影，也没有"故事"，只是"一片片"，"一丝丝"的"碎影"。"好"这个在中国社会和文化里使用得最为普遍，最为善良的赞誉，被鲁迅消解。时常用来填充美好回忆的"故事"也破碎了，不连贯了。现实和回忆都捡拾不起来了，"梦"碎了一地。

《影的告别》开头即说："有我所不乐意的在天堂里，我不愿去；有我所不乐意的在地狱里，我不愿去"，可谓一声叹息，显现出彷徨和孤独。接下来的语句是，"然而……我不愿住"，"然而我不愿彷徨于明暗之间"，"然而……我不如"，"然而我终于彷徨于明暗之间"。由"然而"的重复，表现影子在黑暗与光明之间的彷徨和痛苦。与《影的告别》相似的是《希望》。《希望》的"希望"与"绝望"也存在反复纠葛，具体地说，它主要有三层含义。"希望，希望，用这希望的盾，抗拒那空虚中的暗夜的袭来，虽然盾后面也依然是空虚中的暗夜。"这是第一层意思。"我"虽"青春"已逝，但仍寄希望于"身外的青春"，他们的青春却"悲凉缥缈"，这是第二层，"绝望之为虚妄，正与希望相同"，它否定了绝望。第三层意思是，希望在于"由我来肉薄这空虚中的暗夜"，"但暗夜又在那里呢？现在没有星，没有月光以致笑的渺茫和爱的翔舞；青年们很平安，而我的面前又竟至于没有真的暗夜。""暗夜"的消解，将"肉薄"也消解了，没有"希望"，也没有绝望，只留下"绝望之为虚妄，正与希望相同"的感叹。《希望》连用8个"然而"和5个"但"这种转折性语词，形成节奏的迂缓和复沓。回旋复沓和渐行渐进是《野草》的两种不同节奏形态，也时有交叉融合[1]。

《野草》还通过梦境、隐喻、假借等手法形成了奇崛幽深的艺术风格。《死火》以梦境中的"冰谷"为背景，通过我与"死火"的相遇，解救，对话，直至与"大石车"同归于尽。"冰谷"象征社会现实，"一切冰冷，一切青白"，而"死火"，则像冰冷的山谷冻结了革命的"火焰"。文章采用虚幻梦境与真实现实的统一，表现扑朔迷离、奇幻幽深的艺术色彩，产生诡奇深邃的艺术效果。

《野草》还有"婉而多讽"的笔致。《狗的驳诘》一反惯性思维，让狗反驳起人来了，荒唐的梦境极富现实的讽刺性。文章结尾这样写道："我逃走了。'且慢！我们再谈谈……'他在后面大声挽留。我一径逃走，尽力地走，直到逃出梦境，躺在自己的床上。"这很值得玩味。"逃出梦境"表现了鲁迅的憎恶和决绝，也是文章的象征性和寓言性。另外，《野草》中的《立论》《颓败线的颤动》《死后》

---

[1] 姜振昌：《"以诗为文"与鲁迅〈野草〉文体的艺术特征》，《鲁迅研究月刊》2021年第4期。

《失掉的好地狱》等梦境均有这样的特点。

《野草》特别讲究语言修辞。它的语言"既似凝固，又非凝固，既似流动，又非流动，《野草》的语言因此而获得了某种魔力"[1]。《野草》语言凝重而流动。如《题辞》的"地火在地下运行，奔突；熔岩一旦喷出，将烧尽一切野草，以及乔木"。《雪》的"朔方的雪花在纷飞之后，却永远如粉，如沙，他们决不粘连，撒在屋上，地上，枯草上，就是这样"。《颓败线的颤动》的"她于是抬起眼睛向着天空，并无词的言语也沉默尽绝，惟有颤动，辐射若太阳光，使空中的波涛立刻回旋，如遭飓风，汹涌奔腾于无边的荒野"。鲁迅文学的独特魅力，在很大程度上源于鲁迅特有的修辞手法。《野草》又是鲁迅修辞手法表现得最为充分、最为典型的。他把虚词运用到神鬼莫测的地步，产生奇妙的艺术效果。另外，还大量使用"矛盾修辞"，以有悖常理的修辞手法，表达复杂的情思。我曾经考察了《野草》使用"然而"的情况，认为："《野草》通过繁复的意象和梦境的营造，建构了一个复杂的意义世界，蕴含着鲁迅丰富的人生体验和哲学。在修辞风格上，它追求语言的修饰和开掘，时有复沓、缠绕的笔墨，也不乏直白、节俭的语句。在曲里拐弯的表达里，呈现出他对文字的精准、文句的泊漾和虚词的迤逦的敏感和讲究。'然而'是《野草》中使用频率非常高的关系连词。鲁迅对它有着恰当而巧妙的运用，无论是对情感和寓意的表达，还是形成语气节奏的转换与跌宕，都使《野草》多了一份意味深长的气势神韵。'然而'的使用，有着鲁迅质疑和否定的思维特点，也呈现出鲁迅相反相对、矛盾并置的话语方式，由此，也可见出鲁迅对历史和现实的悖反与

---

[1] 钱理群：《心灵的探寻》，北京大学出版社，1999年，第283页。

乖谬，生命存在的矛盾与紧张的独特感受。"[1]

鲁迅对单音词和三音词的偏爱，也给人以尖新奇崛的美感。在句式上，《野草》是整齐与凌乱的结合，既避免了呆板，又不显得破碎。所以说，《野草》集中体现了鲁迅的修辞艺术[2]。就表达技巧而言，《野草》最为常见的是对立、叠加、递进和回转[3]。如《雪》写"江南的雪"，用长句形成舒缓的节奏，说"可是滋润美艳之至了；那是还在隐约着的青春的消息，是极壮健的处子的皮肤。雪野中有血红的宝珠山茶，白中隐青的单瓣梅花，深黄的磬口的腊梅花；雪下面还有冷绿的杂草。胡蝶确乎没有；蜜蜂是否来采山茶花和梅花的蜜，我可记不真切了。但我的眼前仿佛看见冬花开在雪野中，有许多蜜蜂们忙碌地飞着，也听得他们嗡嗡地闹着"。写北方的雪，则使用短语，给人以急促感。说它"是孤独的雪，是死掉的雨，是雨的精魂"，"在无边的旷野上，在凛冽的天宇下，闪闪地旋转升腾"。长短句混合，就有了舒缓相彰、跌宕起伏的气势。

[1] 王本朝：《"然而"与〈《野草》〉的话语方式》，《贵州社会科学》2012年第1期。

[2] 王彬彬：《〈野草〉修辞艺术细说》，《中国现代文学研究丛刊》2010年第1期。

[3] 阎晶明：《箭正离弦：〈野草〉全景观》，人民文学出版社，2020年，第109-112页。

二、《朝花夕拾》导读

《朝花夕拾》收10篇散文，写于1926年2月至该年11月，曾陆续刊于《莽原》半月刊，题为《旧事重提》，后结集时改名为《朝花夕拾》。鲁迅在"小引"中说："这十篇就是从记忆中抄出来的，与实际内容或有些不同，然而我现在只记得是这样。"[1] 它不同于《野草》的空间结构，而有时间顺序，它基本上以作者童年和青年生活轨迹为时间线索，从1887年初读《鉴略》，到1912年范爱农之死，历时20多年。第一篇至第六篇主要写童心世界，第七、八篇写青少年的人生抉择，第九、十两篇怀念师友。它与一般性的自传或回忆录不同，不是个人生活编年史，而是选取若干历史片段，将现实感受带入历史回忆，形成既独立又连贯的系列散文。并且，《朝花夕拾》与鲁迅小说、散文和杂文也有相互勾连和呼应关系，可看作鲁迅"情感经验的根据地"[2]。对儿童的好动、对大自然的好奇，多持赞赏、温厚之心，即使有反感，也幽默了之。面对社会现实则多加讥讽。所以，鲁迅采用了两套笔墨，一套以儿时眼光和感受叙说，另一套则以当下回忆者身份评议。叙说回忆都是极美的诗篇，浸透鲁迅的深情。评议也意味深长，将现实体验糅进回忆之中，让当下经验历史化，也使回忆现实化，形成对话的张力。

鲁迅回想起童年，出现在笔端的是"水村的夏夜，摇着大芭蕉

---

[1] 鲁迅：《〈朝花夕拾〉小引》，《鲁迅全集》第2卷，人民文学出版社，2005年，第236页。

[2] 江弱水：《天上深渊：鲁迅十二论》，浙江文艺出版社，2023年，第164页。

扇，在大树下乘凉，是一件极舒服的事。男女都谈些闲天，说些故事"[1] 情景。"说故事"免不了"旧事重提"，《朝花夕拾》是对童年"谈闲天"的追忆，给人以自然、亲切、和谐之感。但是，记忆还是有选择的，现实体验就是历史记忆的过滤器，记忆并非完全与历史相重合，也并非是照片与底片的关系。人们常将《朝花夕拾》看作回忆性抒情散文，将其作为鲁迅个人历史的记忆，而忽略它与社会现实的关联。鲁迅为什么要重提这些旧事呢？有学者认为，它是鲁迅的"休息"和"精神还乡"[2]。实际上，鲁迅对旧事的回忆并非是为回忆而回忆，而是有现实的倒逼和挤压，混入了丰富的现实感受。历史是现实的一面镜子，在叙事、抒情与议论中批评现实和反思历史，这样，由过去与现在、记忆与批判的相互交织，感伤与反讽、抒情与议论的互融共生，形成了议论性杂感与抒情性散文相混合，文章与文学相杂糅的文体形态，应是鲁迅文学观念和艺术探索的重要实践。关于它的杂感特性，王瑶先生认为它"个别篇章确实也有较浓重的杂文色彩"，但又"和一般杂文不一样"[3]。它不同于"一般杂文"的杂感笔法，主要体现在对个人旧事的叙事和抒情时"忽然想到"社会现实，还不时穿插议论，夹杂感想，由此产生或明或暗，或多或少的批判锋芒。

1. 思乡的蛊惑

《朝花夕拾》弥漫着乡土气息，带有民间、民俗特点，最"有趣

[1] 鲁迅：《自言自语》，《鲁迅全集》第8卷，人民文学出版社，2005年，第114页。

[2] 李怡：《〈朝花夕拾〉：鲁迅的"休息"与"沟通"》，《首都师范大学学报》2009年第1期；宋剑华：《无地彷徨与精神还乡：〈朝花夕拾〉的重新解读》，《鲁迅研究月刊》2014年第2期。

[3] 王瑶：《论鲁迅的〈朝花夕拾〉》，《北京大学学报》1984年第1期。

的地方，乃是写乡间野气的部分"[1]。《从百草园到三味书屋》就这样写"乡野之气"："不必说碧绿的菜畦，光滑的石井栏，高大的皂荚树，紫红的桑椹；也不必说鸣蝉在树叶里长吟，肥胖的黄蜂伏在菜花上，轻捷的叫天子（云雀）忽然从草间直窜向云霄里去了。单是周围的短短的泥墙根一带，就有无限趣味。油蛉在这里低唱，蟋蟀们在这里弹琴。翻开断砖来，有时会遇见蜈蚣；还有斑蝥，倘若用手指按住它的脊梁，便会拍的一声，从后窍喷出一阵烟雾。何首乌藤和木莲藤缠络着，木莲有莲房一般的果实，何首乌有臃肿的根。有人说，何首乌根是有像人形的，吃了便可以成仙，我于是常常拔它起来，牵连不断地拔起来，也曾因此弄坏了泥墙，却从来没有见过有一块根像人样。如果不怕刺，还可以摘到覆盆子，像小珊瑚珠攒成的小球，又酸又甜，色味都比桑椹要好得远。"充满诗情画意的百草园，成了儿童的"乐园"，可以自由地撒欢、放野。当我们以神奇的眼光打量沈从文的"湘西世界"，为其自然的美丽、人情的淳朴和人性的善良顿生欣羡之情，也惊异于鲁迅曾有的童年时光撒欢的自由和野性。

《朝花夕拾》还描绘了故乡独特的民风民俗。《五猖会》追忆了故乡的迎神赛会，《无常》写到阴间"鬼而人理而情，可怖而可爱"的"无常"。《狗·猫·鼠》还引述了关于狗和猫的德国民间故事，以及对"老鼠成亲"花纸的偏爱。《阿长与〈山海经〉》写长妈妈对"长毛"传说的讲述，表达对节俗的持守。《从百草园到三味书屋》中也有老和尚治"美女蛇"的故事。在《后记》里，鲁迅还详尽介绍了"麻胡子""曹娥投江""戏彩娱亲"等，表明鲁迅对民间艺术、民风民俗的执着关注，呈现了"在民间话语空间里'任心闲谈'的

---

[1] 孙郁：《重读〈朝花夕拾〉》，广东教育出版社，2004年，第2页。

鲁迅"[1]形象。

鲁迅回忆过往，充满童心童趣，无忧无虑，天真自然。鲁迅记忆中的百草园一派生机盎然，"不必说碧绿的菜畦，光滑的石井栏，高大的皂荚树，紫红的桑椹；也不必说鸣蝉在树叶里长吟，肥胖的黄蜂伏在菜花上，轻捷的叫天子（云雀）忽然从草间直窜向云霄里去了。单是周围的短短的泥墙根一带，就有无限趣味。油蛉在这里低唱，蟋蟀们在这里弹琴……"花花草草、鸟鸣虫唱，令人好奇和向往。五猖会勾引着孩子的心，大清早人们就忙起来，在一片热闹的气氛中，"我笑着跳着，催他们要搬得快"。还有《山海经》里的人面兽、九头蛇、三脚鸟、翅膀人，无头而以双乳为目的怪物，这些图画令"我"坐立不安，也心向往之。

鲁迅书写的人和事惟妙惟肖，生动有趣。鲁迅笔下的长妈妈"生得黄胖而矮"，"最讨厌的是常喜欢切切察察，向人们低声絮说些什么事"，"满肚子麻烦的礼节"，却也有"伟大的神力"的时候，最感人的是，没有文化的长妈妈，竟还记得"我"的心愿，给"我"买来念念不忘的"宝书"《山海经》，有着天性的质朴的爱。当长妈妈为我弄来这本书时，"我似乎遇着了一个霹雳，全体都震悚起来"。长妈妈也让"我"受委屈，她躺在床上两手两脚伸放成一个"大"字，挤得我无法翻身。鲁迅的记忆是美好的，哪怕一件小事也印象深刻。他在《狗·猫·鼠》写道，说养了一只隐鼠，拇指样大，不怕人，常在人前游行，或桌上，或地上，或爬上人的腿，可爱极了，然而它丢失了，开始说是被猫吃了，后来又说是被保姆阿长踩死了，但不管怎样，"我"从此更讨厌猫，对阿长也冷淡了。从养鼠到爱鼠，由物到人，随物而变，童心可鉴。《无常》中的活无常，也有可

---

[1] 钱理群：《鲁迅九讲》，福建教育出版社，2007年，第176页。

爱的成分，因为"惟独与他最为稔熟，也最为亲密"。《朝花夕拾》创造了一个真善美的世界。

《朝花夕拾》写藤野先生，衣着马虎，教学认真，特别对中国学生抱有热切希望和诲人不倦之心。"只有他的照相至今还挂在我北京寓居的东墙上，书桌对面。每当夜间疲倦，正想偷懒时，仰面在灯光中瞥见他黑瘦的面貌，似乎正要说出抑扬顿挫的话来，便使我忽又良心发现，而且增加勇气了，于是点上一枝烟，再继续写些为'正人君子'之流所深恶痛疾的文字。"范爱农则是一个复杂的人，"他办事，兼教书，实在勤快得可以"，可惜不为社会所容，变得沉沦了。寿镜吾也"是本城中极方正，质朴，博学的人"，但当"我"问他东方朔之事时，他却说不知道，而且"似乎很不高兴，脸上还有怒色了"。他和学生们一起大声读书，非常陶醉，学生们声音低下去，静下去，各自做小动作也毫不觉察。特别当他大声朗读《李克用置酒三垂岗赋》，"我疑心这是极好的文章，因为读到这里，他总是微笑起来，而且将头仰起，摇着，向后面拗过去，拗过去"。在"怒色""严厉"之中，也不无"后来却好起来了"的温情，表明寿镜吾是一个既古板又可爱的人物。鲁迅写到的衍太太，是一个令人讨厌的人物。她出现在《父亲的病》的末尾，父亲临终前需要平静，而精通礼节的衍太太却要"我"大声呼叫父亲，弄得父亲"已经平静下去的脸，忽然紧张了，将眼微微一睁，仿佛有一些苦痛"。但衍太太仍在那里催促，一直到父亲咽了气。她对儿子非常凶狠，对别人家孩子却比较善意。她的所谓好，也是怂恿别人家孩子在冬天比赛吃冰，或者比赛打旋，还拿春宫图给未成年的"我"看，还教唆"我"偷母亲的首饰变卖，"我"没有偷，她却放出流言来了。作者只选取了几件极平常的事情，用极平常的语调叙述，就显出一个人的灵魂来了。

《朝花夕拾》让我们感受到鲁迅记忆中的温情和快乐，感受到了鲁迅的现实烦恼和痛苦挣扎。

2. 现实的纷扰

鲁迅说："我有一时，曾经屡次忆起儿时在故乡所吃的蔬果：菱角、罗汉豆、茭白、香瓜。凡这些，都是极其鲜美可口的；都曾是使我思乡的蛊惑。后来，我在久别之后尝到了，也不过如此；惟独在记忆上，还有旧来的意味留存。他们也许要哄骗我一生，使我时时反顾。"[1] 这里提及的"记忆""思乡"和"反顾"似乎表明是"儿时""故乡"的"留存""蛊惑"和"哄骗"才使作者去回忆旧事。按一般常理讲，情形往往也是这样，过去引诱现在，因有所系才有所忆嘛。但鲁迅却并非忆旧之人，不同于他的弟弟周作人。鲁迅回忆旧事主要来自现实的挤压和纷扰。

1926年的鲁迅不同平常，先后卷入女师大学潮和"三一八惨案"，不得不离开北京辗转厦门，后结集出版《彷徨》，一连串事情都发生在这一年。并且，1925年发生的关于"流言"和"必读书"等争论还没有结束。在这些事件中，对鲁迅震撼最大和影响最深的是"三一八惨案"，让鲁迅看到了"中国的女性临难竟能如此之从容"[2]，反动政府的凶残暴虐，"所谓学者文人的阴险的论调"[3]，特别是关于学生"自蹈死地，前去送死的"的种种评论，鲁迅"觉

---

[1] 鲁迅：《朝花夕拾·小引》，《鲁迅全集》第2卷，人民文学出版社，2005年，第236页。

[2] 鲁迅：《记念刘和珍君》，《鲁迅全集》第3卷，人民文学出版社，2005年，第293页。

[3] 鲁迅：《记念刘和珍君》，《鲁迅全集》第3卷，人民文学出版社，2005年，第289页。

得所住的并非人间"，"人们的苦痛是不容易相通的"[1]。围绕学潮与惨案，鲁迅写下了《我还不能"带住"》《无花的蔷薇之二》《记念刘和珍君》《空谈》等文，支持青年学生，表达自己的生存体验。正是在这样的背景下，鲁迅不但写作了《华盖集》《华盖集续编》等杂文，还重提旧事，创作了《朝花夕拾》。1926年2月21日创作的《狗·猫·鼠》就有与"现代评论派"论战的起因。文章开篇就从现实处境谈起，"从去年起，仿佛听得有人说我是仇猫的"，所写文章"碰着"了一些人的"痛处"，"得罪了名人或名教授"以及"'负有指导青年责任的前辈'之流"，让自己处在"危险已极"，"这些大脚色是'不好惹'的"。他们冒公理正义之名，大讲歪理逻辑，只要是鲁迅说的"二二得四，三三见九"也是错的，绅士们自己说的"二二得七，三三见千"也是"不错"。由此，说到动物界"适性任情，对就对，错就错，不说一句分辩话。虫蛆也许是不干净的，但它们并没有自命清高；鸷禽猛兽以较弱的动物为饵，不妨说是凶残的罢，但它们从来就没有竖过'公理''正义'的旗子"，而人呢，虽"能直立了"，"能说话了"，"能写字作文了"，但却"说空话"，"颜厚又忸怩"说"违心之论"，还"党同伐异"，不准别人说话，阴险之极。鲁迅的仇猫，因为它捕食时"幸灾乐祸"，"慢慢地折磨弱者"，还带"一副媚态"，再就是鲁迅10岁时猫偷吃他"可爱的小小的隐鼠"。文章回忆起儿时饲养小隐鼠，听到猫虎学艺的故事，喜欢老鼠招亲花纸等，夹叙夹议，妙趣横生，批评现实的文字却占了主体部分，随处见对绅士、君子们的嘲讽。如"几百年的老屋中的豆油灯的微光下，是老鼠跳梁的世界，飘忽地走着，吱吱地叫着，那态度往往比

---

[1] 鲁迅：《"死地"》，《鲁迅全集》第3卷，人民文学出版社，2005年，第282页。

'名人名教授'还轩昂"。"也许鼠族的婚仪，不但不分请帖，来收罗贺礼，虽是真的'观礼'，也绝对不欢迎的罢，我想，这是它们向来的习惯，无法抗议的"。文章也在讥讽中结束，"我大概也总可望成为所谓'指导青年'的'前辈'的吧，但现下也还未决心实践，正在研究而且推敲"。嬉笑怒骂，不留情面。

在写《狗·猫·鼠》之后的3月10日，鲁迅创作了《阿长与〈山海经〉》，行文朴实，充满儿时记忆，但也有现实指向，如写阿长送给鲁迅所喜欢的绘图板《山海经》，作者说："我向来没有和她说过的，我知道她并非学者，说了也无益。"这里的"学者"是反语，指其言而无信。其间"三一八惨案"爆发，惨案当天，鲁迅就写下了《无花的蔷薇之二》，文末标注"三月十八日，民国以来最黑暗的一天"，他痛苦而悲哀地写到："当我写出上面这些无聊的文字的时候，正是许多青年受弹饮刃的时候。呜呼，人和人的魂灵，是不相通的"[1]。于是发出控诉："如此残虐险狠的行为，不但在禽兽中所未曾见，便是在人类中也极少有的，除却俄皇尼古拉二世使可萨克兵击杀民众的事，仅有一点相像"[2]。接着，3月25日写下了《"死地"》，3月26日写了《可惨与可笑》等。3月26日，传出被段祺瑞政府通缉的名单，除李大钊等革命党人外，周树人和周作人等文化人士也赫然在列，鲁迅不得不到山本医院、德国医院和法国医院病房或木匠房中避难，4月8日回家。

在避难"流离"中，鲁迅继续构思"旧事重提"。5月10日写《二十四孝图》，5月25日写《五猖会》，6月23日写《无常》。这也是

---

[1] 鲁迅：《无花的蔷薇之二》，《鲁迅全集》第3卷，人民文学出版社，2005年，第278页。

[2] 鲁迅：《无花的蔷薇之二》，《鲁迅全集》第3卷，人民文学出版社，2005年，第279页。

鲁迅所说"前两篇写于北京寓所的东壁下；中三篇是流离中所作，地方是医院和木匠房"[1]。环境的险恶和残酷，让鲁迅放弃了《记念刘和珍君》直接批判执政府当局的写作思路，而转向对幕后帮凶的批判。《二十四孝图》对诅咒白话者发出"诅咒"："只要对于白话来加以谋害者，都应该灭亡！"鲁迅无法直接批判时任教育总长章士钊，但对文言白话之争中的文言论者却予以"最黑暗的诅咒"，包括对陈西滢等"正人君子"，鲁迅有这样的感叹："在中国的天地间，不但做人，便是做鬼，也艰难极了。然而究竟很有比阳间更好的处所：无所谓'绅士'，也没有'流言'。"阴间比阳间好，至少没有"流言"！情难自禁，文章写了一小半，才将话题拉回到"旧事"，依然不忘对以"文言"为载体的传统道德的批判。在创作《二十四孝图》时，鲁迅也写作了《古书与白话》《再来一次》，它们构成互文关系，散文与杂文都指向文言白话之争的新老旧账，以及站在背后的章士钊和陈西滢等。《五猖会》叙述父亲逼其背书而感受不到赛会的乐趣，表明传统伦理对儿童自然天性的扼杀。文中也有批判现实的感受，如："赛会虽然不像现在上海的旗袍，北京的谈国事，为当局所禁止，然而妇孺们是不许看的，读书人即所谓士子，也大抵不肯赶去看。只有游手好闲的闲人，这才跑到庙前或衙门前去看热闹；我关于赛会的知识，多半是从他们的叙述上得来的，并非考据家所贵重的'眼学'"等。《无常》写无常的"鬼而人，理而情，可怖而可爱"，表现乡民对"无常"的喜爱和好奇，其中多处引用"现代评论派"胡适、陈西滢、徐志摩等人的说法穿插其中，反话正说，显其种种荒谬处。

---

[1] 鲁迅：《〈朝花夕拾〉小引》，《鲁迅全集》第2卷，人民文学出版社，2005年，第236页。

1926年8月26日，鲁迅应厦门大学文学院聘请启程赴厦门，9月4日抵达厦门。远离了京城人事的纷扰，加之地方荒僻，鲁迅多了孤独与沉静："直到一九二六年的秋天，一个人住在厦门的石屋里，对着大海，翻着古书，四近无生人气，心里空空洞洞。而北京的未名社，却不绝的来信，催促杂志的文章。这时我不愿意想到目前；于是回忆在心里出土了。"[1]先前中断的"记忆"在"沉静"中得以复活。《从百草园到三味书屋》记录了鲁迅最为温馨而快乐的记忆，《父亲的病》则描述了父亲的病痛、庸医的冷漠、生活的困窘。厦门大学当局以研究成果考核教员："学校当局又急于事功，问履历，问著作，问计划，问年底有什么成绩发表，令人看得心烦"[2]，"对于教员的成绩，常要查问"，这种"无非装门面，不要实际"的做法[3]，鲁迅感到"在金钱下呼吸，实在太苦，苦还罢了，受气却难耐"[4]。"'现代评论派'的势力"继续"膨胀起来"，"当局者的性质，也与此辈相合"[5]。各种或隐或显的矛盾，鲁迅深感绝望，感到如"穿湿布衫"，"将没有晒干的小衫，穿在身体上"[6]。他在回忆里依然不无讽刺，杂感笔法如影随形，不时将过去的"那时"与

---

[1] 鲁迅：《〈故事新编〉序言》，《鲁迅全集》第2卷，人民文学出版社，2005年，第354页。

[2] 鲁迅：《两地书》，《鲁迅全集》第11卷，人民文学出版社，2005年，第121页。

[3] 鲁迅：《两地书》，《鲁迅全集》第11卷，人民文学出版社，2005年，第208页。

[4] 鲁迅：鲁迅：《两地书》，《鲁迅全集》第11卷，人民文学出版社，2005年，第230页。

[5] 鲁迅：《两地书》，《鲁迅全集》第11卷，人民文学出版社，2005年，第166页。

[6] 鲁迅：《书信·261216致许广平》，《鲁迅全集》第11卷，人民文学出版社，2005年，第656页。

写作的"当今"连在一起，时间虽有变迁，命运却永远相似，只是今天的"我"比旧时的"我"更为无畏和悲哀。如《琐记》中，记录曾经受"掉在冷水里"的流言，还愤愤表示"倘是现在，只要有地方发表，我总要骂出流言家的狐狸尾巴来，但那时太年轻，一遇流言，便连自己也仿佛觉得真是犯了罪，怕遇见人们的眼睛，怕受到母亲的爱抚"。

3. 现实的对照

《朝花夕拾》最初以《旧事重提》之名刊于改版后的《莽原》杂志。《莽原》的创办意在唤起青年抗争和批评。鲁迅认为："中国现今文坛（？）的状况，实在不佳，但究竟做诗及小说者尚有人。最缺少的是'文明批评'和'社会批评'，我之以《莽原》起哄，大半也就为了想由此引些新的这一种批评者来，虽在割去敝舌之后，也还有人说话，继续撕去旧社会的假面。"[1] 由此，《朝花夕拾》在回首往事时笔带机锋，时含批判和反讽，完全是可以理解的了。鲁迅脚踏两只船，让历史与现实互为镜子，旧事的温情折射出现实的悲哀，现实感受又激活历史的记忆，旧事与现实搅混在一起，提及旧事即想到现实，论及现实又勾连起旧时的记忆。在这一点上，它与《故事新编》一样，都有超越历史与现实逻辑，实现传统和现实双重批判的写作特点，只是《朝花夕拾》在反思传统基础上偏重批判现实，《故事新编》更偏重传统解构而已。当然，在写作方式上，也有很大的不同，《故事新编》是杂感渗透在小说之中，形成反讽的叙事艺术；《朝花夕拾》则是杂感混杂于散文里，构成嘲讽的抒情艺术。换句话说，《故事新编》的讽刺主要藏在故事里面，《朝花夕拾》的讽刺直接体现在语言修辞上。是鲁迅站出来说话呢，还是躲在叙述里

---

[1] 鲁迅：《两地书》第11卷，人民文学出版社，2005年，第64页。

说话，主要差别在这里。《无常》写与活无常相对的一种鬼物，叫作"死有分"，在阴死间，"胸口靠着墙壁，阴森森地站着；那才真真是'碰壁'。凡有进去烧香的人们，必须摩一摩他的脊梁，据说可以摆脱了晦气；我小时也曾摩过这脊梁来，然而晦气似乎终于没有脱，——也许那时不摩，现在的晦气还要重罢，这一节也还是没有研究出"。写旧事立即就联想到现实，这里的"碰壁"和"晦气"都有现实所指。在谈到"郭巨埋儿"留下的恐惧时说："我已经不但自己不敢再想做孝子，并且怕我父亲去做孝子了。家境正在坏下去，常听到父母愁柴米；祖母又老了，倘使我的父亲竟学了郭巨，那么，该埋的不正是我么？"读了《二十四孝图》却没有产生对"孝"的亲近感，反而觉得自己与祖母"不两立"，至少是和"我的生命有些妨碍的人"，"这大概是送给《二十四孝图》的儒者所万料不到的罢"。这也是对现实中口口声声主张文言和传统道德的正人君子们的反讽。

《狗·猫·鼠》《二十四孝图》和《无常》都有现实的对照意图，童年记忆是社会现实的折射、剥离和变异。"人就苦于不能将自己的灵魂砍成酱，因此能有记忆，也因此而有感慨或滑稽"[1]。回忆与现实一旦对接或对照，就多了一份议论和感慨，有了荒诞和滑稽。《狗·猫·鼠》就有两重情感，一是对"猫"的痛恨，它捕食雀鼠"要尽情玩弄，放走，又捉住，捉住，又放走，直待自己玩厌了，这才吃下去，颇与人们的幸灾乐祸，慢慢地折磨弱者的坏脾气相同"，二是它与狮虎同族，却有"一副媚态"。这样的"猫"与绅士们所持的虚伪的"公理""正义"何其相似，他们貌似公允，不偏袒，"自在黑幕中，偏说不知道；替暴君奔走，却以局外人自居；满肚子怀

---

[1] 鲁迅：《不是信》，《鲁迅全集》第3卷，人民文学出版社，2005年，第236页。

着鬼胎，而装出公允的笑脸"[1]。鲁迅"仇猫"就有强烈的现实指涉。不是直接的议论关涉社会现实，就是《阿长与山海经》描写阿长"懂得许多规矩"和"女人的神力"，《父亲的病》中的中医处方，《从百草园到三味书屋》的传统教育，《无常》《五猖会》的民俗文化以及《琐记》中雷电学堂的"螃蟹态度"和"关帝庙"等等，都体现了鲁迅对传统文化的行为方式、思维习惯和文化心理的反思和嘲讽。进而言之，即使《从百草园到三味书屋》直接书写如乐园一般百草园，表现儿时的自由自在和自然天性，《阿长与〈山海经〉》写底层民众的粗糙和淳朴，《五猖会》所写的鬼物，《无常》中可怖而可爱的无常，也有现实镜子之意图。由此，鲁迅肯定了人的自由天性，底层民众的淳厚和质朴，以及民间社会的坚忍和单纯。《藤野先生》《范爱农》记录了鲁迅的求学经历和教学生活，是对厦门大学弥漫的旧学氛围、教员的浅薄无聊的影射与批判。厦门大学的荒僻、闭塞，难免让人产生空洞倦怠，不同的则是藤野先生的严谨正直、谆谆教诲，是范爱农的狷介与清醒，热切与真诚。鲁迅说藤野先生是老师中最让他感激，"给我鼓励的一个"，"有时我常常想：他的对于我的热心的希望，不倦的教诲，小而言之，是为中国，就是希望中国有新的医学；大而言之，是为学术，就是希望新的医学传到中国去。他的性格，在我的眼里和心里是伟大的，虽然他的姓名并不为许多人所知道"。鲁迅还说，"每当夜间疲倦，正想偷懒时，仰面在灯光中瞥见他黑瘦的面貌"，就"增加勇气"了，"继续写些为'正人君子'之流所深恶痛疾的文字"。这些"正人君子"显然与藤野先生有天壤之别，他们"自诩古文明"，"诬告新文明"，"假冒新

---

[1] 鲁迅：《并非闲话》，《鲁迅全集》第3卷，人民文学出版社，2005年，第83页。

文明"，"都是伶俐人"，做人做事"实在伶俐"，却"最适于生存"[1]。他们"用绅士服将'丑'层层包裹，装着好面孔"，"以导师自居""装腔作势"[2]。在鲁迅心目中，藤野先生才称得上真正的导师。就是《范爱农》中范爱农的愤世嫉俗，悲凉而凄苦，自尊又自虐，认真而耿介，也与现实中现代评论派"绅士"们的"聪明"完全不同，"什么保存国故，什么振兴道德，什么维持公理，什么整顿学风……心里可真是这样想？一做戏，则前台的架子，总与在后台的面目不相同"[3]。

《朝花夕拾》将"思乡的蛊惑"与现实的"离奇"与"芜杂"形成相互印证和比照，鲁迅的回忆"始终有一个'他者'的存在：正是这些'绅士'、'名教授'构成了整部作品里的巨大阴影"[4]。记忆中的乡村世界和由"绅士""名教授"组成的现实世界完全是两个不同的世界，"阴间"与"阳间"，"民间"和"官方"也形成了对照和对立关系[5]。 鲁迅追忆的故乡以社会底层民众质朴信仰为依托，是"下等人"的世界。"他们——敝同乡'下等人'——的许多，活着，苦着，被流言，被反噬，因了积久的经验，知道阳间维持'公理'的只有一个会，而且这会的本身就是'遥遥茫茫'，于是乎势不得不发生对于阴间的神往。人是大抵自以为衔些冤抑的；活的'正

[1] 鲁迅：《忽然想到》，《鲁迅全集》第3卷，人民文学出版社，2005年，第18页。

[2] 鲁迅：《我还不能"带住"》，《鲁迅全集》第3卷，人民文学出版社，2005年，第258-259页。

[3] 鲁迅：《马上支日记》，《鲁迅全集》第3卷，人民文学出版社，2005年，第345页。

[4] 钱理群：《文本阅读：从〈朝花夕拾〉到〈野草〉》，《江苏社会科学》2003年第4期。

[5] 王晓初：《"思乡的蛊惑"：〈朝花夕拾〉及其他——论鲁迅的"第二次绝望"与思想的发展》，《学术月刊》2008年第12期。

人君子'们只能骗鸟，若问愚民，他就可以不假思索地回答你：公正的裁判是在阴间！"他们"并没有在报上发表过什么大文章"，却懂得朴素简单的道理，"无论贵贱，无论贫富，其时都是'一双空手见阎王'，有冤的得伸，有罪的就得罚。然而虽说是'下等人'，也何尝没有反省？自己做了一世人，又怎么样呢？未曾'跳到半天空'么？没有'放冷箭'么？无常的手里就拿着大算盘，你摆尽臭架子也无益。对付别人要滴水不漏的公理，对自己总还不如虽在阴司里也还能够寻到一点私情。然而那又究竟是阴间，阎罗天子、牛首阿旁，还有中国人自己想出来的马面，都是并不兼差，真正主持公理的脚色。" 这里的"维持公理""正人君子"和"放冷箭"，要么是反语，要么是借代，都带讽刺意味，所批判的正是"上等人"的不讲公理，正人君子的欺骗性以及普通百姓的朴素认知。"阴间""下等人""愚民"与"阳间""正人君子"和"聪明人"也是两个完全不同的世界，鲁迅则取下者、弱者和幼者立场，始终站在"下等人"和"愚民"一边。

4. 杂感笔法

杂感或者说杂文笔法是鲁迅文学创作的基本格调，鲁迅的所有作品几乎都带有一定的杂感色彩。如李长之所说，《野草》虽"名为诗，其实不过是凝练的杂感"，《朝花夕拾》虽"名为散文，其实依然不过是在回忆中杂了抒情成份的杂感"，"杂感"是鲁迅"在文字技巧上最显本领的所在，同时是他在思想情绪上最表现着那真实的面目的所在"[1]。《朝花夕拾》采用记叙与抒情、幽默与讽刺、引用与考据等手法，形成叙述、抒情和说理的混杂与复合文体。它既是诗性的散文，也是理性的杂感，于是，文体上有鲁迅自己所说的

---

[1] 李长之：《鲁迅批判》，北京出版社，2011年，第110页。

"杂乱"特点。陈平原却认为《朝花夕拾》"首尾贯通，一气呵成，无论体裁、语体还是风格，并不芜杂"[1]。可谓仁者见仁智者见智。

《朝花夕拾》的杂感色彩主要表现在讽刺和批判，其笔法多种多样。有的不露声色，回忆旧事时顺带发表议论。如《无常》叙述无常颇具人情，顺便讽刺"名人"和"教授"："这样看来，无常是和我们平辈的，无怪他不摆教授先生的架子"。说到故乡，"凡有一处地方，如果出了文士学者或名流，他将笔头一扭，就很容易变成'模范县'"，"模范县"是对陈西滢的讥讽。《二十四孝图》在描述云中的雷公雷母时，顺笔写道："不但'跳到半天空'是触犯天条的，即使半语不合，一念偶差，也都得受相当的报应。……在中国的天地间，不但做人，便是做鬼，也艰难极了。然而究竟很有比阳间更好的处所：无所谓'绅士'，也没有'流言'。"《琐记》回忆"我"求学水师学堂，因其"乌烟瘴气"而打算"走开"时，顺手就有一段议论："近来是单是走开也就不容易，'正人君子'者流会说你骂人骂到聘书，或者是发'名士'脾气，给你几句正经的俏皮话"。表面看来，议论与叙事没有什么直接的关联，还有些节外生枝，仔细想想，它也有鲁迅行文的道理，"正人君子"常常自称代表"公理"和"正义"，鲁迅在叙述自己时，不自觉地就会联想到他们的眼光，捎带也讥讽他们一下，虽有些突兀，但也在情理之中。《朝花夕拾》的写作语境主要就是针对以现代评论派为主的教授和绅士们，他们大都留学国外，背靠外国势力和军阀权力，属于"特殊知识阶级"，但骨子里还是中国传统的"正人君子"，新旧杂陈，"善于

---

[1] 陈平原：《分裂的趣味与抵抗的立场——鲁迅的述学文体及其接受》，《文学评论》2005年第5期。

变化，毫无特操"，属于"做戏的虚无党"[1]，"用了公理正义的美名，正人君子的徽号，温良敦厚的假脸，流言公论的武器，吞吐曲折的文字，行私利己，使无刀无笔的弱者不得喘息"。鲁迅随时就用他的笔，揭开他们的"假面目"，"使麒麟皮下露出马脚"来[2]。有时还控制不住情绪，明白大胆地进行讽刺。如《二十四孝图》，开篇就宣布："我总要上下四方寻求，得到一种最黑，最黑，最黑的咒文，先来诅咒一切反对白话，妨害白话者。即使人死了真有灵魂，因这最恶的心，应该堕入地狱，也将决不改悔，总要先来诅咒一切反对白话，妨害白话者。"愤慨之情溢之于言表。有的由旧事推及现实，直接表达感受和冷静的反思。《狗·猫·鼠》对隐鼠有生动的描写，又由童年赏玩隐鼠引出一大段议论，到了文末写道："然而在现在，这些早已是过去的事了，我已经改变态度，对猫颇为客气，倘其万不得已，则赶走而已，决不打伤它们，更何况杀害。这是我近几年的进步。经验既多，一旦大悟，知道猫的偷鱼肉，拖小鸡，深夜大叫，人们自然十之九是憎恶的，而这憎恶是在猫身上。假如我出而为人们驱除这憎恶，打伤或杀害了它，它便立刻变为可怜，那憎恶倒移在我身上了。所以，目下的办法，是凡遇猫们捣乱，至于有人讨厌时，我便站出去，在门口大声叱曰：'嘘！滚！'小小平静，即回书房，这样，就长保着御侮保家的资格。"对"猫"的态度从"客气"到"大声叱咤"，正是鲁迅与"正人君子"论战的经验之谈。《父亲的病》对庸医不无幽默地说："似乎昆虫也要贞节，续弦或再醮，连做药资格也丧失了。"《二十四孝图》由儿童启蒙读物引发深

---

[1] 鲁迅：《马上支日记》，《鲁迅全集》第3卷，人民文学出版社，2005年，第346页。

[2] 鲁迅：《我还不能"带住"》，《鲁迅全集》第3卷，人民文学出版社，2005年，第260页。

沉的思索："每看见小学生欢天喜地地看着一本粗拙的《儿童世界》之类，另想到别国的儿童用书的精美，自然要觉得中国儿童的可怜。但回忆起我和我的同窗小友的童年，却不能不以为他幸福，给我们的永逝的韶光一个悲哀的吊唁。我们那时有什么可看呢，只要略有图画的本子，就要被塾师，就是当时的'引导青年的前辈'禁止，呵斥，甚而至于打手心。我的小同学因为专读'人之初性本善'读得要枯燥而死了，只好偷偷地翻开第一叶，看那题着'文星高照'四个字的恶鬼一般的魁星像，来满足他幼稚的爱美的天性。昨天看这个，今天也看这个，然而他们的眼睛里还闪出苏醒和欢喜的光辉来。"中外儿童有着不同的读物，传统蒙学读物虐杀了儿童爱美的天性，塑造了中国人麻木、落后的国民劣根性。

前文已作说明，《朝花夕拾》建构了两个世界，一个是"目前是这么离奇，心里是这么芜杂"的现实世界，另一个是"带露折花，色香自然要好得多"的旧事世界。两个世界相互交错，叙事、抒情和议论相互交织，随笔和杂感甚至超越了叙事和抒情，虽带来了文体的"杂乱"，也拓展出了表达的思维空间，实现了对社会现实的批判，产生了意想不到的艺术效果。我们仍以《狗·猫·鼠》为例吧。文章开篇由现实中的"仇猫"想到名人、名教授对自己的攻击，由此叙述日耳曼人猫狗结仇的童话故事，借题发表人兽有别的议论，进而解释自己仇恨猫的真正原因，文章最后转入对童年生活中狗猫的回忆。这样，先由现实中遭遇导入回忆，再在回忆中插入现实感受，不时发表议论，嬉笑怒骂，妙趣横生，无所顾忌。鲁迅用弗洛伊德的精神分析理论解释狗的交配，接着发表以下一段议论："听说章士钊先生是译作'心解'的，虽然简古，可是实在难解得很——以来，我们的名人名教授也颇有隐隐约约，检来应用的了，这些事便不免又要归宿到性欲上去。打狗的事我不管，至于我的打猫，却只因为它们嚷嚷，此外并无恶意，我自信我的嫉妒心还没有这么博大，当现下'动辄获咎'之秋，这是不可不预先声明的。例如人们当配合之前，也很有些手续，新的是写情书，少则一束，多则一捆；旧的是什么'问名''纳采'，磕头作揖"；"人们的各种礼式，局外人可以不见不闻，我就满不管，但如果当我正要看书或睡觉的时候，有人来勒令朗诵情书，奉陪作揖，那是为自卫起见，还要用长竹竿来抵御的。还有，平素不大交往的人，忽而寄给我一个红帖子，上面印着'为舍妹出阁'，'小儿完姻'，'敬请观礼'或'阖第光临'这些含有'阴险的暗示'的句子，使我不花钱便总觉得有些过意不去的，我也不十分高兴。"说到跳梁的老鼠，在鲁迅眼里，它们一个个"态度往往比'名人名教授'还轩昂"，老鼠成亲，新郎新妇和宾客们"没有一个不是尖腮细腿，象煞读书人的"，于是联想到现实中的生活场景，"现在是粗俗了，在路上遇见人类的迎娶仪仗，也不过当作性交的广告看"，如此这般，谈天说地，品评世态，讽刺中不乏自嘲，既有闲暇之雅兴，也有讽刺的深刻，读来妙趣横生。

当然，鲁迅在回忆中的叙事和抒情，增添了作者的情感深度，呈现了丰富的审美内涵。它在叙事中抒情，在抒情中议论，创造了文体的多重性。《从百草园到三味书屋》和《藤野先生》就属典型的叙事抒情散文。《从百草园到三味书屋》从"我家的后面有一个很大的园，相传叫作百草园"，拉开回忆的思绪，处处充满生活乐趣和诗情画意。"不必说碧绿的菜畦，光滑的石井栏，高大的皂荚树，紫红的桑椹；也不必说鸣蝉在树叶里长吟，肥胖的黄蜂伏在菜花上，轻捷的叫天子（云雀）忽然从草间直窜向云霄里去了。单是周围的短短的泥墙根一带，就有无限趣味"。《藤野先生》属于典型的人物叙事，书写自己与回忆他人相互融合，情真意切，感人至深。所以说，《朝花夕拾》既有杂感的理性和尖锐，也有散文的温情与平和。在鲁迅那里，"杂感""短评""论文"和"杂文"之间虽存在细微的差异，但在针砭时弊，不留情面，任意而谈，无所顾忌时，却是相近的，可以混合使用。叙事性和抒情性散文，在文体上近似纯文学，杂感和杂文则接近文章学。可见，《朝花夕拾》具有文章与文学的杂糅形态。

希 望

○鲁迅

我的心分外地寂寞。

然而我的心很平安：没有爱憎，没有哀乐，也没有颜色和声音。

我大概老了。我的头发已经苍白，不是很明白的事么？我的手颤抖着，不是很明白的事么？那么，我的魂灵的手一定也颤抖着，头发也一定苍白了。

然而这是许多年前的事了。

这以前，我的心也曾充满过血腥的歌声：血和铁，火焰和毒，恢复和报仇。而忽而这些都空虚了，但有时故意地填以没奈何的自欺的希望。希望，希望，用这希望的盾，抗拒那空虚中的暗夜的袭来，虽然盾后面也依然是空虚中的暗夜。然而就是如此，陆续地耗尽了我的青春。

我早先岂不知我的青春已经逝去了？但以为身外的青春固在：星，月光，僵坠的胡蝶，暗中的花，猫头鹰的不祥之言，杜鹃的啼血，笑的渺茫，爱的翔舞……。虽然是悲凉漂渺的青春罢，然而究竟是青春。

然而现在何以如此寂寞？难道连身外的青春也都逝去，世上的青年也多衰老了么？

我只得由我来肉薄这空虚中的暗夜了。我放下了希望之盾，我听到Pet öfi-Sándor（1823—49）的"希望"之歌：

希望是甚么？是娼妓：

她对谁都蛊惑，将一切都献给；

待你牺牲了极多的宝贝——

你的青春——她就弃掉你。

这伟大的抒情诗人，匈牙利的爱国者，为了祖国而死在可萨克兵的矛尖上，已经七十五年了。悲哉死也，然而更可悲的是他的诗至今没有死。

但是，可惨的人生！桀骜英勇如Petöfi，也终于对了暗夜止步，回顾着茫茫的东方了。他说：

绝望之为虚妄，正与希望相同。

倘使我还得偷生在不明不暗的这"虚妄"中，我就还要寻求那逝去的悲凉漂渺的青春，但不妨在我的身外。因为身外的青春倘一消灭，我身中的迟暮也即凋零了。

然而现在没有星和月光，没有僵坠的胡蝶以至笑的渺茫，爱的翔舞。然而青年们很平安。

我只得由我来肉搏这空虚中的暗夜了，纵使寻不到身外的青春，也总得自己来一掷我身中的迟暮。但暗夜又在那里呢？现在没有星，没有月光以至笑的渺茫和爱的翔舞；青年们很平安，而我的面前又竟至于并且没有真的暗夜。

绝望之为虚妄，正与希望相同！

一九二五年一月一日。

死 后

○鲁迅

我梦见自己死在道路上。

这是那里，我怎么到这里来，怎么死的，这些事我全不明白。总之，待到我自己知道已经死掉的时候，就已经死在那里了。

听到几声喜鹊叫，接着是一阵乌老鸦。空气很清爽，——虽然也带些土气息，——大约正当黎明时候罢。我想睁开眼睛来，他却丝毫也不动，简直不像是我的眼睛；于是想抬手，也一样。

恐怖的利镞忽然穿透我的心了。在我生存时，曾经玩笑地设想：假使一个人的死亡，只是运动神经的废灭，而知觉还在，那就比全死了更可怕。谁知道我的预想竟的中了，我自己就在证实这预想。

听到脚步声，走路的罢。一辆独轮车从我的头边推过，大约是重载的，轧轧地叫得人心烦，还有些牙齿酸。很觉得满眼绯红，一定是太阳上来了。那么，我的脸是朝东的。但那都没有什么关系。切切嚓嚓的人声，看热闹的。他们踹起黄土来，飞进我的鼻孔，使我想打喷嚏了，但终于没有打，仅有想打的心。

陆陆续续地又是脚步声，都到近旁就停下，还有更多的低语声：看的人多起来了。我忽然很想听听他们的议论。但同时想，我生存时说的什么批评不值一笑的话，大概是违心之论罢：才死，就露了破绽了。然而还是听；然而毕竟得不到结论，归纳起来不过是这样——

"死了？……"

"嗡。——这……"

"哼！……"

"啧。……唉！……"

我十分高兴，因为始终没有听到一个熟识的声音。否则，或者害得他们伤心；或则要使他们快意；或则要使他们加添些饭后闲谈的材料，多破费宝贵的工夫；这都会使我很抱歉。现在谁也看不见，就是谁也不受影响。好了，总算对得起人了！

但是，大约是一个马蚁，在我的脊梁上爬着，痒痒的。我一点也不能动，已经没有除去他的能力了；倘在平时，只将身子一扭，就能使他退避。而且，大腿上又爬着一个哩！你们是做什么的？虫豸！?

事情可更坏了：嗡的一声，就有一个青蝇停在我的颧骨上，走了几步，又一飞，开口便舐我的鼻尖。我懊恼地想：足下，我不是什么伟人，你无须到我身上来寻做论的材料……。但是不能说出来。他却从鼻尖跑下，又用冷舌头来舐我的嘴唇了，不知道可是表示亲爱。还有几个则聚在眉毛上，跨一步，我的毛根就一摇。实在使我烦厌得不堪，——不堪之至。

忽然，一阵风，一片东西从上面盖下来，他们就一同飞开了，临走时还说——

"惜哉！……"

我愤怒得几乎昏厥过去。

木材摔在地上的钝重的声音同着地面的震动，使我忽然清醒，前额上感着芦席的条纹。但那芦席就被掀去了，又立刻感到了日光的灼热。还听得有人说——

"怎么要死在这里？……"

这声音离我很近，他正弯着腰罢。但人应该死在那里呢?我先前以为人在地上虽没有任意生存的权利，却总有任意死掉的权利的。现在才知道并不然，也很难适合人们的公意。可惜我久没了纸笔；

即有也不能写，而且即使写了也没有地方发表了。只好就这样地抛开。

有人来抬我，也不知道是谁。听到刀鞘声，还有巡警在这里罢，在我所不应该"死在这里"的这里。我被翻了几个转身，便觉得向上一举，又往下一沉；又听得盖了盖，钉着钉。但是，奇怪，只钉了两个。难道这里的棺材钉，是只钉两个的么？

我想：这回是六面碰壁，外加钉子。真是完全失败，呜呼哀哉了！……

"气闷！……"我又想。

然而我其实却比先前已经宁静得多，虽然知不清埋了没有。在手背上触到草席的条纹，觉得这尸衾倒也不恶。只不知道是谁给我化钱的，可惜！但是，可恶，收敛的小子们！我背后的小衫的一角皱起来了，他们并不给我拉平，现在抵得我很难受。你们以为死人无知，做事就这样地草率么？哈哈！

我的身体似乎比活的时候要重得多，所以压着衣皱便格外的不舒服。但我想，不久就可以习惯的；或者就要腐烂，不至于再有什么大麻烦。此刻还不如静静地静着想。

"您好?您死了么?"

是一个颇为耳熟的声音。睁眼看时，却是勃古斋旧书铺的跑外的小伙计。不见约有二十多年了，倒还是那一副老样子。我又看看六面的壁，委实太毛糙，简直毫没有加过一点修刮，锯绒还是毛毵毵的。

"那不碍事，那不要紧。"他说，一面打开暗蓝色布的包裹来。"这是明板《公羊传》，嘉靖黑口本，给您送来了。您留下他罢。这是……。"

"你！"我诧异地看定他的眼睛，说，"你莫非真正胡涂了？你看我这模样，还要看什么明板?……”

“那可以看，那不碍事。”

我即刻闭上眼睛，因为对他很烦厌。停了一会，没有声息，他大约走了。但是似乎一个马蚁又在脖子上爬起来，终于爬到脸上，只绕着眼眶转圈子。

万不料人的思想，是死掉之后也还会变化的。忽而，有一种力将我的心的平安冲破；同时，许多梦也都做在眼前了。几个朋友祝我安乐，几个仇敌祝我灭亡。我却总是既不安乐，也不灭亡地不上不下地生活下来，都不能副任何一面的期望。现在又影一般死掉了，连仇敌也不使知道，不肯赠给他们一点惠而不费的欢欣。……

我觉得在快意中要哭出来。这大概是我死后第一次的哭。

然而终于也没有眼泪流下；只看见眼前仿佛有火花一闪，我于是坐了起来。

一九二五年七月十二日。

阿长与《山海经》

○鲁迅

长妈妈，已经说过，是一个一向带领着我的女工，说得阔气一点，就是我的保姆。我的母亲和许多别的人都这样称呼她，似乎略带些客气的意思。只有祖母叫她阿长。我平时叫她"阿妈"，连"长"字也不带；但到憎恶她的时候，——例如知道了谋死我那隐鼠的却是她的时候，就叫她阿长。

我们那里没有姓长的；她生得黄胖而矮，"长"也不是形容词。又不是她的名字，记得她自己说过，她的名字是叫作什么姑娘的。什么姑娘，我现在已经忘却了，总之不是长姑娘；也终于不知道她姓什么。记得她也曾告诉过我这个名称的来历：先前的先前，我家有一个女工，身材生得很高大，这就是真阿长。后来她回去了，我那什么姑娘才来补她的缺，然而大家因为叫惯了，没有再改口，于是她从此也就成为长妈妈了。

虽然背地里说人长短不是好事情，但倘使要我说句真心话，我可只得说：我实在不大佩服她。最讨厌的是常喜欢切切察察，向人们低声絮说些什么事，还竖起第二个手指，在空中上下摇动，或者点着对手或自己的鼻尖。我的家里一有些小风波，不知怎的我总疑心和这"切切察察"有些关系。又不许我走动，拔一株草，翻一块石头，就说我顽皮，要告诉我的母亲去了。一到夏天，睡觉时她又伸开两脚两手，在床中间摆成一个"大"字，挤得我没有余地翻身，久睡在一角的席子上，又已经烤得那么热。推她呢，不动；叫她呢，也不闻。

"长妈妈生得那么胖，一定很怕热罢？晚上的睡相，怕不见得很好罢？……"

母亲听到我多回诉苦之后，曾经这样地问过她。我也知道这意思是要她多给我一些空席。她不开口。但到夜里，我热得醒来的时候，却仍然看见满床摆着一个"大"字，一条臂膊还搁在我的颈子上。我想，这实在是无法可想了。

但是她懂得许多规矩；这些规矩，也大概是我所不耐烦的。一年中最高兴的时节，自然要数除夕了。辞岁之后，从长辈得到压岁钱，红纸包着，放在枕边，只要过一宵，便可以随意使用。睡在枕上，看着红包，想到明天买来的小鼓，刀枪，泥人，糖菩萨……。然而她进来，又将一个福橘放在床头了。

"哥儿，你牢牢记住！"她极其郑重地说。"明天是正月初一，清早一睁开眼睛，第一句话就得对我说：'阿妈，恭喜恭喜！'记得么？你要记着，这是一年的运气的事情。不许说别的话！说过之后，还得吃一点福橘。"她又拿起那橘子来在我的眼前摇了两摇，"那么，一年到头，顺顺流流……。"

梦里也记得元旦的，第二天醒得特别早，一醒，就要坐起来。她却立刻伸出臂膊，一把将我按住。我惊异地看她时，只见她惶急地看着我。

她又有所要求似的，摇着我的肩。我忽而记得了——

"阿妈，恭喜……。"

"恭喜恭喜！大家恭喜！真聪明！恭喜恭喜！"她于是十分欢喜似的，笑将起来，同时将一点冰冷的东西，塞在我的嘴里。我大吃一惊之后，也就忽而记得，这就是所谓福橘，元旦辟头的磨难，总算已经受完，可以下床玩耍去了。

她教给我的道理还很多，例如说人死了，不该说死掉，必须说"老掉了"；死了人，生了孩子的屋子里，不应该走进去；饭粒落在地上，必须拣起来，最好是吃下去；晒裤子用的竹竿底下，是万不可钻过去的……。此外，现在大抵忘却了，只有元旦的古怪仪式记得最清楚。总之：都是些烦琐之至，至今想起来还觉得非常麻烦的事情。

然而我有一时也对她发生过空前的敬意。她常常对我讲"长毛"。她之所谓"长毛"者，不但洪秀全军，似乎连后来一切土匪强盗都在内，但除却革命党，因为那时还没有。她说得长毛非常可怕，他们的话就听不懂。她说先前长毛进城的时候，我家全都逃到海边去了，只留一个门房和年老的煮饭老妈子看家。后来长毛果然进门来了，那老妈子便叫他们"大王"，——据说对长毛就应该这样叫，——诉说自己的饥饿。长毛笑道："那么，这东西就给你吃了罢！"将一个圆圆的东西掷了过来，还带着一条小辫子，正是那门房的头。煮饭老妈子从此就骇破了胆，后来一提起，还是立刻面如土色，自己轻轻地拍着胸脯道："阿呀，骇死我了，骇死我了……。"

我那时似乎倒并不怕，因为我觉得这些事和我毫不相干的，我不是一个门房。但她大概也即觉到了，说道："像你似的小孩子，长毛也要掳的，掳去做小长毛。还有好看的姑娘，也要掳。"

"那么，你是不要紧的。"我以为她一定最安全了，既不做门房，又不是小孩子，也生得不好看，况且颈子上还有许多炙疮疤。

"那里的话?!"她严肃地说。"我们就没有用么？我们也要被掳去。城外有兵来攻的时候，长毛就叫我们脱下裤子，一排一排地站在城墙上，外面的大炮就放不出来；再要放，就炸了！"

这实在是出于我意想之外的，不能不惊异。我一向只以为她满肚子是麻烦的礼节罢了，却不料她还有这样伟大的神力。从此对于她就有了特别的敬意，似乎实在深不可测；夜间的伸开手脚，占领全床，那当然是情有可原的了，倒应该我退让。

这种敬意，虽然也逐渐淡薄起来，但完全消失，大概是在知道她谋害了我的隐鼠之后。那时就极严重地诘问，而且当面叫她阿长。我想我又不真做小长毛，不去攻城，也不放炮，更不怕炮炸，我惧惮她什么呢！

但当我哀悼隐鼠，给它复仇的时候，一面又在渴慕着绘图的《山海经》了。这渴慕是从一个远房的叔祖惹起来的。他是一个胖胖的，和蔼的老人，爱种一点花木，如珠兰、茉莉之类，还有极其少见的，据说从北边带回去的马缨花。他的太太却正相反，什么也莫名其妙，曾将晒衣服的竹竿搁在珠兰的枝条上，枝折了，还要愤愤地咒骂道："死尸！"这老人是个寂寞者，因为无人可谈，就很爱和孩子们往来，有时简直称我们为"小友"。在我们聚族而居的宅子里，只有他书多，而且特别。制艺和试帖诗，自然也是有的；但我却只在他的书斋里，看见过陆玑的《毛诗草木鸟兽虫鱼疏》，还有许多名目很生的书籍。我那时最爱看的是《花镜》，上面有许多图。他说给我听，曾经有过一部绘图的《山海经》，画着人面的兽，九头的蛇，三脚的鸟，生着翅膀的人，没有头而以两乳当作眼睛的怪物，……可惜现在不知道放在那里了。

我很愿意看看这样的图画，但不好意思力逼他去寻找，他是很疏懒的。问别人呢，谁也不肯真实地回答我。压岁钱还有几百文，买罢，又没有好机会。有书买的大街离我家远得很，我一年中只能在正月间去玩一趟，那时候，两家书店都紧紧地关着门。

玩的时候倒是没有什么的，但一坐下，我就记得绘图的《山海经》。

大概是太过于念念不忘了，连阿长也来问《山海经》是怎么一回事。这是我向来没有和她说过的，我知道她并非学者，说了也无益；但既然来问，也就都对她说了。

过了十多天，或者一个月罢，我还很记得，是她告假回家以后的四五天，她穿着新的蓝布衫回来了，一见面，就将一包书递给我，高兴地说道：

　　"哥儿，有画儿的'三哼经'，我给你买来了！"

　　我似乎遇着了一个霹雳，全体都震悚起来；赶紧去接过来，打开纸包，是四本小小的书，略略一翻，人面的兽，九头的蛇，……果然都在内。

　　这又使我发生新的敬意了，别人不肯做，或不能做的事，她却能够做成功。她确有伟大的神力。谋害隐鼠的怨恨，从此完全消灭了。

　　这四本书，乃是我最初得到，最为心爱的宝书。

　　书的模样，到现在还在眼前。可是从还在眼前的模样来说，却是一部刻印都十分粗拙的本子。纸张很黄；图像也很坏，甚至于几乎全用直线凑合，连动物的眼睛也都是长方形的。但那是我最为心爱的宝书，看起来，确是人面的兽；九头的蛇；一脚的牛；袋子似的帝江；没有头而"以乳为目，以脐为口"，还要"执干戚而舞"的刑天。

　　此后我就更其搜集绘图的书，于是有了石印的《尔雅音图》和《毛诗品物图考》，又有了《点石斋丛画》和《诗画舫》。《山海经》也另买了一部石印的，每卷都有图赞，绿色的画，字是红的，比那木刻的精致得多了。这一部直到前年还在，是缩印的郝懿行疏。木刻的却已经记不清是什么时候失掉了。

　　我的保姆，长妈妈即阿长，辞了这人世，大概也有了三十年了罢。我终于不知道她的姓名，她的经历；仅知道有一个过继的儿子，她大约是青年守寡的孤孀。

　　仁厚黑暗的地母呵，愿在你怀里永安她的魂灵！

三月十日。

范爱农

○鲁迅

在东京的客店里，我们大抵一起来就看报。学生所看的多是《朝日新闻》和《读卖新闻》，专爱打听社会上琐事的就看《二六新闻》。一天早晨，辟头就看见一条从中国来的电报，大概是：

"安徽巡抚恩铭被Jo Shiki Rin刺杀，刺客就擒。"

大家一怔之后，便容光焕发地互相告语，并且研究这刺客是谁，汉字是怎样三个字。但只要是绍兴人，又不专看教科书的，却早已明白了。这是徐锡麟，他留学回国之后，在做安徽候补道，办着巡警事务，正合于刺杀巡抚的地位。

大家接着就预测他将被极刑，家族将被连累。不久，秋瑾姑娘在绍兴被杀的消息也传来了，徐锡麟是被挖了心，给恩铭的亲兵炒食净尽。人心很愤怒。有几个人便秘密地开一个会，筹集川资；这时用得着日本浪人了，撕乌贼鱼下酒，慷慨一通之后，他便登程去接徐伯荪的家属去。

照例还有一个同乡会，吊烈士，骂满洲；此后便有人主张打电报到北京，痛斥满政府的无人道。会众即刻分成两派：一派要发电，一派不要发。我是主张发电的，但当我说出之后，即有一种钝滞的声音跟着起来：

"杀的杀掉了，死的死掉了，还发什么屁电报呢。"

这是一个高大身材，长头发，眼球白多黑少的人，看人总像在渺视。他蹲在席子上，我发言大抵就反对；我早觉得奇怪，注意着他的了，到这时才打听别人：说这话的是谁呢，有那么冷？认识的人告诉我说：他叫范爱农，是徐伯荪的学生。

我非常愤怒了，觉得他简直不是人，自己的先生被杀了，连打一个电报还害怕，于是便坚执地主张要发电，同他争起来。结果是主张发电的居多数，他屈服了。其次要推出人来拟电稿。

"何必推举呢？自然是主张发电的人啰"他说。

我觉得他的话又在针对我，无理倒也并非无理的。但我便主张这一篇悲壮的文章必须深知烈士生平的人做，因为他比别人关系更密切，心里更悲愤，做出来就一定更动人。于是又争起来。结果是他不做，我也不做，不知谁承认做去了；其次是大家走散，只留下一个拟稿的和一两个干事，等候做好之后去拍发。

从此我总觉得这范爱农离奇，而且很可恶。天下可恶的人，当初以为是满人，这时才知道还在其次；第一倒是范爱农。中国不革命则已，要革命，首先就必须将范爱农除去。

然而这意见后来似乎逐渐淡薄，到底忘却了，我们从此也没有再见面。直到革命的前一年，我在故乡做教员，大概是春末时候罢，忽然在熟人的客座上看见了一个人，互相熟视了不过两三秒钟，我们便同时说：

"哦哦，你是范爱农！"

"哦哦，你是鲁迅！"

不知怎地我们便都笑了起来，是互相的嘲笑和悲哀。他眼睛还是那样，然而奇怪，只这几年，头上却有了白发了，但也许本来就有，我先前没有留心到。他穿着很旧的布马褂，破布鞋，显得很寒素。谈起自己的经历来，他说他后来没有了学费，不能再留学，便回来了。回到故乡之后，又受着轻蔑，排斥，迫害，几乎无地可容。现在是躲在乡下，教着几个小学生糊口。但因为有时觉得很气闷，所以也趁了航船进城来。

他又告诉我现在爱喝酒，于是我们便喝酒。从此他每一进城，必定来访我，非常相熟了。我们醉后常谈些愚不可及的疯话，连母亲偶然听到了也发笑。一天我忽而记起在东京开同乡会时的旧事，便问他：

"那一天你专门反对我，而且故意似的，究竟是什么缘故呢？"

"你还不知道？我一向就讨厌你的，——不但我，我们。"

"你那时之前，早知道我是谁么？"

"怎么不知道。我们到横滨，来接的不就是子英和你么？你看不起我们，摇摇头，你自己还记得么？"

我略略一想，记得的，虽然是七八年前的事。那时是子英来约我的，说到横滨去接新来留学的同乡。汽船一到，看见一大堆，大概一共有十多人，一上岸便将行李放到税关上去候查检，关吏在衣箱中翻来翻去，忽然翻出一双绣花的弓鞋来，便放下公事，拿着子细地看。我很不满，心里想，这些鸟男人，怎么带这东西来呢。自己不注意，那时也许就摇了摇头。检验完毕，在客店小坐之后，即须上火车。不料这一群读书人又在客车上让起坐位来了，甲要乙坐在这位上，乙要丙去坐，揖让未终，火车已开，车身一摇，即刻跌倒了三四个。我那时也很不满，暗地里想：连火车上的坐位，他们也要分出尊卑来……。自己不注意，也许又摇了摇头。然而那群雍容揖让的人物中就有范爱农，却直到这一天才想到。岂但他呢，说起来也惭愧，这一群里，还有后来在安徽战死的陈伯平烈士，被害的马宗汉烈士；被囚在黑狱里，到革命后才见天日而身上永带着匪刑的伤痕的也还有一两人。而我都茫无所知。摇着头将他们一并运上东京了。徐伯荪虽然和他们同船来，却不在这车上，因为他在神户就和他的夫人坐车走了陆路了。

我想我那时摇头大约有两回，他们看见的不知道是那一回。让坐时喧闹，检查时幽静，一定是在税关上的那一回了，试问爱农，果然是的。

"我真不懂你们带这东西做什么？是谁的？"

"还不是我们师母的？"他瞪着他多白的眼。

"到东京就要假装大脚，又何必带这东西呢？"

"谁知道呢？你问她去。"

到冬初，我们的景况更拮据了，然而还喝酒，讲笑话。忽然是武昌起义，接着是绍兴光复。第二天爱农就上城来，戴着农夫常用的毡帽，那笑容是从来没有见过的。

"老迅，我们今天不喝酒了。我要去看看光复的绍兴。我们同去。"

我们便到街上去走了一通，满眼是白旗。然而貌虽如此，内骨子是依旧的，因为还是几个旧乡绅所组织的军政府，什么铁路股东是行政司长，钱店掌柜是军械司长……。这军政府也到底不长久，几个少年一嚷，王金发带兵从杭州进来了，但即使不嚷或者也会来。他进来以后，也就被许多闲汉和新进的革命党所包围，大做王都督。在衙门里的人物，穿布衣来的，不上十天也大概换上皮袍子了，天气还并不冷。

我被摆在师范学校校长的饭碗旁边，王都督给了我校款二百元。爱农做监学，还是那件布袍子，但不大喝酒了，也很少有工夫谈闲天。他办事，兼教书，实在勤快得可以。

"情形还是不行，王金发他们。"一个去年听过我的讲义的少年来访问我，慷慨地说，"我们要办一种报来监督他们。不过发起人要借用先生的名字。还有一个是子英先生，一个是德清先生。为社会，我们知道你决不推却的。"

我答应他了。两天后便看见出报的传单，发起人诚然是三个。五天后便见报，开首便骂军政府和那里面的人员；此后是骂都督，都督的亲戚，同乡，姨太太……。

这样地骂了十多天，就有一种消息传到我的家里来，说都督因为你们诈取了他的钱，还骂他，要派人用手枪来打死你们了。

别人倒还不打紧，第一个着急的是我的母亲，叮嘱我不要再出去。但我还是照常走，并且说明，王金发是不来打死我们的，他虽然绿林大学出身，而杀人却不很轻易。况且我拿的是校款，这一点他还能明白的，不过说说罢了。

果然没有来杀。写信去要经费，又取了二百元。但仿佛有些怒意，同时传令道：再来要，没有了！

不过爱农得到了一种新消息，却使我很为难。原来所谓"诈取"者，并非指学校经费而言，是指另有送给报馆的一笔款。报纸上骂了几天之后，王金发便叫人送去了五百元。于是乎我们的少年们便开起会议来，第一个问题是：收不收？决议曰：收。第二个问题是：收了之后骂不骂？决议曰：骂。理由是：收钱之后，他是股东；股东不好，自然要骂。

我即刻到报馆去问这事的真假。都是真的。略说了几句不该收他钱的话，一个名为会计的便不高兴了，质问我道：

"报馆为什么不收股本？"

"这不是股本……。"

"不是股本是什么？"

我就不再说下去了，这一点世故是早已知道的，倘我再说出连累我们的话来，他就会面斥我太爱惜不值钱的生命，不肯为社会牺牲，或者明天在报上就可以看见我怎样怕死发抖的记载。

然而事情很凑巧，季茀写信来催我往南京了。爱农也很赞成，但颇凄凉，说：

"这里又是那样，住不得。你快去罢……。"

我懂得他无声的话，决计往南京。先到都督府去辞职，自然照准，派来了一个拖鼻涕的接收员，我交出账目和余款一角又两铜元，不是校长了。后任是孔教会会长傅力臣。

报馆案是我到南京后两三个星期了结的，被一群兵们捣毁。子英在乡下，没有事；德清适值在城里，大腿上被刺了一尖刀。他大怒了。自然，这是很有些痛的，怪他不得。他大怒之后，脱下衣服，照了一张照片，以显示一寸来宽的刀伤，并且做一篇文章叙述情形，向各处分送，宣传军政府的横暴。我想，这种照片现在是大约未必还有人收藏着了，尺寸太小，刀伤缩小到几乎等于无，如果不加说明，看见的人一定以为是带些疯气的风流人物的裸体照片，倘遇见孙传芳大帅，还怕要被禁止的。

我从南京移到北京的时候，爱农的学监也被孔教会会长的校长设法去掉了。他又成了革命前的爱农。我想为他在北京寻一点小事做，这是他非常希望的，然而没有机会。他后来便到一个熟人的家里去寄食，也时时给我信，景况愈困穷，言辞也愈凄苦。终于又非走出这熟人的家不可，便在各处飘浮。不久，忽然从同乡那里得到一个消息，说他已经掉在水里，淹死了。

我疑心他是自杀。因为他是浮水的好手，不容易淹死的。

夜间独坐在会馆里，十分悲凉，又疑心这消息并不确，但无端又觉得这是极其可靠的，虽然并无证据。一点法子都没有，只做了四首诗，后来曾在一种日报上发表，现在是将要忘记完了。只记得一首里的六句，起首四句是："把酒论天下，先生小酒人，大圜犹酩酊，微醉合沉沦。"中间忘掉两句，末了是"旧朋云散尽，余亦等轻尘。"

后来我回故乡去，才知道一些较为详细的事。爱农先是什么事也没得做，因为大家讨厌他。他很困难，但还喝酒，是朋友请他的。

他已经很少和人们来往，常见的只剩下几个后来认识的较为年青的人了，然而他们似乎也不愿意多听他的牢骚，以为不如讲笑话有趣。

"也许明天就收到一个电报，拆开来一看，是鲁迅来叫我的。"他时常这样说。

一天，几个新的朋友约他坐船去看戏，回来已过夜半，又是大风雨，他醉着，却偏要到船舷上去小解。大家劝阻他，也不听，自己说是不会掉下去的。但他掉下去了，虽然能浮水，却从此不起来。

第二天打捞尸体，是在菱荡里找到的，直立着。

我至今不明白他究竟是失足还是自杀。

他死后一无所有，遗下一个幼女和他的夫人。有几个人想集一点钱作他女孩将来的学费的基金，因为一经提议，即有族人来争这笔款的保管权，——其实还没有这笔款，——大家觉得无聊，便无形消散了。

现在不知他唯一的女儿景况如何？倘在上学，中学已该毕业了罢。

十一月十八日。

鲁·迅·杂·文·导·读

鲁迅杂文是一种特别的文体，也是一种特别的话语方式。鲁迅杂文，以其深刻的思想性、强大的逻辑性、本土的现代性以及独特的艺术性，成为现代文学的宝藏和经典。鲁迅杂文最能充分而丰富地展现鲁迅作为思想家的深度，文学家的独特和革命家的品格。就文学史而言，从《新青年》"随感录"到1920年代的"语丝体"，到1930年代的"鲁迅风"大潮，再到1940年代国统区散文乃至当代文学；从瞿秋白、徐懋庸、王任叔到唐弢、聂绀弩、廖沫沙、孙犁等一大批作家，都可以看到鲁迅的血脉和遗风。鲁迅杂文不仅是一种文体，更是一种文学精神。

一、杂文之名：尚力美学

"杂文"几乎可说是鲁迅创造和发展起来的文体。鲁迅的杂文写作源于《新青年》四卷四号（1918年4月）上新置的"随感录"栏目，他在《新青年》五卷三号（1918年9月）首次发表"随感录二十五"，随后便一发而不可收，连续在"随感录"上发表了27篇精粹凝练的短文。他以这27篇短文为主，编辑出版了第一部杂文集《热风》。自此，鲁迅便一直承续着这种文体风格，直至生命的终结。由此，现代杂文由鲁迅持续推进，并赋予其丰厚的思想内涵和独特的艺术特质，发展成为中国现代文学一种独立文体。它全面深刻地反映了现代社会的时代风貌，成为现代中国社会的一面镜子，批判现代社会种种陋习和痼疾，揭示了中华民族文化心态和个人生存和生命状态，在思想深度和艺术创新两方面都达到了难以企及的高度。

在我看来，鲁迅的小说、散文、学术都有可能被后人超越，杂文则在短时间内却难以被超越，甚至可能成为当代中国的冷门绝学。新月派的叶公超就认为，"鲁迅最成功的还是他杂感文"，"在杂感文里，他的讽刺可以不受形式的拘束，所以尽可以自由地变化，夹杂着别的成分，同时也可以充分地利用他那锋锐的文字。他的情感的真挚，性情的倔强，智识的广博都在他的杂感中表现的最明显"。"在这些杂感里，我们一面能看出他的心境的苦闷与空虚，一面却不能不感觉他的正面的热情。他的思想里时而闪烁着伟大的希望，时而凝固着韧性的反抗狂，在梦与怒之间是他文字最美满的境界"[1]。说这样的话，如果是瞿秋白或冯雪峰，一点不会让人惊奇，由新月派的人说出来，则让人感佩鲁迅杂文的影响力了。

鲁迅写杂文也面临不少质疑。他曾说："也有人劝我不要做这样的短评。那好意，我是很感激的，而且也并非不知道创作之可贵。然而要做这样的东西的时候，恐怕也还要做这样的东西，我以为如果艺术之宫里有这么麻烦的禁令，倒不如不进去；还是站在沙漠上，看看飞沙走石，乐则大笑，悲则大叫，愤则大骂，即使被沙砾打得遍身粗糙，头破血流，而时时抚摩自己的凝血，觉得若有花纹，也未必不及跟着中国的文士们去陪莎士比亚吃黄油面包之有趣。"[2]"站在沙漠上，看看飞沙走石，乐则大笑，悲则大叫，愤则大骂"，这实际上是鲁迅杂文的批判精神和尚力美学特点。

鲁迅曾说："写什么是一个问题，怎么写又是一个问题。"[3]《野草》在"怎么写"上进行了大胆探索，成为现代最难懂的现代散文经典。从小说、散文到杂文的转变，也是鲁迅文学思想的变化。关于"写什么"，鲁迅就特别强调杂文与"大时代"的关系。鲁迅曾提出"大时代"的判断，他说："在我自己，觉得中国现在是一个进向大时代的时代。但这所谓大，并不一定指可以由此得生，而也可以由此得死"，"不是死，就是生。这才是大时代"[4]。正是对时代

---

[1] 叶公超：《鲁迅》，陈子善编《叶公超批评文集》，珠海出版社，1998年，第103页。

[2] 鲁迅：《〈华盖集〉题记》，《鲁迅全集》第3卷，人民文学出版社，2005年，第4页。

[3] 鲁迅：《怎么写——夜记之一》，《鲁迅全集》第4卷，人民文学出版社，2005年，第18页。

[4] 鲁迅：《〈尘影〉题辞》，《鲁迅全集》第3卷，人民文学出版社，2005年，第571页。

与文学的双重自觉和认识，才造就了鲁迅的杂文自觉。那么，大时代的杂文是什么呢？鲁迅认为："现在是多么切迫的时候，作者的任务，是在对于有害的事物，立刻给以反响或抗争，是感应的神经，是攻守的手足。潜心于他的鸿篇巨制，为未来的文化设想，固然是好的，但为现在抗争，却也正是为现在和未来的战斗的作者，因为失掉了现在，也就没有了未来。"[1] 杂文是一种真实、严肃、战斗、有力的文体，它与激烈、残酷、行动的大时代具有同构关系，并为"五四"新文学树立了新的文学标准与美学风范，也就是将文学与社会时代深刻结合在一起，追求文学作为"尖锐的"政论性和"独特的诗的传统"的完美统一，创造中国民族文学和世界文学的"奇花"[2]。所以，杂文以"杂"代替了"纯"，用"真实"反叛"虚伪"，用力量抵抗"雅趣"，并对"五四"新文学倡导的"纯文学"和"美文"进行了第二次文体革命。

这是新的美学和文学样式的标志。还在《热风》时期，鲁迅就提出了"有情的讽刺"，批评"无情的冷嘲"[3]。他特别强调讽刺的艺术问题，认为讽刺应具备"有庄有谐""轻妙深刻"[4] 的美学和"精炼""夸张"[5] 等要素。到了晚年，他更强调"真实""有情""严肃""有骨力"的杂文美学，认为："在风沙扑面，狼虎成群的时

[1] 鲁迅：《〈且介亭杂文〉序言》，《鲁迅全集》第6卷，人民文学出版社，2005年，第3页。

[2] 冯雪峰：《鲁迅论》，《冯雪峰全集》第3卷，人民文学出版社，2016年，第322页。

[3] 鲁迅：《〈热风〉题记》，《鲁迅全集》第1卷，人民文学出版社，2005年，第308页。

[4] 鲁迅：《〈沉默之塔〉译者附记》，《鲁迅全集》第10卷，人民文学出版社，2005年，第248页。

[5] 鲁迅：《什么是"讽刺"？——答文学社问》，《鲁迅全集》第6卷，人民文学出版社，2005年，第341页。

候，谁还有这许多闲工夫，来赏玩琥珀扇坠，翡翠戒指呢。他们即使要悦目，所要的也是耸立于风沙中的大建筑，要坚固而伟大，不必怎样精；即使要满意，所要的也是匕首和投枪，要锋利而切实，用不着什么雅。"[1] 而且，"讲小道理，或没道理，而又不是长篇的，才可谓之小品。至于有骨力的文章，恐不如谓之'短文'，短当然不及长，寥寥几句，也说不尽森罗万象，然而它并不'小'"[2]。这就是说，"大时代"的杂文美学，选题小，开掘深，小切口，大力量，它以真实和热情之力表达对社会时代的敏锐关切和独特思考，并上升到一种宏大视野和力量美学。它不仅仅关注社会生活的美与丑，更关注社会和个人的生死存亡。如同鲁迅所说，"生存的小品文，必须是匕首，是投枪，能和读者一同杀出一条生存的血路的东西"[3]。杂文和一般意义上小品文，不仅仅是创作趣味差异，而且还存在美学精神的分野。

杂文的出现，也牵涉到文学形式如何与时代对话的问题。《狂人日记》以一种"新奇可怪"的"异样的风格"[4]，开创了现代白话短篇小说的先河。《野草》则以其晦涩、紧张、充满张力的形式，书写了现代人复杂矛盾的内心世界。杂文固然在形式上与小说、散文诗相差甚远，但其内在精神完全是一致的。可以说，鲁迅杂文以其"诗史"的雄心、"有情"的姿态、洞察并执滞于世事的"杂"与

---

[1] 鲁迅：《小品文的危机》，《鲁迅全集》第4卷，人民文学出版社，2005年，第591页。

[2] 鲁迅：《杂谈小品文》，《鲁迅全集》第6卷，人民文学出版社，2005年，第431页。

[3] 鲁迅：《小品文的危机》，《鲁迅全集》第4卷，人民文学出版社，2005年，第592-593页。

[4] 沈雁冰：《读〈呐喊〉》，《茅盾全集》第18卷，人民文学出版社，1989年，第394-395页。

"真"，并以"锋利而切实"的"骨力"，为"我们活在这样的地方，我们活在这样的时代"[1]作证。鲁迅杂文也充分证明，在这样的时代，生存着这样的人，创造出如此丰富独特的文体。由此，鲁迅杂文也重新定义现代社会，出现了杂文中的现代中国。

鲁迅杂文大致可以1927年为界，分前后两个时期。前期又可分成两个阶段，一是"随感录"阶段，即1918至1922年，二是与"现代评论派"论战阶段，即1925至1926年。前期杂文写作以新文化运动为背景，写作自由度较大，理论思考较深。1927年，鲁迅来到革命的策源地广州，现实政治成了他面对的问题。1928年开始的革命文学论争将他拉入时代的漩涡之中，在文学与政治的对抗中，出现了审美与功利的对立。1930年代，社会政治气氛日趋严重，在与社会政治的对抗中，鲁迅后期杂文积极介入社会现实，发挥其想象力与创造力，其表现的深度和广度都达到了新的高度，并进行各种文本和文体实验，探索艺术的多种可能性。如果说杂文写作是鲁迅的文学自觉，不如说是鲁迅的文学自由。他找到了适合自己的文体，并包容了小说、散文、诗歌、音乐、美术、戏剧、日记、书信、广告等多种样式，所以，杂文是鲁迅思想与创作的集大成者。他为什么不再写长篇小说，冯雪峰说是他的"岗位"意识，"对于现代中国社会，他以为社会批评的工作比长篇巨制的作品更急需"[2]。杂文最能让鲁迅坚守战士岗位，发挥战斗作用，鲁迅的小说、散文、序跋、书信、日记等也有杂文笔法，他甚至将小说也看作是披着小说外衣的杂文，认为是"小说模样的文章"，"到今日还能蒙着小说的

---

[1] 鲁迅：《〈且介亭杂文〉附记》，《鲁迅全集》第6卷，人民文学出版社，2005年，第221页。

[2] 冯雪峰：《鲁迅先生计划而未完成的著作》，《冯雪峰全集》第3卷，人民文学出版社，2016年，第325页。

名"[1]。他直言不讳地说："就是我的小说，也是论文；我不过采用了短篇小说的体裁罢了。"[2] 他坚信："没有冲破一切传统思想和手法的闯将，中国是不会有真的新文艺的"[3]，"没有拿来的，人不能自成为新人，没有拿来的，文艺不能自成为新文艺"[4]。无论是冲破传统，还是主动拿来，鲁迅杂文代表着现代中国新文艺，标志着现代尚力美学的隆盛。

[1] 鲁迅：《〈呐喊〉自序》，《鲁迅全集》第1卷，人民文学出版社，2005年，第441-442页。

[2] 冯雪峰：《鲁迅先生计划而未完成的著作》，《冯雪峰全集》第3卷，人民文学出版社，2016年，第325页。

[3] 鲁迅：《论睁了眼看》，《鲁迅全集》第1卷，人民文学出版社，2005年，第255页。

[4] 鲁迅：《拿来主义》，《鲁迅全集》第6卷，人民文学出版社，2005年，第41页。

二、思想内容：批判精神

鲁迅是一位伟大的思想家，杂文就是鲁迅重要的思想方式，所以，鲁迅杂文是中国现代社会史、思想史和文化史的宝库，它本身就是一部现代中国思想文化史和斗争史。《坟》是20世纪初关于中国之路的思考；《热风》主要是新文化营垒批判旧传统、旧礼教，反对封建复古派；《华盖集》和《华盖集续编》记录了新文化战线的分化；《而已集》《三闲集》主要是鲁迅关于"革命文学"的论争及其思想轨迹；《伪自由书》《准风月谈》批判了国民党法西斯专制政权，还有对1930年代半殖民地上海社会的透视和批判；《且介亭杂文》《且介亭杂文二集》对传统思想文化和学术，以及儒道各家重新审视与清理；《且介亭杂文末编》及《附集》是对国民党政府的法西斯专政的抗议，对左翼文学"左"倾路线的反思。鲁迅杂文是"匕首"，是"投枪"，寸铁杀人，一刀见血，也是思想的淬火，是文化斗争的武器，内容广博，寓意深刻。

1. 社会批判

这是一个老话题，鲁迅杂文的首要特点是它的批判性。我想，如果杂文没有批判性，鲁迅也不会集中精力去写这劳什子，他也不写小说，会去研究古籍，即使写也不会坚持这么长久。当然，今天遗憾的就不是鲁迅，而是我们了，也就领受不到新文学的深刻和精彩。鲁迅以敏锐的洞察力，直面现实，撕去社会种种假面。如《现代史》写社会的"变戏法"表演，"从我有记忆起，直到现在，凡我所曾经到过的地方，在空地上，常常看见有'变把戏'的，也叫作'变戏法'的"。无论是装着"严肃"还是"悲哀"的神情，目的都是为了"要钱",最后"看客们也就呆头呆脑的走散"。"这空地上,暂时是沉寂了。过了些时,就又来这一套。俗语说,'戏法人人会变,各有巧妙不同。'其实是许多年间,总是这一套,也总有人看,总有人Huazaa,不过其间必须经过沉寂的几日"。鲁迅以速写方式描写一幅街头小景,到文章结尾才点题。"到这里我才记得写错了题目,这真是成了'不死不活'的东西。"这与标题"现代史"相照应,现代中国社会就如变戏法,"戏法人人会变,各有巧妙不同",目的还都是"要钱"。鲁迅看透了现代史的变戏法。

批判社会黑暗、罪恶及种种丑陋现象是鲁迅杂文的根基。1920年代中期,鲁迅连续遭遇"女师大事件""五卅运动"和"三一八"惨案等社会事件,他写作了《导师》《"碰壁"之后》《并非闲话》《忽然想到》《我还不能"带住"》《无花的蔷薇之二》《记念刘和珍君》等系列杂文,对北洋军阀政府及为其辩护的文人进行了无情批判。鲁迅毫不掩饰自己的愤怒,严正斥责段祺瑞政府"当局者的凶残",揭露那些为政府当局辩护的文人即"流言者的卑劣"。他认为3月18日"是民国以来最黑暗的一天",痛斥统治者"如此残虐险狠的行为,不但在禽兽中所未曾见,便是在人类中也极少有",赞颂刘和珍等中国女性临难不惧的勇敢和无畏,称她们是"真的猛士,敢于直面惨淡的人生,敢于正视淋漓的鲜血",并坚信勇士的牺牲一定会带来巨大的鼓舞,"苟活者在淡红的血色中,会依稀看见微茫的希望;真的猛士,将更奋然而前行"。面对黑暗、专制的军阀政府,鲁迅提出战壕战,要有不妥协的韧性战斗精神。在围绕"女师大事件"进行激烈斗争时,有学者、文人呼吁双方"带住",提出"费厄泼赖"的宽容,反对打"落水狗",鲁迅明确表态不能"带住",要坚持到底。《论"费厄泼赖"应该缓行》总结了历史上特别是辛亥革命的经验教训,提出"痛打落水狗"的斗争原则。正如鲁迅在《写在

〈坟〉后面》所说，这些杂文"虽然不是我的血所写，却是见了我的同辈和比我年幼的青年们的血而写的"[1]。杂文带着血迹，其战斗性尤见一斑。

屠杀和关押是一个政府最黑暗无能的表现。1930年代，批判国民党政府的大屠杀阴谋，也显示了是鲁迅杂文的力量。1931年2月，柔石、殷夫等五位左翼作家被秘密杀害，鲁迅怀着愤怒和沉痛的心情写下了一组文章，声讨国民党反动派扼杀左翼文学，屠杀左翼革命作家的残暴罪行。《中国无产阶级革命文学和前驱的血》全面揭露反动当局种种卑劣的手段："一面禁止书报，封闭书店，颁布恶出版法，通缉著作家，一面用最末的手段，将左翼作家逮捕，拘禁，秘密处以死刑，至今并未宣布。"这确"证明他们是在灭亡中的黑暗的动物"[2]。鲁迅还写了《黑暗中国的文艺界的现状》，通过美国友人史沫特莱送到国外刊物发表，向世界揭露这一暴行的真相。后来，鲁迅又写了《为了忘却的记念》，再次谴责了刽子手的血腥罪行。

对帝国主义的侵略、国民党政府的消极抵抗。在为林克多《苏联闻见录》所作序中，鲁迅揭露帝国主义侵略中国的事实："我看见确凿的事实：他们是在吸中国的膏血，夺中国的土地，杀中国的人民。他们是大骗子。"[3] 1934年，《国际文学》社请一些知名人士谈谈对苏联和资本主义国家文化等问题的看法，鲁迅在《答国际文学社问》中公开宣布："我在中国，看不见资本主义各国之所谓'文化'；我单知道他们和他们的奴才们，在中国正在用力学和化学的方

---

[1] 鲁迅：《写在〈坟〉后面》，《鲁迅全集》第1卷，人民文学出版社，2005年，第299页。

[2] 鲁迅：《中国无产阶级革命文学和前驱的血》，《鲁迅全集》第4卷，人民文学出版社，2005年，第289页。

[3] 鲁迅：《林克多〈苏联闻见录〉序》，《鲁迅全集》第4卷，人民文学出版社，2005年，第437页。

法，还有电气机械，以拷问革命者，并且用飞机和炸弹以屠杀革命群众。"[1] "九一八"事变发生以后，国民党政府视"国联"为"友邦"，多次请求"国联"出面调停，要求爱国学生不再请愿，以防"友邦"惊诧，声称否则便会"国将不国"。鲁迅在《"友邦惊诧"论》指出，所谓"友邦"，其实是日本侵略者的同伙，是出卖祖国利益的国民党反动派的"友邦"；所谓"党国"，其实是拜倒在日本侵略者脚下的卖国政府。蒋介石为了掩饰"不抵抗主义"的真相，恬不知耻地大谈什么"诱敌深入"之类的"战略关系"。鲁迅在《战略关系》中指出，这种"战略关系"实质上是未战先退兵，不打便停战；至于"友邦"调停，不过是指使日本侵略者变换"深入"的地点，以便"有赃大家分"。"九一八"事变以后，蒋介石先提出"攘外必先安内"的口号，后又提出"抗日必先剿匪……安内始能攘外"；一些政客、文人便在"攘外"与"安内"关系上大做文章。鲁迅在《文章与题目》一文中指出，种种粉饰文章已经做绝，现在只剩下了"安内而不必攘外"，"不如迎外以安内"，"外就是内，本无可攘"三种做法了。在中国历史上早就有民族败类做过，他们"宁赠友邦，不给家奴"，这也是蒋介石政府提出"安内""攘外"的用意之所在。

对租界文化的批判。鲁迅在香港作演讲，就曾想象到上海的殖民情境："倘照这样下去，中国的前途怎样呢？别的地方我不知道，只好用上海来类推。上海是：最有权势的是一群外国人，接近他们的是一圈中国的商人和所谓读书的人，圈子外面是许多中国的苦人，就是下等奴才。将来呢，倘使还要唱着老调子，那么，上海的情状

[1] 鲁迅：《答国际文学社问》，《鲁迅全集》第6卷，人民文学出版社，2005年，第20页。

会扩大到全国，苦人会多起来。"[1] 上等华人是"推""踏"和"踢"，"爬"和"撞"就成了被殖民者的心理表现。

1933年，鲁迅写作杂文《推》。文章从两三个月前，报上登载的一条新闻说起，有一个卖报的孩子，踏上电车的踏脚去取报钱，误拽住了一个下来的客人的衣角，那人大怒，用力一推，孩子跌入车下，电车又刚刚走动，一时停不住，孩子被碾死了。推倒孩子的人，早已不知所往。鲁迅由此推断，衣角会被拽住，可见穿的是长衫，即使不是"高等华人"，总该是属于上等的人。由此，鲁迅想到，我们在上海路上走，时常会遇见两种横冲直撞，对对面或前面的行人，决不稍让的人物。一种是不用两手，却只将直直的长脚，如入无人之境似的踏过来，倘不让开，他就会踏在你的肚子或肩膀上。这是洋大人，都是"高等"的，没有华人那样上下的区别。一种就是弯上他两条臂膊，手掌向外，像蝎子的两个钳一样，一路推过去，不管被推的人是跌在泥塘或火坑里。"上车，进门，买票，寄信，他推；出门，下车，避祸，逃难，他又推。推得女人孩子都跟跟跄跄，跌倒了，他就从活人上踏过，跌死了，他就从死尸上踏过，走出外面，用舌头舔舔自己的厚嘴唇，什么也不觉得。旧历端午，在一家戏场里，因为一句失火的谣言，就又是推，把十多个力量未足的少年踏死了。死尸摆在空地上，据说去看的又有万余人，人山人海，又是推。""推了的结果，是嘻开嘴巴，说道：'阿唷，好白相来希呀！'"这是一句上海话，就是好玩的意思。轻佻的语气与被倒的沉重形成鲜明对比。他说："住在上海，想不遇到推与踏，是不能的，而且这推与踏也还要廓大开去。要推倒一切下等华人中的幼弱者，

————————
　　[1] 鲁迅：《老调子已经唱完》，《鲁迅全集》第7卷，人民文学出版社，2005年，第324-325页。

要踏倒一切下等华人。这时就只剩了高等华人颂祝着——'阿唷，真好白相来希呀'。"鲁迅从生活中大量存在"推"的现象，揭示了半殖民地上海社会的不平等：下等华人，包括幼弱者，被任意推倒践踏，而洋人和高等华人却肆意妄为，还有一些高等华人还以"保全文化"名义而大加"颂祝"。

2. 文明批评

文明批评是新文化最有共识的战斗姿态，却以鲁迅最为丰富而深刻。鲁迅说："我早就很希望中国的青年站出来，对于中国的社会，文明，都毫无忌惮地加以批评，因此曾编印《莽原周刊》，作为发言之地。"[1]可以看出，鲁迅写杂文、办刊物，目的都在对社会、对文明进行批评。如扶乩之类的招式，"国粹家"的嘴脸，旧官僚的自豪，"软刀子"的权术，"寇盗式"与"奴才式"的破坏心理，"暴君的臣民"的残虐，"瞒和骗"的功夫，卫道士的假面，围观癖的冷漠，贪小便宜的自私和愚昧，"改革一两，反动十斤"的保守，宣传与做戏的虚无，"面子观"的虚伪，等等，在批评的解剖刀下都显出原形。如果说，社会批判在于深刻，文明批评就在丰富。社会批评事过境迁，易被人们所遗忘，文明批评虽历历在目，也常被后人所误解。读懂鲁迅杂文，一要设身处地，二要目光返照，三要从我做起。

对传统伦理的批判。他在《我之节烈观》里尖锐批判了封建"节烈"观念，提倡平等、民主的新道德。他指出，在封建制度下，男子可以"多妻"，却要求女子保持"节烈"，这是一种道德卑劣行为。一方面，节烈"很苦"："凡人都想活；烈是必死，不必说了。

---

[1] 鲁迅：《〈华盖集〉题记》，《鲁迅全集》3卷，人民文学出版社，2005年，第4页。

节妇还要活着。精神上的惨苦，也姑且弗论。单是生活一层，已是大宗的痛楚。"另一方面不节烈的妇女也很苦，因为她不为社会所包容。鲁迅对受害女子深表同情，对封建道德表示无比愤怒，希望"人类都受正当的幸福"。《我们现在怎样做父亲》是一篇说理性长文，主要批判封建孝道和父权观念，提倡"儿童本位"的现代平等、民主、进化思想。传统封建社会的父权主义者把孩子作为个人私产，对待孩子威风凛凛。鲁迅从生物进化、社会发展角度，认为西方家庭着眼将来，以幼者为本位，而中国的传统伦理正好相反，着眼过去，以长者为本位。理想的家庭应该以爱为基础，为下一代负责，对子女一要理解，二要指导，三要解放。他希望觉醒了的父母"各自解放了自己的孩子。自己背着因袭的重担，肩住了黑暗的闸门，放他们到宽阔光明的地方去；此后幸福的度日，合理的做人"。1923 年12月写作的《娜拉走后怎样》，也旗帜鲜明地批判了封建道德观念，同时对个性解放思想的物质基础有着更深入的理解。他认为，个人反抗式的出走并非是妇女解放的真正出路，娜拉走后就只有两条路：不是堕落，就是回来，因为要面对家庭外面更为可怕的社会。妇女如要真正获得解放，必须经过更"剧烈的战斗"，实现社会经济制度的改革。中国的封建统治根深蒂固，人们养成了反对改革的惰性，在中国"即使搬动一张桌子，改装一个火炉，几乎也要血；而且即使有了血，也未必一定能搬动，能改装"。所以，鲁迅清醒地看到改革的艰巨性，所以他希望人们要有"深沉的韧性的战斗"。鲁迅还深刻地认识到历史与现实的轮回，"试将记五代，南宋，明末的事情的，和现今的状况一比较，就当惊心动魄于何其相似之甚，仿佛时间的流驶，独与我们中国无关。现在的中华民国也还是五代，是宋末，是明季"[1]。这样的感受让人不寒而栗，中国历史总喜欢走回头路，给人以似曾相识之感。将时间压缩在空间里，自以为天下第一，史上第二。历史的经验摆在那里，照着做就行了，新东西总是陌生的。鲁迅意识到妇女解放与个性解放和社会解放密不可分，认识到思想变革与社会制度的内在关联，以及反封建思想中个人主义的局限性，这显示了鲁迅的睿智和深刻。它不来自智慧之思，而是现实之感。

对愚昧守旧思想的批判。中国封建社会是专制社会，专制不仅体现在制度，也体现在思想钳制，思不敢思，想不敢想，自我封闭，却助长了鬼神迷信、盲目崇拜和麻木不仁，扶乩、静坐、打拳风行一时，"社会上罩满了妖气"。鲁迅《随感录》对封建迷信进行了系列讥讽和批评。鲁迅认为，以义和团"这件事从前已经试过一次，在一千九百年。可惜那一回真是名誉的完全失败了"。在《随感录·三十三》中说："现在有一班好讲鬼话的人，最恨科学，因为科学能教道理明白，能教人思路清楚，不许鬼混。"于是，他们或用迷信来抵制科学，或以讲科学为名东拉西扯，弄得连科学也有了妖气。守旧势力为了愚弄民众，就极力诋毁科学，鼓吹"知识即罪恶"。所以，要救治"几至国亡种灭"的中国，"只有这鬼话的对头的科学"！在《智识即罪恶》一文里，鲁迅说："我"原来"满脸呆气"，后来进京学了不少知识，按照"知识即罪恶"的理论，"我"便有了罪恶，于是按规定被送进阴间一个叫"油豆滑跌小地狱"去滑跌。根据"我"已有的知识，可以设法摆脱这种困境，但是不行，因为一旦运用已有知识，便表明"我"坚持罪恶。于是只得任其滑跌，直

[1] 鲁迅：《忽然想到（四）》，《鲁迅全集》第3卷，人民文学出版社，2005年，第17页。

至跌昏了头，便获得了"自由"。这个近似荒诞的故事揭露了所谓"科学破产论"的本质就是说愚弄民众，让他们笨如猪羊，"满脸呆气，终生胡涂"，以便"保持现状"，而那些守旧的说客们也就永远一个个胖得如"大富豪"一般了。

鲁迅还批判文化传统的种种病态，如名利思想、无是非论、"中庸"之道、文人相轻、尊孔复古等，最集中的是对国民性的批判。国民性问题是鲁迅长期思索和关注的问题，也是鲁迅思想的中心主题，自然也是杂文的重要内容。《论睁了眼看》《论"他妈的!"》《春末闲谈》《灯下漫笔》等都是这方面的力作。鲁迅揭示了中国国民性弱点的种种现象和表征，如盲目自大，说"中国地大物博，开化最早：道德天下第一"；"外国物质文明虽高，中国精神文明更好"；"外国的东西，中国都已有过；某种科学，即某子所说的云云"；"外国也有叫化子""娼妓""臭虫"；"中国便是野蛮的好"[1]，等等。鲁迅一针见血地指出，这是一种"合群的爱国的自大"，反映出我们是"不长进的民族"[2]。又如瞒和骗，说"中国人向来因为不敢正视人生，只好瞒和骗"；"用瞒和骗，造出奇妙的逃路来，而自以为正路。在这路上，就证明着国民性的怯弱，懒惰，而又巧滑"[3]。还如自我满足，为"暂时做稳了奴隶"而兴奋。战乱、贫穷、饥饿，让民不聊生，统治者的残酷统治和愚民政策，老百姓暂时做稳了奴隶，就"皇恩浩荡"，"天下太平"。再如消极泄愤，"下等人"在等级森严的封建社会，喜欢用"他妈的"以示反抗，久而

<hr>

[1] 鲁迅：《随感录·三十八》，《鲁迅全集》第1卷，人民文学出版社，2005年，第328页。

[2] 鲁迅：《随感录·三十八》，《鲁迅全集》第1卷，人民文学出版社，2005年，第327页。

[3] 鲁迅：《论睁了眼看》，《鲁迅全集》第1卷，人民文学出版社，2005年，第254页。

久之，便成为"国骂"，以求自我满足。

鲁迅对中国人的奴隶意识有清醒认识。增田涉曾敏锐地把握了鲁迅这一心结，他说："我知道了鲁迅所说的'奴隶'、'奴隶'是包藏着中国本身从异民族的专制封建社会求解放在内的诅咒，同时又包藏着从半殖民地的强大外国势力压迫下求解放在内的、二重三重的诅咒。所谓主人与'奴隶'，不是对立的两个概念，这一现实是经常在他的生存中，经常在鼓动他的热情，缠住他的一切思考。这一点，我们必须切实知道。因而我们知道他对自己和自己民族的奴隶地位的自觉，就是跟他的'人'的自觉相联结的，同时也应知道正在这儿就有着决定他的生涯的根据。"[1] 他说："宋朝的读书人讲道学，讲理学，尊孔子，千篇一律。"这老调子一直唱到宋朝灭亡。按理说，宋朝的老调子该随着宋朝完结了吧，"不，元朝人起初虽然看不起中国人，后来却觉得我们的老调子，倒也新奇，渐渐生了羡慕，因此元人也跟着唱起我们的调子来了，一直到灭亡"，明朝也一样"接着唱下去"，"只向着那条过去的旧路走，一直到明亡"，清朝仍然接着唱下去，"还是八股，考试，做古文，看古书"，虽然"到后来，倒也略略有些觉悟，曾经想从外国学一点新法来补救，然而已经太迟，来不及了"，清朝因此也完结了。既然这老调子已唱垮了好几个朝代，为什么不把它抛弃？为什么还有人主张继续唱下去呢？这是因为对老调子没有清醒的认识。一些人不仅没有从"唱完了好几次"中接受教训，反以为中国的老调子好，不妨唱下去，"元朝的蒙古人，清朝的满洲人，不是都被我们同化了么？照此看来，则将来无论何国，中国都会这样地将他们同化的"，鲁迅把这种说法比喻

[1] [日]增田涉：《鲁迅的印象》，鲁迅博物馆、鲁迅研究室、《鲁迅研究月刊》选编《鲁迅回忆录（专著）》（下册），北京出版社，1999年，第1381-1382页。

为"如生着传染病的病人一般，自己生了病，还会将病传到别人身上去"一样的无知无耻。鲁迅认为中国文化之所以能够同化蒙古人和满洲人，"是因为他们的文化比我们的低得多"，所以会被同化，"倘使别人的文化和我们的相敌或更进步，那结果便要大不相同了"，"这时候，我们不但不能同化他们，反要被他们利用了我们的腐败文化，来治理我们这腐败民族。他们对于中国人，是毫不爱惜的，当然任凭你腐败下去"。因此，鲁迅严峻地告之国人，外国人常常赞美中国文化，正是使用"软刀子"策略。"中国的文化，都是侍奉主子的文化，是用很多的人的痛苦换来的。无论中国人，外国人，凡是称赞中国文化的，都只是以主子自居的一部份。"他们希望"保存旧文化，是要中国人永远做侍奉主子的材料，苦下来，苦下去"[1]。如果中国的老调子继续唱下去，其结果便是中华民族的灭亡。

鲁迅还分析国民愚弱的历史原因，"愚民的发生，是愚民政策的结果"。[2]奴性的怯懦与暴戾，都是暴政的结果，"暴君治下的臣民，大抵比暴君更暴；暴君的暴政，时常还不能餍足暴君治下的臣民的欲望"[3]。并且，他们"为了一点点犒赏，不但安于做奴才，而且还要做更广泛的奴才，还得出钱去买做奴才的权利"[4]。封建专制是奴性的温床，"专制者的反面就是奴才，有权时无所不为，失势时即奴性十足。孙皓是特等的暴君，但降晋之后，简直像一个帮闲；

---

[1] 鲁迅：《老调子已经唱完》，《鲁迅全集》第7卷，人民文学出版社，2005年，第323-326页。

[2] 鲁迅：《上海所感》，《鲁迅全集》第7卷，人民文学出版社，2005年，第433页。

[3] 鲁迅：《暴君的臣民》，《鲁迅全集》第1卷，人民文学出版社，2005年，第384页。

[4] 鲁迅：《我谈"堕民"》，《鲁迅全集》第5卷，人民文学出版社，2005年，第228页。

宋徽宗在位时，不可一世，而被掳后偏会含垢忍辱。做主子时以一切别人为奴才，则有了主子，一定以奴才自命：这是天经地义，无可动摇的"[1]。有权有势时霸气冲天，穷凶极恶，一旦失势就现出卑躬屈膝的可怜相。鲁迅认为这种主而奴，奴而主，主奴合一的人格，在"求己图"中得到充分体现。所谓"求己图"，就是当时通行的一种照相。先将自己照下两张，服饰态度各不同，然后合而为一，两个自己如主仆，一个自己傲然地坐着，一个自己卑劣可怜地向坐着的那一个自己跪着。这种"求己图"就是对奴性丑态最精确的刻画，显示出极为卑劣的心理："就是凡是人主，也容易变成奴隶，因为他一面既承认可做主人，一面就当然承认可做奴隶，所以威力一坠，就死心塌地，俯首帖耳于新主人之前了。"[2]针对"中国人好像一盘散沙，无法可想"之论，鲁迅认为，它冤枉了大部分中国人，认为"他们的像沙，是被统治者'治'成功的"[3]。是专制社会制造中国人的散沙状态，中国社会"一级一级的制驭着，不能动弹，也不想动弹了"，加上封建社会的思想专制，鼓吹"非礼勿视"，不但要"正视"，连"平视""斜视"也不行，于是人人"弯腰曲背，低眉顺眼"。封建思想如同细腰蜂的"麻醉术"，狡猾的细腰蜂屁股上有一根神奇的毒针，对准小青虫的运动神经球一螫，小青虫便半死不活。这既保持新鲜，又不会反抗，供其自己享用。"所谓中国的文明者，其实不过是安排给阔人享用的人肉的筵宴。所谓中国者，其实不过是安排这人肉的筵宴的厨房。"鲁迅希望人们，"扫荡这些

[1] 鲁迅：《谚语》，《鲁迅全集》第4卷，人民文学出版社，2005年，第557页。

[2] 鲁迅：《论照相之类》，《鲁迅全集》第1卷，人民文学出版社，2005年，第193-194页。

[3] 鲁迅：《沙》，《鲁迅全集》第4卷，人民文学出版社，2005年，第564页。

食人者，掀掉这筵席，毁坏这厨房"，"创造这中国历史上未曾有过的第三样时代"[1]。像《山海经》上记载的怪物"刑天"那样，即使"他没有了能想的头，却还活着"，"执干戚而舞"，也如陶潜所说，"刑天舞干戚，猛志固常在"。

　　鲁迅具有深远的洞察力和深刻的穿透力，能从司空见惯的社会生活现象中，洞悉社会历史文化的底色和未来，剖析其社会痼疾，撕破其人情世态。他的杂文，"尤其是用于使麒麟皮下露出马脚"，切中要害，一剑封喉，制敌死命。1920年代，在与"现代评论派"交锋中，他认为"现代评论派"是北洋军阀政府的辩护士，将他们自命为"青年导师"的假面"撕得鲜血淋漓"，批判他们"用了公理正义的美名，正人君子的徽号，温良敦厚的假脸，流言公论的武器，吞吐曲折的文字，行私利己，使无刀无笔的弱者不得喘息"[2]。1930年代，批判"民族主义文学"，他也一针见血揭出其真相，批判他们不过是"殖民地上的洋大人的宠儿"，在无产阶级勃兴时，同其主子一同作最后的挣扎，虽只是"上海滩上久已沉沉浮浮的流尸"，却可以尽到"侦探，巡捕，刽子手"不能尽的任务[3]。在与"论语派"论争中，鲁迅用"将屠户的凶残，使大家化为一笑，收场大吉"[4]，揭示"论语派"主张"幽默"和"闲适"的危害性和麻醉性。

　　[1] 鲁迅：《灯下漫笔》，《鲁迅全集》第1卷，人民文学出版社，2005年，第225-229页。

　　[2] 鲁迅：《我还不能"带住"》，《鲁迅全集》第3卷，人民文学出版社，2005年，第260页。

　　[3] 鲁迅：《"民族主义文学"的任务和运命》，《鲁迅全集》第4卷，人民文学出版社，2005年，第319-320页。

　　[4] 鲁迅：《"论语一年"——借此又谈萧伯纳》，《鲁迅全集》第4卷，人民文学出版社，2005年，第582页。

3. 杂文生活

如果说《野草》包涵了鲁迅的人生哲学，杂文就是鲁迅的行动哲学。他以杂文介入社会现实，直面惨淡的人生，记录生活，攻击时弊，抒写情感心理的荒凉和粗糙，拥有强烈的现实性和斗争性。同时，杂文也是鲁迅主体精神的外化，包含着鲁迅全部的精神、情感、思想和心理。李欧梵认为："在他笔下，外部的现实极少是'客观地'描写或评论出来的。相反，总是由一种植根于苦恼心理的高度'主观的'感受折射出来。鲁迅的杂文和他的散文诗相比，当然是较外向性的，但内在的主题却仍然时时出现。不管有多少外部的因素或公众的要求影响着鲁迅杂文的创作，它们基本上仍是主观的，是'个人随笔'的独特的一类。"[1] 所以，杂文彰显了鲁迅独特的精神意志。

鲁迅杂文写作源于《新青年》四卷四号（1918年4月）上的"随感录"栏目，该栏目意在针对社会时事发表直接评说，以弥补《新青年》作为思想文化理论刊物之不足。陈独秀首开风气，从（一）至（三），（十）至（十四），（十九）至（二十三），为首要撰稿人，之后便引发了鲁迅的杂文写作，自五卷三号始，至六卷五号、六卷六号，鲁迅成了该栏目的响应者和撰写者，并将这类短文称为"杂感"，既感应时代，又坚持思想革命。1925年，他说："我想，现在的办法，首先还得用那几年以前《新青年》上已经说过的'思想革命'。"[2] 1933年，再次重申：这"含着挣扎和战斗"的小品杂文，

---

[1] 李欧梵：《铁屋中的呐喊》，岳麓书社，1999年，第135页。

[2] 鲁迅：《通信》，《鲁迅全集》第3卷，人民文学出版社，2005年，第23页。

"原是萌芽于'文学革命'以至'思想革命'的"[1]。思想革命主要针对传统专制思想的革命，目标是杀开一条血路，获得新的生存。这样，鲁迅杂文既指向社会现实，也指向主体自身。

鲁迅杂文最突出的特点是其现实性和战斗性，也就是参与社会变革的自觉。文学战士就是鲁迅的主体精神，杂文写作就是鲁迅的文学行动[2]。鲁迅在晚年曾说："其实'杂文'也不是现在的新货色，是'古已有之'的，凡有文章，倘若分类，都有类可归，如果编年，那就只按作成的年月，不管文体，各种都夹在一处，于是成了'杂'。分类有益于揣摩文章，编年有利于明白时势，倘要知人论世，是非看编年的文集不可的……况且现在是多么切迫的时候，作者的任务，是在对于有害的事物，立刻给以反响或抗争，是感应的神经，是攻守的手足。"[3]杂文不在文集之杂，而是"感应的神经，是攻守的手足"，是主体对客体的精神和思想感应，是联结作者和社会行动的"手足"。鲁迅杂文给人写"小事情"印象，他"执滞"于"小事情"，直面现实，感叹生命消逝，不时有"无聊""孤独""荒凉""荒诞"之感。"与黑暗捣乱"[4]就成为他最为真实的别无选择的生存状态。他说："正如沾水小蜂，只在泥土上爬来爬去，万不敢比附洋楼中的通人，但也自有悲苦愤激，决非洋楼中的通人所能领

---

[1] 鲁迅：《小品文的危机》，《鲁迅全集》第4卷，人民文学出版社，2005年，第592页。

[2] 汪卫东：《鲁迅杂文：何种文学性?》，《文学评论》2012年第5期；张旭东：《杂文的"自觉"：鲁迅"过渡期"写作的现代性与语言政治》（上下），《文艺理论与批判》2009年第1、2期；周展安：《行动的文学：以鲁迅杂文为坐标重思中国现当代文学》，《文艺理论与批判》2020年第5期。

[3] 鲁迅：《〈且介亭杂文〉序言》，《鲁迅全集》第6卷，人民文学出版社，2005年，第3页。

[4] 鲁迅：《两地书》，《鲁迅全集》第11卷，人民文学出版社，2005年，第81页。

会。"[1]鲁迅深刻意识到自己的存在处境，就是活在这样的人间，又是一个常人，时时交着"华盖运"。"华盖运"即"四面碰壁"的倒霉命运。

鲁迅将自身的生存感受与社会批判合而为一，这也是他的"杂感"不同于他人之处。杂文成为鲁迅精神主体不可或缺的部分，于是，他说："我的生命，至少是一部分的生命，已经耗费在写这些无聊的东西中，而我所获得的，乃是我自己的灵魂的荒凉和粗糙。但是我并不惧惮这些，也不想遮盖这些，而且实在有些爱他们了，因为这是我转辗而生活于风沙中的瘢痕。"[2]鲁迅杂文与他的精神和生命同在，他《而已集》没有"题记"和"小引"，而是直接"题辞"说："这半年我又看见了许多血和许多泪，/然而我只有杂感而已。/泪揩了，血消了；/屠伯们逍遥复逍遥，用钢刀的，用软刀的。/然而我只有'杂感'而已。/连'杂感'也被'放进了应该去的地方'时，/我于是只有'而已'而已！"[3]他"自己也知道，在中国，我的笔要算较为尖刻的，说话有时也不留情面。但我又知道人们怎样地用了公理正义的美名，正人君子的徽号，温良敦厚的假脸，流言公论的武器，吞吐曲折的文字，行私利己，使无刀无笔的弱者不得喘息。倘使我没有这笔，也就是被欺侮到赴诉无门的一个；我觉悟了，所以要常用，尤其是用于使麒麟皮下露出马脚"[4]。他也知道

---

[1]鲁迅：《〈华盖集〉题记》，《鲁迅全集》第3卷，人民文学出版社，2005年，第3页。

[2]鲁迅：《〈华盖集〉题记》，《鲁迅全集》第3卷，人民文学出版社，2005年，第5页。

[3]鲁迅：《〈而已集〉题辞》，《鲁迅全集》第3卷，人民文学出版社，2005年，第425页。

[4]鲁迅：《我还不能"带住"》，《鲁迅全集》第3卷，人民文学出版社，2005年，第260页。

杂文，"当然不敢说是诗史"，只是"其中有着时代的眉目"[1]。记载时代历史，不是鲁迅杂文的特异处，而是书写生存，成为思与诗的生存史。杂文也记录着鲁迅的孤独、无助和日常生活，它"决不是英雄们的八宝箱，一朝打开，便见光辉灿烂"，只是"在深夜的街头摆着一个地摊，所有的无非几个小钉，几个瓦碟，但也希望，并且相信有些人会从中寻出合于他的用处的东西"[2]。所以，当他在《〈且介亭杂文二集〉序言》中说："编完以后，也没有什么大感想。要感的感过了，要写的也写过了。"[3]意思非常明确，该说的都说了，剩下的就是自己的生活和生存。

晚年鲁迅在上海一直住在弄堂里的房子。景云里是鲁迅在上海的第一个住所，这是一个不起眼的普通弄堂，位于闸北东横滨路，房租较廉。鲁迅和许广平在景云里住了两年多，景云里成为鲁迅上海生活的见证。当时的景云里鱼龙混杂，三教九流，各色人等都有，再加上周围的声喧嘈杂，隔邻的搓麻将声搅得人不得安宁。1932年后，鲁迅又举家迁居虹口山阴路大陆新村，这也是弄堂石库门房子。上海弄堂是一处声音泛滥的处所，"只要上海市民存在一日，嚷嚷是大约决不会停止的。"[4]"弄堂"是上海人逼仄生存状态和庸常生活方式的缩影，鲁迅曾描述了一位弄堂小市民——阿金形象。阿金是外国人家的一位佣人，也是鲁迅邻居。"阿金的相貌是极其平凡的。

[1] 鲁迅：《〈且介亭杂文〉序言》，《鲁迅全集》第6卷，人民文学出版社，2005年，第4页。
[2] 鲁迅：《〈且介亭杂文〉序言》，《鲁迅全集》第6卷，人民文学出版社，2005年，第4页。
[3] 鲁迅：《〈且介亭杂文二集〉序言》，《鲁迅全集》第6卷，人民文学出版社，2005年，第225页。
[4] 鲁迅：《弄堂生意古今谈》，《鲁迅全集》第6卷，人民文学出版社，2005年，第319页。

所谓平凡，就是很普通，很难记住，不到一个月，我就说不出他究竟是怎么一副模样来了。"在鲁迅眼里，阿金很庸俗，说话很大声，哈哈嚷嚷，经常与人吵闹，说粗话，完全不顾及周围感受。弄堂格外狭小，这些粗话让作者很不舒服。阿金爱"闹""嚷"，四处张扬，深夜与男人的约会，在姘头危难之际，"关掉屋子后门"，还与老女人发生"巷战"。一个阿金"足够闹出大大的乱子来"。作者主要写阿金，也写了自己的生活处境和感受，作者一"想到'阿金'这两个字就讨厌；在邻近闹嚷一下当然不会成这么深仇重怨，我的讨厌她是因为不消几日，她就摇动了我三十年来的信念和主张"。作者曾以为在男权社会里，女人决不会有这种大力量，天下兴亡的责任，都应该由男的负责，"殊不料现在阿金却以一个貌不出众，才不惊人的娘姨，不用一个月，就在我眼前搅乱了四分之一里，假使她是一个女王，或者是皇后，皇太后，那么，其影响也就可以推见了：足够闹出大大的乱子来"。鲁迅"为了区区一个阿金，连对于人事也从新疑惑起来了，虽然圣人和凡人不能相比，但也可见阿金的伟力，和我的满不行"，"近几时我最讨厌阿金，仿佛她塞住了我的一条路，却是的确的"。所以，他但"愿阿金也不能算是中国女性的标本"。鲁迅对阿金，有着与《离婚》中的爱姑相似的感受，他不喜欢她们。她们不自知，更不自制，只由得自己的脾性胡闹，虽不无率性的真实，却有个人的自私和庸俗。鲁迅生活在这样的环境里，一个无聊而蚩庸的现实世界。

三、艺术特色：情力与杂体

鲁迅曾说："其实'杂文'也不是现在的新货色，是'古已有之'的，凡有文章，倘若分类，都有类可归，如果编年，那就只按作成的年月，不管文体，各种都夹在一处，于是成了'杂'。"[1] 这里所说的"只按作成的年月，不管文体，各种都夹在一处"，并非文体意义上的杂文，而是就结集而言的"杂"居之文。作为文体意义的杂文，主要是指"文艺性论文"。它的主要特点是论文，有社会性、政治性和行动性，更有文艺性。在鲁迅杂文集中也有一些文章没有文艺性，算杂居之文。过去强调鲁迅杂文的文学性，如郭预衡称鲁迅杂文为"诗史"，"史笔，加上诗情，这就形成了鲁迅杂文的一个突出的艺术特征"，"正像唐代诗人杜甫几乎将全部思想感情寓于诗那样，鲁迅也几乎是把全部思想感情都倾注在杂文里。针砭时弊，论证古今，释愤抒情，喜笑怒骂，内容之丰富，笔法之多样，都是前所未有的。就其广度和深度看，像这样的杂文，我以为可以看作一代'诗史'"[2]。近年来，鲁迅杂文研究不再沿着瞿秋白、冯雪峰、唐弢的思路，不再强调杂文是"文艺性的论文"（瞿秋白）或"诗与政论的结合"（冯雪峰），也不再特别关注杂文的"形象性"与语言艺术（唐弢），而是延续前人对于杂文政治性的理解，将杂文品质独立于"文学性"传统之外，承认其自身的逻辑和规则，肯定

---

[1] 鲁迅：《〈且介亭杂文〉序言》，《鲁迅全集》第6卷，人民文学出版社，2005年，第3页。

[2] 郭预衡：《鲁迅杂文——一代史诗》，《鲁迅研究》第2辑，中国社会科学出版社，1981年。

其作为一种"语言中的行动和实践意义上的形式"，认为"鲁迅杂文最终的文学性，就来自这种以写作形式承受、承当、抵抗和转化时代因素和历史因素的巨大的能力和韧性，而在此诗学意义和道德意义密不可分，是同一种存在状态和意识状态的两面"，它有"自身的本体论根据，有自己的诗学和政治学辩护。它不再需要假借或依托某种思想、观念、艺术效果、文体定例或规范，（比如散文诗、小品文、回忆性写作、政论文、时论、叙事、笔记、书信等等）而存在，它开始按照自身的规则界定自己、自己为自己开辟道路，最终成为现代中国文学的一种主要文学样式"[1]。这突破了鲁迅杂文文学性的执念，鲁迅杂文价值不仅取决于文学性和审美标准，还有现代性的语言政治与文体政治，试图在政治性与文学性之间阐释杂文新的意义。

1. 有力的逻辑

杂文是说理文、政论文，需要有严密的逻辑性。鲁迅杂文最擅长说理，严谨细密，透彻清晰，具有无可辩驳的理性力量，显现出鲁迅思想家的本色。

首先，概念准确，立场鲜明，干净利落。《论"费厄泼赖"应该缓行》《"丧家的""资本家的乏走狗"》就有这样的特点，他以狗作比喻，论述落水狗、叭儿狗、丧家狗、乏走狗的不同特征，所指清晰、准确，提出"痛打落水狗"的鲜明主张。

其次，善于分析，步步为营，层层推进。鲁迅对"学衡派""甲寅派"的批判文章就能充分显示这样的特点。《估〈学衡〉》《答KS君》选择对方表达不"削切简明"之处——加以分析，尽显文言文

---

[1] 张旭东：《杂文的"自觉"——鲁迅"过渡期"写作的现代性与语言政治》（上），《文艺理论批评》2009年第1期。

之病态，反对白话文主张便不攻自破。鲁迅杂文常常通过揭示事物内在矛盾而彰显逻辑力量。如《不知肉味和不知水味》，将这两条本无联系的消息同时引出：1934年8月30日有两家报纸刊登了两条消息，一条是8月27日上海各界人士在帝国主义霸占的"夷场"附近举行盛大的祭孔活动，演奏据说当年孔夫子听了"三月不知肉味"的韶乐；一条是同一天宁波地区入夏几个月来久旱无雨，民众喝不到水，因争水发生冲突打死了人。鲁迅特别点明发生于同一时间，略加评点，便揭示了两个对立的世界：食肉者的世界里粉饰"升平"的韶乐，不管奏得多么响，也掩盖不了口渴者的世界，为争水而死人的惨相。

再次，论证严密，方法多样。无论正面论证，还是反面批驳，均严谨周密、天衣无缝。或单刀直入、层层逼近；或欲擒故纵、后发制人；或以退为进、重拳出击，均置论敌于死地。《论"费厄泼赖"应该缓行》首先表明凡"咬人之狗，我觉得都在可打之列"，进一步指出"叭儿狗尤非打落水里，又从而打之不可"，复从反面论述"不打落水狗"的危害。 接着笔锋一转，抨击"费厄"论，最后提出对策。文章态度鲜明、立论谨严、开合有致、破立相间，产生了无可驳辩的说服力。《拿来主义》也有严密的论证逻辑。它的魅力在于说理的严谨而透彻，行文的"幽默讽刺"，有"举重若轻"之感。它将一个既有历史感又有现实性，既回应时代又指向文化哲学的重大命题——"拿来主义"进行了轻松自如的论说。文章先论证"送去主义"和"送来主义"，立足于中国与西方的关系逻辑，最后，提出"拿来主义"，建立在传统和西方共同的关系逻辑，认为拿来主义是主动的，要勇猛地去占有；是理性的，要作分析、挑选和甄别；还是不自私的。由此，认为"没有拿来的，人不能自成为新人，没有拿来的，文艺不能自成为新文艺"。

采用摹拟和归谬之法，也是鲁迅杂文的逻辑方法。《论辩的魂灵》把当时许多反对改革，反对新思想的言论概括出一些诡辩式言论，称之为"鬼画符"。如"我读洋文是政府的功令，反对者即反对政府也"。打着"政府"的旗号，反对我就是反对政府，"我骂卖国贼，所以我是爱国者。爱国者是最有价值的，我的话就是不错的"。"我是畜类，我叫你爹爹，你就是畜类"。鲁迅揭示了论辩术的荒诞性和霸道逻辑，给人以哈哈一笑，其逻辑也就不攻自破。叶灵凤、穆时英编辑《文艺画报》时，自称是"中国第一流作家"，办此画报的目的是使"读者能醒一醒被其他严重的问题所疲倦了的眼睛，或者破颜一笑"。鲁迅在《奇怪（三）》一文中揭露了该刊选材、编辑上的粗糙和不诚实之处，说："原来'中国第一流作家'"玩的还是这些 "小玩艺"，"那么，我也来'破颜一笑'吧——哈！"有时甚至通篇摹仿对方的逻辑与口气进行推理，越推理越荒唐。"五卅运动"中，陈西滢嘲笑喊出"打倒帝国主义"口号的群众说："打！打！宣战！宣战！这样的中国人，呸！"对此，在《并非闲话（二）》，鲁迅也故意摹仿陈西滢口吻说："这样的中国人，呸！呸！！！"用论敌语言攻击论敌。1930年代，日本帝国主义鼓吹"王化政策"，在中国土地上实施压迫与杀戮。在《王化》一文，鲁迅不作正面怒斥，而是按照敌人虚伪的"王化政策"逻辑，从容地一件件加以解释，将敌人的残暴与虚伪暴露无遗。

2. 有情的讽刺

鲁迅杂文最常见的艺术手法是讽刺。什么是讽刺？他说，一个作者，用了精炼的，或者简直有些夸张的笔墨——但自然也必须是艺术的地——写出或一群人的或一面的真实来，这被写的一群人，就称这作品为"讽刺"。"'讽刺'的生命是真实，不必是曾有的实事，但必须是会有的实情。所以它不是'捏造'，也不是'诬蔑'；

既不是'揭发阴私'，又不是专记骇人听闻的所谓'奇闻'或'怪现状'。它所写的事情是公然的，也是常见的，平时是谁都不以为奇的，而且自然是谁都毫不注意的。不过这事情在那时却已经是不合理，可笑，可鄙，甚而至于可恶。但这么行下来了，习惯了，虽在大庭广众之间，谁也不觉得奇怪；现在给它特别一提，就动人。"[1] 讽刺特点在于真实性，"现在的所谓讽刺作品，大抵倒是写实。非写实决不能称为所谓'讽刺'；非写实的讽刺，即使能有这样的东西，也不过是造谣和诬蔑而已"[2]。当然，真实也需要精练和夸张，"有意的偏要提出这等事，而且加以精炼，甚至于夸张，却确是'讽刺'的本领。同一事件，在拉杂的非艺术的记录中，是不成为讽刺，谁也不大会受感动的。……在或一时代的社会里，事情越平常，就越普遍，也就愈合于作讽刺"。[3]

讽刺不是冷嘲，而是有情。有情的讽刺才有力量。鲁迅杂文不是抽象概念的演绎，而有感情的渗透。他写杂文大抵是基于情感的勃发，在编辑"华盖集"时，他说："这里面所讲的仍然并没有宇宙的奥义和人生的真谛。不过，将我所遇到的，所想到的，所要说的，一任它怎样浅薄，怎样偏激，有时便都用笔写了下来。说得自夸一点，就如悲喜时节的歌哭一般，那时无非借此来释愤抒情，现在更不想和谁去抢夺所谓公理或正义。你要那样，我偏要这样是有的；偏不遵命，偏不磕头是有的；偏要在庄严高尚的假面上拨它一

---

[1] 鲁迅：《什么是讽刺？》，《鲁迅全集》第6卷，人民文学出版社，2005年，第340页。

[2] 鲁迅：《论讽刺》，《鲁迅全集》第6卷，人民文学出版社，2005年，第287-288页。

[3] 鲁迅：《什么是"讽刺"？》，《鲁迅全集》第6卷，人民文学出版社，2005年，第341页。

拨也是有的，此外却毫无什么大举。名副其实，'杂感'而已。"[1]
"释愤抒情"的个人感受和"偏要这样"的独立判断就是鲁迅写作杂文的初衷。鲁迅的讽刺，不板着面孔，正襟危坐，而是嬉笑怒骂皆成文章，饱含感情。无论是对社会，还是对青年以及弱者，鲁迅的爱都是无私的，利他的。鲁迅的有情和至诚，表现为真实，坦率，无伪，表现为爱憎分明，敢爱敢恨，始终怀抱着一颗"真的神往的心"，即使偏激，展示的也是真性情。他说："至于文人，则不但要以热烈的憎，向'异己'者进攻，还得以热烈的憎，向'死的说教者'抗战。在现在这'可怜'的时代，能杀才能生，能憎才能爱，能生与爱，才能文。"[2] 热烈的爱，热烈的憎，正是鲁迅杂文的一大特色。

李长之在《鲁迅批判》认为："因为真切，所以这往往是他的作品在艺术上最成功的一点，也是在读者方面最获得同情的一点。"[3]"他的为人极真，在文字中表现的尤觉诚实无伪。他常说他不一定把真话告诉读者，然而我敢说他并没有隐藏了什么。容或就一时一地而论，他的话只是表露了一半，但就他整个的作品看，我认为他是赤裸裸地，与读者相见以诚的。""在鲁迅的作品里，不惟他已暴露了血与肉，连灵魂，我也以为没有掩饰。"[4] 更重要的，有情的讽刺出自积极的善意，有热情，有行动，有韧性，意在促进事物的不断改善。他相信并坚守"有一分热，发一分光，就令萤火一般，也可以在黑暗里发一点光，不必等候炬火。此后如竟没有炬火：我便是

---

[1] 鲁迅：《〈华盖集续编〉小引》，《鲁迅全集》第3卷，人民文学出版社，2005年，第195页。

[2] 鲁迅：《七论"文人相轻"——两伤》，《鲁迅全集》第6卷，人民文学出版社，2005年，第419页。

[3] 李长之：《鲁迅批判》，北京出版社，2011年，第159页。

[4] 李长之：《鲁迅批判》，北京出版社，2011年，第163-164页。

唯一的光。倘若有了炬火，出了太阳，我们自然心悦诚服的消失，不但毫无不平，而且还要随喜赞美这炬火或太阳； 因为他照了人类，连我都在内"[1]。

鲁迅的讽刺技巧多种多样，如有意夸大讥讽事物的某些特征，产生惊异或可笑之效。如将"第三种人"比作拔着自己的头发，叫嚷着要离开地球的人，说明"第三种人"的不切实际。《牺牲谟》采用夸张手法，勾勒"道德家"的冠冕堂皇、理直气壮，连别人衣裳也剥个精光。夸张得如漫画，让人忍俊不禁会心一笑。正话反说，也是讽刺之法。鲁迅杂文"好用反语，每遇辩论，辄不管三七二十一，就迎头一击"[2]。在《春末闲谈》里，他说："人能说话，已经是祸胎了，而况有时还要做文章。"[3]正话反说，锋芒直刺封建文化专制。《记念刘和珍君》痛悼烈士，出奇愤怒，故出反语："中国军人的屠戮妇婴的伟绩，八国联军的惩创学生的武功，不幸全被这几缕血痕抹杀了。"《拿来主义》的"反语"遍布全文，如"还有几位'大师'们捧着几张古画和新画，在欧洲各国一路的挂过去，叫作'发扬国光'。听说不远还要送梅兰芳博士到苏联去，以催进'象征主义'，此后是顺便到欧洲传道。我在这里不想讨论梅博士演艺和象征主义的关系，总之，活人替代了古董，我敢说，也可以算得显出一点进步了。"这里的"发扬国光""催进'象征主义'""到欧洲传道""算得显出一点进步"等等，都是反语。至于利用语言表达制造反语的例证，就不胜枚举了。如"有理的压迫"，"豪语的折扣"，

[1]鲁迅：《随感录·四十一》，《鲁迅全集》第1卷，人民文学出版社，2005年，第341页。

[2]鲁迅：《两地书》，《鲁迅全集》第11卷，人民文学出版社，2005年，第47页。

[3]鲁迅：《春末闲谈》，《鲁迅全集》第1卷，人民文学出版社，2005年，第217页。

"跪着的造反"，"在嫩苗上驰骋"等。

3. 即事即理

鲁迅杂文方法还体现为即事即理，理在事中，具有鲜明的叙事性。这也有着传统文章特点。《文史通义》讲"古人不著书；古人未尝离事而言理，《六经》皆先王之政典也"[1]。又谓"事有实据而理无定形，故夫子之述六经，皆取先王典章，未尝离事而著理"[2]。鲁迅杂文立论多采取事例说明方式。如《灯下漫笔》对"两个时代"的著名论断，就不是诉诸理论论证，而是从自身体验出发，通过中交票贬值后的心理变化，说明国人的普遍心理，最后推出"两个时代"的论断。如《扁》引用一则笑话，说两个近视者都认为自己的眼力好，于是约定某日比赛，读关帝庙门口新挂的扁上的字。争得不可开交之时，请来一人当裁判，裁判一看，扁都还没有挂出来呢，讽刺中国文艺批评界"尽先输入名词，而并不绍介这名词的函义"现象[3]。鲁迅用这样的方法，批评创造社、太阳社倡导"革命文学"是空对空的争论，实际上革命文学尚未诞生。《谈蝙蝠》一文也引用伊索寓言，鸟类与兽类同时开会，蝙蝠赴会，两边都以不是同类而不予接纳，讽刺现实生活中的"骑墙"主张。

讲故事，行文生动，寓意深刻。《现代史》对变戏法场景作如实的描叙，最后似乎无所谓地说自己写错了题目。作者似乎不动声色，其实内心对当局那些"变戏法"者怀有无比的愤怒与蔑视。《拿来主义》在讲道理过程中，也采取摆事实，举例子方法，多管齐下，达

---

[1] 章学诚：《文史通义新编新注》，浙江古籍出版社，2005年，第1页。

[2] 章学诚：《文史通义新编新注》，浙江古籍出版社，2005年，第80页。

[3] 鲁迅：《扁》，《鲁迅全集》第4卷，人民文学出版社，2005年，第88页。

到说理的效果。为了证明"我们要运用脑髓，放出眼光，自己来拿！"鲁迅举例，"譬如罢，我们之中的一个穷青年，因为祖上的阴功（姑且让我这么说说罢），得了一所大宅子，且不问他是骗来的，抢来的，或合法继承的，或是做了女婿换来的。那么，怎么办呢？我想，首先是不管三七二十一，'拿来'！但是，如果反对这宅子的旧主人，怕给他的东西染污了，徘徊不敢走进门，是孱头；勃然大怒，放一把火烧光，算是保存自己的清白，则是昏蛋。不过因为原是羡慕这宅子的旧主人的，而这回接受一切，欣欣然的蹩进卧室，大吸剩下的鸦片，那当然更是废物。'拿来主义'者是全不这样的"[1]。穷青年得了一所大宅子，先拿来，再挑选，物尽其用，才是正确的方法。

"即事即理"之"事"不是事物，而是事实，即事言理，即以事实为根据，在事中求理，在事实中说理。《二丑艺术》是鲁迅杂文名篇。它叙述浙东的戏班中，有一种角色叫作"二花脸"，说得文雅一点，就是"二丑"。他不同于小丑，不扮横花花公子和宰相家丁，而扮演保护公子的拳师，或趋奉公子的清客。他的身份比小丑高，而性格却比小丑坏。二丑有点上等人模样，倚靠权门，凌蔑百姓，"有谁被压迫了，他就来冷笑几声，畅快一下，有谁被陷害了，他又去吓唬一下，吆喝几声"。他最大的特点就是，向台下的看客指出公子的缺点，"摇着头装起鬼脸道：你看这家伙，这回可要倒楣哩！"由此，鲁迅点题说，二丑没有义仆的愚笨，也没有恶仆的简单，是智识阶级，知道自己的靠山不长久，将来还要另择高枝，虽受着豢养，也装着与公子并非一伙。"世间只要有权门，一定有恶势力，有恶势

---

[1] 鲁迅：《拿来主义》，《鲁迅全集》第6卷，人民文学出版社，2005年，第40页。

力，就一定有二花脸，而且有二花脸艺术[1]"。文艺界也一样，不少知识分子表演着二丑艺术，"忽而"这样，"忽而"那样，没有原则和立场，既言说又遮掩，出一手留一手。

4. 文体多样

应该说，鲁迅大部分杂文具有丰富的文学性，充满诗意的形象性和浓郁的抒情性。他创作杂文"不过是，将我所遇到的，所想到的，所要说的，一任它怎样浅薄，怎样偏激，有时便都用笔写了下来……就如悲喜时节的歌哭一般，那时无非借此来释愤抒情"[2]。他的杂文具有直抒胸臆的特点，有时甚至是怒不可遏，犹如火山爆发。《"友邦惊诧"论》对国民党反动派卖国媚外、镇压人民的行径愤怒之极，通篇都是怒斥语言，"读书呀，读书呀，不错，学生是应该读书的，但一面也要大人老爷们不至于葬送土地，这才能够安心读书"。全文有不少斥责式短语："好个'友邦人士'""好个国民党政府的'友邦人士'！是些什么东西！""摆什么'惊诧'的臭脸孔呢？""'军政当局'呀？"[3] 这些语句慷慨激昂、气势逼人。同样，满怀深情时，也有诗的凝聚。在《白莽作〈孩儿塔〉序》中，鲁迅满怀深情，由眼前的烈士遗稿回忆自己与殷夫生前交往情况，然后控制不住内心情感，用诗一般的语言赞美殷夫的诗："这是东方的微光，是林中的响箭，是冬末的萌芽，是进军的第一步，是对于前驱

---

[1] 鲁迅：《二丑艺术》，《鲁迅全集》第5卷，人民文学出版社，2005年，第207-208页。

[2] 鲁迅：《〈华盖集续编〉小引》，《鲁迅全集》第3卷，人民文学出版社，2005年，第195页。

[3] 鲁迅：《"友邦惊诧"论》，《鲁迅全集》第4卷，人民文学出版社，2005年，第369-370页。

者的爱的大纛，也是对于摧残者的憎的丰碑。"[1] 这类文字，鲁迅往往怀着极度的悲愤，将无法遏制的感情作哲理性的升华。《记念刘和珍君》如抒情散文，时而深沉、时而激荡，亦有哲理表达："真的猛士，敢于直面惨淡的人生，敢于正视淋漓的鲜血"[2]，"真的猛士，将更奋然而前行"[3]。有的杂文犹如散文诗，近似《野草》文章。《战士和苍蝇》《长城》《无花的蔷薇之二》《夜颂》《秋夜纪游》等，有机智的讽刺，象征的暗示，也有警辟的格言，都闪露着诗意的精彩。《夜颂》用充满诗情和哲理的语言赞美黑夜，构思奇特，诗意浓烈。他说，只有在黑夜，人们才恢复常态，露出了真相；一到"光天化日"，人们又装模作样，然而其实"弥漫着惊人的真的大黑暗"。"只有夜还算是诚实的。我爱夜，在夜间作《夜颂》。"[4] 对"诚实"的"黑暗"的歌颂，实是对黑暗的"光天化日"的蔑视。

过去谈论得比较多的，是鲁迅杂文的形象性，认为作为"文艺性论文"的杂文，寓理于形，所说道理不应是空洞抽象的概念、冰冷生硬的判断，而是将道理寓于形象之中，用形象来说理，使读者感染到的生动具体的形象。鲁迅杂文针砭时弊，常取类型，喜欢采用"勾灵魂""画眼睛"的白描手法，定格某一个形象。如"叭儿狗"形象，"虽然是狗，又很像猫，折中，公允，调和，平正之状可掬，悠悠然摆出别个无不偏激，惟独自己得了'中庸之道'似的脸

---

[1] 鲁迅：《白莽作〈孩儿塔〉序》，《鲁迅全集》第6卷，人民文学出版社，2005年，第512页。

[2] 鲁迅：《记念刘和珍君》，《鲁迅全集》第4卷，人民文学出版社，2005年，第289页。

[3] 鲁迅：《记念刘和珍君》，《鲁迅全集》第4卷，人民文学出版社，2005年，第294页。

[4] 鲁迅：《夜颂》，《鲁迅全集》第5卷，人民文学出版社，2005年，第204页。

来"[1]。又如"丧家犬"形象，"即使无人豢养，饿的精瘦，变成野狗了，但还是遇见所有的阔人都驯良，遇见所有的穷人都狂吠的"[2]。"带头羊"形象则是："脖子上还挂着一个小铃铎，作为智识阶级的徽章"[3]。如"二丑"，"乏走狗"，落水狗，奴才相，流氓相，媚态的猫，得了中庸之道似的叭儿狗，"凶兽样的羊"，"羊样的凶兽"，挂着铃铎把羊群领入屠场的头羊，倚徙于华洋之间的西崽，将小青虫捉来麻痹成不死不活状态以给幼蜂作食料的细腰蜂，吸人血之前还要"哼哼发一篇议论"的蚊子，"舐一点油汗"、还要"拉上一点蝇矢"的苍蝇，"吃人的筵宴"，"中国人的生命圈"等。

鲁迅杂文在文体形式上，也多种多样。除一般意义上的随感、杂谈、小品之外，还有序跋、杂记、启事、时论、寓言、回忆、通信、日记、演讲、歌谣、絮语、按语、书评、札记、文艺短论、速写、祭祝文、墓志铭、"立此存照"等。它们篇幅不一，不受限制，长的如《伪自由书》的"后记"就有18000多字，短的如《长城》仅有240余字。有"随感"，语录体；有杂剧，如《曲的解放》；有读书札记，如《看书锁一记》；有几则日记，如《马上日一记》；有通信，如《答杨郊人先生的公开信》；有对话，如《论辩的灵魂》；有寓言，如《战士和苍蝇》；有祭祝文，如《祝中俄文字之交》；有速写，如《秋夜记游》；有一张表格，如《青年必读书》；有传记，如《柔石小传》；有墓志铭，如《韦素园墓记》。此外，还有序言，后记，小引，按语，广告，简报，启事等等。就是一部杂文集，它的样式也是多

[1] 鲁迅：《论"费厄泼赖"应该缓行》，《鲁迅全集》第1卷，人民文学出版社，2005年，第287页。
[2] 鲁迅：《"丧家的""资本家的乏走狗"》，《鲁迅全集》第4卷，人民文学出版社，2005年，第251页。
[3] 鲁迅：《一点比喻》，《鲁迅全集》第3卷，人民文学出版社，2005年，第232页。

姿多彩，如《且介亭杂文》收文36篇，其中读书随笔占5篇，书信3篇，答问2篇，序引2篇，回忆文章2篇，墓志和碑文各1篇，讥评时政的杂文14篇。可见，对鲁迅杂文，没有什么规定套路，采用何种样式，一切依据写作内容和写作意图，批判什么，表达什么，就采用什么体式和方法，充分体现了鲁迅写作方式的自由和大胆。在手法技巧上也是灵活多变，嬉笑怒骂，皆成文章。幽默、讽刺是底色，叙事、抒情、说理是目标。考订、征引、驳诘，比喻、类比、排比、暗示、省略、嫌疑、夸张、反语，各种修辞手段，运用自如，应有尽有，蔚为大观。章法结构也笔下生花，有的行文严谨简练，抽丝剥茧，有的信笔写来，不拘成法。

鲁迅杂文之根是社会现实，思想之魂是批判，美学之神是讽刺。鲁迅杂文匍匐现实，上升哲学，回归自我，通向世界，它自由出入政治、历史、哲学、地理、新闻、民俗、社会学、文化学、人类学，自由表达自己的愤怒、憎恶、轻蔑和喜爱，并将诗歌、小说、戏剧、散文、绘画、音乐等各种艺术形式融为一体。所涉知识，可谓古今中外、天文地理、经史子集、野史笔记、神话传说、歌谣戏曲、山川湖海、草木虫鱼，均有瓜葛。鲁迅自幼博览群书，杂学旁收，使其杂文犹如一个知识宝库。鲁迅知识之渊博，不仅令年轻一代叹服不已，就是在同时代文学宿将之中也堪称翘楚。

鲁迅大半生与杂文相伴，杂文就是他的生命。哪怕有质疑，不解或遗憾，他依然忠实于杂文，这其中自有鲁迅坚持的理由。杂文这种文体，最便于鲁迅直接发声，释放感受，"乐则大笑，悲则大叫，愤则大骂"，每行文字都燃烧着思想和生命的激情。杂文本质上就是诗。杂文是鲁迅心灵的"歌哭"，具有强烈的主体意识和抒情色彩。如果说，《野草》里有鲁迅的哲学，杂文不但有鲁迅的思想，更有复杂的社会现实。他说："我常常假想一件事，自以为这是想的太奇怪了；但倘遇到相类的事情，却往往更奇怪。在这事实发生以前，以我的浅见寡识，是万万想不到的。"[1]对现代中国，社会现实总比个人想象丰富，所以，写作杂文就是鲁迅的现场纪实。

就现代汉语而言，鲁迅杂文还具有凝练、隽永、老辣等语言特点。如"总之：逝去，逝去，一切一切，和光阴一同早逝去，在逝去，要逝去了"[2]，非常凝练，有意味。又如"成仿吾先生是怀念了创造社过去的光荣之后，摇身一变而成为'石厚生'，接着又流星似的消失了；钱杏邨先生近来又只在《拓荒者》上，搀着藏原惟人，一段又一段的，在和茅盾扭结"[3]。比喻贴切，幽默十足。再如"穷人的孩子蓬头垢面的在街上转，阔人的孩子妖形妖势娇声娇气的在家里转。转得大了，都昏天黑地的在社会上转，同他们的父亲一样，或者还不如"[4]。"有明说要做，其实不做的；有明说不做，其实要做的；有明说做这样，其实做那样的；有其实自己要这么做，倒说别人要这么做的；有一声不响，而其实倒做了的。然而也有说这样，竟这样的。难就在这地方"[5]。语意缠绕，重叠，扭结，但意蕴丰富。老舍就称赞过鲁迅杂文，说"鲁迅先生的最大的成就便是小品文。我敢说，他的学问限制不了后起者的更进一步，他的小说也拦不住后起者的猛进直前。小品文，在五十年内恐怕没有第二

---

[1] 鲁迅：《〈阿Q正传〉的成因》，《鲁迅全集》第3卷，人民文学出版社，2005年，第399页。

[2] 鲁迅：《写在〈坟〉后面》，《鲁迅全集》第1卷，人民文学出版社，2005年，第299页。

[3] 鲁迅：《我们要批评家》，《鲁迅全集》第4卷，人民文学出版社，2005年，第246页。

[4] 鲁迅：《随感录二十五》，《鲁迅全集》第1卷，人民文学出版社，2005年，第311页。

[5] 鲁迅：《推背图》，《鲁迅全集》第5卷，人民文学出版社，2005年，第97页。

把手，来与他争光。他会怒，越怒，文字越好"，"他会把最简单的言语（中国话）调动得（极难调动）跌宕多姿，永远新鲜，永远清晰，永远软中透硬，永远厉害而不粗鄙。他以最大的力量，把感情、思想、文字，容纳在一两千字里，像块玲珑的瘦石，而有手榴弹的作用"。[1] 鲁迅杂文处处充满诗性和智性，布满箴言、警句和隽语，给人以深刻的启迪，隽永的回味。可以说，鲁迅杂文就是一部活着的现代汉语词典。

[1] 老舍：《鲁迅先生逝世二周年纪念》，《老舍全集》第17卷，人民文学出版社，2008年，第167页。

灯下漫笔

○鲁迅

一

有一时，就是民国二三年时候，北京的几个国家银行的钞票，信用日见其好了，真所谓蒸蒸日上。听说连一向执迷于现银的乡下人，也知道这既便当，又可靠，很乐意收受，行使了。至于稍明事理的人，则不必是"特殊知识阶级"，也早不将沉重累坠的银元装在怀中，来自讨无谓的苦吃。想来，除了多少对于银子有特别嗜好和爱情的人物之外，所有的怕大都是钞票了罢，而且多是本国的。但可惜后来忽然受了一个不小的打击。

就是袁世凯想做皇帝的那一年，蔡松坡先生溜出北京，到云南去起义。这边所受的影响之一，是中国和交通银行的停止兑现。虽然停止兑现，政府勒令商民照旧行用的威力却还有的；商民也自有商民的老本领，不说不要，却道找不出零钱。假如拿几十几百的钞票去买东西，我不知道怎样，但倘使只要买一枝笔，一盒烟卷呢，难道就付给一元钞票么？不但不甘心，也没有这许多票。那么，换铜元，少换几个罢，又都说没有铜元。那么，到亲戚朋友那里借现钱去罢，怎么会有？于是降格以求，不讲爱国了，要外国银行的钞票。但外国银行的钞票这时就等于现银，他如果借给你这钞票，也就借给你真的银元了。

我还记得那时我怀中还有三四十元的中交票，可是忽而变了一个穷人，几乎要绝食，很有些恐慌。俄国革命以后的藏着纸卢布的富翁的心情，恐怕也就这样的罢；至多，不过更深更大罢了。我只得探听，钞票可能折价换到现银呢？说是没有行市。幸而终于，暗暗地有了行市了：六折几。我非常高兴，赶紧去卖了一半。后来又涨到七折了，我更非常高兴，全去换了现银，沉垫垫地坠在怀中，似乎这就是我的性命的斤两。倘在平时，钱铺子如果少给我一个铜元，我是决不答应的。

但我当一包现银塞在怀中，沉垫垫地觉得安心，喜欢的时候，却突然起了另一思想，就是：我们极容易变成奴隶，而且变了之后，还万分喜欢。

假如有一种暴力，"将人不当人"，不但不当人，还不及牛马，不算什么东西；待到人们羡慕牛马，发生"乱离人，不及太平犬"的叹息的时候，然后给与他略等于牛马的价格，有如元朝定律，打死别人的奴隶，赔一头牛，则人们便要心悦诚服，恭颂太平的盛世。为什么呢？因为他虽不算人，究竟已等于牛马了。

我们不必恭读《钦定二十四史》，或者入研究室，审察精神文明的高超。只要一翻孩子所读的《鉴略》，——还嫌烦重，则看《历代纪元编》，就知道"三千余年古国古"的中华，历来所闹的就不过是这一个小玩艺。但在新近编纂的所谓"历史教科书"一流东西里，却不大看得明白了，只仿佛说：咱们向来就很好的。

但实际上，中国人向来就没有争到过"人"的价格，至多不过是奴隶，到现在还如此，然而下于奴隶的时候，却是数见不鲜的。中国的百姓是中立的，战时连自己也不知道属于那一面，但又属于无论那一面。强盗来了，就属于官，当然该被杀掠；官兵既到，该是自家人了罢，但仍然要被杀掠，仿佛又属于强盗似的。这时候，百姓就希望有一个一定的主子，拿他们去做百姓，——不敢，是拿他们去做牛马，情愿自己寻草吃，只求他决定他们怎样跑。

假使真有谁能够替他们决定，定下什么奴隶规则来，自然就

"皇恩浩荡"了。可惜的是往往暂时没有谁能定。举其大者，则如五胡十六国的时候，黄巢的时候，五代时候，宋末元末时候，除了老例的服役纳粮以外，都还要受意外的灾殃。张献忠的脾气更古怪了，不服役纳粮的要杀，服役纳粮的也要杀，敌他的要杀，降他的也要杀：将奴隶规则毁得粉碎。这时候，百姓就希望来一个另外的主子，较为顾及他们的奴隶规则的，无论仍旧，或者新颁，总之是有一种规则，使他们可上奴隶的轨道。

"时日曷丧，予及汝偕亡！"愤言而已，决心实行的不多见。实际上大概是群盗如麻，纷乱至极之后，就有一个较强，或较聪明，或较狡猾，或是外族的人物出来，较有秩序地收拾了天下。厘定规则：怎样服役，怎样纳粮，怎样磕头，怎样颂圣。而且这规则是不像现在那样朝三暮四的。于是便"万姓胪欢"了；用成语来说，就叫作"天下太平"。

任凭你爱排场的学者们怎样铺张，修史时候设些什么"汉族发祥时代""汉族发达时代""汉族中兴时代"的好题目，好意诚然是可感的，但措辞太绕湾子了。有更其直捷了当的说法在这里——

一，想做奴隶而不得的时代；

二，暂时做稳了奴隶的时代。

这一种循环，也就是"先儒"之所谓"一治一乱"；那些作乱人物，从后日的"臣民"看来，是给"主子"清道辟路的，所以说："为圣天子驱除云尔。"

现在入了那一时代，我也不了然。但看国学家的崇奉国粹，文学家的赞叹固有文明，道学家的热心复古，可见于现状都已不满了。然而我们究竟正向着那一条路走呢？百姓是一遇到莫名其妙的战争，稍富的迁进租界，妇孺则避入教堂里去了，因为那些地方都比较的"稳"，暂不至于想做奴隶而不得。总而言之，复古的，避难的，无智愚贤不肖，似乎都已神往于三百年前的太平盛世，就是"暂时做稳了奴隶的时代"了。

但我们也就都像古人一样，永久满足于"古已有之"的时代么？都像复古家一样，不满于现在，就神往于三百年前的太平盛世么？

自然，也不满于现在的，但是，无须反顾，因为前面还有道路在。而创造这中国历史上未曾有过的第三样时代，则是现在的青年的使命！

二

但是赞颂中国固有文明的人们多起来了，加之以外国人。我常常想，凡有来到中国的，倘能疾首蹙额而憎恶中国，我敢诚意地捧献我的感谢，因为他一定是不愿意吃中国人的肉的！

鹤见祐辅氏在《北京的魅力》中，记一个白人将到中国，预定的暂住时候是一年，但五年之后，还在北京，而且不想回去了。有一天，他们两人一同吃晚饭——

"在圆的桃花心木的食桌前坐定，川流不息地献着山海的珍味，谈话就从古董，画，政治这些开头。电灯上罩着支那式的灯罩，淡淡的光洋溢于古物罗列的屋子中。什么无产阶级呀，Proletariat呀那些事，就像不过在什么地方刮风。

"我一面陶醉在支那生活的空气中，一面深思着对于外人有着'魅力'的这东西。元人也曾征服支那，而被征服于汉人种的生活美了；满人也征伐支那，而被征服于汉人种的生活美了。现在西洋人也一样，嘴里虽然说着Democracy呀，什么什么呀，而却被魅于支那人费六千年而建筑起来的生活的美。一经住过北京，就忘不掉那生活的味道。大风时候的万丈的沙尘，每三月一回的督军们的开战游戏，都不能抹去这支那生活的魅力。"

这些话我现在还无力否认他。我们的古圣先贤既给与我们保古守旧的格言，但同时也排好了用子女玉帛所做的奉献于征服者的大宴。中国人的耐劳，中国人的多子，都就是办酒的材料，到现在还为我们的爱国者所自诩的。西洋人初入中国时，被称为蛮夷，自不免个个蹙额，但是，现在则时机已至，到了我们将曾经献于北魏，献于金，献于元，献于清的盛宴，来献给他们的时候了。出则汽车，行则保护：虽遇清道，然而通行自由的；虽或被劫，然而必得赔偿的；孙美瑶掳去他们站在军前，还使官兵不敢开火。何况在华屋中享用盛宴呢？待到享受盛宴的时候，自然也就是赞颂中国固有文明的时候；但是我们的有些乐观的爱国者，也许反而欣然色喜，以为他们将要开始被中国同化了罢。古人曾以女人作苟安的城堡，美其名以自欺曰"和亲"，今人还用子女玉帛为作奴的赞敬，又美其名曰"同化"。所以倘有外国的谁，到了已有赴宴的资格的现在，而还替我们诅咒中国的现状者，这才是真有良心的真可佩服的人！

但我们自己是早已布置妥帖了，有贵贱，有大小，有上下。自己被人凌虐，但也可以凌虐别人；自己被人吃，但也可以吃别人。一级一级的制驭着，不能动弹，也不想动弹了。因为倘一动弹，虽或有利，然而也有弊。我们且看古人的良法美意罢——

"天有十日，人有十等。下所以事上，上所以共神也。故王臣公，公臣大夫，大夫臣士，士臣皂，皂臣舆，舆臣隶，隶臣僚，僚臣仆，仆臣台。"（《左传》昭公七年）

但是"台"没有臣，不是太苦了么？无须担心的，有比他更卑的妻，更弱的子在。而且其子也很有希望，他日长大，升而为"台"，便又有更卑更弱的妻子，供他驱使了。如此连环，各得其所，有敢非议者，其罪名曰不安分！

虽然那是古事，昭公七年离现在也太辽远了，但"复古家"尽可不必悲观的。太平的景象还在：常有兵燹，常有水旱，可有谁听到大叫唤么？打的打，革的革，可有处士来横议么？对国民如何专横，向外人如何柔媚，不犹是差等的遗风么？中国固有的精神文明，其实并未为共和二字所埋没，只有满人已经退席，和先前稍不同。

因此我们在目前，还可以亲见各式各样的筵宴，有烧烤，有翅席，有便饭，有西餐。但茅檐下也有淡饭，路傍也有残羹，野上也有饿莩；有吃烧烤的身价不资的阔人，也有饿得垂死的每斤八文的孩子（见《现代评论》二十一期）。所谓中国的文明者，其实不过是安排给阔人享用的人肉的筵宴。所谓中国者，其实不过是安排这人肉的筵宴的厨房。不知道而赞颂者是可恕的，否则，此辈当得永远的诅咒！

外国人中，不知道而赞颂者，是可恕的；占了高位，养尊处优，因此受了蛊惑，昧却灵性而赞叹者，也还可恕的。可是还有两种，其一是以中国人为劣种，只配悉照原来模样，因而故意称赞中国的旧物。其一是愿世间人各不相同以增自己旅行的兴趣，到中国看辫子，到日本看木屐，到高丽看笠子，倘若服饰一样，便索然无味了，因而来反对亚洲的欧化。这些都可憎恶。至于罗素在西湖见轿夫含笑，便赞美中国人，则也许别有意思罢。但是，轿夫如果能对坐轿的人不含笑，中国也早不是现在似的中国了。

这文明，不但使外国人陶醉，也早使中国一切人们无不陶醉而且至于含笑。因为古代传来而至今还在的许多差别，使人们各各分离，遂不能再感到别人的痛苦；并且因为自己各有奴使别人，吃掉别人的希望，便也就忘却自己同有被奴使被吃掉的将来。于是大小无数的人肉的筵宴，即从有文明以来一直排到现在，人们就在这会场中吃人，被吃，以凶人的愚妄的欢呼，将悲惨的弱者的呼号遮掩，更不消说女人和小儿。

这人肉的筵宴现在还排着，有许多人还想一直排下去。扫荡这些食人者，掀掉这筵席，毁坏这厨房，则是现在的青年的使命！

一九二五年四月二十九日。

忽然想到（四）

○鲁迅

先前，听到二十四史不过是"相斫书"，是"独夫的家谱"一类的话，便以为诚然。后来自己看起来，明白了：何尝如此。

历史上都写着中国的灵魂，指示着将来的命运，只因为涂饰太厚，废话太多，所以很不容易察出底细来。正如通过密叶投射在莓苔上面的月光，只看见点点的碎影。但如看野史和杂记，可更容易了然了，因为他们究竟不必太摆史官的架子。

秦汉远了，和现在的情形相差已多，且不道。元人著作寥寥。至于唐宋明的杂史之类，则现在多有。试将记五代，南宋，明末的事情的，和现今的状况一比较，就当惊心动魄于何其相似之甚，仿佛时间的流驶，独与我们中国无关。现在的中华民国也还是五代，是宋末，是明季。

以明末例现在，则中国的情形还可以更腐败，更破烂，更凶酷，更残虐，现在还不算达到极点。但明末的腐败破烂也还未达到极点，因为李自成张献忠闹起来了。而张李的凶酷残虐也还未达到极点，因为满洲兵进来了。

难道所谓国民性者，真是这样地难于改变的么？倘如此，将来的命运便大略可想了，也还是一句烂熟的话：古已有之。

伶俐人实在伶俐，所以，决不攻难古人，摇动古例的。古人做过的事，无论什么，今人也都会做出来。而辩护古人，也就是辩护自己。况且我们是神州华胄，敢不"绳其祖武"么？

幸而谁也不敢十分决定说：国民性是决不会改变的。在这"不可知"中，虽可有破例——即其情形为从来所未有——的灭亡的恐怖，也可以有破例的复生的希望，这或者可作改革者的一点慰藉罢。

但这一点慰藉，也会勾消在许多自诩古文明者流的笔上，淹死在许多诬告新文明者流的嘴上，扑灭在许多假冒新文明者流的言动上，因为相似的老例，也是"古已有之"的。

其实这些人是一类，都是伶俐人，也都明白，中国虽完，自己的精神是不会苦的，——因为都能变出合式的态度来。倘有不信，请看清朝的汉人所做的颂扬武功的文章去，开口"大兵"，闭口"我军"，你能料得到被这"大兵""我军"所败的就是汉人的么？你将以为汉人带了兵将别的一种什么野蛮腐败民族歼灭了。

然而这一流人是永远胜利的，大约也将永久存在。在中国，惟他们最适于生存，而他们生存着的时候，中国便永远免不掉反复着先前的运命。

"地大物博，人口众多"，用了这许多好材料，难道竟不过老是演一出轮回把戏而已么？

二月十六日。

略论中国人的脸

○鲁迅

　　大约人们一遇到不大看惯的东西，总不免以为他古怪。我还记得初看见西洋人的时候，就觉得他脸太白，头发太黄，眼珠太淡，鼻梁太高。虽然不能明明白白地说出理由来，但总而言之：相貌不应该如此。至于对于中国人的脸，是毫无异议；即使有好丑之别，然而都不错的。

　　我们的古人，倒似乎并不放松自己中国人的相貌。周的孟轲就用眸子来判胸中的正不正，汉朝还有《相人》二十四卷。后来闹这玩艺儿的尤其多；分起来，可以说有两派罢：一是从脸上看出他的智愚贤不肖；一是从脸上看出他过去，现在和将来的荣枯。于是天下纷纷，从此多事，许多人就都战战兢兢地研究自己的脸。我想，镜子的发明，恐怕这些人和小姐们是大有功劳的。不过近来前一派已经不大有人讲究，在北京上海这些地方捣鬼的都只是后一派了。

　　我一向只留心西洋人。留心的结果，又觉得他们的皮肤未免太粗；毫毛有白色的，也不好。皮上常有红点，即因为颜色太白之故，倒不如我们之黄。尤其不好的是红鼻子，有时简直像是将要熔化的蜡烛油，仿佛就要滴下来，使人看得栗栗危惧，也不及黄色人种的较为隐晦，也见得较为安全。总而言之：相貌还是不应该如此的。

　　后来，我看见西洋人所画的中国人，才知道他们对于我们的相貌也很不敬。那似乎是《天方夜谈》或者《安兑生童话》中的插画，现在不很记得清楚了。头上戴着拖花翎的红缨帽，一条辫子在空中飞扬，朝靴的粉底非常之厚。但这些都是满洲人连累我们的。独有两眼歪斜，张嘴露齿，却是我们自己本来的相貌。不过我那时想，其实并不尽然，外国人特地要奚落我们，所以格外形容得过度了。

但此后对于中国一部分人们的相貌，我也逐渐感到一种不满，就是他们每看见不常见的事件或华丽的女人，听到有些醉心的说话的时候，下巴总要慢慢挂下，将嘴张了开来。这实在不大雅观；仿佛精神上缺少着一样什么机件。据研究人体的学者们说，一头附着在上颚骨上，那一头附着在下颚骨上的"咬筋"，力量是非常之大的。我们幼小时候想吃核桃，必须放在门缝里将它的壳夹碎。但在成人，只要牙齿好，那咬筋一收缩，便能咬碎一个核桃。有着这么大的力量的筋，有时竟不能收住一个并不沉重的自己的下巴，虽然正在看得出神的时候，倒也情有可原，但我总以为究竟不是十分体面的事。

日本的长谷川如是闲是善于做讽刺文字的。去年我见过他的一本随笔集，叫作《猫·狗·人》；其中有一篇就说到中国人的脸。大意是初见中国人，即令人感到较之日本人或西洋人，脸上总欠缺着一点什么。久而久之，看惯了，便觉得这样已经尽够，并不缺少东西；倒是看得西洋人之流的脸上，多余着一点什么。这多余着的东西，他就给它一个不大高妙的名目：兽性。中国人的脸上没有这个，是人，则加上多余的东西，即成了下列的算式：

人＋兽性＝西洋人

他借了称赞中国人，贬斥西洋人，来讥刺日本人的目的，这样就达到了，自然不必再说这兽性的不见于中国人的脸上，是本来没有的呢，还是现在已经消除。如果是后来消除的，那么，是渐渐净尽而只剩了人性的呢，还是不过渐渐成了驯顺。野牛成为家牛，野猪成为猪，狼成为狗，野性是消失了，但只足使牧人喜欢，于本身并无好处。人不过是人，不再夹杂着别的东西，当然再好没有了。倘不得已，我以为还不如带些兽性，如果合于下列的算式倒是不很

有趣的:

人＋家畜性＝某一种人

中国人的脸上真可有兽性的记号的疑案,暂且中止讨论罢。我只要说近来却在中国人所理想的古今人的脸上,看见了两种多余。一到广州,我觉得比我所从来的厦门丰富得多的,是电影,而且大半是"国片",有古装的,有时装的。因为电影是"艺术",所以电影艺术家便将这两种多余加上去了。

古装的电影也可以说是好看,那好看不下于看戏;至少,决不至于有大锣大鼓将人的耳朵震聋。在"银幕"上,则有身穿不知何时何代的衣服的人物,缓慢地动作;脸正如古人一般死,因为要显得活,便只好加上些旧式戏子的昏庸。

时装人物的脸,只要见过清朝光绪年间上海的吴友如的《画报》的,便会觉得神态非常相像。《画报》所画的大抵不是流氓拆梢,便是妓女吃醋,所以脸相都狡猾。这精神似乎至今不变,国产影片中的人物,虽是作者以为善人杰士者,眉宇间也总带些上海洋场式的狡猾。可见不如此,是连善人杰士也做不成的。

听说,国产影片之所以多,是因为华侨欢迎,能够获利,每一新片到,老的便带了孩子去指点给他们看道:"看哪,我们的祖国的人们是这样的。"在广州似乎也受欢迎,日夜四场,我常见看客坐得满满。

广州现在也如上海一样,正在这样地修养他们的趣味。可惜电影一开演,电灯一定熄灭,我不能看见人们的下巴。

四月六日。

关于知识阶级

○鲁迅

我到上海约二十多天，这回来上海并无什么意义，只是跑来跑去偶然到上海就是了。

我没有什么学问和思想，可以贡献给诸君。但这次易先生要我来讲几句话；因为我去年亲见易先生在北京和军阀官僚怎样奋斗；而且我也参与其间，所以他要我来，我是不得不来的。

我不会讲演，也想不出什么可讲的，讲演近于做八股，是极难的，要有讲演的天才才好，在我是不会的。终于想不出什么，只能随便一谈。刚才谈起中国情形，说到"知识阶级"四字，我想对于知识阶级发表一点个人的意见，只是我并不是站在引导者的地位，要诸君都相信我的话。我自己走路都走不清楚，如何能引导诸君？

"知识阶级"一辞是爱罗先珂（V.Eroshenko）七八年前讲演"知识阶级及其使命"时提出的，他骂俄国的知识阶级，也骂中国的知识阶级，中国人于是也骂起知识阶级来了；后来便要打倒知识阶级，再利害一点甚至于要杀知识阶级了。知识就仿佛是罪恶，但是一方面虽有人骂知识阶级；一方面却又有人以此自豪：这种情形是中国所特有的，所谓俄国的知识阶级，其实与中国的不同，俄国当革命以前，社会上还欢迎知识阶级。为什么要欢迎呢？因为他确能替平民抱不平，把平民的苦痛告诉大众。他为什么能把平民的苦痛说出来？因为他与平民接近，或自身就是平民。几年前有一位中国大学教授，他很奇怪，为什么有人要描写一个车夫的事情，这就因为大学教授一向住在高大的洋房里，不明白平民的生活。欧洲的著作家往往是平民出身，（欧洲人虽出身穷苦，也能做文章；这因为他们的文字容易写，中国的文字却不容易写了。）所以也同样的感受到平民的苦痛，当然能痛痛快快写出来为平民说话，因此平民以为知识阶级对于自身是有益的；于是赞成他，到处都欢迎他，但是他们既受此荣誉，地位就增高了，而同时却把平民忘记了，变成一种特别的阶级。那时他们自以为了不得，到阔人家里去宴会，钱也多了，房子东西都要好的，终于与平民远远的离开了。他享受了高贵的生活，就记不起从前一切的贫苦生活了。——所以请诸位不要拍手，拍了手把我的地位一提高，我就要忘记了说话的。他不但不同情于平民，或许还要压迫平民，以致变成了平民的敌人，现在贵族阶级不能存在；贵族的知识阶级当然也不能站住了，这是知识阶级缺点之一。

还有知识阶级不可免避的运命，在革命时代是注重实行的，动的；思想还在其次，直白地说：或者倒有害。至少我个人的意见如此的。唐朝奸臣李林甫有一次看兵操练很勇敢，就有人对着他称赞。他说："兵好是好，可是无思想"，这话很不差。因为兵之所以勇敢，就在没有思想，要是有了思想，就会没有勇气了。现在倘叫我去当兵，要我去革命，我一定不去，因为明白了利害是非，就难于实行了。有知识的人，讲讲柏拉图（Plato）讲讲苏格拉底（Socrates）是不会有危险的。讲柏拉图可以讲一年，讲苏格拉底可以讲三年，他很可以安安稳稳地活下去，但要他去干危险的事情，那就很费踌躇。譬如中国人，凡是做文章，总说"有利然而又有弊"，这最足以代表知识阶级的思想。其实无论什么都是有弊的，就是吃饭也是有弊的，它能滋养我们这方面是有利的；但是一方面使我们消化器官疲乏，那就不好而有弊了。假使做事要面面顾到，那就什么事都不能做了。

还有，知识阶级对于别人的行动，往往以为这样也不好，那样也不好。先前俄国皇帝杀革命党，他们反对皇帝；后来革命党杀皇族，他们也起来反对。问他怎么才好呢？他们也没办法。所以在皇帝时代他们吃苦，在革命时代他们也吃苦，这实在是他们本身的缺点。

所以我想，知识阶级能否存在还是个问题。知识和强有力是冲突的，不能并立的；强有力不许人民有自由思想，因为这能使能力分散。在动物界有很明显的例；猴子的社会是最专制的，猴王说一声走，猴子都走了。在原始时代酋长的命令是不能反对的，无怀疑的，在那时酋长带领着群众并吞衰小的部落；于是部落渐渐的大了，团体也大了。一个人就不能支配了。因为各个人思想发达了，各人的思想不一，民族的思想就不能统一，于是命令不行，团体的力量减小，而渐趋灭亡。在古时野蛮民族常侵略文明很发达的民族，在历史上是常见的。现在知识阶级在国内的弊病，正与古时一样。

英国罗素（Russel）法国罗曼罗兰（R.Rolland）反对欧战，大家以为他们了不起，其实幸而他们的话没有实行，否则德国早已打进英国和法国了；因为德国如不能同时实行非战，是没有办法的。俄国托尔斯泰（Tolstoi）的无抵抗主义之所以不能实行，也是这个原因。他不主张以恶报恶的，他的意思是皇帝叫我们去当兵，我们不去当兵，叫警察去捉，他不捉；叫刽子手去杀，他不去杀，大家都不听皇帝的命令，他也没有兴趣；那末做皇帝也无聊起来，天下也就太平了。然而如果一部分的人偏听皇帝的话，那就不行。

我从前也很想做皇帝，后来在北京去看到宫殿的房子都是一个刻板的格式，觉得无聊极了。所以我皇帝也不想做了。做人的趣味在和许多朋友有趣的谈天，热烈的讨论。做了皇帝，口出一声，臣民都下跪，只有不绝声的——Yes，Yes，那有什么趣味？但是还有人做皇帝，因为他和外界隔绝，不知外面还有世界！

总之，思想一自由，能力要减少，民族就站不住，他的自身也站不住了。现在思想自由和生存还有冲突，这是知识阶级本身的缺点。

然而知识阶级将什么样呢？还是在指挥刀下听令行动，还是发表倾向民众的思想呢？要是发表意见，就要想到什么就说什么。真的知识阶级是不顾利害的，如想到种种利害，就是假的，冒充的知识阶级；只是假知识阶级的寿命倒比较长一点。像今天发表这个主张，明天发表那个意见的人，思想似乎天天在进步；只是真的知识阶级的进步，决不能如此快的。不过他们对于社会永不会满意的，所感受的永远是痛苦，所看到的永远是缺点，他们预备着将来的牺牲，社会也因为有了他们而热闹，不过他的本身——心身方面总是苦痛的；因为这也是旧式社会传下来的遗物。至于诸君，是与旧的不同，是二十世纪初叶青年，如在劳动大学一方读书，一方做工，这是新的境遇；或许可以造成新的局面，但是环境还是老样子，着着逼人堕落，倘不与这老社会奋斗，还是要回到老路上去的。

譬如从前我在学生时代不吸烟，不吃酒，不打牌，没有一点嗜好；后来当了教员，有人发传单说我抽鸦片。我很气，但并不辩明，为要报复他们，前年我在陕西就真的抽一回鸦片，看他们怎样？此次来上海有人在报纸上说我来开书店；又有人说我每年版税有一万多元。但是我也并不辩明；但曾经自己想，与其负空名，倒不如真的去赚这许多进款。

还有一层，最可怕的情形，就是比较新的思想运动起来时，如与社会无关，作为空谈，那是不要紧的，这也是专制时代所以能容知识阶级存在的原故。因为痛哭流泪与实际是没有关系的，只是思想运动变成实际的社会运动时，那就危险了。往往反为旧势力所扑灭。中国现在也是如此，这现象，革新的人称之为"反动"。我在文艺史上，却找到一个好名辞，就是Renaissance，在意大利文艺复兴的意义，是把古时好的东西复活，将现存的坏的东西压倒。因为那时候思想太专制腐败了，在古时代确实有些比较好的；因此后来得到了社会上的信仰。现在中国顽固派的复古，把孔子礼教都拉出来了，但是他们拉出来的是好的么？如果是不好的，就是反动，倒退，以后恐怕是倒退的时代了。

还有，中国人现在胆子格外小了，这是受了共产党的影响。人一听到俄罗斯，一看见红色，就吓得一跳；一听到新思想，一看到俄国的小说，更其害怕，对于较特别的思想，较新思想尤其丧心发抖，总要仔仔细细底想，这有没有变成共产党思想的可能性?! 这样的害怕，一动也不敢动，怎样能够有进步呢？这实在是没有力量的表示，比如我们吃东西，吃就吃，若是左思右想，吃牛肉怕不消化，喝茶时又要怀疑，那就不行了，——老年人才是如此；有力量，有自信力的人是不至于此的。虽是西洋文明罢，我们能吸收时，就是西洋文明也变成我们自己的了。好像吃牛肉一样，决不会吃了牛肉自己也即变成牛肉的，要是如此胆小，那真是衰弱的知识阶级了，不衰弱的知识阶级，尚且对于将来的存在不能确定；而衰弱的知识阶级是必定要灭亡的。从前或许有，将来一定不能存在的。

现在，比较安全一点的，还有一条路，是不做时评而做艺术家。要为艺术而艺术。住在"象牙之塔"里，目下自然要比别处平安。就我自己来说罢，——有人说我只会讲自己，这是真的。我先前独自住在厦门大学的一所静寂的大洋房里；到了晚上，我总是孤思默想，想到一切，想到世界怎样，人类怎样，我静静地思想时，自己以为很了不得的样子；但是给蚊子一咬，跳了一跳，把世界人类的大问题全然忘了，离不开的还是我本身。

就我自己说起来，是早就有人劝我不要发议论，不要做杂感，你还是创作去吧！因为做了创作在世界史上有名字，做杂感是没有名字的。其实就是我不做杂感，世界史上，还是没有名字的，这得声明一句，是：这些劝我做创作，不要写杂感的人们之中，有几个是别有用意，是被我骂过的。所以要我不再做杂感。但是我不听他，因此在北京终于站不住了，不得不躲到厦门的图书馆上去了。

艺术家住在象牙塔中，固然比较地安全，但可惜还是安全不到底。秦始皇，汉武帝想成仙，终于没有成功而死了。危险的临头虽然可怕，但别的运命说不定，"人生必死"的运命却无法逃避，所以危险也仿佛用不着害怕似的。但我并不想劝青年得到危险，也不劝他人去做牺牲，说为社会死了名望好，高巍巍的镌起铜像来。自己活着的人没有劝别人去死的权利，假使你自己以为死是好的，那末请你自己先去死吧。诸君中恐有钱人不多罢。那末，我们穷人唯一的资本就是生命。以生命来投资，为社会做一点事，总得多赚一点利才好；以生命来做利息很小的牺牲，是不值得的。所以我从来不叫人去牺牲，但也不要再爬进象牙之塔和知识阶级里去了，我以为这是最稳当的一条路。

至于有一班从外国留学回来，自称知识阶级，以为中国没有他们就要灭亡的，却不在我所论之内，像这样的知识阶级，我还不知道是些什么东西?!

今天的说话很没有伦次，望诸君原谅!

文艺与政治的歧途

——十二月二十一日在上海暨南大学讲

○鲁迅

我是不大出来讲演的；今天到此地来，不过因为说过了好几次，来讲一回也算了却一件事。我所以不出来讲演，一则没有什么意见可讲，二则刚才这位先生说过，在座的很多读过我的书，我更不能讲什么。书上的人大概比实物好一点，《红楼梦》里面的人物，像贾宝玉林黛玉这些人物，都使我有异样的同情；后来，考究一些当时的事实，到北京后，看看梅兰芳姜妙香扮的贾宝玉林黛玉，觉得并不怎样高明。

我没有整篇的鸿论，也没有高明的见解，只能讲讲我近来所想到的。我每每觉到文艺和政治时时在冲突之中；文艺和革命原不是相反的，两者之间，倒有不安于现状的同一。惟政治是要维持现状，自然和不安于现状的文艺处在不同的方向。不过不满意现状的文艺，直到十九世纪以后才兴起来，只有一段短短历史。政治家最不喜欢人家反抗他的意见，最不喜欢人家要想，要开口。而从前的社会也的确没有人想过什么，又没有人开过口。且看动物中的猴子，它们自有它们的首领；首领要它们怎样，它们就怎样。在部落里，他们有一个酋长，他们跟着酋长走，酋长的吩咐，就是他们的标准。酋长要他们死，也只好去死。那时没有什么文艺，即使有，也不过赞美上帝（还没有后人所谓God那么玄妙）罢了！那里会有自由思想？后来，一个部落一个部落你吃我吞，渐渐扩大起来，所谓大国，就是吞吃那多多少少的小部落；一到了大国，内部情形就复杂得多，夹着许多不同的思想，许多不同的问题。这时，文艺也起来了，和政治不断地冲突；政治想维系现状使它统一，文艺催促社会进化使它渐渐分离；文艺虽使社会分裂，但是社会这样才进步起来。文艺既然是政治家的眼中钉，那就不免被挤出去。外国许多文学家，在本国站不住脚，相率亡命到别个国度去；这个方法，就是"逃"。要是逃不掉，那就被杀掉，割掉他的头；割掉头那是最好的方法，既不会开口，又不会想了。俄国许多文学家，受到这个结果，还有许多充军到冰雪的西伯利亚去。

有一派讲文艺的，主张离开人生，讲些月呀花呀鸟呀的话（在中国又不同，有国粹的道德，连花呀月呀都不许讲，当作别论），或者专讲"梦"，专讲些将来的社会，不要讲得太近。这种文学家，他们都躲在象牙之塔里面；但是"象牙之塔"毕竟不能住得很长久的呀！象牙之塔总是要安放在人间，就免不掉还要受政治的压迫。打起仗来，就不能不逃开去。北京有一班文人，顶看不起描写社会的文学家，他们想，小说里面连车夫的生活都可以写进去，岂不把小说应该写才子佳人一首诗生爱情的定律都打破了吗？现在呢，他们也不能做高尚的文学家了，还是要逃到南边来；"象牙之塔"的窗子里，到底没有一块一块面包递进来的呀！

等到这些文学家也逃出来了，其他文学家早已死的死，逃的逃了。别的文学家，对于现状早感到不满意，又不能不反对，不能不开口，"反对""开口"就是有他们的下场。我以为文艺大概由于现在生活的感受，亲身所感到的，便影印到文艺中去。挪威有一文学家，他描写肚子饿，写了一本书，这是依他所经验的写的。对于人生的经验，别的且不说，"肚子饿"这件事，要是欢喜，便可以试试看，只要两天不吃饭，饭的香味便会是一个特别的诱惑；要是走过街上饭铺子门口，更会觉得这个香味一阵阵冲到鼻子来。我们有钱的时候，用几个钱不算什么；直到没有钱，一个钱都有它的意味。那本描写肚子饿的书里，它说起那人饿得久了，看见路人个个是仇人，即是穿一件单褂子的，在他眼里也见得那是骄傲。我记起我自己曾经写过这样一个人，他身边什么都光了，时常抽开抽屉看看，看角上边上可以找到什么；路上一处一处去找，看有什么可以找得到；这个情形，我自己是体验过来的。

从生活窘迫过来的人，一到了有钱，容易变成两种情形：一种是理想世界，替处同一境遇的人着想，便成为人道主义；一种是什么都是自己挣起来，从前的遭遇，使他觉得什么都是冷酷，便流为个人主义。我们中国大概是变成个人主义者多。主张人道主义的，要想替穷人想想法子，改变改变现状，在政治家眼里，倒还不如个人主义的好；所以人道主义者和政治家就有冲突。俄国文学家托尔斯泰讲人道主义，反对战争，写过三册很厚的小说——那部《战争与和平》，他自己是个贵族，却是经过战场的生活，他感到战争是怎么一个惨痛。尤其是他一临到长官的铁板前（战场上重要军官都有铁板挡住枪弹），更有刺心的痛楚。而他又眼见他的朋友们，很多在战场上牺牲掉。战争的结果，也可以变成两种态度：一种是英雄，他见别人死的死伤的伤，只有他健存，自己就觉得怎样了不得，这么那么夸耀战场上的威雄。一种是变成反对战争的，希望世界上不要再打仗了。托尔斯泰便是后一种，主张用无抵抗主义来消灭战争。他这么主张，政府自然讨厌他；反对战争，和俄皇的侵掠欲望冲突；主张无抵抗主义，叫兵士不替皇帝打仗，警察不替皇帝执法，审判官不替皇帝裁判，大家都不去捧皇帝；皇帝是全要人捧的，没有人捧，还成什么皇帝，更和政治相冲突。这种文学家出来，对于社会现状不满意，这样批评，那样批评，弄得社会上个个都自己觉到，都不安起来，自然非杀头不可。

但是，文艺家的话其实还是社会的话，他不过感觉灵敏，早感到早说出来（有时，他说得太早，连社会也反对他，也排轧他）。譬如我们学兵式体操，行举枪礼，照规矩口令是"举……枪"这般叫，一定要等"枪"字令下，才可以举起。有些人却是一听到"举"字便举起来，叫口令的要罚他，说他做错。文艺家在社会上正是这样；他说得早一点，大家都讨厌他。政治家认定文学家是社会扰乱的煽动者，心想杀掉他，社会就可平安。殊不知杀了文学家，社会还是要革命；俄国的文学家被杀掉的充军的不在少数，革命的火焰不是到处燃着吗？文学家生前大概不能得到社会的同情，潦倒地过了一生，直到死后四五十年，才为社会所认识，大家大闹起来。政治家因此更厌恶文学家，以为文学家早就种下大祸根；政治家想不准大家思想，而那野蛮时代早已过去了。在座诸位的见解，我虽然不知道；据我推测，一定和政治家是不相同；政治家既永远怪文艺家破坏他们的统一，偏见如此，所以我从来不肯和政治家去说。

到了后来，社会终于变动了；文艺家先时讲的话，渐渐大家都记起来了，大家都赞成他，恭维他是先知先觉。虽是他活的时候，怎样受过社会的奚落。刚才我来讲演，大家一阵子拍手，这拍手就见得我并不怎样伟大；那拍手是很危险的东西，拍了手或者使我自以为伟大不再向前了，所以还是不拍手的好。上面我讲过，文学家是感觉灵敏了一点，许多观念，文学家早感到了，社会还没有感到。譬如今天衣萍先生穿了皮袍，我还只穿棉袍；衣萍先生对于天寒的感觉比我灵。再过一月，也许我也感到非穿皮袍不可，在天气上的感觉，相差到一个月，在思想上的感觉就得相差到三四十年。这个话，我这么讲，也有许多文学家在反对。我在广东，曾经批评一个革命文学家——现在的广东，是非革命文学不能算做文学的，是非"打打打，杀杀杀，革革革，命命命"，不能算做革命文学的——我以为革命并不能和文学连在一块儿，虽然文学中也有文学革命。但做文学的人总得闲定一点，正在革命中，那有功夫做文学。我们且想想：在生活困乏中，一面拉车，一面"之乎者也"，到底不大便当。古人虽有种田做诗的，那一定不是自己在种田；雇了几个人替他种田，他才能吟他的诗；真要种田，就没有功夫做诗。革命时候也是一样；正在革命，那有功夫做诗？我有几个学生，在打陈炯明时候，他们都在战场；我读了他们的来信，只见他们的字与词一封一封生疏下去。俄国革命以后，拿了面包票排了队一排一排去领面包；这时，国家既不管你什么文学家艺术家雕刻家；大家连想面包都来不及，那有功夫去想文学？等到有了文学，革命早成功了。革命成功以后，闲空了一点；有人恭维革命，有人颂扬革命，这已不是革命文学，他们恭维革命颂扬革命，就是颂扬有权力者，和革命有什么关系？

　　这时，也许有感觉灵敏的文学家，又感到现状的不满意，又要出来开口。从前文艺家的话，政治革命家原是赞同过；直到革命成功，政治家把从前所反对那些人用过的老法子重新采用起来，在文艺家仍不免于不满意，又非被排轧出去不可，或是割掉他的头。割掉他的头，前面我讲过，那是顶好的法子咯，——从十九世纪到现在，世界文艺的趋势，大都如此。

　　十九世纪以后的文艺，和十八世纪以前的文艺大不相同。十八世纪的英国小说，它的目的就在供给太太小姐们的消遣，所讲的都是愉快风趣的话。十九世纪的后半世纪，完全变成和人生问题发生密切关系。我们看了，总觉得十二分的不舒服，可是我们还得气也不透地看下去。这因为以前的文艺，好像写别一个社会，我们只要鉴赏；现在的文艺，就在写我们自己的社会，连我们自己也写进去；在小说里可以发见社会，也可以发见我们自己；以前的文艺，如隔岸观火，没有什么切身关系；现在的文艺，连自己也烧在这里面，自己一定深深感觉到；一到自己感觉到，一定要参加到社会去！

十九世纪，可以说是一个革命的时代；所谓革命，那不安于现在，不满意于现状的都是。文艺催促旧的渐渐消灭的也是革命（旧的消灭，新的才能产生），而文学家的命运并不因自己参加过革命而有一样改变，还是处处碰钉子。现在革命的势力已经到了徐州，在徐州以北文学家原站不住脚；在徐州以南，文学家还是站不住脚，即共了产，文学家还是站不住脚。革命文学家和革命家竟可说完全两件事。诋斥军阀怎样怎样不合理，是革命文学家；打倒军阀是革命家；孙传芳所以赶走，是革命家用炮轰掉的，决不是革命文艺家做了几句"孙传芳呀，我们要赶掉你呀"的文章赶掉的。在革命的时候，文学家都在做一个梦，以为革命成功将有怎样怎样一个世界；革命以后，他看看现实全不是那么一回事，于是他又要吃苦了。照他们这样叫，啼，哭都不成功；向前不成功，向后也不成功，理想和现实不一致，这是注定的运命；正如你们从《呐喊》上看出的鲁迅和讲坛上的鲁迅并不一致；或许大家以为我穿洋服头发分开，我却没有穿洋服，头发也这样短短的。所以以革命文学自命的，一定不是革命文学，世间那有满意现状的革命文学？除了吃麻醉药！苏俄革命以前，有两个文学家，叶遂宁和梭波里，他们都讴歌过革命，直到后来，他们还是碰死在自己所讴歌希望的现实碑上，那时，苏维埃是成立了！

　　不过，社会太寂寞了，有这样的人，才觉得有趣些。人类是欢喜看看戏的，文学家自己来做戏给人家看，或是绑出去砍头，或是在最近墙脚下枪毙，都可以热闹一下子。且如上海巡捕用棒打人，大家围着去看，他们自己虽然不愿意挨打，但看见人家挨打，倒觉得颇有趣的。文学家便是用自己的皮肉在挨打的啦！

　　今天所讲的，就是这么一点点，给它一个题目，叫做……《文艺与政治的歧途》。

习惯与改革

○鲁迅

　　体质和精神都已硬化了的人民，对于极小的一点改革，也无不加以阻挠，表面上好像恐怕于自己不便，其实是恐怕于自己不利，但所设的口实，却往往见得极其公正而且堂皇。

　　今年的禁用阴历，原也是琐碎的，无关大体的事，但商家当然叫苦连天了。不特此也，连上海的无业游民，公司雇员，竟也常常慨然长叹，或者说这很不便于农家的耕种，或者说这很不便于海船的候潮。他们居然因此念起久不相干的乡下的农夫，海上的舟子来。这真像煞有些博爱。

　　一到阴历的十二月二十三，爆竹就到处毕毕剥剥。我问一家的店伙："今年仍可以过旧历年，明年一准过新历年么？"那回答是："明年又是明年，要明年再看了。"他并不信明年非过阳历年不可。但日历上，却诚然删掉了阴历，只存节气。然而一面在报章上，则出现了《一百二十年阴阳合历》的广告。好，他们连曾孙玄孙时代的阴历，也已经给准备妥当了，一百二十年！

　　梁实秋先生们虽然很讨厌多数，但多数的力量是伟大，要紧的，有志于改革者倘不深知民众的心，设法利导，改进，则无论怎样的高文宏议，浪漫古典，都和他们无干，仅止于几个人在书房中互相叹赏，得些自己满足。假如竟有"好人政府"，出令改革乎，不多久，就早被他们拉回旧道上去了。

　　真实的革命者，自有独到的见解，例如乌略诺夫先生，他是将"风俗"和"习惯"，都包括在"文化"之内的，并且以为改革这些，很为困难。我想，但倘不将这些改革，则这革命即等于无成，如沙上建塔，顷刻倒坏。中国最初的排满革命，所以易得响应者，因为口号是"光复旧物"，就是"复古"，易于取得保守的人民同意的缘故。但到后来，竟没有历史上定例的开国之初的盛世，只枉然失了一条辫子，就很为大家所不满了。

以后较新的改革，就着着失败，改革一两，反动十斤，例如上述的一年日历上不准注阴历，却来了阴阳合历一百二十年。

这种合历，欢迎的人们一定是很多的，因为这是风俗和习惯所拥护，所以也有风俗和习惯的后援。别的事也如此，倘不深入民众的大层中，于他们的风俗习惯，加以研究，解剖，分别好坏，立存废的标准，而于存于废，都慎选施行的方法，则无论怎样的改革，都将为习惯的岩石所压碎，或者只在表面上浮游一些时。

现在已不是在书斋中，捧书本高谈宗教，法律，文艺，美术……等等的时候了，即使要谈论这些，也必须先知道习惯和风俗，而且有正视这些的黑暗面的勇猛和毅力。因为倘不看清，就无从改革。仅大叫未来的光明，其实是欺骗怠慢的自己和怠慢的听众的。

现代史

○鲁迅

从我有记忆的时候起，直到现在，凡我所曾经到过的地方，在空地上，常常看见有"变把戏"的，也叫作"变戏法"的。

这变戏法的，大概只有两种——

一种，是教一个猴子戴起假面，穿上衣服，耍一通刀枪；骑了羊跑几圈。还有一匹用稀粥养活，已经瘦得皮包骨头的狗熊玩一些把戏。末后是向大家要钱。

一种，是将一块石头放在空盒子里，用手巾左盖右盖，变出一只白鸽来；还有将纸塞在嘴巴里，点上火，从嘴角鼻孔里冒出烟焰。其次是向大家要钱。要了钱之后，一个人嫌少，装腔作势的不肯变了，一个人来劝他，对大家说再五个。果然有人抛钱了，于是再四个，三个……

抛足之后，戏法就又开了场。这回是将一个孩子装进小口的坛子里面去，只见一条小辫子，要他再出来，又要钱。收足之后，不知怎么一来，大人用尖刀将孩子刺死了，盖上被单，直挺挺躺着，要他活过来，又要钱。

"在家靠父母，出家靠朋友……Huazaa! Huazaa!"变戏法的装出撒钱的手势，严肃而悲哀的说。

别的孩子，如果走近去想仔细的看，他是要骂的；再不听，他就会打。

果然有许多人Huazaa了。待到数目和预料的差不多，他们就检起钱来，收拾家伙，死孩子也自己爬起来，一同走掉了。

看客们也就呆头呆脑的走散。

这空地上，暂时是沉寂了。过了些时，就又来这一套。俗语说，"戏法人人会变，各有巧妙不同。"其实是许多年间，总是这一套，也总有人看，总有人Huazaa，不过其间必须经过沉寂的几日。

　　我的话说完了，意思也浅得很，不过说大家Huazaa Huazaa一通之后，又要静几天了，然后再来这一套。

　　到这里我才记得写错了题目，这真是成了"不死不活"的东西。

四月一日。

从帮忙到扯淡

○ 鲁迅

"帮闲文学"曾经算是一个恶毒的贬辞，——但其实是误解的。

《诗经》是后来的一部经，但春秋时代，其中的有几篇就用之于侑酒；屈原是"楚辞"的开山老祖，而他的《离骚》，却只是不得帮忙的不平。到得宋玉，就现有的作品看起来，他已经毫无不平，是一位纯粹的清客了。然而《诗经》是经，也是伟大的文学作品；屈原宋玉，在文学史上还是重要的作家。为什么呢？——就因为他究竟有文采。

中国的开国的雄主，是把"帮忙"和"帮闲"分开来的，前者参与国家大事，作为重臣，后者却不过叫他献诗作赋，"俳优蓄之"，只在弄臣之例。不满于后者的待遇的是司马相如，他常常称病，不到武帝面前去献殷勤，却暗暗的作了关于封禅的文章，藏在家里，以见他也有计画大典——帮忙的本领，可惜等到大家知道的时候，他已经"寿终正寝"了。然而虽然并未实际上参与封禅的大典，司马相如在文学史上也还是很重要的作家。为什么呢？就因为他究竟有文采。

但到文雅的庸主时，"帮忙"和"帮闲"的可就混起来了，所谓国家的柱石，也常是柔媚的词臣，我们在南朝的几个末代时，可以找出这实例。然而主虽然"庸"，却不"陋"，所以那些帮闲者，文采却究竟还有的，他们的作品，有些也至今不灭。

谁说"帮闲文学"是一个恶毒的贬辞呢？

就是权门的清客，他也得会下几盘棋，写一笔字，画画儿，识古董，懂得些猜拳行令，打趣插科，这才能不失其为清客。也就是说，清客，还要有清客的本领的，虽然是有骨气者所不屑为，却又非搭空架者所能企及。例如李渔的《一家言》，袁枚的《随园诗话》，就不是每个帮闲都做得出来的。必须有帮闲之志，又有帮闲之才，这才是真正的帮闲。如果有其志而无其才，乱点古书，重抄笑话，吹拍名士，拉扯趣闻，而居然不顾脸皮，大摆架子，反自以为得意，——自然也还有人以为有趣，——但按其实，却不过"扯淡"而已。

帮闲的盛世是帮忙，到末代就只剩了这扯淡。

六月六日。

阿 金

○鲁迅

近几时我最讨厌阿金。

她是一个女仆，上海叫娘姨，外国人叫阿妈，她的主人也正是外国人。

她有许多女朋友，天一晚，就陆续到她窗下来，"阿金，阿金!"的大声的叫，这样的一直到半夜。她又好像颇有几个姘头；她曾在后门口宣布她的主张：弗轧姘头，到上海来做啥呢？……

不过这和我不相干。不幸的是她的主人家的后门，斜对着我的前门，所以"阿金，阿金!"的叫起来，我总受些影响，有时是文章做不下去了，有时竟会在稿子上写一个"金"字。更不幸的是我的进出，必须从她家的晒台下走过，而她大约是不喜欢走楼梯的，竹竿，木板，还有别的什么，常常从晒台上直摔下来，使我走过的时候，必须十分小心，先看一看这位阿金可在晒台上面，倘在，就得绕远些。自然，这是大半为了我胆子小，看得自己的性命太值钱；但我们也得想一想她的主子是外国人，被打得头破血出，固然不成问题，即使死了，开同乡会，打电报也都没有用的，——况且我想，我也未必能够弄到开起同乡会。

半夜以后，是别一种世界，还剩着白天脾气是不行的。有一夜，已经三点半钟了，我在译一篇东西，还没有睡觉。忽然听得路上有人低声的在叫谁，虽然听不清楚，却并不是叫阿金，当然也不是叫我。我想：这么迟了，还有谁来叫谁呢？同时也站起来，推开楼窗去看去了，却看见一个男人，望着阿金的绣阁的窗，站着。他没有看见我。我自悔我的莽撞，正想关窗退回的时候，斜对面的小窗开处，已经现出阿金的上半身来，并且立刻看见了我，向那男人说了一句不知道什么话，用手向我一指，又一挥，那男人便开大步跑掉了。我很不舒服，好像是自己做了甚么错事似的，书译不下去了，心里想：以后总要少管闲事，要炼到泰山崩于前而色不变，炸弹落于侧而身不移！……

但在阿金，却似乎毫不受什么影响，因为她仍然嘻嘻哈哈。不过这是晚快边才得到的结论，所以我真是负疚了小半夜和一整天。这时我很感谢阿金的大度，但同时又讨厌了她的大声会议，嘻嘻哈哈了。自有阿金以来，四围的空气也变得扰动了，她就有这么大的力量。这种扰动，我的警告是毫无效验的，她们连看也不对我看一看。有一回，邻近的洋人说了几句洋话，她们也不理；但那洋人就奔出来了，用脚向各人乱踢，她们这才逃散，会议也收了场。这踢的效力，大约保存了五六夜。

此后是照常的嚷嚷；而且扰动又廓张了开去，阿金和马路对面一家烟纸店里的老女人开始奋斗了，还有男人相帮。她的声音原是响亮的，这回就更加响亮，我觉得一定可以使二十间门面以外的人们听见。不一会，就聚集了一大批人。论战的将近结束的时候当然要提到"偷汉"之类，那老女人的话我没有听清楚，阿金的答复是：

"你这老×没有人要！我可有人要呀！"

这恐怕是实情，看客似乎大抵对她表同情，"没有人要"的老×战败了。这时踱来了一位洋巡捕，反背着两手，看了一会，就来把看客们赶开；阿金赶紧迎上去，对他讲了一连串的洋话。洋巡捕注意的听完之后，微笑的说道：

"我看你也不弱呀！"

他并不去捉老×，又反背着手，慢慢的踱过去了。这一场巷战就算这样的结束。但是，人间世的纠纷又并不能解决得这么干脆，那老×大约是也有一点势力的。第二天早晨，那离阿金家不远的也是外国人家的西崽忽然向阿金家逃来。后面追着三个彪形大汉。西崽的小衫已被撕破，大约他被他们诱出外面，又给人堵住后门，退不回去，所以只好逃到他爱人这里来了。爱人的肘腋之下，原是可以安身立命的，伊孛生（H.Ibsen）戏剧里的彼尔·干德，就是失败之后，终于躲在爱人的裙边，听唱催眠歌的大人物。但我看阿金似乎比不上瑙威女子，她无情，也没有魄力。独有感觉是灵的，那男人刚要跑到的时候，她已经赶紧把后门关上了。那男人于是进了绝路，只得站住。这好像也颇出于彪形大汉们的意料之外，显得有些踌躇；但终于一同举起拳头，两个是在他背脊和胸脯上一共给了三拳，仿佛也并不怎么重，一个在他脸上打了一拳，却使它立刻红起来。这一场巷战很神速，又在早晨，所以观战者也不多，胜败两军，各自走散，世界又从此暂时和平了。然而我仍然不放心，因为我曾经听人说过：所谓"和平"，不过是两次战争之间的时日。

但是，过了几天，阿金就不再看见了，我猜想是被她自己的主人所回复。补了她的缺的是一个胖胖的，脸上很有些福相和雅气的娘姨，已经二十多天，还很安静，只叫了卖唱的两个穷人唱过一回"奇葛隆冬强"的《十八摸》之类，那是她用"自食其力"的余闲，享点清福，谁也没有话说的。只可惜那时又招集了一群男男女女，连阿金的爱人也在内，保不定什么时候又会发生巷战。但我却也叨光听到了男嗓子的上低音（barytone）的歌声，觉得很自然，比绞死猫儿似的《毛毛雨》要好得天差地远。

阿金的相貌是极其平凡的。所谓平凡，就是很普通，很难记住，不到一个月，我就说不出她究竟是怎么一副模样来了。但是我还讨厌她，想到"阿金"这两个字就讨厌；在邻近闹嚷一下当然不会成什么深仇重怨，我的讨厌她是因为不消几日，她就摇动了我三十年来的信念和主张。

我一向不相信昭君出塞会安汉，木兰从军就可以保隋；也不信妲己亡殷，西施沼吴，杨妃乱唐的那些古老话。我以为在男权社会里，女人是决不会有这种大力量的，兴亡的责任，都应该男的负。但向来的男性的作者，大抵将败亡的大罪，推在女性身上，这真是一钱不值的没有出息的男人。殊不料现在阿金却以一个貌不出众，才不惊人的娘姨，不用一个月，就在我眼前搅乱了四分之一里，假使她是一个女王，或者是皇后，皇太后，那么，其影响也就可以推见了：足够闹出大大的乱子来。

昔者孔子"五十而知天命"，我却为了区区一个阿金，连对于人事也从新疑惑起来了，虽然圣人和凡人不能相比，但也可见阿金的伟力，和我的满不行。我不想将我的文章的退步，归罪于阿金的嚷嚷，而且以上的一通议论，也很近于迁怒，但是，近几时我最讨厌阿金，仿佛她塞住了我的一条路，却是的确的。

愿阿金也不能算是中国女性的标本。

十二月二十一日。

第六讲

鲁·迅·学·术·文·导·读

鲁迅虽不以学者和专家自居，甚至非常反感或反抗所谓的学者桂冠和专家名号。在鲁迅眼里，他们或超然物外，不接地气；或恃才自傲，自以为是；或貌似公正，实为蝇营狗苟。鲁迅曾批判"研究系之流"，"专是假道学，外面似书呆子"[1]。"现在我最恨什么'学者只讲学问，不问派别'这些话，假如研究造炮的学者，将不问是蒋介石，是吴佩孚，都为之造么？"[2] 在他看来，学问与社会有关，不能完全脱离政治。在社会大众那里，学者鲁迅虽然没有文学家和思想家鲁迅那么大的声望，但学问家鲁迅也是独树一帜，甚至可以说，没有学问家鲁迅也就没有思想家鲁迅。有学者家研究《野草》的中外用典[3]，就充分展示了文学家鲁迅的博学多识，如没有这些学问，鲁迅的文学创作就只能依靠才情和经历了。实际上，我们从鲁迅学术著作和杂文里能体会到鲁迅的学问，从小说、散文里也能感受到鲁迅的学问。并且，有学问的鲁迅在文学创作时并不受制学问，而有体验的真切、想象的丰富和情感的蕴藉，这是一个创作心理学问题。

鲁迅集中开展学术研究，主要在大学担任教席期间。学术研究需要相对冷静，时间充裕的生活，后来，他已完全转向针对社会现

---

[1] 王得后：《〈两地书〉研究》，天津人民出版社，1982年，第80页。

[2] 王得后：《〈两地书〉研究》，天津人民出版社，1982年，第82页。

[3] 郜元宝：《"游魂""长蛇""抉心自食""从天上看见深渊"——〈墓碣文〉与鲁迅译介之关系》，《鲁迅研究月刊》2023年第4期；《〈中世奇异神话〉〈犹太人〉〈苏鲁支语录〉〈该隐〉及其他——〈过客〉"四典"》，《名作欣赏》2013年第13期；《"雨的精魂"与"雕的心"——鲁迅〈雪〉之"四典"》，《南方文坛》2023年第5期。

实的杂文写作。但是，学者鲁迅对文学家鲁迅和思想家鲁迅依然发挥着潜移默化的支撑作用，其他不说，就是《中国小说史略》对《山海经》的讨论，显然有助于写作《故事新编》的《补天》《奔月》和《理水》等，它们都取材于《山海经》。

学者鲁迅是大家风范。涉足和研究领域非常广泛，兼及文学、历史、金石和佛学；治学方法注重校勘辑佚，治文学史善于抓重点文学现象，大处着眼，小处着手，尤以文学史（小说史）研究成就最为卓著，也得后世推崇。专著《中国小说史略》《汉文学史纲要》，可谓中国文学史研究的一流成果。编著《古小说钩沉》《唐宋传奇集》《小说旧闻钞》，论文《宋民间之所谓小说及其后来》《魏晋风度及文章与药及酒之关系》《〈中国新文学大系〉小说二集序》，以及散见于其杂文中的若干文学史（小说史）论断，均为文学史（小说史）研究的精彩篇什。

鲁迅还整理辑录了大量的古籍文献。包括古代史地著作、古典小说、类书等佚书，考证文物，校录古代文集、小说集，摘编过小说评论资料。鲁迅辑录古籍，其特点，一是以"正史"为主，兼采杂书；二是坚持"考而后信"的原则，言必有据，真实、完备、可靠；三是钩沉辑佚，补充完整；四是文物互证，既重文献，又重实物。他所写的《〈吕超墓志铭〉跋》《吕超墓出土吴郡郑蔓镜考》都是文物互证的成果。

一、小说史研究

鲁迅最重要的学术贡献是小说史研究，他的《中国小说史略》和《汉文学史纲要》都是现代学术史上的经典之作。鲁迅曾说："中国之小说自来无史；有之，则先见于外国人所作之中国文学史中，而后中国人所作者中亦有之，然其量皆不及全书之什一， 故于小说仍不详。"[1] 它不但填补了中国小说史的空白，而且还在小说史体例和框架上成为后世写作典范。

自1920年8月，鲁迅开始在北京大学讲授小说史，每周一小时。1921年，鲁迅先后在北京高等师范学校、北京女子师范大学、北京世界语专门学校、北京大学等院校讲授"中国小说史"，并陆续编发油印本小说史讲义，每次上课前，鲁迅就将油印讲课内容，发给学生，后再装订，这成了《中国小说史略》的雏形。油印本共17篇，内容简略，多属梗概。后来，鲁迅进行了增补修订，再由北大印刷所铅印，题名《中国小说史大略》。铅印本讲义亦为散页，内容扩充至26篇。1923年12月和1924年6月，北京大学新潮社出版了《中国小说史略》上下卷。这应是《中国小说史略》第一次正式出版。鲁迅在讲义基础上再次进行修订，将该书的规模扩充至28篇。因新潮社解散，《中国小说史略》改由北新书局出版，1925年9月，第一次出版了合订本。此后多次再版，每一版鲁迅都有修订，但篇章数量不

---

[1] 鲁迅：《〈中国小说史略〉序言》，《鲁迅全集》9卷，人民文学出版社，2005年，第4页。

作增删，至1935年6月，北新书局印刷第10版修订本[1]。它结束了中国小说研究长期处于零散评点的状态，改变了"中国之小说自来无史"的局面。

《中国小说史略》以小说发展历史为线索，以小说类型为中心，描述不同时期小说现象的基本格局。鲁迅借助小说类型的划分和命名，确立不同时代小说创作形态的历史定位。鲁迅对小说类型的命名，如同今人的关键词，一锤定音，他或借用前人之说，如"志怪""传奇"等，或新创命名，如"志人""神魔小说""人情小说""谴责小说"等。他注重作家作品分析，不但考察小说艺术特点，也描述历史的政治环境、社会风尚和文人心态，将小说创作的内外因素结合起来分析，定位精准，伸展自如。并且，他对小说艺术及审美价值也有精确判断，寥寥数语，即成断论，显示了小说家鲁迅的敏锐感悟和学者鲁迅的深厚学识。

鲁迅对小说史料的钩沉稽考用力颇深，他编订的多部小说史料专书，如《古小说钩沉》《唐宋传奇集》和《小说旧闻钞》，都为《中国小说史略》提供了史料基础。他自称在史料方面，"我都有我独立的准备"，在方法上，"我却用我法"[2]。史料文献是文学史的基础。如鲁迅所说，撰文学史"先从作长编入手"[3]，可谓精当之论。《古小说钩沉》收录唐前小说佚文36种，起于周代，迄于魏晋南北朝，主要从类书中钩沉辑佚，历经数载。该书虽未能完成出版，但对《中国小说史略》也有支持。其对唐前小说文献的辑录最为重

[1] 鲍国华：《文学史家鲁迅：史料与阐释》，百花文艺出版社，2021年，第3-9页。

[2] 鲁迅：《不是信》，《鲁迅全集》第3卷，人民文学出版社，2005年，第244-245页。

[3] 鲁迅：《330618致曹聚仁》，《鲁迅全集》第12卷，人民文学出版社，2005年，第404页。

要，其特点是"体例谨严、搜罗宏富、辑文完善、考证精审"[1]。鲁迅从1912年开始辑录、校勘唐宋传奇，积十余年。1927年辞去中山大学教职后，他将材料重加勘定，成《唐宋传奇集》8卷，收录唐宋传奇小说45篇，1927年12月和1928年2月，分上下册由北新书局出版。它不同于辑本《古小说钩沉》，《唐宋传奇集》是选本，这里面有鲁迅的选文标准，"唐文从宽，宋制则颇加决择。凡明清人所辑丛刊，有妄作者，辄加审正，黜其伪欺，非敢刊落，以求信也"。[2] 这主要基于鲁迅对从唐至宋传奇艺术的嬗变，基于鲁迅对传奇艺术的偏重。另外，鲁迅还逐篇考订了《唐宋传奇集》中选录作品的相关史实，纠正了不少误讹之处。并以札记形式附于卷末，题曰《稗边小缀》，断制审慎，论证严谨。《小说旧闻钞》编订于鲁迅在北京大学讲授小说史之际，1926年8月由北新书局出版，收录自宋代《大宋宣和遗事》至晚清《二十年目睹之怪现状》共41部小说的相关史料；另有"源流""评刻""禁黜""杂说"四部，涉及宋元以降关于小说的若干史实和评论。此后又经作者增补，1934年5月由上海联华书局再版。鲁迅自述其辑考《小说旧闻钞》的甘苦："时方困瘁，无力买书，则假之中央图书馆，通俗图书馆，教育部图书室等，废寝辍食，锐意穷搜，时或得之，瞿然则喜，故凡所采掇，虽无异书，然以得之之难也，颇亦珍惜。"[3] 该书纠正了一些不妥之处，辨析小说戏曲之差别，不再收入戏曲史料，依据原书抄录，如有转引也以按语说明，使史料更为可证可信。郑振铎曾称鲁迅的辑佚、创作和翻译为

[1] 林辰：《鲁迅辑录〈古小说钩沉〉的成就及其特色》，《林辰文集》第2卷，山东教育出版社，2010年，第161页。

[2] 鲁迅：《〈唐宋传奇集〉序例》，《鲁迅全集》第10卷，人民文学出版社，2005年，第89页。

[3] 鲁迅：《〈小说旧闻钞〉再版序言》，《鲁迅全集》第10卷，人民文学出版社，2005年，第158页。

"三绝"[1]，"他是最精密的考据家、校订家。他的校订的工夫是不下于顾千里，黄荛圃他们的；而较他们更进步的是，他不是限于考据、校订为止境。他是在根本上做工夫的。他打定了基础，搜齐了材料，然后经过尖锐的考察，精密的分析，而以公平的态度下判断。不马胡，不苟且，从根本上做工夫，这便是他治学的精神。"[2]《古小说钩沉》《唐宋传奇集》和《小说旧闻钞》都有这样的特点，只是后二者是有意配合《中国小说史》的撰写而作，使小说史的写作有了坚实的根基。

鲁迅的《中国小说的历史的变迁》也是关于小说史研究的一篇名作。它是1924年7月鲁迅应邀到西安所作的关于中国小说史讲演的记录稿。讲演历时8天，讲11次，计12小时。记录稿经鲁迅本人整理后，题名《中国小说的历史的变迁》，刊于1925年西北大学出版部印行《国立西北大学、陕西教育厅合办暑期学校讲演集》。受时间限制，《中国小说的历史的变迁》没有《中国小说史略》内容详细，而省略了一些史料和作品，或加以合并，有的还对《中国小说史略》之论略有所，总体上，没有超出《中国小说史略》之判断。

中国文学一向视小说为"小道"和"末流"，是"闲书"和"邪书"。鲁迅对小说的分析和研究不仅有学术史价值，还有扶正祛邪的意图，不无反思和批判传统思想和诗学的意义。如对孔孟思想、宋明理学，佛家因果报应，道教方士迷信等多有批判。可以说，《中国小说史略》既是小说艺术史，又是小说文化史，成为中国小说史研究的经典力作。

---

[1] 郑振铎：《鲁迅的辑佚工作——为鲁迅先生逝世二周年纪念而作》，《郑振铎全集》第3卷，花山文艺出版社，1998年，第548页。

[2] 郑振铎：《鲁迅先生的治学精神——为鲁迅先生周年纪念作》，《郑振铎全集》第3卷，花山文艺出版社，1998年，第546-547页。

二、文学史研究

除小说史研究之外，鲁迅在文学史研究上也多有创获。1926年，他在厦门大学讲授中国文学史课程，编写讲义，陆续刻印，前三篇名为"中国文学史略"（或简称"文学史"），第四至第十篇均为"汉文学史纲要"。后来，也作为鲁迅在中山大学"中国文学史"的课程讲义。《中国文学史略》只编写到自先秦至西汉前期，鲁迅一直想完成这部中国文学史的编写工作。1932年6月，他还和瞿秋白讨论中国古典文学的评价、士族文学和平民文学的关系，以及编写中国文学史的方法、体例、分期等问题。这件事，鲁迅曾和好友许寿裳、增田涉说起过。据许寿裳回忆，鲁迅想作《中国字体发展史》和《中国文学史》。中国文学史的纲目是：（一）从文字到文章，（二）思无邪（《诗经》），（三）诸子，（四）从《离骚》到"反离骚"，（五）酒，药，女，佛（六朝），（六）廊庙与山林[1]。从大纲看，第一章阐述文字和文学的起源，从《汉文学史纲要》第一篇"自文字至文章"可见其雏形。1934年8月，鲁迅在《门外文谈》中也讨论到"字是什么人造的？""字是怎么来的？""写字就是画画""古时候言文一致么？""于是文章成为奇货了""不识字的作家"等问题，似乎可以作为它的内容补证。第二章"思无邪"主要是论述我国第一部诗歌总集《诗经》，也可从《汉文学史纲要》第二篇"《书》与《诗》"知其概略。第四章"从《离骚》到'反离

---

[1] 许寿裳：《亡友鲁迅印象记》，鲁迅博物馆、鲁迅研究室、《鲁迅研究月刊》选编《鲁迅回忆录（专著）》（上），人民文学出版社，1999年，第252页。

骚'",主要论述从楚辞到汉赋的发展过程,在《汉文学史纲要》第四篇"屈原及宋玉"已有雏形。1929年12月4日,鲁迅在上海暨南大学还作了《离骚与反离骚》的专题讲演,讲稿1930年发表在《暨南校刊》时,虽未经鲁迅审阅,不免有错漏,但基本内容和观点还是能见出鲁迅的总体构思。第五章主要是论述魏晋南北朝文学。1927年7月,鲁迅的《魏晋风度及文章与药及酒之关系》,就是这一章的内容。第六章鲁迅想要论述唐代文学的两大倾向,即廊庙文学和山林文学。其观点鲁迅1932年11月在北京大学第二院所所作的《帮忙文学与帮闲文学》的讲演,已有涉及。因此,鲁迅对中国文学史有过系统思考和研究,虽未能终篇,但留下的《汉文学史纲要》以及其他相关文章,已可见出主要内容之梗概。

《汉文学史纲要》第一篇名为《自文字至文章》,从文字讲起,阐述"文"的起源及其本义,还原文学诞生的历史和形式,显然受到了鲁迅的老师章太炎,以及刘师培等人的文学观的影响,也有鲁迅个人的想法。晚年鲁迅,还有撰写中国字体变迁史和文学史的想法[1],将文学与文字结合起来研究,中国的文学史与语言载体、语言形态有关。该书还将作家创作环境、创作经历和创作作品结合起来分析,借鉴了刘勰的"时序"观念,强调文学背后的世态人心,由此分析一个时代的文学精神。该书对作家作品的点评,也极精准妥帖,如称《庄子》"其文则汪洋辟阖,仪态万方,晚周诸子之作,莫能先也"[2],司马迁的《史记》为"史家之绝唱,无韵之《离

---

[1] 鲁迅:《330618致曹聚仁》,《鲁迅全集》第12卷,人民文学出版社,2005年,第404页。

[2] 鲁迅:《汉文学史纲要》,《鲁迅全集》第9卷,人民文学出版社,2005年,第375页。

骚》"[1] 等，均为文学史之经典论断[2]。

《汉文学史纲要》只写了汉代之前，鲁迅关于汉以后的文学判断，时在杂文里出现，如《魏晋风度及文章与药及酒之关系》。该文为鲁迅1927年7月23日和26日在国民党政府广州市教育局主办的广州夏期学术演讲会上的讲演记录，后经鲁迅修改，先后连载于1927年8月11至13日、15至17日广州《民国日报》副刊《现代青年》第173至178期。同年，鲁迅再作修改，发表于1927年11月16日《北新》半月刊第2卷2号，后收入1928年10月出版的《而已集》，在编辑过程中，鲁迅再作修订。文章从"纯文学"出发，将魏晋作为"文学的自觉时代"[3]，从魏晋时代的政治环境、文化风气、文人心态和生活方式等入手，抓住典型意象，考察魏晋文章清峻、通脱之风的形成，打通文学史、思想史、社会史和文化史的关联，实现文学史综合研究。过去，人们认为魏晋诗人嵇康、阮籍不守礼教约束，彰显个性。鲁迅认为，他们反礼教，实际是太爱礼教，深感魏晋时人以崇奉礼教为名，实则毁坏礼教，受激而反对礼教[4]。这正是鲁迅从"世态""人心"之论，独到而新颖。

鲁迅的学术研究不同于"学院派"的职业化特点，因为他"并非研究文学的专门家，就其兴趣与知识结构而言，更接近中国古代

---

[1] 鲁迅：《汉文学史纲要》，《鲁迅全集》第9卷，人民文学出版社，2005年，第435页。

[2] 在中国知网输入"史家之绝唱，无韵之《离骚》"，大约有7000多次引用。

[3] 鲁迅：《魏晋风度及文章与药及酒之关系》，《鲁迅全集》第3卷，人民文学出版社，2005年，第526页。

[4] 鲁迅：《魏晋风度及文章与药及酒之关系》，《鲁迅全集》第3卷，人民文学出版社，2005年，第535页。

的'通人'或者西方的'人文主义者'"[1]。他既继承传统学术重视文献史料基础，又注重对文学特质的审美判断，对文学与文化、文学与时代、文学与社会心态的互证分析，显示了鲁迅独特的文学史眼光和方法论。

---

[1] 陈平原：《作为文学史家的鲁迅》，王瑶主编《中国文学研究现代化进程》，北京大学出版社，1996年，第101页。

三、从学术通向思想

鲁迅的学术研究既有推翻陈说，力主新见的学术史贡献，也有借学术研究反思批判传统陈说和思想文化的价值。它是学问家之文，也是思想家和文学家之文。

首先，鲁迅的文学史研究注重探讨文学发展规律，彰显文学之"史"的特点。鲁迅研究中国小说的历史变迁，尽可能地"从倒行的杂乱的作品里寻出一条进行的线索来"，认为中国的进化却有两种特别的现象，"一种是新的来了好久之后而旧的又回复过来，即是反复；一种是新的来了好久之后而旧的并不废去，即是羼杂"^[1]。"反复"和"羼杂"显露出中国历史进步的新旧杂陈，新的拖着旧的行走，旧的缠住新的反复，这是中国历史的特殊性，也是中国文学的复杂性，但其背后仍有某种"演进之迹"。鲁迅从纷纭复杂的小说历史中，从历代形形色色的小说创作里，探索出小说发展的规律，揭示出中国小说发展历经从神话传说、志怪小说，到唐代传奇、宋元话本，再到明清小说的发展过程。他既从作家作品、小说流派和现象的关系里，去概括小说的历史发展，又从文学历史发展高度，去分析评价具体的作家作品和流派，强调个体与整体、时间与空间的结合，彰显文学的"历史"特点。鲁迅曾说，"讲文学的著作，如果是所谓'史'的，当然该以时代来区分，'什么是文学'之类，那是

---

[1] 鲁迅：《中国小说的历史的变迁》，《鲁迅全集》第9卷，人民文学出版社，2005年，第311页。

文学概论的范围，万不能牵进去"[1]。这也是文学史研究的基本原则，与文学有关的历史才是基础，所谓文学论、美学理论都是次要的。《中国小说史略》的"史"的体系也很突出。文学史应以时代发展为线索，而不是文学观念为顺序。鲁迅既注重文学时代的历时顺序，又关注一个时代的小说特征和类型，如六朝以志怪小说和《世说新语》为代表，唐为传奇、杂俎，宋则为志怪、传奇、话本，尤以话本为主，元明重讲"讲史"，明代讲神魔小说、人情小说；等等。鲁迅的文学研究有别于传统评点式和考据式研究，而注重探讨文学规律，勾勒历史线索，使文学史研究系统完整化。

其次，鲁迅的文学史研究，注重作家作品和文学现象描述，分析其特点和成因。他曾指出："我们想研究某一时代的文学，至少要知道作者的环境，经历和著作。"[2] 环境即社会时代背景，指对作者作品和文学现象产生影响的政治、经济、思想、和习俗心理等。鲁迅认为六朝小说多志怪，原因在于"中国本信巫，秦汉以来，神仙之说盛行，汉末又大畅巫风，而鬼道愈炽；会小乘佛教亦入中土，渐见流传。凡此，皆张皇鬼神，称道灵异，故自晋讫隋，特多鬼神志怪之书"[3]。魏晋小说中的清谈，除与老庄思想有关外，还由于魏晋时期是四海骚然的篡夺时代，名士议论政事而遇害，遂一变而谈玄理，于是有《世说新语》一类作品。宋之小说则与崇儒、并容释道、信仰巫鬼的社会风气有关，加之宋代文人害怕触犯讳忌，便设法回避，所以宋人传奇不敢触及时事。明代小说与归佛、崇道、

[1] 鲁迅：《351105致王冶秋》，《鲁迅全集》第13卷，人民文学出版社，2005年，第576页。

[2] 鲁迅：《魏晋风度及文章与药及酒之关系》，《鲁迅全集》第3卷，人民文学出版社，2005年，第523页。

[3] 鲁迅：《中国小说史略》，《鲁迅全集》第9卷，人民文学出版社，2005年，第45页。

重视方士之术的社会风气分不开，明代几个皇帝皆重用方士，这类人物常聚致通显，"小说亦多神魔之谈，且每叙床笫之事"[1]。清代游民常以从军而得功名，为人所企慕，于是就有侠义小说的兴盛。清嘉庆以来，中国"屡挫于外敌"，有识者幡然思改革，于是又有谴责小说。鲁迅分析东周诗亡而散文发达，认为这与周室衰落，《诗》失去了政治作用有关，"周室既衰，聘问歌咏，不行于列国"[2]，于是"风人辍采"[3]。在当时国家分裂、社会动荡、战乱频繁、民心不定的情况下，"志士欲救世弊，则穷竭神虑，举其知闻。而诸侯又方并争，厚招游学之士；或将取合世主，起行其言，乃复力斥异家，以自所执持者为要道，骋辩腾说，著作云起矣"[4]。这带来了春秋战国的百家争鸣，文章代替诗歌而盛行，文体变化与社会变迁有关。因为鲁迅善于将文学与社会存在结合起来考察，所以才能得出深刻的结论，才接近文学历史的真实。

鲁迅的治中国文学史不在秘笈孤本，而以真知灼见的史识独步天下。他评价郑振铎的《中国文学史》，"顷已在上海豫约出版，我曾于《小说月报》上见其关于小说者数章，诚哉滔滔不已，然此乃文学史资料长编，非'史'也。但倘有具史识者，资以为史，亦可用耳"[5]。他在这里就提出了文学史研究的史识与史料问题。所谓

---

[1] 鲁迅：《中国小说史略》，《鲁迅全集》第9卷，人民文学出版社，2005年，第190页。

[2] 鲁迅：《汉文学史纲要》，《鲁迅全集》第9卷，人民文学出版社，2005年，第385页。

[3] 鲁迅：《汉文学史纲要》，《鲁迅全集》第9卷，人民文学出版社，2005年，第373页。

[4] 鲁迅：《汉文学史纲要》，《鲁迅全集》第9卷，人民文学出版社，2005年，第373页。

[5] 鲁迅：《320815致台静农》，《鲁迅全集》第12卷，人民文学出版社，2005年，第322页。

史识，即史家对"史"的真知灼见，史料则是历史材料。在鲁迅看来，"郑君治学，盖用胡适之法，往往恃孤本秘笈，为惊人之具，此实足以炫耀人目"，而他自己"稍不同，凡所泛览，皆通行之本，易得之书，故遂孑然于学林之外"[1]。鲁迅的文学史研究不囿成见，也不为潮流左右，更不受理论之限，而是由丰富翔实的史料和对史料的科学分析，得出精到而深刻之论。如鲁迅一反"史家成见"，认为："曹操是一个很有本事的人，至少是一个英雄，我虽不是曹操一党，但无论如何，总是非常佩服他。"[2]鲁迅对《红楼梦》的评判，也很有意思。鲁迅推翻了"海淫"历史旧案，认为："说到《红楼梦》的价值，可是在中国底小说中实在是不可多得的。其要点在敢于如实描写，并无讳饰，和从前的小说叙好人完全是好，坏人完全是坏的，大不相同，所以其中所叙的人物，都是真的人物。总之自有《红楼梦》出来以后，传统的思想和写法都打破了。"[3]就是鲁迅将辑录和考据重点放在魏晋，也有他的考虑，因为他认定魏晋是一个"很重要的时代"，"能充分容纳异端和外来的思想"，敢于"与旧时旧说反对"，是"文学的自觉时代"[4]，言他人所未言，都有他独特的史识在里面。

再次，鲁迅的学术研究还体现了独特的思想史研究。鲁迅是思想家，做学问，也有思想家本色。他借助学术研究，批判传统"思

[1] 鲁迅：《320815致台静农》，《鲁迅全集》第12卷，人民文学出版社，2005年，第321-322页。

[2] 鲁迅：《魏晋风度及文章与药及酒之关系》，《鲁迅全集》第3卷，人民文学出版社，2005年，第524页。

[3] 鲁迅：《中国小说的历史的变迁》，《鲁迅全集》第9卷，人民文学出版社，2005年，第348页。

[4] 鲁迅：《魏晋风度及文章与药及酒之关系》，《鲁迅全集》第3卷，人民文学出版社，2005年，第526页。

无邪"和"诗教"学说，认为关于《诗经》"止乎礼义"，"哀而不伤""思无邪"之说，不过是"后儒之言"，是"自心不净，则外物随之"，《诗经》不只是"温柔敦厚"，也不乏"甚激切者"，"实则激楚之言，奔放之词"[1]。"怨愤责数之言，则三百篇中之甚于此者多矣"[2]。他批判"后儒之服膺诗教者"，贬抑《离骚》[3]，批判老庄的出世思想，"中国出世之说，至此乃始圆备"[4]。鲁迅认为《聊斋志异》虽也如同类书，记录神仙狐鬼故事，"然描写委曲，叙次井然，用传奇法，而以志怪，变幻之状，如在目前；又或易调改弦，别叙畸人异行，出于幻域，顿入人间；偶述琐闻，亦多简洁，故读者耳目，为之一新"[5]。他高度评价《儒林外史》开创"说部""讽刺之书"先河，"秉持公心，指摘时弊"，"抨击习俗"，"且洞见所谓儒者之心肝"，作者虽然"束身名教之内"，但能突破传统思想，"托稗说以寄慨"[6]，有自己的是非见解。鲁迅认为那些虽"记异事，貌如志怪者流，而盛陈祸福，专主劝惩，已不足以称为小说"[7]。他认为那些侠义公案小说，所叙英雄虽有"绿林结习"，"而终必为

[1]鲁迅：《汉文学史纲要》，《鲁迅全集》第9卷，人民文学出版社，2005年，第366页。

[2]鲁迅：《汉文学史纲要》，《鲁迅全集》第9卷，人民文学出版社，2005年，第384页。

[3]鲁迅：《汉文学史纲要》，《鲁迅全集》第9卷，人民文学出版社，2005年，第382页。

[4]鲁迅：《汉文学史纲要》，《鲁迅全集》第9卷，人民文学出版社，2005年，第377页。

[5]鲁迅：《中国小说史略》，《鲁迅全集》第9卷，人民文学出版社，2005年，第216页。

[6]鲁迅：《中国小说史略》，《鲁迅全集》第9卷，人民文学出版社，2005年，第228-232页。

[7]鲁迅：《中国小说史略》，《鲁迅全集》第9卷，人民文学出版社，2005年，第224页。

一大僚隶卒，供使令奔走以为宠荣，此盖非心悦诚服，乐为臣仆之时不办也"[1]。他批评所谓英雄侠义，实为奴才心理。可以说，鲁迅的传统文学史研究具有现代思想，渗透了思想家鲁迅的深邃和文学家鲁迅的敏锐。他认为，文学史上凡有"个人的主张，偏激的文字"者，其文章乃可流传，而"温柔敦厚"，"禀承意旨，草檄作颂"的文章，"流传至今者偏偏少得很"[2]。显然，鲁迅通过文学史研究，意在发掘现代精神传统。他将异己思想作为评价传统文学尺度，既是文学史研究的创新，也是为了发挥文学史的思想力量。

---

[1] 鲁迅：《中国小说史略》，《鲁迅全集》第9卷，人民文学出版社，2005年，第288页。

[2] 鲁迅：《古人并不纯厚》，《鲁迅全集》第5卷，人民文学出版社，2005年，第472页。

中国小说的历史的变迁（节选）

○鲁迅

小说到了唐时，却起了一个大变迁。我前次说过：六朝时之志怪与志人底文章，都很简短，而且当作记事实；及到唐时，则为有意识的作小说，这在小说史上可算是一大进步。而且文章很长，并能描写得曲折，和前之简古的文体，大不相同了，这在文体上也算是一大进步。但那时作古文底人，见了很不满意，叫它做"传奇体"。"传奇"二字，当时实是訾贬的意思，并非现代人意中的所谓"传奇"。可是这种传奇小说，现在多没有了，只有宋初底《太平广记》——这书可算是小说的大类书，是搜集六朝以至宋初底小说而成的——我们于其中还可以看见唐时传奇小说底大概：唐之初年，有王度做的《古镜记》，是自述得一神镜底异事，文章虽很长，但仅缀许多异事而成，还不脱六朝志怪底流风。此外又有无名氏做的《白猿传》，说的是梁将欧阳纥至长乐，深入溪洞，其妻为白猿掠去，后来得救回去，生一子，"厥状肖焉"。纥后为陈武帝所杀，他的儿子欧阳询，在唐初很有名望，而貌像猕猴，忌者因作此传；后来假小说以攻击人的风气，可见那时也就流行了。

到了武则天时，有张鷟做的《游仙窟》，是自叙他从长安走河湟去，在路上天晚，投宿一家，这家有两个女人，叫十娘，五嫂，和他饮酒作乐等情。事实不很繁复，而是用骈体文做的。这种以骈体做小说，是从前所没有的，所以也可以算一种特别的作品。到后来清之陈球所做的《燕山外史》，是骈体的，而作者自以为用骈体做小说是由他别开生面的，殊不知实已开端于张鷟了。但《游仙窟》中国久已佚失；惟在日本，现尚留存，因为张鷟在当时很有文名，外国人到中国来，每以重金买他的文章，这或者还是那时带去的一种。其实他的文章很是佻巧，也不见得好，不过笔调活泼些罢了。

唐至开元，天宝以后，作者蔚起，和以前大不同了。从前看不起小说的，此时也来做小说了，这是和当时底环境有关系的，因为唐时考试的时候，甚重所谓"行卷"；就是举子初到京，先把自己得意的诗钞成卷子，拿去拜谒当时的名人，若得称赞，则"声价十倍"，后来便有及第的希望，所以行卷在当时看得很重要。到开元，天宝以后，渐渐对于诗，有些厌气了，于是就有人把小说也放在行卷里去，而且竟也可以得名。所以从前不满意小说的，到此时也多做起小说来，因之传奇小说，就盛极一时了。大历中，先有沈既济做的《枕中记》——这书在社会上很普通，差不多没有人不知道的——内容大略说：有个卢生，行邯郸道中，自叹失意，乃遇吕翁，给他一个枕头，生睡去，就梦娶清河崔氏；——清河崔属大姓，所以得娶清河崔氏，也是极荣耀的。——并由举进士，一直升官到尚书兼御史大夫。后为时宰所忌，害他贬到端州。过数年，又追他为中书令，封燕国公。后来衰老有病，呻吟床次，至气断而死。梦中死去，他便醒来，却尚不到煮熟一锅饭的时候。——这是劝人不要躁进，把功名富贵，看淡些的意思。到后来明人汤显祖做的《邯郸记》，清人蒲松龄所做《聊斋》中的《续黄粱》，都是本这《枕中记》的。

此外还有一个名人叫陈鸿的，他和他的朋友白居易经过安史之乱以后，杨贵妃死了，美人已入黄土，凭吊古事，不胜伤情，于是白居易作了《长恨歌》；而他便做了《长恨歌传》。此传影响到后来，有清人洪昇所做的《长生殿》传奇，是根据它的。当时还有一个著名的，是白居易之弟白行简，做了一篇《李娃传》，说的是：荥阳巨族之子，到长安来，溺于声色，贫病困顿，竟流落为挽郎。——挽郎是人家出殡时，挽棺材者，并须唱挽歌。——后为李娃所救，并勉他读书，遂得擢第，官至参军。行简的文章本好，叙李娃的情节，又很是缠绵可观。此篇对于后来的小说，也很有影响，如元人的《曲江池》，明人薛近兖的《绣襦记》，都是以它为本的。

再唐人底小说，不甚讲鬼怪，间或有之，也不过点缀点缀而已。但也有一部分短篇集，仍多讲鬼怪的事情，这还是受了六朝人底影响，如牛僧孺的《玄怪录》，段成式的《酉阳杂俎》，李复言的《续玄怪录》，张读的《宣室志》，苏鹗的《杜阳杂编》，裴铏的《传奇》等，都是的。然而毕竟是唐人做的，所以较六朝人做的曲折美妙得多了。

唐之传奇作者，除上述以外，于后来影响最大而特可注意者，又有二人：其一著作不多，而影响很大，又很著名者，便是元微之；其一著作多，影响也很大，而后来不甚著名者，便是李公佐。现在我把他两人分开来说一说：

一、元微之的著作

元微之名稹，是诗人，与白居易齐名。他做的小说，只有一篇《莺莺传》，是讲张生与莺莺之事，这大概大家都是知道的，我可不必细说。微之的诗文，本是非常有名的，但这篇传奇，却并不怎样杰出，况且其篇末叙张生之弃绝莺莺，又说什么"……德不足以胜妖，是用忍情"。文过饰非，差不多是一篇辩解文字。可是后来许多曲子，却都由此而出，如金人董解元的《弦索西厢》，——现在的《西厢》，是扮演；而此则弹唱——元人王实甫的《西厢记》，关汉卿的《续西厢记》，明人李日华的《南西厢记》，陆采的《南西厢记》，……等等，非常之多，全导源于这一篇《莺莺传》。但和《莺莺传》原本所叙的事情，又略有不同，就是：叙张生和莺莺到后来终于团圆了。

这因为中国人底心理，是很喜欢团圆的，所以必至于如此，大概人生现实底缺陷，中国人也很知道，但不愿意说出来；因为一说出来，就要发生"怎样补救这缺点"的问题，或者免不了要烦闷，要改良，事情就麻烦了。而中国人不大喜欢麻烦和烦闷，现在倘在小说里叙了人生底缺陷，便要使读者感着不快。所以凡是历史上不团圆的，在小说里往往给他团圆；没有报应的，给他报应，互相骗骗。——这实在是关于国民性底问题。

二、李公佐的著作

李公佐向来很少人知道，他做的小说很多，现在只存有四种：（一）《南柯太守传》：此传最有名，是叙东平淳于棼的宅南，有一棵大槐树，有一天棼因醉卧东庑下，梦见两个穿紫色衣服的人，来请他到了大槐安国，招了驸马，出为南柯太守；因有政绩，又累升大官。后领兵与檀萝国战争，被打败，而公主又死了，于是仍送他回来。及醒来则刹那之梦，如度一世；而去看大槐树，则有一蚂蚁洞，蚂蚁正出入乱走着，所谓大槐安国，南柯郡，就在此地。这篇立意，和《枕中记》差不多，但其结穴，余韵悠然，非《枕中记》所能及。后来明人汤显祖作《南柯记》，也就是从这传演出来的。（二）《谢小娥传》：此篇叙谢小娥的父亲，和她的丈夫，皆往来江湖间，做买卖，为盗所杀。小娥梦父告以仇人为"車中猴東門草"；又梦夫告以仇人为"禾中走一日夫"；人多不能解，后来李公佐乃为之解说："車中猴，東門草"是"申蘭"二字；"禾中走，一日夫"是"申春"二字。后果然因之得盗。这虽是解谜获贼，无大理致，但其思想影响于后来之小说者甚大：如李复言演其文入《续玄怪录》，题曰《妙寂尼》，明人则本之作平话。他若《包公案》中所叙，亦多有类此者。（三）《李汤》：此篇叙的是楚州刺史李汤，闻渔人见龟山下，水中有大铁锁，以人，牛之力拉出，则风涛大作；并有一像猿猴之怪兽，雪牙金爪，闯上岸来，观者奔走，怪兽仍拉铁锁入水，不再出来。李公佐为之解说：怪兽是淮涡水神无支祁。"力逾九象，搏击腾踔疾奔，轻利倏忽。"大禹使庚辰制之，颈锁大索，徙到淮阴的龟山下，使淮水得以安流。这篇影响也很大，我以为《西游记》中的孙悟空正类无支祁。但北大教授胡适之先生则以为是由印度传来的；俄国人钢和泰教授也曾说印度也有这样的故事。可是由我看去：1.作《西游记》的人，并未看过佛经；2.中国所译的印度经论中，没有和这相类的话；3.作者——吴承恩——熟于唐人小说，《西游记》中受唐人小说的影响的地方很不少。所以我还以为孙悟空是袭取无支祁的。但胡适之先生仿佛并以为李公佐就受了印度传说的影响，这是我现在还不能说然否的话。（四）《庐江冯媪》：此篇叙事很简单，文章也不大好，我们现在可以不讲它。

唐人小说中的事情，后来都移到曲子里。如"红线"，"红拂"，"虬髯"……等，皆出于唐之传奇，因此间接传遍了社会，现在的人还知道。至于传奇本身，则到唐亡就随之而绝了。

魏晋风度及文章与药及酒之关系

——九月间在广州夏期学术演讲会讲

◎鲁迅

我今天所讲的，就是黑板上写着的这样一个题目。

中国文学史，研究起来，可真不容易，研究古的，恨材料太少，研究今的，材料又太多，所以到现在，中国较完全的文学史尚未出现。今天讲的题目是文学史上的一部分，也是材料太少，研究起来很有困难的地方。因为我们想研究某一时代的文学，至少要知道作者的环境，经历和著作。

汉末魏初这个时代是很重要的时代，在文学方面起一个重大的变化，因当时正在黄巾和董卓大乱之后，而且又是党锢的纠纷之后，这时曹操出来了。——不过我们讲到曹操，很容易就联想起《三国志演义》，更而想起戏台上那一位花面的奸臣，但这不是观察曹操的真正方法。现在我们再看历史，在历史上的记载和论断有时也是极靠不住的，不能相信的地方很多，因为通常我们晓得，某朝的年代长一点，其中必定好人多；某朝的年代短一点，其中差不多没有好人。为什么呢？因为年代长了，做史的是本朝人，当然恭维本朝的人物，年代短了，做史的是别朝人，便很自由地贬斥其异朝的人物，所以在秦朝，差不多在史的记载上半个好人也没有。曹操在史上的年代也是颇短的，自然也逃不了被后一朝人说坏话的公例。其实，曹操是一个很有本事的人，至少是一个英雄，我虽不是曹操一党，但无论如何，总是非常佩服他。

研究那时的文学，现在较为容易了，因为已经有人做过工作：在文集一方面有清严可均辑的《全上古三代秦汉三国晋南北朝文》。

其中于此有用的，是《全汉文》，《全三国文》，《全晋文》。

在诗一方面有丁福保辑的《全汉三国晋南北朝诗》。——丁福保是做医生的，现在还在。

辑录关于这时代的文学评论有刘师培编的《中国中古文学史》。这本书是北大的讲义，刘先生已死，此书由北大出版。

上面三种书对于我们的研究有很大的帮助。能使我们看出这时代的文学的确有点异彩。

我今天所讲，倘若刘先生的书里已详的，我就略一点；反之，刘先生所略的，我就较详一点。

董卓之后，曹操专权。在他的统治之下，第一个特色便是尚刑名。他的立法是很严的，因为当大乱之后，大家都想做皇帝，大家都想叛乱，故曹操不能不如此。曹操曾经自己说过："倘无我，不知有多少人称王称帝！"这句话他倒并没有说谎。因此之故，影响到文章方面，成了清峻的风格。——就是文章要简约严明的意思。

此外还有一个特点，就是尚通脱。他为什么要尚通脱呢？自然也与当时的风气有莫大的关系。因为在党锢之祸以前，凡党中人都自命清流，不过讲"清"讲得太过，便成固执，所以在汉末，清流的举动有时便非常可笑了。

比方有一个有名的人，普通的人去拜访他，先要说几句话，倘这几句话说得不对，往往会遭倨傲的待遇，叫他坐到屋外去，甚而至于拒绝不见。

又如有一个人，他和他的姊夫是不对的，有一回他到姊姊那里去吃饭之后，便要将饭钱算回给姊姊。她不肯要，他就于出门之后，把那些钱扔在街上，算是付过了。

个人这样闹闹脾气还不要紧，若治国平天下也这样闹起执拗的脾气来，那还成甚么话？所以深知此弊的曹操要起来反对这种习气，力倡通脱。通脱即随便之意。此种提倡影响到文坛，便产生多量想说甚么便说甚么的文章。

更因思想通脱之后，废除固执，遂能充分容纳异端和外来思想，故孔教以外的思想源源引入。

总括起来，我们可以说汉末魏初的文章是清峻，通脱。在曹操本身，也是一个改造文章的祖师，可惜他的文章传的很少。他胆子很大，文章从通脱得力不少，做文章时又没有顾忌，想写的便写出来。

所以曹操征求人才时也是这样说，不忠不孝不要紧，只要有才便可以。这又是别人所不敢说的。曹操做诗，竟说是"郑康成行酒伏地气绝"，他引出离当时不久的事实，这也是别人所不敢用的。还有一样，比方人死时，常常写点遗令，这是名人的一件极时髦的事。当时的遗令本有一定的格式，且多言身后当葬于何处何处，或葬于某某名人的墓旁；操独不然，他的遗令不但没有依着格式，内容竟讲到遗下的衣服和伎女怎样处置等问题。

陆机虽然评曰"贻尘谤于后王"，然而我想他无论如何是一个精明人，他自己能做文章，又有手段，把天下的方士文士统统搜罗起来，省得他们跑在外面给他捣乱。所以他帷幄里面，方士文士就特别地多。

孝文帝曹丕，以长子而承父业，篡汉而即帝位。他也是喜欢文章的。其弟曹植，还有明帝曹叡，都是喜欢文章的。不过到那个时候，于通脱之外，更加上华丽。丕著有《典论》，现已失散无全本，那里面说："诗赋欲丽"，"文以气为主"。《典论》的零零碎碎，在唐宋类书中；一篇整的《论文》，在《文选》中可以看见。

后来有一般人很不以他的见解为然。他说诗赋不必寓教训，反对当时那些寓训勉于诗赋的见解，用近代的文学眼光来看，曹丕的一个时代可说是"文学的自觉时代",或如近代所说是为艺术而艺术(Art for Art's Sake)的一派。所以曹丕做的诗赋很好,更因他以"气"为主,故于华丽以外,加上壮大。归纳起来,汉末,魏初的文章,可说是:"清峻,通脱,华丽,壮大。"在文学的意见上,曹丕和曹植表面上似乎是不同的。曹丕说文章事可以留名声于千载;但子建却说文章小道,不足论的。据我的意见,子建大概是违心之论。这里有两个原因,第一,子建的文章做得好,一个人大概总是不满意自己所做而羡慕他人所为的,他的文章已经做得好,于是他便敢说文章是小道;第二,子建活动的目标在于政治方面,政治方面不甚得志,遂说文章是无用了。

曹操曹丕以外,还有下面的七个人:孔融,陈琳,王粲,徐幹,阮瑀,应瑒,刘桢,都很能做文章,后来称为"建安七子"。七人的文章很少流传,现在我们很难判断;但,大概都不外是"慷慨","华丽"罢。华丽即曹丕所主张,慷慨就因当天下大乱之际,亲戚朋友死于乱者特多,于是为文就不免带着悲凉,激昂和"慷慨"了。

七子之中,特别的是孔融,他专喜和曹操捣乱。曹丕《典论》里有论孔融的,因此他也被拉进"建安七子"一块儿去。其实不对,很两样的。不过在当时,他的名声可非常之大。孔融作文,喜用讥嘲的笔调,曹丕很不满意他。孔融的文章现在传的也很少,就他所有的看起来,我们可以瞧出他并不大对别人讥讽,只对曹操。比方操破袁氏兄弟,曹丕把袁熙的妻甄氏拿来,归了自己,孔融就写信给曹操,说当初武王伐纣,将妲己给了周公了。操问他的出典,他说,以今例古,大概那时也是这样的。又比方曹操要禁酒,说酒可以亡国,非禁不可,孔融又反对他,说也有以女人亡国的,何以不禁婚姻?

其实曹操也是喝酒的。我们看他的"何以解忧?惟有杜康"的诗句，就可以知道。为什么他的行为会和议论矛盾呢？此无他，因曹操是个办事人，所以不得不这样做；孔融是旁观的人，所以容易说些自由话。曹操见他屡屡反对自己，后来借故把他杀了。他杀孔融的罪状大概是不孝。因为孔融有下列的两个主张：

第一，孔融主张母亲和儿子的关系是如瓶之盛物一样，只要在瓶内把东西倒了出来，母亲和儿子的关系便算完了。第二，假使有天下饥荒的一个时候，有点食物，给父亲不给呢？孔融的答案是：倘若父亲是不好的，宁可给别人。——曹操想杀他，便不惜以这种主张为他不忠不孝的根据，把他杀了。倘若曹操在世，我们可以问他，当初求才时就说不忠不孝也不要紧，为何又以不孝之名杀人呢？然而事实上纵使曹操再生，也没人敢问他，我们倘若去问他，恐怕他把我们也杀了！

与孔融一同反对曹操的尚有一个祢衡，后来给黄祖杀掉的。祢衡的文章也不错，而且他和孔融早是"以气为主"来写文章的了。故在此我们又可知道，汉文慢慢壮大起来，是时代使然，非专靠曹操父子之功的。但华丽好看，却是曹丕提倡的功劳。

这样下去一直到明帝的时候，文章上起了个重大的变化，因为出了一个何晏。

何晏的名声很大，位置也很高，他喜欢研究《老子》和《易经》。至于他是怎样的一个人呢？那真相现在可很难知道，很难调查。因为他是曹氏一派的人，司马氏很讨厌他，所以他们的记载对何晏大不满。因此产生许多传说，有人说何晏的脸上是搽粉的，又有人说他本来生得白，不是搽粉的。但究竟何晏搽粉不搽粉呢？我也不知道。

但何晏有两件事我们是知道的。第一，他喜欢空谈，是空谈的祖师；第二，他喜欢吃药，是吃药的祖师。

此外，他也喜欢谈名理。他身子不好，因此不能不服药。他吃的不是寻常的药，是一种名叫"五石散"的药。

　　"五石散"是一种毒药，是何晏吃开头的。汉时，大家还不敢吃，何晏或者将药方略加改变，便吃开头了。五石散的基本，大概是五样药：石钟乳，石硫黄，白石英，紫石英，赤石脂；另外怕还配点别样的药。但现在也不必细细研究它，我想各位都是不想吃它的。

　　从书上看起来，这种药是很好的，人吃了能转弱为强。因此之故，何晏有钱，他吃起来了；大家也跟着吃。那时五石散的流毒就同清末的鸦片的流毒差不多，看吃药与否以分阔气与否的。现在由隋巢元方做的《诸病源候论》的里面可以看到一些。据此书，可知吃这药是非常麻烦的，穷人不能吃，假使吃了之后，一不小心，就会毒死。先吃下去的时候，倒不怎样的，后来药的效验既显，名曰"散发"。倘若没有"散发"，就有弊而无利。因此吃了之后不能休息，非走路不可，因走路才能"散发"，所以走路名曰"行散"。比方我们看六朝人的诗，有云："至城东行散"，就是此意。后来做诗的人不知其故，以为"行散"即步行之意，所以不服药也以"行散"二字入诗，这是很笑话的。

　　走了之后，全身发烧，发烧之后又发冷。普通发冷宜多穿衣，吃热的东西。但吃药后的发冷刚刚要相反：衣少，冷食，以冷水浇身。倘穿衣多而食热物，那就非死不可。因此五食散一名寒食散。只有一样不必冷吃的，就是酒。

　　吃了散之后，衣服要脱掉，用冷水浇身；吃冷东西；饮热酒。这样看起来，五石散吃的人多，穿厚衣的人就少；比方在广东提倡，一年以后，穿西装的人就没有了。因为皮肉发烧之故，不能穿窄衣。为豫防皮肤被衣服擦伤，就非穿宽大的衣服不可。现在有许多人以为晋人轻裘缓带，宽衣，在当时是人们高逸的表现，其实不知他们是吃药的缘故。一班名人都吃药，穿的衣都宽大，于是不吃药的也跟着名人，把衣服宽大起来了！

还有，吃药之后，因皮肤易于磨破，穿鞋也不方便，故不穿鞋袜而穿屐。所以我们看晋人的画像或那时的文章，见他衣服宽大，不鞋而屐，以为他一定是很舒服，很飘逸的了，其实他心里都是很苦的。

更因皮肤易破，不能穿新的而宜于穿旧的，衣服便不能常洗。因不洗，便多虱。所以在文章上，虱子的地位很高，"扪虱而谈"，当时竟传为美事。比方我今天在这里演讲的时候，扪起虱来，那是不大好的。但在那时不要紧，因为习惯不同之故。这正如清朝是提倡抽大烟的，我们看见两肩高耸的人，不觉得奇怪。现在不行了，倘若多数学生，他的肩成为一字样，我们就觉得很奇怪了。

此外可见服散的情形及其他种种的书，还有葛洪的《抱朴子》。

到东晋以后，作假的人就很多，在街旁睡倒，说是"散发"以示阔气。就像清时尊读书，就有人以墨涂唇，表示他是刚才写了许多字的样子。故我想，衣大，穿屐，散髮等等，后来效之，不吃也学起来，与理论的提倡实在是无关的。

又因"散发"之时，不能肚饿，所以吃冷物，而且要赶快吃，不论时候，一日数次也不可定。因此影响到晋时"居丧无礼"。——本来魏晋时，对于父母之礼是很繁多的。比方想去访一个人，那么，在未访之前，必先打听他父母及其祖父母的名字，以便避讳。否则，嘴上一说出这个字音，假如他的父母是死了的，主人便会大哭起来——他记得父母了——给你一个大大的没趣。晋礼居丧之时，也要瘦，不多吃饭，不准喝酒。但在吃药之后，为生命计，不能管得许多，只好大嚼，所以就变成"居丧无礼"了。

居丧之际，饮酒食肉，由阔人名流倡之，万民皆从之，因为这个缘故，社会上遂尊称这样的人叫作名士派。

吃散发源于何晏，和他同志的，有王弼和夏侯玄两个人，与晏同为服药的祖师。有他三人提倡，有多人跟着走。他们三人多是会做文章，除了夏侯玄的作品流传不多外，王何二人现在我们尚能看到他们的文章。他们都是生于正始的，所以又名曰"正始名士"。但这种习惯的末流，是只会吃药，或竟假装吃药，而不会做文章。

东晋以后，不做文章而流为清谈，由《世说新语》一书里可以看到。此中空论多而文章少，比较他们三个差得远了。三人中王弼二十余岁便死了，夏侯何二人皆为司马懿所杀。因为他二人同曹操有关系，非死不可，犹曹操之杀孔融，也是借不孝做罪名的。

二人死后，论者多因其与魏有关而骂他，其实何晏值得骂的就是因为他是吃药的发起人。这种服散的风气，魏，晋，直到隋，唐还存在着，因为唐时还有"解散方"，即解五石散的药方，可以证明还有人吃，不过少点罢了。唐以后就没有人吃，其原因尚未详，大概因其弊多利少，和鸦片一样罢？

晋名人皇甫谧作一书曰《高士传》，我们以为他很高超。但他是服散的，曾有一篇文章，自说吃散之苦。因为药性一发，稍不留心，即会丧命，至少也会受非常的苦痛，或要发狂；本来聪明的人，因此也会变成痴呆。所以非深知药性，会解救，而且家里的人多深知药性不可。晋朝人多是脾气很坏，高傲，发狂，性暴如火的，大约便是服药的缘故。比方有苍蝇扰他，竟至拔剑追赶；就是说话，也要胡胡涂涂地才好，有时简直是近于发疯。但在晋朝更有以痴为好的，这大概也是服药的缘故。

魏末，何晏他们以外，又有一个团体新起，叫做"竹林名士"，也是七个，所以又称"竹林七贤"。正始名士服药，竹林名士饮酒。

竹林的代表是嵇康和阮籍。但究竟竹林名士不纯粹是喝酒的，嵇康也兼服药，而阮籍则是专喝酒的代表。但嵇康也饮酒，刘伶也是这里面的一个。他们七人中差不多都反抗旧礼教的。

这七人中，脾气各有不同。嵇阮二人的脾气都很大；阮籍老年时改得很好，嵇康就始终都是极坏的。

阮年青时，对于访他的人有加以青眼和白眼的分别。白眼大概是全然看不见眸子的，恐怕要练习很久才能够。青眼我会装，白眼我却装不好。

后来阮籍竟做到"口不臧否人物"的地步，嵇康却全不改变。结果阮得终其天年，而嵇竟丧于司马氏之手，与孔融何晏等一样，遭了不幸的杀害。这大概是因为吃药和吃酒之分的缘故：吃药可以成仙，仙是可以骄视俗人的；饮酒不会成仙，所以敷衍了事。

他们的态度，大抵是饮酒时衣服不穿，帽也不戴。若在平时，有这种状态，我们就说无礼，但他们就不同。居丧时不一定按例哭泣；子之于父，是不能提父的名，但在竹林名士一流人中，子都会叫父的名号。旧传下来的礼教，竹林名士是不承认的。即如刘伶——他曾做过一篇《酒德颂》，谁都知道——他是不承认世界上从前规定的道理的，曾经有这样的事，有一次有客见他，他不穿衣服。人责问他；他答人说，天地是我的房屋，房屋就是我的衣服，你们为什么钻进我的裤子中来？至于阮籍，就更甚了，他连上下古今也不承认，在《大人先生传》里有说："天地解兮六合开，星辰陨兮日月颓，我腾而上将何怀？"他的意思是天地神仙，都是无意义，一切都不要，所以他觉得世上的道理不必争，神仙也不足信，既然一切都是虚无，所以他便沉湎于酒了。然而他还有一个原因，就是他的饮酒不独由于他的思想，大半倒在环境。其时司马氏已想篡位，而阮籍的名声很大，所以他讲话就极难，只好多饮酒，少讲话，而且即使讲话讲错了，也可以借醉得到人的原谅。只要看有一次司马懿求和阮籍结亲，而阮籍一醉就是两个月，没有提出的机会，就可以知道了。

阮籍作文章和诗都很好，他的诗文虽然也慷慨激昂，但许多意思都是隐而不显的。宋的颜延之已经说不大能懂，我们现在自然更很难看得懂他的诗了。他诗里也说神仙，但他其实是不相信的。嵇康的论文，比阮籍更好，思想新颖，往往与古时旧说反对。孔子说："学而时习之，不亦说乎？"嵇康做的《难自然好学论》，却道，人是并不好学的，假如一个人可以不做事而又有饭吃，就随便闲游不喜欢读书了，所以现在人之好学，是由于习惯和不得已。还有管叔蔡叔，是疑心周公，率殷民叛，因而被诛，一向公认为坏人的。而嵇康做的《管蔡论》，就也反对历代传下来的意思，说这两个人是忠臣，他们的怀疑周公，是因为地方相距太远，消息不灵通。

但最引起许多人的注意，而且于生命有危险的，是《与山巨源绝交书》中的"非汤武而薄周孔。"司马懿因这篇文章，就将嵇康杀了。非薄了汤武周孔，在现时代是不要紧的，但在当时却关系非小。汤武是以武定天下的；周公是辅成王的；孔子是祖述尧舜，而尧舜是禅让天下的。嵇康都说不好，那么，教司马懿篡位的时候，怎么办才是好呢？没有办法。在这一点上，嵇康于司马氏的办事上有了直接的影响，因此就非死不可了。嵇康的见杀，是因为他的朋友吕安不孝，连及嵇康，罪案和曹操的杀孔融差不多。魏晋，是以孝治天下的，不孝，故不能不杀。为什么要以孝治天下呢？因为天位从禅让，即巧取豪夺而来，若主张以忠治天下，他们的立脚点便不稳，办事便棘手，立论也难了，所以一定要以孝治天下。但倘只是实行不孝，其实那时倒不很要紧的，嵇康的害处是在发议论；阮籍不同，不大说关于伦理上的话，所以结局也不同。

但魏晋也不全是这样的情形，宽袍大袖，大家饮酒。反对的也很多。在文章上我们还可以看见裴颜的《崇有论》，孙盛的《老子非大贤论》，这些都是反对王何们的。在史实上，则何曾劝司马懿杀阮籍有好几回，司马懿不听他的话，这是因为阮籍的饮酒，与时局的关系少些的缘故。

　　然而后人就将嵇康阮籍骂起来，人云亦云，一直到现在，一千六百多年。季札说："中国之君子，明于礼义而陋于知人心。"这是确的，大凡明于礼义，就一定要陋于知人心的，所以古代有许多人受了很大的冤枉。例如嵇阮的罪名，一向说他们毁坏礼教。但据我个人的意见，这判断是错的。魏晋时代，崇奉礼教的看来似乎很不错，而实在是毁坏礼教，不信礼教的。表面上毁坏礼教者，实则倒是承认礼教，太相信礼教。因为魏晋时所谓崇奉礼教，是用以自利，那崇奉也不过偶然崇奉，如曹操杀孔融，司马懿杀嵇康，都是因为他们和不孝有关，但实在曹操司马懿何尝是著名的孝子，不过将这个名义，加罪于反对自己的人罢了。于是老实人以为如此利用，亵黩了礼教，不平之极，无计可施，激而变成不谈礼教，不信礼教，甚至于反对礼教。——但其实不过是态度，至于他们的本心，恐怕倒是相信礼教，当作宝贝，比曹操司马懿们要迂执得多。现在说一个容易明白的比喻罢，譬如有一个军阀，在北方——在广东的人所谓北方和我常说的北方的界限有些不同，我常称山东山西直隶河南之类为北方——那军阀从前是压迫民党的，后来北伐军势力一大，他便挂起青天白日旗，说自己已经信仰三民主义了，是总理的信徒。这样还不够，他还要做总理的纪念周。这时候，真的三民主义的信徒，去呢，不去呢？不去，他那里就可以说你反对三民主义，定罪，杀人。但既然在他的势力之下，没有别法，真的总理的信徒，倒会不谈三民主义，或者听人假惺惺的谈起来就皱眉，好像反对三民主义模样。所以我想，魏晋时所谓反对礼教的人，有许多大约也如此。他们倒是迂夫子，将礼教当作宝贝看待的。

还有一个实证，凡人们的言论，思想，行为，倘若自己以为不错的，就愿意天下的别人，自己的朋友都这样做。但嵇康阮籍不这样，不愿意别人来模仿他。竹林七贤中有阮咸，是阮籍的侄子，一样的饮酒。阮籍的儿子阮浑也愿加入时，阮籍却道不必加入，吾家已有阿咸在，够了。假若阮籍自以为行为是对的，就不当拒绝他的儿子，而阮籍却拒绝自己的儿子，可知阮籍并不以他自己的办法为然。至于嵇康，一看他的《绝交书》，就知道他的态度很骄傲的；有一次，他在家打铁——他的性情是很喜欢打铁的——钟会来看他了，他只打铁，不理钟会。钟会没有意味，只得走了。其时嵇康就问他："何所闻而来，何所见而去？"钟会答道："闻所闻而来，见所见而去。"这也是嵇康杀身的一条祸根。但我看他做给他的儿子看的《家诫》——当嵇康被杀时，其子方十岁，算来当他做这篇文章的时候，他的儿子是未满十岁的——就觉得宛然是两个人。他在《家诫》中教他的儿子做人要小心，还有一条一条的教训。有一条是说长官处不可常去，亦不可住宿；官长送人们出来时，你不要在后面，因为恐怕将来官长惩办坏人时，你有暗中密告的嫌疑。又有一条是说宴饮时候有人争论，你可立刻走开，免得在旁批评，因为两者之间必有对与不对，不批评则不像样，一批评就总要是甲非乙，不免受一方见怪。还有人要你饮酒，即使不愿饮也不要坚决地推辞，必须和和气气的拿着杯子。我们就此看来，实在觉得很希奇：嵇康是那样高傲的人，而他教子就要他这样庸碌。因此我们知道，嵇康自己对于他自己的举动也是不满足的。所以批评一个人的言行实在难，社会上对于儿子不像父亲，称为"不肖"，以为是坏事，殊不知世上正有不愿意他的儿子像他自己的父亲哩。试看阮籍嵇康，就是如此。

这是，因为他们生于乱世，不得已，才有这样的行为，并非他们的本态。但又于此可见魏晋的破坏礼教者，实在是相信礼教到固执之极的。

不过何晏王弼阮籍嵇康之流，因为他们的名位大，一般的人们就学起来，而所学的无非是表面，他们实在的内心，却不知道。因为只学他们的皮毛，于是社会上便多了很没意思的空谈和饮酒。许多人只会无端的空谈和饮酒，无力办事，也就影响到政治上，弄得玩"空城计"，毫无实际了。在文学上也这样，嵇康阮籍的纵酒，是也能做文章的，后来到东晋，空谈和饮酒的遗风还在，而万言的大文如嵇阮之作，却没有了。刘勰说："嵇康师心以遣论，阮籍使气以命诗。"这"师心"和"使气"，便是魏末晋初的文章的特色。正始名士和竹林名士的精神灭后，敢于师心使气的作家也没有了。

到东晋，风气变了。社会思想平静得多，各处都夹入了佛教的思想。再至晋末，乱也看惯了，篡也看惯了，文章便更和平。代表平和的文章的人有陶潜。他的态度是随便饮酒，乞食，高兴的时候就谈论和作文章，无尤无怨。所以现在有人称他为"田园诗人"，是个非常和平的田园诗人。他的态度是不容易学的，他非常之穷，而心里很平静。家常无米，就去向人家门口求乞。他穷到有客来见，连鞋也没有，那客人给他从家丁取鞋给他，他便伸了足穿上了。虽然如此，他却毫不为意，还是"采菊东篱下，悠然见南山"。这样的自然状态，实在不易模仿。他穷到衣服也破烂不堪，而还在东篱下采菊，偶然抬起头来，悠然的见了南山，这是何等自然。现在有钱的人住在租界里，雇花匠种数十盆菊花，便做诗，叫作"秋日赏菊效陶彭泽体"，自以为合于渊明的高致，我觉得不大像。

陶潜之在晋末，是和孔融于汉末与嵇康于魏末略同，又是将近易代的时候。但他没有什么慷慨激昂的表示，于是便博得"田园诗人"的名称。但《陶集》里有《述酒》一篇，是说当时政治的。这样看来，可见他于世事也并没有遗忘和冷淡，不过他的态度比嵇康阮籍自然得多，不至于招人注意罢了。还有一个原因，先已说过，是习惯。因为当时饮酒的风气相沿下来，人见了也不觉得奇怪，而且汉魏晋相沿，时代不远，变迁极多，既经见惯，就没有大感触，陶潜之比孔融嵇康和平，是当然的。例如看北朝的墓志，官位升进，往往详细写着，再仔细一看，他是已经经历过两三个朝代了，但当时似乎并不为奇。

据我的意思，即使是从前的人，那诗文完全超于政治的所谓"田园诗人"，"山林诗人"，是没有的。完全超出于人间世的，也是没有的。既然是超出于世，则当然连诗文也没有。诗文也是人事，既有诗，就可以知道于世事未能忘情。譬如墨子兼爱，杨子为我。墨子当然要著书；杨子就一定不著，这才是"为我"。因为若做出书来给别人看，便变成"为人"了。

由此可知陶潜总不能超于尘世，而且，于朝政还是留心，也不能忘掉"死"，这是他诗文中时时提起的。用别一种看法研究起来，恐怕也会成一个和旧说不同的人物罢。

自汉末至晋末文章的一部分的变化与药及酒之关系，据我所知的大概是这样。但我学识太少，没有详细的研究，在这样的热天和雨天费去了诸位这许多时光，是很抱歉的。现在这个题目总算讲完了。

参考文献

《鲁迅全集》（1—18），人民文学出版社，2005年。

《鲁迅编年著译全集》（1—20卷），人民出版社，2009年。

曹清华：《词语、表达与鲁迅的思想》，中山大学出版社，2009年。

曹聚仁：《鲁迅评传》，东方出版中心，1999年。

鲍国华：《文学史家鲁迅——史料与阐释》，百花文艺出版社，2021年。

陈方竞：《鲁迅与浙东文化》，吉林大学出版社，1999年。

董炳月：《撄心者说：论鲁迅的政治与美学》，生活·读书·新知三联书店，2021年。

冯光廉、刘增人、谭桂林：《多维视野中的鲁迅》，山东教育出版社，2002年。

高远东：《现代如何"拿来"——鲁迅的思想与文学论集》，复旦大学出版社，2009年。

郜元宝：《鲁迅六讲》（增订本），北京大学出版社，2007年。

黄乔生：《鲁迅年谱》，浙江大学出版社，2021年。

郝庆军：《诗学与政治：鲁迅晚期杂文研究（1933—1936）》，文化艺术出版社，2007年。

江弱水：《天上深渊：鲁迅十二论》，浙江文艺出版社，2023年。

李何林：《鲁迅〈野草〉注解》，陕西人民出版社，1981年。

李玉明：《"人之子"的绝叫——〈野草〉与鲁迅意识特征研究》，北京大学出版社，2012年。

李国涛：《〈野草〉艺术谈》，山西人民出版社，1982年。

李国涛：《stylist——鲁迅研究的新课题》，陕西人民出版社，1986年。

李国华：《行动如何可能：鲁迅文学的一个思想脉络》，生活·读书·新知三联书店，2023年。

李新宇：《鲁迅的选择》，河南人民出版社，2003年。

李长之：《鲁迅批判》，北京出版社，2011年。

楼适夷、朱正：《鲁迅读本》，中国人事出版社，1998年。

李怡、郑家建：《鲁迅研究》，高等教育出版社，2012年。

李德尧：《新文化先驱的文体选择——论鲁迅杂文文体精神》，武汉大学出版社，1994年。

林非：《鲁迅前期思想发展史略》，上海文艺出版社，1978年。

林非：《鲁迅和中国文化》，学苑出版社，1990年。

刘春勇：《文章在兹：非文学的文学家鲁迅及其转变》，吉林大学出版社，2015年。

倪墨炎：《鲁迅后期思想研究》，人民文学出版社，1984年。

倪墨炎：《真假鲁迅辨》，上海人民出版社，2010年。

彭小燕：《存在主义视野下的鲁迅》，北京大学出版社，2007年。

钱理群：《心灵的探寻》，生活·读书·新知三联书店，2014年。

钱理群：《与鲁迅相遇：北大演讲录》，生活·读书·新知三联书店，2003年。

钱理群：《鲁迅作品十五讲》，北京大学出版社，2003年。

钱理群：《活着的鲁迅》，安徽大学出版社，2013年。

孙昌熙：《鲁迅"小说史学"初探》，山东教育出版社，1988年。

孙玉石：《现实的与哲学的——鲁迅〈野草〉重释》，北京大学出版社，2010年。

孙玉石：《〈野草〉研究》，中国社会科学出版社，1982年。

孙郁：《鲁迅与周作人》，河北人民出版社，1997年。

孙郁：《鲁迅与胡适：影响20世纪中国文化的两位智者》，辽宁人民出版社，2000年。

孙歌：《绝望与希望之外：鲁迅〈野草〉细读》，生活·读书·新知三联书店，2020年。

上海鲁迅纪念馆：《鲁迅图传》，上海文艺出版社，2021年。

沈金耀：《鲁迅杂文诗学研究》，福建教育出版社，2006年。

田建民：《启蒙先驱心态录：〈野草〉解读与研究》，人民出版社，2019年。

王瑶：《中国文学研究现代化进程》，北京大学出版社，1996年。

王得后：《〈两地书〉研究》，天津人民出版社，1982年。

王得后：《鲁迅研究笔记》，商务印书馆，2021年。

王得后：《鲁迅心解》，浙江文艺出版社，1996年。

王得后：《鲁迅与孔子》，人民文学出版社，2010年。

王世家、止庵：《鲁迅编年著译全集》，人民出版社，2009年。

王世家：《林辰文集》，山东教育出版社，2010年。

王富仁：《中国反封建思想革命的一面镜子——〈呐喊〉〈彷徨〉综论》，北京师范大学出版社，1986年。

王富仁：《先驱者的形象》，浙江文艺出版社，1987年。

王富仁：《中国鲁迅研究的历史与现状》，福建教育出版社，2006年。

王晓明：《无法直面的人生：鲁迅传》，生活·读书·新知三联书店，2021年。

王彬彬：《鲁迅：晚年情怀》，上海教育出版社，1999年。

王彬彬：《鲁迅内外》，南京大学出版社，2013年。

王乾坤：《鲁迅的生命哲学》，人民文学出版社，1999年。

王献永：《鲁迅杂文艺术论》，知识出版社，1986年。

汪晖：《反抗绝望：鲁迅及其文学世界》，河北教育出版社，2000年。

汪晖：《无地彷徨："五四"及其回声》，浙江文艺出版社，1994年。

汪晖：《死火重温》，人民文学出版社，2000年。

汪卫东：《鲁迅前期文本中的"个人"观念》，人民文学出版社，2006年。

王嘉良：《诗情传达与审美构造：鲁迅杂文的诗学意义阐释》，天津人民出版社，1997年。

吴中杰：《鲁迅的艺术世界》，复旦大学出版社，2006年。

薛绥之：《鲁迅生平史料汇编》（1—5辑），天津人民出版社，1982—1986年。

徐麟：《鲁迅中期思想研究》，湖南师范大学出版社，1997年。

阎晶明：《箭正离弦：〈野草〉全景观》，人民文学出版社，2020年。

阎庆生：《鲁迅杂文的艺术特质》，陕西人民出版社，1983年。

叶世祥：《鲁迅小说的形式意义》，作家出版社，1999年。

张洁宇：《独醒者与他的灯——鲁迅〈野草〉细读与研究》，北京大学出版社，2013年。

张业松：《鲁迅文学的内面：细读与通讲》，浙江文艺出版社，2022年。

朱正、邵燕祥：《重读鲁迅》，东方出版社，2007年。

朱正：《鲁迅传》（修订本），人民文学出版社，2018年。

朱正：《鲁迅研究百题》，湖南人民出版社，1981年。

朱崇科：《〈野草〉文本心诠》，人民出版社，2016年。

朱晓进：《历史转换期文化启示录——文化视角与鲁迅研究》，辽宁教育出版社，1992年。

朱晓进、杨洪承：《鲁迅研究教程》，高等教育出版社，2015年。

郑欣淼：《文化批判与国民性改造》，陕西人民出版社，1988年。

郑欣淼：《鲁迅与宗教文化》，陕西人民教育出版社，1996年。

郑家建：《被照亮的世界——〈故事新编〉诗学研究》，福建教育出版社，2001年。

周令飞：《鲁迅思想系统研究》，人民日报出版社，2016年。

（日）伊藤虎丸：《鲁迅、创造社与日本文学：中日近现代比较文学初探》，孙猛等译，北京大学出版社，1995年。

（日）伊藤虎丸：《鲁迅与终末论：近代现实主义的成立》，李冬木译，生活·读书·新知三联书店，2008年。

（日）竹内好：《近代的超克》，李冬木、赵京华、孙歌译，生活·读书·新知三联书店，2005年。

（日）竹内好：《从"绝望"开始》，靳丛林编译，生活·读书·新知三联书店，2013年。

（日）丸山升：《鲁迅·革命·历史——丸山升现代中国文学论集》，王俊文译，北京大学出版社，2005年。

（日）木山英雄：《文学复古与文学革命——木山英雄中国现代文学思想论集》，赵京华译，北京大学出版社，2004年。

（日）山田敬三：《鲁迅无意识的存在主义》，秦刚译，北京大学出版社，2012年。

（美）李欧梵：《铁屋的呐喊——鲁迅研究》，尹慧珉译，岳麓书社，1999年。

后 记

鲁迅研究是一门显学，自然也是一种挑战。采用"导读"形式，对鲁迅作整体介绍，显然有些捉襟见肘。名为"导读"，意在辅导阅读，或引领阅读，确定了进入对象的角度和方式。它不同于一般的专题研究，也不同于纯粹的学术著作，而带有一定的知识性和教材性特点。本书采用讲稿方式，也出于这样的考虑。作为西南大学文学院"汉语言文学新文科一流专业博雅书系"之一种，我想，对大学生而言，鲁迅应是无法绕开的阅读对象。所以，想以鲁迅为中心，从"历史""思想"和"文学"切入，讨论鲁迅的个人历史、思想观念和文学创作。应该说，鲁迅与现代社会、思想、生活和文学密切相关，是中国文学史和思想史上的高山和大海。显然，我们这个时代仍然需要鲁迅。但是，今天的学术已进入到"考据"和"辞章"时代，"义理"问题则有些让人欲说还休。所以，我的讲述仍然力求有根有据，简明扼要，虽然不免时有过度铺展，但仍然力求在专题和普及之间寻找平衡，把鲁迅思想、文学及其相关问题一一叙述清楚。"导读"分六讲，按个人事件、思想观念、小说、散文、杂文和学术文依次展开。受篇幅限制，鲁迅诗歌不作讨论。在写作中，融入了不少个人思考，包括课堂讲授和专题研究，采取一种学术大众化方式，力求平实端正。也吸收了学术界相关成果，均在注释和参考文献里做了说明，在此深表感谢。

我一直想写一本有关鲁迅的书，谈谈自己的感受和思考，这种愿望埋藏在心里已很多年了。大学讲课，每当讲到鲁迅章节，也是最为畅快的事情了。还记得在大学没有完全被模式化和表演化的时代，中国现代文学史课讲鲁迅的内容最多，时间也最长，不知不觉就到了学期之末，才发觉教材上还有不少没有讲完的内容，于是，就有学生问怎么办。我说，鲁迅都已讲过了，其他内容你们自己去看吧。也许是我本来就不太想讲其余内容，也许是太爱鲁迅占多了时间，也许是不善于安排课程计划。我也记不清是为什么，只是今天已经不可能再这样了。所以，我才怀念它。

为了让读者更加熟悉鲁迅，走近鲁迅，在每讲后面均选附了数量不等的鲁迅原文。阅读时可以顺藤摸瓜，借梯上楼，与鲁迅直接对话，这该是我最大的愿望。

2023年11月21日